Paul Wolf & Neal Davenport

Hexensabbat

Zaubermond-Verlag
Schwelm

»Hexensabbat«
Buch 1 der Buchserie COCO ZAMIS

In der Buchserie COCO ZAMIS sind bisher folgende Titel erschienen:
3-931407-14-4 »Hexensabbat«

Sollte Ihre Bezugsquelle nicht alle Titel des Zaubermond-Verlages verfügbar haben,
können Sie fehlende Bände nachbestellen bei

Romantruhe Buchversand
Hermann-Seger Str. 33 - 35 • D-50226 Frechen
Tel. 0 22 34 / 27 35 28 • Fax 0 22 34 / 27 36 27
http://www.romantruhe.de

1. Auflage

Herausgeber:
Zaubermond-Verlag
Thomas Born
Oelkinghauser Str. 7
D-58332 Schwelm

Telefon: 0 23 36/ 1 26 44
Telefax: 0 23 36 / 99 07 73

eMail: ThomasBorn@zaubermond.de
Internet: http://www.zaubermond.de

Redaktion und Buchbearbeitung:
Thomas Born, Dario Vandis

Redaktionelle Mitarbeit:
Martin Kay, Sebastian Ehrhardt

Titelbild: Royo, Agentur Norma

Gesamtherstellung: Druckerei Stowasser, Aßlar

ISBN 3-931407-14-4

Inhaltsverzeichnis

Hexensabbat

1. Kapitel

Auf dem Schloß des Grafen von Behemoth

Zum ersten Mal sah ich Rupert Schwinger an einem schwülen Julitag. Die Sonne stand hoch am Himmel, und die Luft flimmerte über dem kleinen See. Der blonde Junge schlüpfte aus seinem Hemd und legte es über einen umgestürzten Baumstamm. Dann setzte er sich auf den Boden, öffnete die Schultasche, um ein belegtes Brot daraus hervorzuholen, und begann mit herzhaftem Appetit zu essen. Er war nicht älter als vierzehn Jahre, aber für sein Alter überraschend groß und kräftig. Als er das Brot verspeist hatte, bückte er sich und holte unter dem Baum eine Angelrute hervor. Aus der Hosentasche zog er eine Blechbüchse und öffnete sie. Ein halbes Dutzend dicker Würmer krümmten sich darin. Er packte einen von ihnen und spießte ihn auf den Angelhaken. Dann stand er auf, warf die Angel aus und pfiff vergnügt vor sich hin. Als er meine Schritte hörte, wandte er den Kopf und kniff die Augen zusammen. Interessiert ließ er seinen Blick über mein pechschwarzes Haar streifen, das mir in langen Strähnen lose über die knochigen Schultern fiel. Ich habe damals nicht gerade berauschend schön ausgesehen. Mein Körper schien nur aus langen Beinen zu bestehen; alles an mir war eckig und dünn, und unter meinem weißen Baumwollkleid zeichneten sich die winzigen Ansätze meiner Brüste ab. Das Interessanteste an mir waren noch die großen dunkelgrünen Augen, mit denen ich den Jungen forschend betrachtete.

»Hallo!« grüßte ich und blieb vor ihm stehen.

»Hallo«, echote er immer noch ein wenig überrascht. »Wer bist du denn?«

»Coco Zamis. Und du?«

Er stellte sich vor und richtete den Blick wieder auf das Wasser.

»Darf ich mich setzen?« fragte ich und deutete auf den umgestürzten Baumstamm.

Rupert nickte. »Natürlich«, meinte er großzügig. Ich ließ mich auf dem Stamm nieder und zupfte verlegen an meinem Rock herum. Bisweilen riskierte ich dabei einen scheuen Blick auf den Jungen.

Einige Zeit herrschte eine gespannte Stille, dann fragte Rupert mich mit einem geringschätzigen Blick nach meinem Alter.

»Elf«, antwortete ich schüchtern.

»Hm, du siehst aber älter aus«, stellte er sachverständig fest. Wie ich später erfuhr, hatte er sich noch bis vor einem halben Jahr überhaupt nicht für Mädchen interessiert, sondern sie für hoffnungslos dumme Geschöpfe gehalten, die bei jeder Kleinigkeit losheulten und ständig irgend etwas zu jammern hatten. Doch inzwischen hatte er seine Meinung geändert.

Er steckte die Angelrute in eine Bodenvertiefung und sicherte sie mit einem großen Stein. Dann drehte er sich um, vergrub seine Hände in den Hosentaschen und wippte mit dem Oberkörper hin und her. Wahrscheinlich wollte er mich beeindrucken – und ich muß zugeben, daß es ihm hervorragend gelang.

»Willst du eine Zigarette?« fragte er mich.

Ich schüttelte den Kopf. »Nein, ich rauche nicht.«

Er nickte verständnisvoll. »Das ist auch nichts für kleine Mädchen«, sagte er, während er eine Zigarette aus seiner Schultasche kramte. Mit einer routinierten Geste steckte er sie sich zwischen die Lippen und riß ein Streichholz an. Ich schaute fasziniert zu, wie er den Rauch inhalierte. Nur ein einziges Mal hatte ich bisher überhaupt an einer Zigarette gezogen, und mir war dabei furchtbar schlecht geworden.

»Wo wohnst du denn, Coco?« erkundigte er sich.

»In Wien«, sagte ich. »Ich bin bei meinem Onkel zu Besuch.«

»Hm. Und wer ist dein Onkel?«

»Cyrano von Behemoth.«

Er sog noch einmal an der Zigarette, dann warf er sie zu Boden und drückte sie aus. Seine Miene hatte sich verändert. Vorher war sie spöttisch gewesen, mit einem leicht amüsierten Ausdruck um die Lippen; jetzt aber wirkte sie plötzlich abweisend. Er griff nach dem Hemd und schlüpfte hinein.

»Kennst du meinen Onkel?« fragte ich arglos, da ich mir seinen plötzlichen Stimmungsumschwung nicht erklären konnte.

Er nickte stumm und verzog das Gesicht.

»Magst du ihn nicht?«

Er schaute mich flüchtig an. »Nein. Niemand mag ihn.«

»Aber er hat doch niemandem etwas getan«, wandte ich ein.

»Das interessiert mich nicht«, erwiderte Rupert und knöpfte das Hemd zu. »Ich will mit ihm nichts zu tun haben und auch nicht mit den Kindern, die bei ihm sind.«

»Aber ich bin doch erst seit drei Tagen da«, antwortete ich. »Was hat er denn getan, daß du ihn so verabscheust?«

Rupert stopfte das Hemd in die Hose. »Wohnt Vera noch bei euch?« fragte er, ohne auf meinen Einwand zu reagieren.

»Ja«, sagte ich. »Sie ist meine Schwester. Hat sie dir etwas getan?«

Rupert lachte bitter. »Das kann man wohl sagen. Sie ist bösartig, hinterlistig und gemein.« Er sah mich verächtlich an. »Und wenn sie deine Schwester ist, dann wirst du auch nicht anders sein.«

»Ich bin anders«, sagte ich heftig und stand auf. »Ganz anders. Ich verstehe mich mit Vera überhaupt nicht. Wir konnten uns nie gut leiden.«

»Vielleicht ist das sogar die Wahrheit«, meinte er skeptisch, »aber ich gehe kein Risiko ein. Ich habe die Nase voll von Vera – und genauso von jedem, der mit ihr zu tun hat. *Alle* Kinder hier haben die Nase voll!« Er holte die Angel ein, löste den Wurm vom Haken und legte das Gerät unter den umgefallenen Baum. Ich fragte ihn verzweifelt, woher seine Abneigung käme, aber er packte einfach wortlos seine Taschen und ging davon. Ich schaute ihm über die Maßen verwirrt nach.

Schließlich wandte ich mich ab und starrte nachdenklich hinaus auf den See. Die Hände im Schoß gefaltet, saß ich da und grübelte über das nach, was Rupert gesagt hatte. Ich war anders, das wußte ich. Anders als die anderen Kinder... Aber das hieß noch lange nicht, daß ich so sein wollte wie meine Schwester Vera. Im Gegenteil, ich versuchte mich den normalen Leuten anzupassen, mich ihnen anzunähern, aber all diese Versuche wurden von meiner Familie im Keim erstickt. Unter meinen Verwandten galt ich als Außenseiterin. Meine Brüder und Schwestern machten sich lustig über mich, und da sich auch alle anderen Menschen von mir abwandten, stand ich alsbald zwischen zwei Fronten, ohne zu verstehen, was um mich herum vorging. Vor meinem Vater hatte ich schon als kleines Mädchen eine panische Angst gehabt, und meine Mutter hatte mich mehr oder minder ignoriert. Jahrelang. Ich fand keinen Spaß an den Grausamkeiten, die meine Geschwister begingen. Es bereitete mir kein Vergnügen zu sehen, wie wehrlose Geschöpfe von ihnen brutal gequält und gefoltert wurden. War ich deswegen schlechter als sie?

Ich schloß die Augen und genoß die Sonnenstrahlen auf meinem Gesicht. In solchen Momenten machte mir die Einsamkeit schwer zu schaffen. Das Wissen, mit niemandem über meine Sorgen sprechen zu können, lastete wie ein Zentnergewicht auf meinen Schultern. Mir graute ja allein schon davor, mich zurück ins Schloß meines Onkels zu begeben, denn vor Cyrano von Behemoth verspürte ich nicht viel weniger Angst als vor meinem Vater, der mich mittlerweile als gänzlich mißratenes Geschöpf betrachtete. Deswegen hatte er mich schließlich zu meinem Onkel geschickt, damit er meine Erziehung übernahm und eine richtige Zamis aus mir machte... Die Feinarbeit sollte dabei von einer Engländerin namens Sandra Thornton übernommen werden, die, wie ich inzwischen herausgefunden hatte, ein unglaublich bösartiges Weib war. Sie lebte seit zwei Jahren bei meinem Onkel und war eine erfahrene Hexe, die Veras und meine Fähigkeiten richtig zur Entfaltung bringen sollte. Bei Vera war der Erfolg geradezu durchschlagend: Meine Schwester hing wie eine Klette an Sandra und betrachtete sie anscheinend als eine Art Vorbild. Ich dagegen hatte bisher jede Gelegenheit genutzt, der unheimlichen Frau aus dem Weg zu gehen.

Langsam stand ich auf, strich das Kleid glatt und trat an das Wasser heran. Direkt am Ufer lagen einige Steine auf der Erde, die ich aufnahm und in den See warf. Dabei wanderten meine Gedanken unwillkürlich zurück zu Rupert Schwinger, der mir so gut gefallen hatte. Sein bronzefarbenes Gesicht mit den weißblonden Haaren ging mir nicht aus dem Sinn. Ich hätte viel dafür gegeben, ihn näher kennenzulernen, doch es schien, als habe die Offenbarung meiner Herkunft jede Möglichkeit einer Freundschaft von vornherein gründlich verpfuscht.

Betrübt machte ich mich auf den Weg zum Schloß meines Onkels. Dabei hatte ich es mit der Rückkehr alles andere als eilig. Der Weg führte über eine Wiese und schließlich in ein kleines Waldstück hinein, hinter dem das Kastell auf einer freien Anhöhe stand und bereits von weitem zu sehen war. Für seine exponierte Lage wirkte das Anwesen reichlich unscheinbar.

»Coco!« hörte ich eine Stimme hinter mir.

Unwillig verzog ich den Mund. Vera! Es paßte mir gar nicht, meiner Schwester in diesem Augenblick über den Weg zu laufen. Ich drehte mich um und sah sie zwischen den Bäumen hervortreten. Während sie rasch auf mich zukam, musterte ich sie wenig interessiert. Niemand wäre auf die Idee gekommen, uns beide für Schwestern zu halten. Wir hatten nicht die geringste Ähnlichkeit miteinander. Vera war zwei Jahre älter als ich und wirkte ein wenig zierlich. Sie hatte ein Puppengesicht mit großen dunkelbraunen Augen, die sanft und unschuldig wie die eines Rehs blicken konnten. Von ihrem ganzen Gehabe her machte sie den Eindruck eines Mädchens, das wesentlich älter als dreizehn war. Das schmale Gesicht wurde von einem Kranz kornblonder, langer Haare eingerahmt. Sie hatte unglaublich kleine Hände mit langen, schlanken Fingern. Ihr Körper war schon voll erblüht. Unter der getigerten Bluse zeichneten sich straffe Brüste ab. Wer sie das erste Mal sah, glaubte einen zum Leben erwachten Engel vor sich zu haben, doch wer sie näher kennenlernte, merkte alsbald, daß sie im Gegenteil ein kleiner Teufel in Menschengestalt war.

»Ich habe dich schon gesucht, Coco«, erklärte sie honigsüß. »Mir ist langweilig. Gehen wir ins Dorf?«

»Ich will nicht«, antwortete ich.

Vera blieb vor mir stehen. »Du kommst mit«, sagte sie schon viel bestimmter. Urplötzlich änderte sich ihr Gesichtsausdruck, und die Wärme in ihrem Blick war wie fortgeblasen. Sie schaute mich an, hob die Hände und verdrehte sie zu einem magischen Zeichen. Ich stieß einen Schmerzensschrei aus, da ich augenblicklich glaubte, mir würden die Haare aus der Kopfhaut gerissen.

»Laß mich in Ruhe, Vera!« schrie ich wimmernd.

»Nur, wenn du mit ins Dorf kommst«, entgegnete sie. Das Ziehen wurde stärker, so daß mir bereits das Wasser in die Augen trat.

»Der Onkel hat uns verboten, daß wir...«

»Pah!« meinte Vera verächtlich. »Er kann sagen, was er will. Das interessiert mich nicht. Kommst du nun mit?«

»Ja«, antwortete ich mit leiser Stimme. Im selben Moment ließ der Schmerz nach.

Vera lachte spöttisch. »Du bist eine Versagerin, Schwesterherz«, sagte sie. »Nicht einmal gegen diesen einfachen Zauber kennst du ein Mittel. Du bist das Gespött der Familie. Nie wirst du eine vernünftige Hexe werden – nie!«

Ich preßte die Lippen zusammen. Bis jetzt hatte ich mich nur sehr ungern mit der Schwarzen Magie beschäftigt, doch auf Dauer würde ich nicht drum herumkommen, und sei es nur, um die boshaften Angriffe meiner Schwester abzuwehren.

»In ein paar Wochen bin ich vielleicht nicht mehr hier«, sagte Vera. »Ich habe schon ziemlich viel gelernt. Sandra sagte mir heute, daß meine Ausbildung bald abgeschlossen ist. Hier ist es entsetzlich langweilig. Es wird Zeit, daß ich wieder nach Wien zurückkehre. Dort ist viel mehr los.«

Ich trottete schweigend neben ihr her.

»Hast du die Sprache verloren, Coco?« fragte sie nach einiger Zeit.

»Ich habe einen Jungen getroffen«, erklärte ich. »Als ich ihm sagte, daß du meine Schwester bist, wollte er nichts mehr von mir wissen.«

Vera blieb stehen und lachte schallend. »Das kann ich mir denken«, johlte sie. »Ich habe den Bengels einige Streiche gespielt. Sie mögen mich nicht mehr. Naja, egal, ich mag sie jedenfalls auch nicht. Sie sind mir zu dumm! Hat der Junge dir seinen Namen verraten?«

»Nein«, antwortete ich schnippisch.

Vera bewegte sich blitzschnell und sagte einen Zauberspruch auf. Ich sprang reaktionsschnell zur Seite, als die Äste einer uralten Tanne nach mir griffen – doch es war zu spät; einer der Äste schlug nach meinen Beinen und riß mich zu Boden; ein zweiter krümmte sich wie ein Tentakel zusammen, packte mich um die Hüften und zog mich vom Boden empor. Ich schlug wild um mich herum, als ich immer höher gehoben wurde.

»Laß mich herunter, du Scheusal!« schrie ich meine höhnisch grinsende Schwester an.

»Sag mir den Namen!« entgegnete sie.

»Rupert Schwinger«, keuchte ich mit Tränen in den Augen.

»Mit dem habe ich noch ein Hühnchen zu rupfen«, meinte Vera und löste den Zauber. Ich stürzte zu Boden, blieb einige Sekunden benommen liegen und verkrallte meine Hände in den Boden.

»Steh schon auf, du Heulsuse!« sagte Vera verächtlich. »Ich geniere mich, so eine Schwester zu haben. Wird's bald! Steh auf!«

Ich gehorchte und schaute sie bittend an. »Du darfst ihm nichts tun, Vera. Er ist ein netter Junge.«

»Das überlaß nur mir«, meinte sie. »Ich mag es nicht, wenn man böse über mich spricht. Ich werde ihm einen ordentlichen Denkzettel verpassen, den er sein ganzes Leben nicht vergessen wird. Du aber bist ein Schwächling, Coco. Eine Schande für unsere Familie. Ich werde froh sein, wenn ich wieder zu Hause bin und dich nicht mehr sehen muß.«

Sie ging voraus, und ich folgte ihr langsam. Nach wenigen Minuten hatten wir die schmale Straße erreicht, die nach Hartweg führte. Vera blieb neben einem Birnbaum stehen. »Jetzt machen wir uns einen Spaß«, raunte sie mir zu. »Wir warten auf ein Auto.«

»Was hast du vor, Vera?« wollte ich wissen.

»Wirst du schon sehen«, sagte sie knapp.

Ich ahnte, daß sie wieder mal einen bösartigen Streich im Sinn hatte und drohte ihr damit, sie an unseren Onkel zu verraten.

»Du Petze!« schrie sie wütend. »Wenn du den Mund aufmachst, wirst du etwas erleben. Ich lasse dich vom höchsten Punkt des Schlosses herunterspringen, wenn du auch nur ein Wort zu Onkel Cyrano sagst. Hast Du mich verstanden, Coco?«

Ich nickte verdattert. Ich wußte, daß es meiner Schwester zuzutrauen war, daß sie diese Drohung wahrmachte. Sie wandte den Kopf, als sie ein leises Motorengeräusch hörte. Die Straße führte wie an der Schnur gezogen geradeaus und wurde zu beiden Seiten von ehrwürdigen alten Linden flankiert. Ein dunkelgrüner VW Golf näherte sich mit hoher Geschwindigkeit. Die Sonne spiegelte sich in der Windschutzscheibe.

Veras Gesicht nahm einen bösartigen Ausdruck an. »Das ist mein Opfer«, stellte sie grimmig fest.

»Nicht!« rief ich, denn ich ahnte, was sie vorhatte. »Denk an die armen...«

»Halt den Mund!« schrie sie mich ungehalten an. »Ich muß mich konzentrieren. Ich weiß ja nicht einmal, ob es mir gelingen wird.« Ihr Blick wurde starr, und mit der rechten Hand vollführte sie einige kreisende Bewegungen. Dann ging sie in die Knie und griff nach einem Holzstück. Blitzschnell malte sie damit einige Figuren in den Sand und murmelte einen Zauberspruch. Der Golf erhöhte seine Geschwindigkeit. Für einen Augenblick sah ich das entsetzte Gesicht des Fahrers, der die Gewalt über den Wagen verloren hatte. Das Gefährt raste schnurstracks auf einen der Bäume zu. Ich stieß einen schrillen Schrei aus und gab Vera einen Stoß in den Rücken. Blitzschnell verwischte ich mit dem Fuß ein paar der magischen Zeichen auf der Erde.

»Das wirst du mir büßen!« brüllte sie mit überschnappender Stimme.

Doch ich achtete nicht weiter auf sie, sondern schaute nur dem Wagen nach. Im letzten Augenblick gelang es dem Fahrer, den Wagen herumzureißen und dem Baum auszuweichen. Er beendete das waghalsige Manöver, indem er heftig abbremste, und fuhr schließlich mit normaler Geschwindigkeit weiter.

»Du hast mir den ganzen Spaß verdorben, Coco«, keuchte Vera mit wutverzerrtem Gesicht.

Ich schüttelte den Kopf. »Du widerst mich an!« stellte ich leise fest. »Warum hast du den Mann töten wollen?«

»Weil es mir Spaß macht«, sagte sie schulterzuckend. »Heute nacht wirst du etwas erleben, Schwester. Ich versichere dir, daß du nicht eine Minute schlafen wirst. Und jetzt habe ich genug von dir. Ich gehe ins Schloß zurück. Gnade dir Gott, wenn du irgend jemandem etwas sagst!« Sie warf mir noch rasch einen bösen Blick zu und machte sich anschließend zornig davon.

Ich schaute ihr einige Zeit nach und bemerkte dabei, wie meine Hände vor Aufregung zitterten. Natürlich war mir von vornherein klar gewesen, daß Vera sich grausam rächen würde. Und dennoch, ich war froh, dem unbekannten Fahrer das Leben gerettet zu haben. Gleichzeitig schwor ich mir, mich ab morgen intensiv mit der Schwarzen Magie zu beschäftigen, damit es mir in Zukunft möglich sein würde, wenigstens einige Schandtaten meiner Schwester zu verhindern.

Ich muß Rupert Schwinger warnen, dachte ich nur. Vera würde ihm wahrscheinlich etwas Furchtbares antun. Aber wie sollte ich den Jungen erreichen? Ob er unten in Hartweg wohnte? Ich setzte mich in Bewegung. Es konnte jedenfalls nicht schaden, wenn ich dort nach ihm fragte. Fünfzehn Minuten später tauchten die ersten Häuser vor mir auf. Hartweg war ein kleines Dorf, in dem kaum mehr als fünfhundert Leute wohnten. Die meisten Gebäude waren einstöckige, kleine Bauten, die trotz ihres hohen Alters sehr gepflegt wirkten.

Nach einigen Schritten hatte ich den Hauptplatz erreicht, blieb stehen und sah mich um. An der Stirnseite erhob sich eine Kirche und ihr gegenüber die Schule. Rechts und links standen zweistökkige Häuser, in denen sich verschiedene Geschäfte befanden. Da ich Angst hatte, jemanden zu fragen, stellte ich mich erst einmal vor einen Tabakladen und schaute den Passanten nach, die vorüberliefen. Endlich faßte ich mir ein Herz und sprach eine ältere Dame an.

»Guten Tag. Entschuldigen Sie, daß ich Sie belästige«, sagte ich höflich, »aber ich suche einen Jungen namens Rupert Schwinger.«

Die Alte lächelte. »Den kannst du leicht finden«, meinte sie. »Siehst du das gelbe Haus dort drüben? Dort wohnt er.«

»Herzlichen Dank«, entgegnete ich und lief quer über den Platz auf das Gebäude zu. Vor dem Eingang blieb ich stehen. Das Tor stand offen, und so trat ich nach einigem Zögern ein, durchquerte den Hausflur und erreichte den Hof. Eine etwa vierzigjährige Frau hängte dort Wäsche auf.

»Suchst du wen?« fragte sie.

Ich erkundigte mich nach Rupert Schwinger, und sie wies mir den Weg in den ersten Stock. Ich bedankte mich artig und stieg die Stufen hinauf. An einer weißen Tür war ein Messingschild befestigt. *Schwinger,* stand in großen Druckbuchstaben darauf. Ich hatte kaum die Klingel gedrückt, als die Tür auch schon aufgerissen wurde und Rupert im Rahmen auftauchte. Er schaute mich überrascht an.

»Was willst du von mir?« fragte er mich ungehalten. »Ich habe dir gesagt, daß ich...«

»Hör mich zu«, unterbrach ich ihn. »Ich habe mit Vera über dich gesprochen. Sie zwang mich, ihr deinen Namen zu verraten, und drohte, dir einen ordentlichen Denkzettel zu verpassen, weil du schlecht über sie gesprochen hast. Ich wollte dich warnen, deshalb bin ich gekommen.«

Er runzelte die Stirn. »Es sieht tatsächlich so aus, als hätte ich mich in dir getäuscht, Coco. Hat sie gesagt, was sie vorhat?«

»Nein«, antwortete ich schnell. »Aber ich werde versuchen, dir zu helfen. Ich werde schon herausbekommen, was sie beabsichtigt. Treffen wir uns morgen am See?«

Rupert nickte. »Einverstanden.«

Ich verabschiedete mich, wandte mich um und rannte hastig die Stufen hinunter.

»Warte, Coco!« rief er mir nach, doch ich hörte nicht auf ihn. Statt dessen verließ ich das Haus und lief auf schnellstem Wege zurück zum Schloß. Es dauerte fast eine halbe Stunde, bis ich es erreicht hatte. Vor dem hohen Eisentor blieb ich schweratmend stehen und ließ meinen Blick über das große Gebäude schweifen. Ich haßte das Schloß. Die großen, kalten Räume darin waren mir widerwärtig und unheimlich. Und ich störte mich an den magischen Fallen, die es normalen Menschen unmöglich machten hineinzugelangen.

Es dauerte nur wenige Sekunden, und das Tor schwang wie von unsichtbarer Hand bewegt auf. Ich trat in den Schloßhof und spazierte an dem alten Ziehbrunnen vorüber zum Aufgang. Die Stiege war schmal und feucht. Im ersten Stock wandte ich mich nach rechts und schritt den langen Gang entlang, der zu meinem Zimmer führte. Es war kühl und dämmrig. Meine Schritte hallten überlaut durch das verlassene Gebäude. Inständig hoffte ich, weder Vera noch Sandra zu begegnen, bevor ich mein Zimmer erreichte. Doch meine Hoffnung erfüllte sich nicht.

Eine Tür wurde aufgezogen, und meine Lehrmeisterin trat heraus. Ihr Alter war schwer zu schätzen, doch aus ihren Erzählungen hatte ich geschlossen, daß sie schon mindestens zweihundert Jahre unter den Menschen lebte; sie sah aber höchstens wie dreißig aus. Ihr Gesicht war bleich und rund wie der Vollmond. Das rotbraune Haar fiel in unzähligen Locken über den schmalen Rükken. Wimpern und Brauen hatte sie stark geschminkt, und der volle Mund glänzte blutrot vom modischen Lippenstift. Sie trug ein tiefausgeschnittenes, dunkelgrünes Kleid, das ihre üppigen Formen aufreizend zur Geltung brachte.

Die Hände in die Hüften stemmend, baute sie sich vor mir auf und schaute mich vorwurfsvoll an. »Wo hast du gesteckt, Coco?« fragte sie scharf.

»Ich war spazieren, dann traf ich Vera«, sagte ich wahrheitsgemäß.

»Du weißt, daß es dein Onkel nicht gerne sieht, wenn ihr das Schloß verlaßt!« Sie sprach mit einem starken englischen Akzent, der mich anfangs zum Lachen gereizt hatte.

»Ich kann doch nicht den ganzen Tag hier herumsitzen«, sagte ich unwillig.

»Wenn du weiterhin so wenig Ambitionen zum Lernen zeigst wie bisher, dann wirst du noch länger hier *herumsitzen*, als du dir jetzt vielleicht vorstellen kannst. Haben wir uns verstanden, Coco?«

Ich nickte. Doch jetzt, da sie einmal in Fahrt war, beruhigte sie das nicht mehr. »Ich kann auch anders«, schnaufte sie geladen. »Bist jetzt hast du mich noch nicht richtig kennengelernt, aber mach nur so weiter, und du wirst dein blaues Wunder erleben.«

»Ich werde mich bessern«, versprach ich lahm.

»Das hoffe ich! Und jetzt geh auf dein Zimmer und zieh dich um! Cyrano hat einen neuen Schüler bekommen. Sein Name ist Pietro Salvatori, und er wird mit uns zu Abend essen.«

Der Name sagte mir nur wenig. Ich kannte mich nicht besonders gut in der Schwarzen Familie aus. »Woher kommt er?« wollte ich wissen.

»Aus Rom. Er gehört einer sehr einflußreichen Vampirsippe an. Also sei freundlich zu ihm!«

Ich ging an Sandra vorbei und betrat mein Zimmer. Seit meiner frühesten Kindheit war ich mit allerlei unheimlichen Gestalten konfrontiert worden. Als ich noch im Haus meines Vaters in

Wien gewohnt hatte, waren oft Mitglieder anderer Familien vorbeigekommen. Ich hatte Vampire, Werwölfe, Leichenfresser und Zauberer kennengelernt, mich aber mit keinem von ihnen anfreunden können. Meine eigene Familie nämlich verfügte zwar über einige außergewöhnliche Fähigkeiten, unterschied sich äußerlich jedoch in nichts von den normalen Menschen.

Ich schloß die Tür hinter mir und war froh, wieder allein zu sein. Das Zimmer war klein und einfach eingerichtet; das Bett schmal und unbequem, der Kasten zu groß und zu wuchtig für das Zimmer. Ich öffnete die Tür, die zum Söller führte, trat hinaus und blickte auf den Hof hinunter. Außer einer schwarzen Katze, die faul im Schatten des Wartturmes lag, war kein Lebewesen zu sehen.

Vielleicht ist es ganz gut, daß dieser Pietro Salvatori gekommen ist, sinnierte ich. *Er wird Vera auf andere Gedanken bringen, so daß sie von Rupert abläßt.* Bevor ich zum Essen ging, wusch ich mich noch flüchtig und zog mich um.

Neugierig betrat ich das große, holzgetäfelte Zimmer. In der Mitte stand ein riesiger Eichentisch, an dessen Kopfende mein Onkel saß. Links neben ihm hatte sich Sandra niedergelassen. Der Junge neben ihr konnte nur Pietro Salvatori sein, und einen Platz weiter saß Vera. Ich grüßte kurz und setzte mich ebenfalls. Pietro schaute mich interessiert an. Er war in Veras Alter; ein schmächtiges Bürschchen mit langem, ölig glänzendem Haar. Sein hageres Gesicht mit der stark hervorspringenden Geiernase war bleich, fast durchscheinend. Als er seine blutleeren Lippen öffnete, kamen gewaltige Zähne darin zum Vorschein.

»Das ist Coco«, stellte mich Cyrano von Behemoth vor. »Sie ist Veras Schwester.«

Der Junge stand auf und deutete eine Verbeugung an. »Pietro Salvatori«, sagte er mit spröder Stimme.

»Er wird einige Zeit bei uns bleiben«, erklärte Behemoth und blickte mich an. »Ich hoffe, daß ihr euch vertragen werdet. Pietros Vater will, daß ich ihn in die Grundzüge der Schwarzen Magie einweise.«

Ich nickte stumm und senkte den Blick. Noch immer hatte ich mich nicht an den schauerlichen Anblick gewöhnt, den mein Onkel bot. Zwei Narben entstellten sein widerliches Gesicht, von denen eine quer über seine rechte Wange lief und das monströse Antlitz mit dem wachteleigroßen Augapfel in der rechten Höhle in zwei ungleiche Teile zu spalten schien. Ich wußte, daß Behemoth ein mächtiger Dämon war, der über viele magische Fähigkeiten verfügte. Es hätte für ihn keiner großen Anstrengung bedurft, sein Aussehen zu verändern. Doch offensichtlich legte er keinen gesteigerten Wert darauf.

Eines der Dienstmädchen trat ins Zimmer und schob einen Servierwagen vor sich her. Wie alle anderen Bediensteten im Schloß stand die junge Frau in Behemoths Bann. Der Graf hatte ihr den Willen geraubt, so daß sie nichts weiter als eine Marionette war, die widerspruchlos jeden Befehl ausführte. Als Pietro Salvatori das Mädchen erblickte, begann die Gier in seinen Augen zu funkeln, und er strich sich unbewußt mit der Zunge über die Lippen. Behemoth bemerkte, daß der Junge sich kaum noch zurückhalten konnte, und wies ihn zurecht: »Meine Bediensteten sind für dich tabu, Pietro«, sagte er. »Du mußt lernen, deine Gier nach Blut zu bezähmen.«

»Aber wenn ich es doch zum Leben brauche!«, begehrte der Vampir auf. Sein Deutsch war überraschend gut – fast akzentfrei sogar.

»Glaub mir, ich bin sehr gut darüber informiert, *wieviel* Blut du benötigst«, klärte mein Onkel ihn auf. »Dein Vater schrieb mir über deine Exzesse. Das hört ab sofort auf. Und laß dir nicht einfallen, dich des Nachts fortzuschleichen, um Opfer zu holen. Wenn du das tust, belege ich dich mit einem Bannspruch, der es dir unmöglich macht, das Schloß zu verlassen. Hast du mich verstanden, Pietro?«

»Es war ja deutlich genug«, knurrte der Bursche. Nur mühsam konnte er den Blick von dem Dienstmädchen reißen, das eine Kanne Kaffee und Tassen auf den Tisch stellte. Der Junge war mir unheimlich. Doch meine Schwester schien anders über ihn zu denken. Sie sah Pietro fasziniert an. »Wie oft benötigst du frisches Blut, Pietro?« fragte sie interessiert.

»Täglich«, sagte Pietro. »Es hält mich am Leben. Ohne...«

»Rede keinen Unsinn!« sagte Behemoth scharf. »Du kannst leicht einige Tage ohne Blut auskommen, aber du *willst* es täglich, da dich das Bluttrinken in einen rauschähnlichen Zustand versetzt. Dein Vater schrieb mir, daß du zu genußsüchtig bist. Ohne Notwendigkeit hast du bereits mehrere Menschen getötet.«

»Es sind ja genug von ihnen da«, sagte Pietro verächtlich. »Soll es da schade um einen von ihnen sein?«

»Grundsätzlich stimmen wir überein«, sagte Behemoth, »aber hirnlose Kreaturen wie du gefährden die Schwarze Familie, indem sie sich um jeden Preis profilieren wollen. Es ist niemandem verboten, seinen Neigungen nachzugehen. Aber man muß es geschickt anstellen, das ist unser oberstes Gebot. Hält sich jemand aus der Familie nicht daran, wird er früher oder später unweigerlich als Freak enden. Ich hoffe, daß wir uns damit verstanden haben.«

Pietro Salvatori hatte mit zusammengepreßten Lippen zugehört. »Ich werde daran denken«, sagte er leise.

Es folgte ein verlegenes Schweigen. Für einige Zeit war nur das Klappern der Tassen zu hören. Ich trank den Kaffee in kleinen Schlucken und vermied es, Pietro anzusehen.

»Coco«, sagte mein Patenonkel und stellte seine Tasse ab. »Ich habe deinem Vater versprochen, daß ich aus dir eine hervorragende Hexe machen werde – und ich halte meine Versprechen. Von Sandra erfuhr ich jedoch, daß du keinerlei Interesse für die Schwarzen Magie aufbringst. Wenn sich das nicht augenblicklich ändert, ziehe ich andere Saiten auf, verstanden?«

»Ja«, sagte ich fast unhörbar. »Ich werde mich ändern.«

»Hoffentlich«, sagte er und stand auf. »Komm mit, Sandra!«

Kaum daß die beiden das Zimmer verlassen hatten, schlug Pietro wütend mit der rechten Faust auf die Tischplatte. »Er ist ein widerlicher alter Ziegenbock«, knurrte der Junge. »Voll guter Ratschläge, aber ich tue, was ich will. Er wird mich nicht ändern.«

»Du mußt vorsichtig sein, Pietro«, sagte Vera. »Er ist nicht leicht zu hintergehen.«

»Das laß nur meine Sorge sein«, sagte er. »Ich denke nicht einmal im Traum daran, einige Tage auf Blut zu verzichten. Hilfst du mir, Vera?«

Meine Schwester nickte eifrig. »Natürlich – aber nur, wenn ich dabei zusehen darf, wie du deinem Opfer das Blut aussaugst. Ich habe so etwas noch nie gesehen.«

»Warum nicht«, sagte Pietro gnädig. »Was ist mit Coco?«

»Sie ist eine dumme Gans«, sagte Vera. »Ihr darfst du nicht vertrauen.«

»Danke für diese Information«, meinte Pietro. »Wenn du irgend etwas zu deinem Onkel sagst, Coco, bekommst du es mit mir zu tun.«

»Von mir erfährt er kein Wort«, erklärte ich kleinlaut. »Tut, was ihr wollt. Ich will mit euch nichts zu schaffen haben.«

Vera stand auf. »Komm mit, Pietro!« sagte sie. »Ich habe einen Plan, wie ich dir einige Opfer beschaffen kann, ohne daß Onkel Cyrano es merkt.«

Ich blieb allein zurück und trank noch eine Tasse Kaffee. Plötzlich lief es mir eiskalt den Rücken herunter. Vera wollte sich doch schließlich an Rupert Schwinger rächen! Was, wenn sie sich dazu der Hilfe Pietro Salvatoris bediente und ihn auf den Jungen hetzte? Die Vorstellung ließ mich schaudern. Ich lief aus dem Zimmer und trat in die riesige Bibliothek. Hier befanden sich unzählige Handschriften, die mein Patenonkel gesammelt hatte und die sich allesamt mit Magie beschäftigten. Nach einigen Minuten hatte ich gefunden, wonach ich suchte: Aufzeichnungen darüber, welche Waffen gegen einen Vampir zur Verfügung standen... Ich setzte mich und schlug die Mappe auf. Die Seiten waren leer. Es war nur Mitgliedern der Schwarzen Familie möglich, diese Manuskripte zu lesen, denn es waren Beschwörungen notwendig, um die Schriftzeichen sichtbar zu machen. Ich studierte das Zeichen, das sich auf dem Umschlag befand. Es war das magische Zeichen des Hagith, Gubernator der Venus und Herr über viertausend Legionen von Geistern. Ich schloß die Augen und konzentrierte mich. Mit der rechten Hand malte ich das Zeichen in die Luft und sagte dreimal leise »Hagith«. Dann öffnete ich die Augen wieder. Die Seiten waren mit den Schriftzeichen bedeckt, die man als das Hexenalphabet bezeichnete. Nur Mitglieder der Schwarzen Familie kannten diese Zeichen. Ich hatte natürlich keine Schwierigkeiten, sie zu lesen.

Ich vertiefte mich in die Aufzeichnungen und erfuhr, daß es verschiedene Arten von Vampiren gab. Früher hatten diese unheimlichen Wesen sich nur in der Nacht bewegen können, doch im Laufe der Jahrhunderte waren die meisten echten Vampire gegen das Sonnenlicht unempfindlich geworden. Sie warfen auch Schatten und unterschieden sich rein äußerlich kaum noch von normalen Menschen. Hauptsächlich ernährten sich Vampire von Menschenblut, aber es gab auch andere, die sich mit Tierblut begnügten. Die klassischen Abwehrmittel gegen diese Monstren waren Knoblauch, Kreuze und Silber. Sie mußten sich vor allen geweihten Gegenständen hüten. Töten konnte man sie nur, wenn man ihnen einen Holzpfahl ins Herz stieß. Aber auch das traf nicht auf alle Vampire zu. Einige waren gegen diese alten Mittel immun geworden und hatten sich so verändert, daß sie wie normale Menschen getötet werden konnten. Junge Vampire waren leichter auszuschalten. Sie waren schon ziemlich hilflos, wenn man ihnen ein silbernes Kreuz entgegenstreckte.

Ich werde Rupert ein Kreuz schenken, dachte ich mir und legte die Aufzeichnungen zur Seite. Aber wo sollte ich ein solches Kreuz herbekommen? Auch für mich war der Anblick geweihter Gegenstände fast unerträglich.

Ich kehrte auf mein Zimmer zurück, legte mich aufs Bett und dachte über meine Zukunft nach. Es war unmöglich, aus dem Kreis der Schwarzen Familie auszubrechen. Ich mußte gute Miene zum bösen Spiel machen und mich intensiver mit den Sitten und Gebräuchen meiner Artgenossen beschäftigen. Und vor allem mußte ich mich der Schwarzen Magie widmen, denn bisher war ich den Angriffen meiner Geschwister hilflos ausgeliefert. Dann würde ich auch in der Lage sein, anderen Menschen zu helfen und sie vor den Attacken meiner Schwester zu schützen. Von Sandra wußte ich, daß ich über starke magische Fähigkeiten verfügte, die ich nur zu nutzen brauchte.

Ich setzte mich auf und griff nach dem Buch auf dem Nachtkästchen. Es war eine einfache Einführung in die Schwarze Magie, die vor vielen Jahren von einem erfahrenen Dämon geschrieben worden war und seither als Lehrbuch diente. Einige einfache

Arten der Magie konnte jeder erlernen, doch um ein Spezialist zu werden, mußte man über besondere Fähigkeiten verfügen, die nur wenige Mitglieder der Schwarzen Familie besaßen. Ich überflog die ersten Seiten. Die darin beschriebenen Übungen hatte ich schon als kleines Kind durchgeführt. Sie dienten hauptsächlich zur Entspannung, zur Lockerung des Körpers und des Geistes. Es waren Konzentrationsübungen. Ohne sie konnte man nur bescheidene Resultate erzielen. Einige Magier und Hexen benötigten auch zu den einfachsten Beschwörungen Hilfsmittel wie Kreide, Sprüche oder magische Gegenstände. Aber ein guter Magier mußte ohne sie auskommen, und wenn er sie trotzdem verwendete, dann nur, um seinen Beschwörungen auf diesem Wege eine größere Wirkung zu verleihen. Vera zum Beispiel benötigte zu fast allen Beschwörungen Hilfsmittel, und wenn es nur die Hände waren. Meine Begabung hingegen wurde von Seiten meiner Verwandten als weitaus höher eingeschätzt. Einfache magische Beschwörungen konnte ich dank meiner starken Konzentrationsgabe auch so ausführen.

Ich überlegte, was meine Schwester wohl vorhaben könnte, um mich heute nacht zu ärgern. Vera war nicht besonders einfallsreich. Vielleicht würde sie einen Poltergeist heraufbeschwören, der die ganze Nacht über in meinem Zimmer herumgeistern und allerlei Unfug anstellen würde. Dagegen konnte ich mich leicht schützen. Ich mußte nur verhindern, daß Vera ins Zimmer kommen konnte, um ihre Vorbereitungen zu treffen. Also blätterte ich weiter, bis ich die Stellen gefunden hatte, an denen zu lesen war, wie ich mich gegen ihre einfachen Zauber schützen konnte. Schnell hatte ich mir den Abschnitt durchgelesen und klappte grinsend die Buchdeckel zusammen.

Ich würde ihr eine hübsche Überraschung bereiten.

Das Abendessen verlief in völliger Stille, da mein Patenonkel keine Unterhaltung während der Mahlzeiten wünschte. Ich bemerkte die boshaften Blicke, die Vera mir unauffällig zuwarf, ließ mich aber davon nicht aus der Ruhe bringen. Bis jetzt hatte ich mich nie ernstlich gegen meine Schwester aufgelehnt und mehr oder minder alle Grausamkeiten schweigend erduldet. Aber das würde ab heute vorbei sein. Es war Zeit, sich zur Wehr zu setzen. Dabei wußte ich durchaus, daß es einige Zeit dauern würde, bis ich ihr das Wasser reichen konnte. Doch dann würde ich ihr alles heimzahlen!

Pietro Salvatori aß mit deutlichem Widerwillen. Er starrte mißmutig den Teller an und schob ihn schon nach einigen Bissen zur Seite. Meinem Onkel war das gar nicht recht, aber er sagte nichts. Statt dessen beobachtete er, wie Pietros Interesse an dem Dienstmädchen von neuem erwachte. Es war eine recht derbe junge Frau mit einem gewaltigen Busen und stämmigen Beinen.

Der Vampir stellte für mich jedenfalls kein Problem dar. Da er von Magie wahrscheinlich keine Ahnung hatte, konnte ich ihn mir einfach vom Leibe halten. Ich durfte ihn und Vera nur nicht aus den Augen lassen, da ich wissen mußte, was die beiden im Schilde führten. Schweigend verzehrte ich meinen Nachtisch.

Mein Vater und zwei meiner Brüder verfügten über eine seltene Fähigkeit. Sie konnten mit der Zeit jonglieren und sie in einer gewissen Umgebung mit beliebiger Geschwindigkeit ablaufen lassen. Vera hingegen besaß diese Fähigkeit nicht, und ich gönnte ihr diese Schwäche. Mich nämlich hatte mein Onkel vor zwei Tagen als ›positiv‹ getestet, was bedeutete, daß die Möglichkeit zur Zeitmanipulation bei mir zumindest latent vorhanden war. Ich mußte sie nur schulen, dann würde ich eines Tages vielleicht sogar meinen Brüdern ebenbürtig sein...

Ich legte den Löffel zur Seite und lehnte mich zurück. Dann konzentrierte ich mich auf einen Keramikteller, der auf einer Anrichte stand. Mehr als eine Minute geschah nichts. Dann schien ein eisiger Hauch durch das Zimmer zu wehen. Ich wandte den Kopf und blickte auf die alte Standuhr, die in einer Ecke des Zimmers stand. Ihr Pendel stand still. Ebenfalls in der Bewegung erstarrt war meine Schwester, die soeben ihren Löffel zum Mund führte. Ihr Hand war mitten in der Luft hängengeblieben.

Allerdings besaß ich nicht die Kraft, diesen Zustand länger als einige Sekunden aufrecht zu erhalten. Als ich kurz darauf einen Blick auf meinen Patenonkel warf, aß dieser ruhig weiter, als wäre gar nichts geschehen. Anscheinend hatte er nichts davon bemerkt, daß ich mich in einen rascheren Zeitablauf versetzt hatte. Mir war klar, daß ich diese Fähigkeit weiter trainieren mußte. Es wäre leichtsinnig gewesen, diesen strategischen Vorteil meiner Schwester gegenüber zu verschenken.

Als das Geschirr abgeräumt worden war, durfte endlich wieder gesprochen werden. Doch ich hatte keine Lust, mich an der Unterhaltung zu beteiligen; ich hörte nur zu. Nach einigen Minuten stand Vera auf und ging aus dem Zimmer. Ich unterdrückte mühsam ein Lächeln, ahnte ich doch, wohin sich meine Schwester begeben würde. Als sie eine halbe Stunde später noch immer nicht zurückgekehrt war, erkundigte sich Pietro verwundert nach ihr.

»Wahrscheinlich ist sie auf ihrem Zimmer«, antwortete ich gleichgültig.

»Das ist keine Art, einfach grußlos zu verschwinden«, brummte Behemoth. »Hol sie her, Coco!«

Gehorsam folgte ich seiner Aufforderung. Es war so, wie ich vermutet hatte. Vera hatte meinem Zimmer einen Besuch abstatten wollen und war dabei ahnungslos in die magische Falle getappt. Sie stand in der Tür und ruderte verzweifelt mit Armen und Beinen. Ihr Gesicht war rot vor Anstrengung. Ich wußte, wie sie sich fühlen mußte, da ich selbst einmal in eine ähnliche Falle geraten war, die einer meiner Brüder für mich errichtet hatte. Sie gab einem das Gefühl, ins Bodenlose zu versinken. Als habe man nichts als Treibsand unter den Füßen.

Ich blieb vor Vera stehen. »Sieh mal einer an!« sagte ich mit hohntriefender Stimme. »Da finde ich dich also. Was wolltest du denn in meinem Zimmer?«

»Wenn du mich nicht sofort befreist, sage ich Onkel Cyrano, daß du...«

»Wer ist nun eine Petze?«

Vera preßte die Lippen zusammen und funkelte mich wütend an. »Laß mich los!« bettelte sie. »Ich halte das nicht mehr aus!«

»Hör mir gut zu, Schwester«, sagte ich und war über mich selbst überrascht, mit wieviel Selbstvertrauen ich jetzt sprach. »Ich habe genug von deinen Schikanen. Ich drehe jetzt den Spieß um. Ab sofort lasse ich mir nichts mehr von dir gefallen, hast du mich verstanden?«

»Ja, ja«, seufzte sie. »Aber jetzt mach mich los.«

»Wenn du noch mal mein Zimmer betrittst, dann kommst du nicht mehr so billig davon wie heute! Ich weiß, daß es keinen Sinn hat, jetzt etwas von dir zu verlangen. Du würdest mir doch alles versprechen – und nichts davon halten. Deshalb hätte ich gute Lust, dich noch einige Zeit hier zappeln zu lassen.«

»Hör endlich mit dem Gerede auf!« fauchte sie.

Ich konzentrierte mich kurz, und der Zauber verschwand. Vera konnte sich wieder normal bewegen und ging sofort mit vorgestreckten Fingern auf mich los. Ich aber hatte damit gerechnet. Eine Bewegung meiner linken Hand reichte, und Vera wurde einen Schritt zurückgeworfen. Ich preßte meine Handflächen zusammen, und sie fing an zu röcheln, als hätten sich mit einem Mal unsichtbare Hände um ihre Kehle gelegt, die ihr die Luft abschnürten. Ich verstärkte den Druck, und Veras Augen weiteten sich.

Normalerweise hätte sie sich rasch aus diesem magischen Griff befreien können, aber ihre Wut machte sie blind für das Nächstliegende.

»Laß dir das eine Lehre sein«, sagte ich zufrieden. »Übrigens sollst du sofort zum Onkel kommen. Er ist ziemlich ungehalten, daß du so einfach verschwunden bist.«

Ich drückte blitzschnell meine Hände ganz zusammen, und Vera brach ohnmächtig zusammen. Ich hatte keine Lust zu warten, bis sie erwachte, sondern kehrte zurück in den Speisesaal. »Sie kommt gleich«, sagte ich knapp und setzte mich wieder.

Vera versuchte möglichst unbefangen zu wirken, als sie endlich erschien. Aber das gelang ihr nur teilweise. Sie konnte es nicht lassen, mir böse Blicke zuzuwerfen. In der Gegenwart meines Onkels war ich sicher, doch sobald er außer Sichtweite war, würde sie sich ganz bestimmt revanchieren.

Aber meine Befürchtungen bewahrheiteten sich vorerst nicht. Vera ignorierte mich im folgenden ganz einfach.

Den nächsten Vormittag hatte ich mit ihr zusammen den Unterricht bei Sandra Thornton verbracht. Die Hexe war über meine Wandlung mehr als überrascht gewesen. Sie konnte kaum fassen, wie eifrig und wißbegierig ich plötzlich war.

Nach dem Mittagessen blieb ich vor der Tür stehen und versuchte etwas von der Unterhaltung zwischen meinem Onkel und Sandra aufzuschnappen.

»Dieser Pietro ist ein hoffnungsloser Fall«, brummte mein Onkel. »Einfach ohne Talent. Aber was kann man schon von einem Vampir erwarten? Er stellt sich dazu noch außerordentlich dumm an und begreift nicht einmal die simpelsten Grundsätze. Wohin soll das alles führen? Der Nachwuchs wird immer schlechter. Die Kinder verlieren ihre Fähigkeiten. In ein paar hundert Jahren werden sie alle zu normalen Menschen geworden sein, wenn nicht eine grundlegende Änderung eintritt. Macht Coco Fortschritte, Sandra?«

»Das kann man wohl sagen. Ich habe genügend Hexen ausgebildet, um sofort zu erkennen, daß ich mit Coco ein echtes Talent vor mir habe. Coco ist befähigt, eine große Hexe zu werden, während Vera nie mehr als guter Durchschnitt sein wird. Wenn Coco ernsthaft an sich arbeitet, hat sie mich in wenigen Wochen überflügelt.«

»Das höre ich gern«, sagte mein Onkel zufrieden. »Aber weshalb machst du so ein skeptisches Gesicht?«

»Sie hat Fähigkeiten, die die meinen weit übertreffen«, sagte Sandra, »doch sie ist zu sanft. Sie paßt so gar nicht in die Familie.«

»Das wird sich ändern«, sagte mein Onkel zuversichtlich. »Du mußt Geduld mir ihr haben.«

Sandra seufzte. »Es bleibt uns wohl nichts anderes übrig.«

Ich hatte genug gehört und zog mich geräuschlos auf mein Zimmer zurück. In meinem Lehrbuch suchte ich nach einer Stelle, in der beschrieben wurde, wie eine Hexe der Wirkung eines silbernes Kreuzes für einige Zeit entgehen konnte.

Ich steckte mein ganzes Geld ein und verließ das Schloß.

Eine Stunde später saß ich am Seeufer und wartete auf Rupert Schwinger. Es war heiß, und ich bedauerte, keinen Badeanzug mitgenommen zu haben. Dem Gezwitscher der Vögel lauschend, starrte ich über den See. Ein Fisch schnappte nach einer Fliege und klatschte auf die Wasseroberfläche zurück. Es war alles so friedlich und harmonisch, daß es einem warm ums Herz werden konnte.

Immer wieder schaute ich mich suchend um. Aber Rupert ließ auf sich warten. Dann endlich vernahm ich Schritte und sah ihn zwischen den Büschen hervortreten. Er trug verbeulte Jeans und ein dunkelrotes Hemd, dessen Ärmel er aufgekrempelt hatte. Lächelnd kam er näher.

»Hallo, Rupert!« begrüßte ich ihn und scharrte verlegen mit dem rechten Fuß. Mein Puls schlug wie verrückt, und ich senkte den Blick.

»Setzen wir uns«, sagte Rupert und legte einen Arm um meine Schulter, so daß ich zusammenzuckte. Dabei hatte ich gar nichts dagegen, sondern genoß die Nähe seines Körpers.

»Hast du Vera gesehen?« fragte ich.

Er schüttelte den Kopf. »Ich verspüre auch kein besonderes Verlangen danach«, sagte er grinsend.

»Ich habe dir etwas mitgebracht«, sagte ich leise, griff in meine Rocktasche und holte eine kleine Schachtel heraus. »Hoffentlich gefällt es dir.«

Er öffnete die Box, und ich unterdrückte nur mit Mühe einen Schmerzensschrei. Die hochstehende Sonne ließ das silberne Kreuz an der dicken Kette funkeln. Es war einfach ausgeführt und recht groß, so daß es fast ein wenig klobig wirkte.

»Gefällt es dir?« fragte ich, mich mühsam beherrschend.

»Ja«, sagte er. »Sehr sogar. Aber ich kann es nicht annehmen. Es war sicherlich teuer. Nein, ich...«

»Bitte!« sagte ich, denn ich hatte mein ganzes Geld für dieses Kreuz ausgegeben. Unten im Dorf hatte ich es in einem Juweliergeschäft gekauft. Wenn er es nicht annahm, wäre alles umsonst gewesen.

»Du mußt es immer tragen«, sagte ich.

»In Ordnung. Ich werde es immer tragen«, wiederholte er ernst und legte sich die Kette um den Hals. Dann griff er nach meiner rechten Hand. »Dafür bekommst du einen Kuß.« Er beugte sich vor, und sein Mund näherte sich langsam dem meinen. Es war ein unschuldiger Kuß, nicht mehr als das Aneinanderpressen der Lippen, doch für mich bedeutete es ungleich mehr – es war der schönste Augenblick meines bisherigen Lebens!

Ich lächelte glücklich, und ehe ich mich versah, küßte Rupert mich erneut. Diesmal nahm er mich fester in die Arme, und der Kuß fiel nicht so unschuldig aus wie der erste. Ich befreite mich nach einiger Zeit aus Ruperts Umarmung und rang nach Atem. Seine Augen schienen von innen her zu leuchten. Doch plötzlich vernahm ich hinter mir ein spöttisches Lachen, und die friedliche, glückliche Stimmung zerbrach wie Glas.

Ich wandte blitzschnell den Kopf. Meine Schwester Vera und Pietro Salvatori standen wenige Meter entfernt und hatten uns sicherlich die ganze Zeit über beobachtet.

Ich sprang auf. »Lauf, Rupert!« befahl ich ihm.

Doch er hörte nicht auf mich. Statt dessen schob er das Kreuz unter sein Hemd und stand langsam auf.

»Jetzt bekommt der ungezogene Bengel seinen Denkzettel«, sagte Vera böse und trat auf ihn zu. Pietro Salvatori folgte ihr langsam. Sein bleiches Gesicht hatte sich zu einer bösartigen Grimasse verzogen.

»Was hast du vor, Vera?« fragte ich bebend.

»Das wird Rupert schon merken.« Vera grinste böse. »Pietro wird mir gern helfen.«

»Rasch, Rupert!« schrie ich. »Flieh! Sie will...«

»Halt den Mund!« fauchte Vera. »Mit dir rechne ich auch noch ab! So schlage ich zwei Fliegen mit einer Klappe. Pietro, pack ihn!«

Der Vampir sprang los. Er zog die Lippen zurück, und sein kräftiges Gebiß kam zum Vorschein. Aus dem Oberkiefer wuchsen zwei gewaltige Zähne, die immer länger wurden. Mit drei Sprüngen stand Pietro vor Rupert und griff nach seinen Schultern. Der Junge ballte die rechte Faust und schlug nach Pietros Gesicht, doch der italienische Vampir packte Rupert einfach nur brutal an der Brust und warf ihn zu Boden. Gierig beugte er sich über seine Kehle.

»Das Kreuz, Rupert!« brüllte ich. »Halte ihm das Kreuz hin!«

Bevor Pietro zubeißen konnte, riß sich Rupert das Hemd auf, und das silberne Kreuz funkelte in der Sonne. Der Vampir stieß einen gellenden Schrei aus und fuhr zurück. Er brüllte wie von

Sinnen und schlug sich die Hände vors Gesicht.

»Drücke ihm das Kreuz auf die Stirn!« wies ich Rupert an. Der Junge gehorchte, und gleich darauf wand sich Pietro in Krämpfen am Boden. Er stieß winselnde Laute aus und versuchte, das Kreuz fortzuschleudern, ohne länger mit ihm in Kontakt zu kommen. In diesem Augenblick griff Vera ein, die einige Augenblicke von der Ausstrahlung des Kreuzes überwältigt worden war. Sie sagte einen Zauberspruch auf, und Rupert erstarrte mitten in der Bewegung. Pietro war ohnmächtig zusammengebrochen. Dann konzentrierte sich Vera auf mich. Ich bekam einen gewaltigen Stoß gegen die Brust, stolperte über eine aus dem Boden herausragende Wurzel und flog rücklings in den See. Unsichtbare, kräftige Hände drückten meinen Kopf ins dunkle Wasser. Ich wehrte mich verzweifelt, doch gegen die Kräfte meiner Schwester kam ich so plötzlich nicht an.

Ich mußte mich konzentrieren! Also versuchte ich meine Angst und Aufregung zu unterdrücken, hielt die Luft an und stellte jede Gegenwehr ein. Vera ließ mich mehr als eine halbe Minute unter Wasser, dann löste sie ihren Zauber und wandte sich Rupert zu. Vielleicht glaubte sie, daß ihr von mir keine Gefahr mehr drohte. So bemerkte sie nicht, wie ich hinter ihr den Kopf aus dem Wasser streckte – gerade rechtzeitig, um mitzuverfolgen, wie sie Rupert durch einige Handbewegungen und eine Beschwörungsformel aus seiner Erstarrung weckte. Wie eine Marionette stapfte er auf den See zu. Kurze Zeit später verschwanden seine Füße im Wasser, dann seine Knie und seine Hüften. Er jedoch ließ sich nicht davon beirren, sondern ging immer weiter hinein.

Ich spielte die Bewußtlose und schwamm völlig entspannt auf dem Rücken. Einen Fehler konnte ich mir nicht leisten, sonst war Rupert verloren. Meine Schwester wollte den wehrlosen Jungen einfach ertrinken lassen.

Und dann gelang es mir! Urplötzlich schien die Zeit stehenzubleiben. Ich richtete mich rasch auf und watete aus dem Wasser. Neben Vera blieb ich stehen, bewegte meine Hände und ließ sie ohnmächtig zusammenbrechen. Dann fiel ich in die normale Zeitebene zurück.

Rupert aber ging immer noch stur voran. Das Wasser reichte

ihm jetzt bis zum Hals. Ohne zu zögern, sprang ich ihm hinterher, packte ihn an den Schultern und zog ihn zum Ufer zurück. Nach einiger Zeit gelang es mir endlich, den Zauber, den Vera über ihn geworfen hatte, zu lösen. Mein neuer Freund blieb benommen am Ufer liegen.

Meiner Schwester gönnte ich nur einen kurzen Blick. Dann kümmerte ich mich um Pietro. Um meine Lippen lag ein harter Zug, als ich mich kurzerhand umsah und einen abgebrochenen, zwei Finger dicken Ast entdeckte. Ich kniete neben Pietro Salvatori nieder, schob seine Jacke auseinander, knöpfte sein Hemd auf und drückte die Spitze des Holzpflocks gegen seine Brust. Mit einem schweren Stein hieb ich auf den Pflock nieder und rammte ihm dem Vampir fast einen Zentimeter weit in die Brust. Dunkles Blut floß aus der Wunde.

Da schlug Pietro die Augen auf. »Nicht!« schrie er mit versagender Stimme.

»Stirb, du Scheusal!« keuchte ich und holte erneut aus. Bevor ich jedoch nochmals zuschlagen konnte, wurden meine Hände zurückgerissen. Der Stein entfiel meiner Hand, und jemand schleuderte den Ast in den See.

»Aufstehen!« hörte ich die Stimme meines Patenonkels. Folgsam erhob ich mich. Cyrano von Behemoth stand vor mir, die Hände über der Brust verschränkt. Seine dunklen Augen schienen zu lodern. »Da bin ich ja gerade noch rechtzeitig gekommen«, rief er böse und blickte mir in die Augen. Ich glaubte in einen bodenlosen Schacht zu fallen.

Als ich wieder bei Besinnung war, fühlte ich mich unglaublich schwach. Ich blickte mich um und erkannte neben mir Vera und Pietro. Rupert hingegen war verschwunden.

»Ihr drei bekommt eure verdiente Strafe«, sagte Behemoth mit wutbebender Stimme. »Ihr dürft das Schloß nicht mehr verlassen. Und nach dem Unterricht bleibt ihr auf euren Zimmern. Ich verbiete euch, daß ihr miteinander sprecht. Ich werde euch alle drei mit einem Bann belegen. Wenn ihr gegen meine Anweisungen verstoßt, dann merke ich das sofort. Ihr braucht nichts zu sagen. Ich weiß, was hier vorgegangen ist. Für das, war ihr getan habt, gibt es keine Entschuldigung!«

»Was ist mit Rupert?« fragte ich.

Der Graf sah mich böse an. »Ich habe ihm die Erinnerung an die vergangene Stunde geraubt. Du wirst ihn nicht wiedersehen, Coco. Dafür werde ich sorgen. Und jetzt kehren wir alle ins Schloß zurück!«

Mir stiegen die Tränen in die Augen, während ich hinter den anderen hertrottete.

2. Kapitel

Hexensabbat

Fünf Jahre später
Ich stand in meinem Zimmer und blickte auf den Schloßhof hinunter. Es war ein trüber Frühlingstag. Der Himmel war bedeckt, und es nieselte leicht. *Morgen bin ich endlich von hier fort!* dachte ich.

In wenigen Tagen war mein sechzehnter Geburtstag. In den vergangenen Jahren, die ich allesamt auf dem Schloß meines Onkels verbracht hatte, war ich gereift und hatte mich geändert. Nichts an mir war mehr knochig. Ich war hochgewachsen, hatte lange schlanke Beine, volle Hüften und einen üppigen Busen bekommen. Ich hatte mich zu einer Schönheit entwickelt, die außer meinem Patenonkel bisher allerdings kaum ein Mann zu Gesicht bekommen hatte. Aber nicht nur körperlich war ich reifer geworden. Meine Hexenfähigkeiten hatte ich beinahe bis zur Perfektion gesteigert. Die Ausbildung war abgeschlossen. Gleichzeitig hatte ich mich mit meinem Schicksal abgefunden. Meine gelegentlichen Versuche, gegen Cyrano aufzubegehren, waren von ihm ausnahmslos niedergeschlagen worden. Allein Sandra Thornton stellte für mich inzwischen kein Problem mehr dar. Ich hatte sie längst überflügelt.

Vera und Pietro hatten schon vor mehr als zwei Jahren das Schloß verlassen dürfen. Anscheinend hatte mein Onkel erkannt, daß aus ihnen nicht mehr herauszuholen sein würde. Seit damals war ich allein gewesen. Behemoth hatte mir gestattet, täglich eine Stunde das Schloß zu verlassen, doch war es mir verboten gewesen, eines der umliegenden Dörfer zu betreten oder mit irgendeinem Menschen zu sprechen. Meist war ich in der Umgebung des Schlosses spazierengegangen oder hatte mich an den See gesetzt und lange an Rupert Schwinger gedacht, den ich nicht vergessen konnte. Sobald meine Gedanken um ihn kreisten, fragte ich mich unwillkürlich, was wohl aus ihm geworden war und ob er sich überhaupt noch an mich erinnerte.

Vor einem Jahr war die Sehnsucht nach ihm übermächtig geworden. Ich wußte, daß mein Onkel mich mittels eines magischen Auges beobachten ließ, sobald ich das Schloß verließ. Lange hatte ich nach einem Weg gesucht, diesen Zauber auszuschalten, bis ich in irgendwelchen Manuskripten schließlich die notwendigen Zauberformeln entdeckte. Es war eine schwierige Beschwörung, die ich nur aufgrund meiner speziellen Fähigkeiten ausführen konnte.

Den ersten Versuch startete ich in meinem Zimmer, wo mich niemand überwachte. Anfangs mußte ich ein Stück Kreide zu Hilfe nehmen. Auf magische Weise versuchte ich ein Ebenbild von mir zu schaffen – es ging gründlich daneben! Ich hatte ein Geschöpf kreiert, das nur wenig Ähnlichkeit mit mir besaß. Doch nach einem Dutzend Versuchen gelang der Zauber schließlich perfekt; der einzige Nachteil daran war, daß die Pseudogestalt sich nicht bewegte, sondern starr wie eine Statue stehenblieb. Ich übte mehr als vierzehn Tage, bis ich diesen Mangel endlich behoben hatte. Sprechen konnte meine Doppelgängerin allerdings immer noch nicht. Aber das würde auch nicht notwendig sein. Zusammen mit meiner Fähigkeit, die Zeit anzuhalten, mußte es mir gelingen, das magische Auge zu täuschen.

Ein Dreivierteljahr ist es jetzt her, daß ich diesen Versuch unternahm. Es war ein freundlicher Herbsttag, als ich das Schloß verließ und zum See wanderte. Ich setzte mich auf den umgestürztem Baum am Ufer und blickte mich flüchtig um. Es bereitete mir keine Schwierigkeiten, das magische Auge zu entdecken. Mein Onkel hatte ihm die Form einer Fliege gegeben, die mich umkreiste.

Ich schloß die Augen und konzentrierte mich. Die Zeit stand still. Die Fliege erstarrte mitten in einem Flügelschlag. Ich sprang auf und lief einige Meter davon. Dann blieb ich stehen, und aus der Luft materialisierte sich mein Ebenbild. Es saß bewegungslos auf dem Baumstamm. Ich ließ die Zeit wieder weiterlaufen und beobachtete meine Doppelgängerin. Sie bewegte sich und schritt, vom magischen Auge umkreist, einige Male hin und her. Ich wartete eine halbe Stunde, manipulierte erneut die Zeit und ließ die zweite Coco Zamis wieder verschwinden. Dann kehrte ich ins Schloß zurück. Mein Onkel hatte nichts gemerkt; also war es mir gelungen, ihn und das magische Auge zu täuschen.

Dreimal führte ich diesen Test durch, und jedesmal mit Erfolg. Schließlich wurde ich mutig und strebte nach Hartweg, während meine Doppelgängerin am See zurückblieb. Ich wollte wissen, was mit Rupert Schwinger los war. Vor dem gelben Haus auf dem Hauptplatz blieb ich stehen. Langsam stieg ich in den ersten Stock hinauf. Das Schild, auf dem *Schwinger* stand, hing noch immer an der weißgestrichenen Tür. Ich zögerte für einen Augenblick, dann drückte ich auf die Klingel. Diesmal dauerte es etwas länger, bis die Tür geöffnet wurde. Eine weißhaarige Frau blinzelte mich kurzsichtig an.

»Guten Tag«, sagte ich freundlich. »Ich suche Rupert Schwinger.«

»Er ist nicht da«, antwortete die Alte. »Er studiert in Wien und kommt nur gelegentlich übers Wochenende nach Hause. Wahrscheinlich ist er morgen wieder da. Kann ich ihm etwas ausrichten?«

»Sagen Sie ihm bitte, daß ich morgen um die gleiche Zeit wiederkommen werde. Ich bin Coco Zamis. Es ist schon lange her, daß ich ihn gesehen habe.«

»Ich werde ihm Bescheid geben, Fräulein«, meinte sie und schloß die Tür.

Ich blieb noch einige Sekunden stehen und fragte mich erneut, ob es überhaupt Sinn machte, mich noch einmal an Rupert zu wenden. Vielleicht hatte er inzwischen längst jemand anderen kennengelernt.

Doch am nächsten Tag stahl ich mich wieder fort. Mein Onkel hatte noch immer keinen Verdacht geschöpft. Ich konnte das magische Auge leicht täuschen. Mein Puls hämmerte stärker, als ich auf den Klingelknopf drückte. Hoffentlich war Rupert tatsächlich zu Hause.

Und dann stand er vor mir! Mir stockte der Atem, als ich ihn sah. Er schaute noch viel besser aus, als ich ihn in Erinnerung hatte. Wenn mich die Erinnerung nicht täuschte, mochte er inzwischen achtzehn sein. Er überragte mich um einen halben Kopf und trug eine hellbraune Lederjacke und verwaschene Jeans.

»Hallo, Rupert!« sagte ich gepreßt. »Ich bin Coco. Erinnerst du dich noch an mich?«

»Coco?« fragte Rupert überrascht und musterte mich aufmerksam. »Woher sollte ich dich kennen?«

In meinem Gesicht spiegelte sich deutlich die Enttäuschung. »Es ist schon lange her«, sagte ich leise. »Über vier Jahre. Ich traf dich unten am See und schenkte dir ein silbernes Kreuz.«

»Da muß ein Irrtum vorliegen«, sagte er reserviert.

»Vielleicht erinnerst du dich an meine Schwester«, sagte ich. »Sie heißt Vera und hat dir einige böse Streiche gespielt.«

»Nein«, meinte er nach einigem Grübeln. »Ich kenne auch keine Vera. Du mußt dich irren.«

»Sieht ganz so aus«, seufzte ich bedrückt. »Nichts für ungut.«

Jetzt nickte er verständnisvoll. »Glaub mir, ich wüßte es, wenn wir uns schon einmal gesehen hätten. So ein hübsches Mädchen wie dich würde ich nicht so rasch vergessen.«

Ich lächelte und spürte, wie mir bei seinen Worten eine Gänsehaut über den Rücken rann. Der nächste Satz aber stürzte mich auch schon wieder in bodenlose Verzweiflung.

»Allerdings habe ich eine feste Freundin, und die wäre bestimmt nicht sehr erfreut, wenn sie sehen könnte, wie wir beide uns hier unterhalten...«

Ich sah ihn wie durch einen Schleier hindurch. Er gehörte einer anderen, und ich hatte mir tatsächlich eingebildet, daß er auf mich warten würde! Die ganzen einsamen Jahre hatte ich mich an die Hoffnung geklammert, ihn wiederzusehen... Und jetzt das!

Mit hängenden Schultern wandte ich mich ab und wollte davontrotten, als mir plötzlich eine Idee durch den Kopf schoß! Ich kehrte zurück, ließ mich in einen schnelleren Zeitablauf fallen und riß Rupert, der noch immer in der Tür stand, drei seiner Kopfhaare aus. Sorgfältig steckte ich sie ein und verließ das Haus.

Selbst in meinem Zimmer konnte ich keine Ruhe mehr finden und wanderte die halbe Nacht auf und ab. Mir wurde klar, daß hinter diesem Gedächtnisschwund mein Patenonkel steckten mußte. Er hatte mir ja gesagt, daß er Rupert die Erlebnisse am See aus dem Gehirn streichen wollte, aber ich hatte nie gedacht, daß er seine Drohung wahrmachen würde. Immer wieder warf ich einen Blick auf Ruperts Haare, die in einer kleinen Schatulle auf dem Tisch lagen.

Ich kann ihn verzaubern, dachte ich. *Ich kann ihn dazu bringen, daß er nur mich liebt.*

Das wäre überhaupt kein Problem gewesen. Doch ich wollte, daß er mich um meiner selbst willen liebte und nicht durch einen Zauberspruch dazu gezwungen wurde. Lange rang ich um eine Entscheidung. Am Ende entschloß ich mich, ihn nicht richtig zu verhexen, sondern ihn nur dazu zu zwingen, sich morgen mit mir zu treffen.

Aus meinem Kasten holte ich ein Federmesser und ein faustgroßes Stück Wachs. Ich setzte mich und schnitzte daraus eine Figur, die nach wenigen Minuten Rupert Schwingers Gesichtszüge annahm. Seine Haare preßte ich in den Kopf der Statue. Zufrieden betrachtete ich mein Werk und zündete eine dicke Kerze an, die ich hinter die Statue stellte. Mit weißer Kreide zog ich ein Pentagramm um die Wachsfigur und kniete vor dem Tisch nieder. Ich hockte mich auf die Fersen, drückte die Stirn gegen die Tischkante, bewegte die Lippen und formte seltsame Worte, die einer uralten Dämonensprache entstammten. Nach einer halben Stunde löschte ich die Kerze und ging zu Bett.

Wie nicht anders zu erwarten gewesen war, hatte die Beschwörung Erfolg. Am nächsten Tag spazierte ich kurz nach drei Uhr am See entlang. Ich mußte nicht lange warten, da tauchte Rupert auf. Er sah mich überrascht an.

»So ein Zufall, daß wir uns hier treffen«, säuselte ich.

»Allerdings!« stellte er verwirrt fest. »Dabei wollte ich nur ein wenig spazierengehen.«

»Ich auch«, erwiderte ich. »Stört es dich, wenn ich dich begleite?«

Er schüttelte den Kopf.

Doch unsere gemeinsame Wanderung entwickelte sich nicht so, wie ich es mir vorgestellt hatte. Rupert beachtete mich nicht besonders. Er gab mir ziemlich einsilbige Antworten auf meine Fragen. Ich erfuhr nur, daß er seit einigen Wochen in einem kleinen Zimmer in Wien wohnte und Chemie studierte. Und er hatte eine Freundin, die zwei Jahre älter als er war und die er sehr zu mögen schien.

Als wir uns verabschiedeten, krampfte sich mein Herz zusammen. *Er empfindet nichts für mich,* dachte ich, *überhaupt nichts.*

Wütend rannte ich eine halbe Stunde im Wald umher, ballte immer wieder die Fäuste und schimpfte vor mir hin. Mein Entschluß stand fest. Ich würde Rupert an mich binden!

Nach einer Woche traf ich ihn wieder, doch er verhielt sich nur wenig anders als vorher. Ich wendete radikalere Mittel an. Er löste sich auf meine Initiative von seiner Freundin. Allerdings hatte er auch dann noch nicht viel mit mir im Sinn, was mich außerordentlich wütend machte. Noch aber war ich nicht so weit, einen Liebeszauber anzuwenden; ich wollte Rupert ohne magische Tricks gewinnen. Doch es war nicht einfach für mich, da ich ihn ja nur am Wochenende sehen konnte – und auch dann nur für sehr kurze Zeit.

Während der Weihnachtsfeiertage blieb er endlich einmal vierzehn Tage bei seinen Eltern. In dieser Zeit hoffte ich, uns beide zusammenbringen zu können, doch ich hatte mich verrechnet. Ich war unvorsichtig gewesen, und mein Onkel war mißtrauisch geworden. Am zweiten Weihnachtstag folgte er mir. Das magische Auge hatte ich mit meinem Ebenbild täuschen können, doch meinen Onkel nicht. Er sah zu, wie ich mich mit Rupert traf und wir uns unterhielten, wartete aber, bis ich ins Schloß zurückgekehrt war; dann erst ließ er mich zu sich rufen. Er sagte mir, daß er mich mit Rupert gesehen habe, obgleich er mir doch verboten hatte, mit irgendeinem Menschen in Kontakt zu treten, und belegte mich mit einem Bannspruch. Seitdem war ich endgültig auf dem Schloß gefangen gewesen, eingesperrt zwischen den düsteren Mauern und ohne Aussicht, wieder freizukommen, bevor ich zu meiner Familie zurückkehren durfte.

Und morgen war es soweit. Wien war nicht mehr weit, und schon bald würde ich der strengen Aufsicht meines Onkels für immer entronnen sein.

Zudem besaß ich ja immer noch Ruperts Haare. Sobald ich in Wien war, würde ich wieder eine Beschwörung durchführen; diesmal würde ich ihn endgültig an mich binden.

Zufrieden lächelnd schloß ich das Fenster. Seit ich wußte, daß ich endlich von hier fortkommen würde, hatte sich meine Laune entschieden gebessert. Ich war vergnügt und lachte viel. Nur gelegentlich machte ich mir Gedanken darüber, wie das Leben im Haus meiner Eltern wohl verlaufen würde. Ich konnte mich ja kaum mehr daran erinnern, wie sie eigentlich aussahen.

Dann dachte ich an meine Schwester Vera, und meine gute Laune sank. Aber ich war sicher, Vera inzwischen überlegen zu sein.

Zum Abendessen zog ich mich um. Mein Onkel hatte sich schon den ganzen Tag über recht merkwürdig benommen, so als ob er hohen Besuch erwarte. Er verschwieg mir den Namen seines Gastes, befahl mir jedoch, mich besonders hübsch zu machen.

Ich schlüpfte in ein blutrotes Abendkleid, das sich wie eine zweite Haut um meinen Körper schmiegte und die Schultern und die Ansätze meiner Brüste entblößte. Mein langes, pechschwarzes Haar fiel in weichen Wellen weit über meine Schultern und reichte mir fast bis zu den Hüften. Ich betrachtete mich im Spiegel und fand mich umwerfend schön. Zufrieden ging ins Speisezimmer. Der große Tisch war festlich gedeckt. Sandra Thornton gab noch einige Anweisungen an die zwei Dienstmädchen, dann wandte sie sich mir zu. »Benimm dich anständig, Coco!« sagte sie. »Mach deinem Onkel keine Schande. Wir haben heute einen wichtigen Besucher, und es ist für deinen Onkel wichtig, daß du einen guten Eindruck bei unserem Gast hinterläßt.«

»Wer kommt denn zu Besuch?« fragte ich neugierig.

»Das wird dir dein Onkel sagen«, erwiderte Sandra abweisend. »Er wird in wenigen Minuten hier sein.«

Ich wollte mich an den Tisch setzen, doch Sandra verbot es mir. Mißmutig blieb ich vor dem Tisch stehen. »Ich gehe einstweilen auf mein Zimmer«, sagte ich. »Ich sehe nicht ein, weshalb...«

»Du bleibst hier«, sagte Sandra scharf.

Und bevor ich noch etwas sagen konnte, spürte ich die unheimliche Ausstrahlung! Ein mächtiger Dämon näherte sich dem Speisezimmer. Seine Aura wurde immer stärker. Dann öffnete sich die Tür, und der Gast trat ein. Mein Patenonkel folgte ihm in Respektabstand. Der Besucher blieb stehen und blickte zuerst Sandra an, bevor er sich schließlich mir zuwandte. Ich senkte den Blick. Der Fremde trug einen schwarzen, elegant geschnittenen Anzug. Seine Hände waren lang und schlank, die Finger sahen wie Tentakel aus. Sein Gesicht war ein weißer Fleck, ohne Nase und Mund; nur große, glühendrote Augen waren darin zu sehen. Dieser Fleck wurde von enganliegendem, schlohweißem Haar umrahmt. Ich spürte den Blick körperlich und fühlte mich den glühenden Augen schutzlos ausgeliefert. Es war mir, als würde ich nackt vor dem Fremden dastehen. Meine Knie wurden schwach, und ich hielt mich nur mühsam aufrecht. Der unheimliche Besucher ging auf mich zu, streckte die rechte Hand aus und faßte unter mein Kinn. Er hob meinen Kopf und starrte mir tief in die Augen, dann ließ er mich los und wandte sich ab.

»Das ist sie, Herr«, sagte mein Patenonkel. »Coco Zamis aus Wien.«

Der Dämon sagte nichts, sondern trat an den Tisch und setzte sich nieder. Er sah mich an und deutete mit einer Hand auf den Stuhl zu seiner Rechten. Ich bewegte mich wie unter einem fremden Zwang und nahm neben dem Unbekannten Platz. Mein Onkel und Sandra ließen sich mir gegenüber nieder.

»Du hast nicht übertrieben, Cyrano«, sagte der Besucher. »Coco ist ein außergewöhnlich schönes Mädchen. Wenn sie über gute magische Fähigkeiten verfügt, dann kommt sie in Frage.«

»Sie ist die talentierteste Hexe, die ich je unterrichtete«, sagte mein Onkel. »Aber sie ist ein wenig störrisch und sehr eigensinnig.«

»Das kann man ihr austreiben«, sagte der Fremde. »Darüber sprechen wir später.«

»Ganz wie es dir gefällt«, sagte Behemoth.

Ich blickte meinen Onkel verwundert an. So hatte ich ihn noch nie zuvor erlebt. Sonst trat er sehr selbstsicher und herrisch auf. Jetzt aber legte er eine geradezu hündische Untergebenheit an den Tag. Ich hatte meinen Patenonkel immer für einen Mann gehalten, der sich vor keinem anderen Dämon beugte. Auch Sandra war verändert. Sie saß steif da, als habe sie einen Stock verschluckt.

»Soll ich das Essen auftragen lassen?« fragte mein Onkel unsicher.

Der Besucher nickte.

Zwei Dienstmädchen servierten, und wir speisten in bedrükkender Stille. Ich besaß normalerweise einen gesegneten Appetit, doch diesmal hatte ich Schwierigkeiten, auch nur einen Bissen herunterzuschlucken. Aber nicht nur mir ging es so; auch Sandra und mein Onkel saßen mit angespannten Mienen da. Als der erste Hauptgang aufgetragen wurde, hatte ich mich aber schon etwas an die unheimliche Ausstrahlung des Fremden gewöhnt. Ich entspannte mich und mobilisierte meine Abwehrkräfte. Nach einigen Minuten spürte ich die Ausstrahlung nicht mehr und mein Appetit kehrte zurück. Ich schaltete völlig ab und konzentrierte mich auf das Essen.

Nach und nach kehrten meine Gedanken jedoch wieder zu dem Fremden zurück. Ich fragte ich, wer er war und was er hier wollte. Dabei konnte ich mir nicht vorstellen, daß er meinetwegen gekommen war; dazu war ich innerhalb der Schwarzen Familie zu unwichtig. Doch was bedeutete seine Bemerkung, daß ich für irgend etwas in Frage kommen könne, wenn ich über gute magische Fähigkeiten verfügte? Was hatte er mit mir vor?

Nach dem Essen gingen wir in eines der Wohnzimmer. Ein Dienstmädchen servierte Champagner. Der Gast hob sein Glas und prostete zuerst meinem Onkel, dann mir und schließlich Sandra zu.

»Das Essen war ausgezeichnet«, sagte der Dämon, und mein Onkel deutete eine Verbeugung an. »Wann wird Cocos Hexenweihe erfolgen?«

»In drei Tagen, Herr«, antwortete mein Onkel.

»Ich werde dabei sein«, sagte der Besucher und wandte sich mir zu. »Ich habe mich noch nicht bei dir vorgestellt, Coco. Man nennt mich Asmodi.«

Mir fiel vor Überraschung fast das Glas aus der Hand, und meine Augen weiteten sich.

Asmodi II. – das war der derzeit herrschende Fürst der Finsternis, das Oberhaupt der Schwarzen Familie, der Mann, der seit über 250 Jahren die Geschicke der Familie leitete! Niemand kannte seinen richtigen Namen.

Ich wollte etwas sagen, doch kein Laut kam über meine Lippen. Zwar hatte ich damit gerechnet, daß der Besucher ein einflußreicher Dämon war, aber daß sich der Fürst selbst die Mühe machte, mich aufzusuchen – das mußte ich erst mal verdauen.

»Gib mir einige Proben deiner Hexenkunst«, verlangte Asmodi.

»Was soll ich tun, Herr?«

Asmodi sah meinen Onkel an. »Welche Stufe hat sie erreicht?«

»Die höchste, Herr.«

Asmodi nickte zufrieden, hob die rechte Hand, und ein blauer Blitz schoß auf mich zu. Der Blitz glitt wirkungslos von mir ab und raste zurück.

Asmodi lachte. »Tadellos«, sagte er. »Sie hat ein gutes Reaktionsvermögen.«

Dann spürte ich unheimliche Stimmen, die sich in meine Gedanken schlichen. Scheußliche Monster umtanzten mich. Ich legte einen magischen Schirm um meinen Kopf, und die Erscheinungen verschwanden. Triumphierend grinste ich Asmodi an. Mit solch simplen Tricks konnte er mich nicht in Verlegenheit bringen; sie abzuwehren, hatte ich unzählige Male mit Sandra geübt.

Munter ging ich zum Gegenangriff über und verfiel in den rascheren Zeitablauf. Mit wenigen Sätzen rannte ich auf Asmodi zu, löste seinen Schlips und warf ihn auf den Tisch. Dann kehrte ich auf meinen Platz zurück und entspannte mich.

Asmodi griff nach der Krawatte und hob sie hoch. Der Schlips bewegte sich von selbst, legte sich unter dem Hemdkragen und knotete sich. »Auch die Spezialität der Familie Zamis beherrscht sie also«, stellte er fest. »Ich bin sehr zufrieden, Cyrano.«

Mein Onkel lächelte geschmeichelt, und seine Verkrampftheit löste sich ein wenig. Er wechselte einen zufriedenen Blick mit Sandra.

»Wann kehrt Coco zu ihrer Familie zurück, Cyrano?« erkundigte sich der Fürst.

»Ich bringe sie morgen nach Wien«, antwortete mein Onkel.

»Sie scheint für meinen Zweck gut geeignet zu sein«, sagte Asmodi. »Es wird endlich Zeit, daß wir etwas unternehmen. Es ist selten, daß man heutzutage auf guten Nachwuchs stößt. Ich werde mich mit Cocos Vater in Verbindung setzen.« Asmodi wandte sich wieder mir zu. »Geh auf dein Zimmer, Coco!«

Ich stand folgsam auf und verbeugte mich leicht. »Gute Nacht, Herr!« sagte ich leise.

»Schlaf gut!« erwiderte Asmodi.

Ich nickte meinem Onkel und Sandra zu und verließ ziemlich verwirrt und aufgeregt das Zimmer. Weshalb wollte sich Asmodi mit meinem Vater in Verbindung setzen? Was hatte er mit mir vor? Asmodi wollte am Hexensabbat teilnehmen, der zur Feier meiner Hexenweihe veranstaltet wurde. Das war eine Auszeichnung, der sich nicht viele Mitglieder der Schwarzen Familie rühmen konnten. Andere Mädchen wären vielleicht glücklich darüber gewesen, doch ich dachte da anders. Ich hatte Angst vor dem Hexensabbat. Ich wollte nicht zu einer Hexe geweiht werden. Mir graute es vor den furchtbaren Dingen, die dabei geschehen würden. Aber es gab keine Möglichkeit, dem auszuweichen.

Ich setzte mich aufs Bett und zog mich aus. Ich fühlte mich müde und wollte schlafen. Da ich zu faul war, meine Kleidungsstücke in den Kasten zu hängen, erledigte ich das auf magische Art. Der Kasten öffnete sich, und Sekunden später waren meine Kleidungsstücke darin verschwunden. Ich kroch unter die Decke und löschte das Licht. Nach einigen Minuten war ich eingeschlafen.

Ich erwachte, als ich die magische Sperre spürte. Vergeblich versuchte ich mich aufzurichten; mein Körper war gelähmt, und ich kannte nicht einmal einen Gegenzauber. Auch der schnellere Zeitablauf leistete mir keine Hilfe. Dann hörte ich Schritte, die rasch näher kamen und vor meinem Bett anhielten – und Stimmen, leise, wie durch eine Wand hindurch. Ich konnte mich nicht wehren, als die Decke zurückgeschlagen wurde. Kalte Hände berührten meinen Körper, strichen brutal über meine Brüste, arbeiteten sich tiefer an meinen Leib herunter, tätschelten meine Hüften und den Bauch und preßten sich schließlich zwischen meine Beine.

»Sie ist ein schönes Mädchen«, hörte ich Asmodi sagen. »Ein außergewöhnlich gutaussehendes Mädchen...«

Ein eiskalter Finger bohrte sich in meine Scheide.

»Sie ist noch Jungfrau«, stellte er zufrieden fest. »Und das soll sie auch bleiben.«

Wieder glitten die Hände über meinem Leib. »Vielleicht werde ich mit dieser Hexe schon bald einen Dämon zeugen«, sagte Asmodi mit abstoßend lüsterner Stimme.

Die Decke wurde wieder über mich gebreitet, und die Schritte entfernten sich. Es dauerte lange, ehe ich mich wieder bewegen konnte. Ich setzte mich im Bett auf, knipste das Licht an und zitterte am ganzen Leib. Jetzt wußte ich, was Asmodi von mir wollte. Ich schauderte, schloß die Augen und zog die dünne Decke höher. Mir war bekannt, daß er es sich melden ließ, wenn es irgendwo auf der Welt besonders talentierte und hübsche Mädchen aus der Schwarzen Familie gab. Er sah sie sich genauer an, und wenn er eines von ihnen für geeignet hielt, zeugte er mit ihm einen Dämon, den irgendeine fremde junge Frau austrug und der dann später zur Schwarzen Familie zurückkehrte. Aber mir wäre nie eingefallen, daß auch mir dieses Schicksal einmal zuteil werden würde.

Ich legte mich zurück und schluchzte. Ich wollte nur Rupert Schwinger! Bei der Vorstellung, wie sich der unheimliche Dämon mit mir vereinte, wurde mir übel. Ich vergrub den Kopf im Kissen. *Mein Vater wird Asmodis Wunsch ablehnen*, dachte ich und drehte mich zur Seite. Dann schüttelte ich den Kopf. Nein, ich durfte mir keine Illusionen machen. Mein Vater würde es als besondere Ehre betrachten, daß Asmodi mich auserkoren hatte. Das war eine Hervorhebung der Familie Zamis, die ihr Ansehen und mehr Einfluß innerhalb der Schwarzen Familie bringen würde.

Ich hatte mich so gefreut, daß ich morgen das Schloß meines Patenonkels verlassen durfte, doch jetzt...

Erst gegen Morgen hatte ich noch einige wenige Stunden Schlaf gefunden. Eines der Dienstmädchen hatte mich aus meinem Schlummer geweckt, und kurz darauf hatte ich das Frühstück in einem der düsteren Zimmer zu mir genommen. Mein Onkel und Sandra ließen sich partout nicht blicken. Ich dachte an die vergangene Nacht und hoffte, daß alles nur ein Alptraum gewesen war.

Als ich mit dem Frühstück fertig war, trat endlich mein Patenonkel ins Zimmer. Er lächelte, setzte sich und schenkte sich eine Tasse Kaffee ein. »Du gefällst Asmodi«, sagte er zufrieden. »Das ist mehr, als ich erhofft hatte. Du kannst dich glücklich schätzen, Coco. Du wirst überall in unserer Familie hochangesehen sein, wenn er sein Versprechen hält.«

Ich stellte mich unwissend. »Was hat er vor?« fragte ich.

Mein Onkel runzelte die Stirn. »Das kannst du dir doch denken. Oder willst du mich etwa für dumm verkaufen?«

»Er will ein Kind mit mir zeugen?«

»Genau«, sagte Behemoth. »Dein Vater wird stolz auf dich sein. Bei deiner Weihe ist es soweit.«

»Und wenn ich nicht will?«

Meinem Onkel klappte der Kiefer hinunter, und er starrte mich verblüfft an. »Was soll diese dumme Frage? Es ist noch nie vorgekommen, daß sich eine Frau aus der Schwarzen Familie Asmodi verweigert hat.«

Na, irgendeine muß ja den Anfang machen, dachte ich. Aber ich hütete mich, diesen Gedanken laut auszusprechen.

Mein Patenonkel schaute mich lauernd an. »Ich ahne, wer in deinem hübschen Kopf herumgeistert, Coco«, sagte er drohend. »Es ist dieser Rupert Schwinger, nicht wahr?«

Ich mußte mich beherrschen, sonst wäre ich rot geworden. »Unsinn!« sagte ich und versuchte meiner Stimme einen festen Klang zu geben.

»Du kannst mich nicht täuschen, Mädchen«, sagte Behemoth und grinste bösartig. »Aber Rupert kannst du dir aus dem Kopf schlagen, dafür werde ich schon sorgen.«

»Was hast du mit ihm vor?«

»Ich werde verhindern, daß du dich mit ihm in Verbindung setzt. Ich traue dir zu, daß du so dumm bist. Du weißt genau, daß du deine Gefühle nicht an einen gewöhnlichen sterblichen Menschen verschwenden darfst. Dadurch würdest du einen Großteil deiner magischen Fähigkeiten einbüßen – wenn nicht sogar alle! Ich habe dir deine Schwäche für Rupert Schwinger nicht weiter vorgeworfen, da ich sie für eine Jungmädchenschwärmerei gehalten habe, aber wie es aussieht, habe ich mich da getäuscht. Ich werde der Sache einen Riegel vorschieben.«

»Tu, was du willst«, sagte ich gleichgültig. »Wann fahren wir?«

»In einer halben Stunde«, sagte mein Onkel, stand auf und verließ das Zimmer.

Ich blieb zurück und stützte sorgenvoll den Kopf in die Hände. Meine Angst um Rupert Schwinger wuchs. Ich traute es meinem Onkel durchaus zu, daß er Rupert tötete. Für einen Dämon bedeutete ein Menschenleben nicht viel. Er brauchte Rupert nur etwas zu beeinflussen, und der Junge würde Selbstmord begehen. Ich preßte die Hände gegen meine pochenden Schläfen. *Und ich kann nichts dagegen unternehmen*, dachte ich verzweifelt.

Um mich abzulenken, malte ich mir die Rückkehr in das Haus meiner Eltern aus. Unsere Familie stammte aus Rußland. Einer meiner Verwandten war Rasputin gewesen. Als die Bolschewiken die Herrschaft über das Land übernahmen, war meine gesamte Familie emigriert. Nur ein paar entfernte Verwandte wie zum Beispiel mein Großcousin Boris waren geblieben. Aber von ihm hatten wir schon seit einer Ewigkeit nichts mehr gehört. Mein Vater hatte unsere Familie nach Wien gebracht und sich dort niedergelassen. Er heiratete eine der vielen Töchter Asmodis und zeugte mit ihr meine vier Brüder, meine zwei Schwestern und mich. Wir wurden jedoch alle von normalen Sterblichen ausgetragen, wie es Usus in der Schwarzen Familie ist. Auch die Erziehungsjahre beim Grafen von Behemoth waren meinen Geschwistern nicht erspart geblieben. Ich war die jüngste von ihnen und hatte gleichzeitig die meiste Zeit auf dem Schloß meines Patenonkels verbracht.

Nur langsam fanden meine Gedanken in die Gegenwart zurück. Eine halbe Stunde später war der Zeitpunkt der Abreise gekommen. Im Hof stand bereits ein schwarzer Mercedes.

»Wo ist mein Gepäck?« fragte ich, weil ich gewohnt war, meine Sachen selber zu schleppen.

»Schon verstaut«, erwiderte Behemoth. »Eines der Dienstmädchen hat deine Sachen gepackt.«

Sandra Thornton stand neben dem Wagen. »Du warst meine beste Schülerin, Coco«, sagte sie zum Abschied, »aber du bist noch immer zu nachgiebig und weich. Du mußt noch viel an dir arbeiten, bevor du ein wertvolles Mitglied unserer Familie werden kannst. Ich wünsche dir, daß du es so weit bringst.«

Ich nickte schweigend, rang mir schließlich doch noch ein schwaches »Danke« ab und stieg in die Wagen. Mein Onkel setzte sich hinters Lenkrad und startete den Motor. Wie von unsichtbaren Händen gezogen, öffnete sich das Tor, und wir fuhren die schmale Straße entlang. Noch einmal wandte ich den Kopf und schaute zum Schloß zurück. Fünf endlose Jahre war ich hier gefangengehalten worden, und nun begann ein neuer Abschnitt in meinem Leben.

Mein Onkel nahm die Straße nach Hartweg und bog dann nach rechts ab. Nach wenigen Minuten hatten wir die Autobahn erreicht, die nach Wien führte. Ich kuschelte mich in meinen Sitz und blickte aus dem Fenster.

»In einer Stunde sind wir in Wien«, sagte Behemoth.

Doch ich war mit meinen Gedanken längst ganz woanders. Angestrengt überlegte ich, wie ich Rupert Schwinger retten und meiner Weihe zur Hexe entgehen konnte. Eine Flucht war jedenfalls unmöglich. Mein Vater hätte mich schnell gefunden, wo auch immer ich mich versteckt hätte.

»Ich habe vor der Abfahrt mit deinem Vater gesprochen, Coco«, sagte mein Onkel und riß mich aus meinen Gedanken. »Er war sehr erfreut, als er von Asmodis Interesse an dir erfuhr.«

»Das kann ich mir denken«, meinte ich abweisend.

»Freust du dich denn nicht darüber?«

»Nicht besonders«, sagte ich kurz angebunden.

Mein Onkel warf mir einen raschen Seitenblick zu und beschleunigte den Wagen. »Ich werde deinen Vater vor dir warnen, Coco«, sagte Behemoth. »Er soll ein Auge auf dich haben. Ich traue dir zu, daß du einige Dummheiten machst. Du darfst dich nicht von deinen Gefühlen leiten lassen. Das habe ich dir schon mehr als einmal gesagt. Du mußt an das Ansehen der Familie denken.«

»Spar dir deine Belehrungen!« fauchte ich. »Ich habe fünf Jahre lang nichts anderes von dir gehört.«

»Wie du willst«, sagte mein Onkel mißgelaunt. »Meine Aufgabe habe ich erfüllt. Alles weitere liegt bei dir und deinem Vater.«

Den Rest der Fahrt herrschte betretenes Schweigen. Ich hing meinen trüben Gedanken nach. Je näher wir Wien kamen, desto dichter wurde der Verkehr. Ich sah mich fasziniert um. Es war mir, als wäre ich in eine andere Welt versetzt worden. Ich war den Anblick der vielen Autos und Menschen nicht mehr gewohnt. Behemoth nahm den Weg durch weniger befahRene Gassen, und endlich erreichten wir die Ratmannsdorfgasse. Alles war noch so wie vor fünf Jahren, als ich das Haus meines Vaters verlassen hatte. Mein Onkel hielt vor dem Gartentor an und stieg aus. Ich blieb noch einen Augenblick sitzen, dann öffnete ich die Wagentür und folgte ihm zögernd. Ich streckte mich, ging um den Wagen herum und blieb neben meinem Patenonkel stehen, der das Tor öffnete und in den Garten trat. Niemand kam uns zur Begrüßung entgegen. Die blühenden Sträucher, die den Weg säumten, bewegten sich im lauen Frühlingswind. Der Swimmingpool war mit Wasser gefüllt, das dunkelblau in der Sonne schimmerte. Als wir nur noch wenige Schritte von der Glasveranda entfernt waren, wurde die Tür geöffnet, und mein Vater trat heraus. Er drückte Behemoths Hand und musterte mich anschließend aufmerksam. Ich war scheu vor ihm stehengeblieben.

»Du bist ja eine richtige Schönheit geworden, mein Kind«, sagte Michael Zamis. »Jetzt ist mir auch klar, weshalb Asmodi an dir Interesse zeigt. Kommt ins Haus!«

Er führte uns in das große Wohnzimmer, in dem einige andere Familienmitglieder versammelt waren, die mich eher reserviert betrachteten. Thekla Zamis, meine Mutter, war ein große Frau unbestimmbaren Alters. Ihr bleiches, wie aus Wachs geformtes Gesicht wurde von langem, weißem Haar umrahmt, das ihr glatt auf die Schultern fiel. Ihre zarten Züge paßten nicht zu den kalten, dunklen Augen.

Vera hatte sich nicht verändert. Sie sah noch immer wie ein unschuldiger Engel aus. Demian und Volkart waren Zwillinge und zweiundzwanzig Jahre alt. Sie glichen sich wie ein Ei dem anderen. Beide trugen langes, bronzefarbenes Haar und gewaltige Schnauzbärte, die ihre leicht gekrümmten Nasen betonten. Sie waren sogar gleich gekleidet, wie ich ein wenig verwundert bemerkte.

Ich setzte mich neben meine Schwester. Drei meiner Geschwister fehlten: Georg, Adalmar und meine älteste Schwester Lydia.

Wahrscheinlich trieben sie sich irgendwo in der Weltgeschichte herum und begingen ihre Untaten.

»Asmodi wird an dem Sabbat, der anläßlich von Cocos Weihe stattfindet, teilnehmen«, sagte Cyrano von Behemoth. »Er will mit Coco ein Kind zeugen.«

Alle sahen mich an, und ich blickte verlegen zu Boden. Vera schaute ziemlich böse drein; wahrscheinlich war sie neidisch auf mich. Ich konnte mir vorstellen, wie sehr sie meine Bevorzugung wurmte.

»Wer hätte das gedacht! Unsere mißratene Schwester wird vom Herrn der Finsternis begehrt«, sagte Demian.

Doch als er den Blick unseres Vaters sah, senkte er schuldbewußt den Kopf. Michael Zamis schätzte es gar nicht, wenn eines seiner Kinder in seiner Gegenwart dumme Bemerkungen machte. Er herrschte wie ein Patriarch über unsere Familie, und jeder folgte widerspruchslos seinen Befehlen. Auflehnung duldete unser Vater nicht.

»Geht auf eure Zimmer!« sagte er. »Ich habe mit Cyrano noch einiges zu besprechen. Coco und Vera, hört mir zu. Ich weiß, daß ihr euch nicht vertragt, aber wenn ich euch dabei erwische, daß ihr euch gegenseitig etwas antut, setzt es ein Donnerwetter. Unterlaßt alle kindischen Scherze und versucht euch wenigstens einmal wie anständige Hexen aufzuführen! Verstanden?«

»Ja«, sagten wir gleichzeitig und verließen zusammen mit den Zwillingen das Wohnzimmer, um unsere eigenen Räume im ersten Stock aufzusuchen. Ich hatte mein altes Zimmer behalten. Die Fenster führten in den hinteren Teil des Gartens. Ich öffnete eines von ihnen und beobachtete eine Amsel, die draußen im Beet herumstocherte.

Zu Hause..., dachte ich nur. Doch rechte Freude wollte sich bei mir deshalb nicht einstellen. Gern hätte ich gewußt, was mein Patenonkel mit meinem Vater zu besprechen hatte, wagte es aber nicht, meine Fähigkeiten einzusetzen und zu lauschen, da ich fürchtete, daß mein Vater mich entdecken könnte.

Ich öffnete den Schrank und sah, daß meine Kleider bereits eingeräumt worden waren. Sofort suchte ich nach der kleinen Schatulle, in der sich Ruperts Haare befanden. Noch heute nacht wollte ich versuchen, mit dem Jungen Kontakt aufzunehmen. Jetzt aber legte ich die Schatulle zurück in den Schrank und setzte mich wieder ans Fenster. Die Sonnenstrahlen fielen auf mein Gesicht, und ich schloß zufrieden die Augen.

Zwei Stunden später wollte mich mein Vater sprechen. Er verbot mir, bis zum Sabbat das Haus zu verlassen. Ich sollte mich auf meine Weihe vorbereiten und durch nichts ablenken lassen. Widerspruch einzulegen, war sinnlos, dafür kannte ich meinen Vater zu gut. Er setzte stets seinen Willen durch.

Resigniert blieb ich auf meinem Zimmer und verließ es nur zum Abendessen. Meine Geschwister unterhielten sich nicht mit mir. Ich wurde von allen ignoriert und kam mir wie eine Aussätzige vor. Nach dem Essen zog ich mich wieder zurück und traf alle Vorbereitungen zur Beschwörung. Als es dunkel wurde, zog ich die Jalousien herunter und holte die Wachsfigur aus dem Kasten, in deren Kopf Ruperts blonde Haare steckten. Ich kniete auf dem Boden nieder, zog den magischen Kreis und schrieb rundherum einige Formeln nieder. Dann schloß ich die Augen und konzentrierte mich. Im Haus war es ruhig; nichts störte meine Konzentration. Doch so sehr ich mich auch bemühte, es gelang mir nicht, mit Rupert Kontakt aufzunehmen. Erschöpft brach ich meine Bemühungen nach einer halben Stunde ab und legte mich aufs Bett. Ich entspannte eine Stunde und versuchte es dann nochmals – ohne Erfolg.

Vermutlich hatte mein Patenonkel seine Drohung bereits wahr gemacht. Entweder hatte er dafür gesorgt, daß Rupert aus Wien fortgebracht worden war, oder der Junge war bereits tot.

Verzweifelt legte ich mich schließlich ins Bett. Ich war endgültig zu der Überzeugung gelangt, daß ich Rupert nie wiedersehen würde.

Der Tag des Sabbats war da! Im Laufe des Vormittags trafen meine anderen Geschwister ein. Adalmar, mein ältester Bruder, war ein finster dreinblickender Mann, der einen gewaltigen Vollbart trug, welcher ihm ein unheimliches Aussehen verlieh. Er hielt sich nur selten in Wien auf; die meiste Zeit verbrachte er in einer einsamen Gegend in den Abruzzen, wo er seinen Experimenten nachging. Er war wortkarg und von einer penetranten Überheblichkeit. Mit meinem Vater verstand er sich überhaupt nicht.

Georg, der zweitälteste Bruder, war ein durchschnittlich aussehender Dämon, der in der Schwarzen Familie viele Freunde hatte und überall ein gern gesehener Gast war. Lydia war die älteste Schwester. Sie sah meiner Mutter überraschend ähnlich und war als mannstoll verschrien. Ihr war es egal, ob sie sich mit einem Dämon oder einem gewöhnlichen Sterblichen einließ; für sie schien das Leben nur aus Sex zu bestehen, was Vater überhaupt nicht gefiel. In Wien gab sie sich relativ solide, doch die meiste Zeit lebte sie in London, und die Berichte, die mein Vater von dort gelegentlich erhielt, riefen bei ihm regelmäßig schlimme Wutanfälle hervor.

Nach dem Abendessen versammelten sich alle im großen Wohnzimmer. Nur ich war von der Versammlung ausgeschlossen und mußte in meinem Zimmer bleiben.

Inzwischen hatte ich abermals vergeblich versucht, mit Rupert Kontakt aufzunehmen. Auch hatte ich mir vergeblich den Kopf zermartert, wie ich Asmodi doch noch entrinnen und den Hexensabbat abbrechen könnte. Meine Angst vor dem Fürsten der Finsternis hatte sich während der letzten Tage ins Unermeßliche gesteigert.

Unruhig lief ich im Zimmer auf und ab. Ich wußte ganz genau, daß man von mir einige schreckliche Dinge verlangen würde. Außerdem würden mir grauenvolle Geschenke dargebracht werden.

Als es zu dunkeln begann, setzte ich mich endlich nieder. Und ganz allmählich wurde ich ruhiger und begann mich mit meinem Schicksal abzufinden. Es war ja doch zwecklos, sich dagegen aufzulehnen. Die Zeit verging im Schneckentempo. Ich konnte buchstäblich zusehen, wie die Zeiger der Zimmeruhr vorrückten.

Kurz nach zehn betrat mein Vater das Zimmer, und ich stand auf. »Es ist bald soweit, Coco«, sagte er. »Du solltest dich schon mal vorbereiten – und mach mir nur keine Schande, Mädchen!« glaubte er mich warnen zu müssen.

»Ich werde dir keine Schande machen«, wiederholte ich tonlos.

Als er mein Zimmer wieder verlassen hatte, kleidete ich mich rasch aus. Aus dem Kasten holte ich eine kleine Flasche, die ich entkorkte. Ich rieb mir das Gesicht und den Körper mit der scharfen Flüssigkeit ein und schlüpfte in einen schwarzen Umhang, der mir bis zu den Knöcheln reichte. Um die Schuhe schnürte ich mir Sandalen, und dem Umhang gab ich mit einer schwarzen Gürtelschnur Halt, die ich mir um die Taille schlang.

Dann verließ ich das Zimmer und stieg langsam die Stufen hinunter. Aus dem Wohnzimmer drangen gedämpfte Laute. Einen Augenblick blieb ich stehen, doch dann ging ich rasch weiter. Eine Minute später hatte ich das Haus verlassen und lief durch den Garten.

Noch wußte ich nicht, wo der Hexensabbat stattfinden würde, doch magische Zeichen würden mir den Weg weisen. Ich mußte allein gehen und den Ort selbst finden. Ein Fluchtversuch war ohnehin unmöglich; er hätte nur alles schlimmer gemacht. Ich wußte, daß ich beobachtet wurde; jede meiner Bewegungen wurde von unsichtbaren Augen registriert.

Die Straße wurde von den wenigen Laternen nur schwach erhellt. Ein heftiger Wind zerrte an meinem langen Haar, das wie ein Schleier hinter mir herwehte. Weit vor mir erblickte ich für einen winzigen Augenblick ein grünes Licht. Ich ging die Ratmannsdorfgasse entlang und bog in die Veitingergasse ein. Im Lainzer Tiergarten also sollte der Sabbat stattfinden! Er war im 18. Jahrhundert mit einem vierundzwanzig Kilometer langen Mauergürtel umgeben worden. Während der Kaiserzeit hatte er den hohen Herrschaften vorwiegend als Jagdrevier gedient.

Von den magischen Zeichen geleitet, kam ich am St. Veiter Friedhof vorüber. Meist waren es Lichter, die für einen Augenblick aufflammten, doch auch unheimliche Geräusch wiesen mir den Weg. Kein Mensch begegnete mir. Der Wind wurde stärker und rüttelte an den Bäumen. Ihre Äste schienen nach mir greifen zu wollen, und des öfteren sprang ich furchterfüllt zur Seite, wenn mich der trockene Zweig einer Buche berührte.

Je näher ich dem Tiergarten kam, desto schrecklicher wurden das Heulen und Sausen. Ich verringerte mein Gewicht mittels eines Zauberspruches, und so bereitete es mir keine große Mühe, die Mauer zu überklettern. Es war so dunkel, daß ich nicht einmal die Hand vor den Augen sehen konnte. Der Himmel war bedeckt, und es begann leicht zu regnen.

Ich ging zielstrebig weiter. Der Wald, in dem ich mich befand, schien endlos zu sein. Auf einer Lichtung blieb ich stehen. Der Himmel riß auf, und der hochstehende Mond kam zum Vorschein. Ich überquerte die Lichtung und betrat abermals einen Wald. Nach einiger Zeit fiel mir die absolute Stille auf. Nicht einmal das Geräusche meiner Schritte war zu hören; es war, als würde der Wald den Atem anhalten.

Da lag plötzlich, halb zwischen Baumstämmen verborgen, ein kleiner Hügel vor mir. Er war von gewaltigen Monolithen eingegrenzt, in deren Oberfläche magische Symbole eingemeißelt worden waren. Ich blieb stehen und preßte die Hände gegen meine Brust. Die unwirkliche Stille war beängstigend. Als ich zögernd weiterging, schien der Mond plötzlich aufzuleuchten und den Hügel mit seinem silbrigen Licht zu überschütten.

Hier würde der Hexensabbat stattfinden; hier würde ich meine Weihe empfangen, die mich zu einem vollwertigen Mitglied der Schwarzen Familie machte. Eine Wolke schob sich vor den Mond und schien die Strahlen zu bündeln. Ein schmaler Lichtstreifen tastete sich über den Boden und wanderte langsam den Hügel hinauf.

Ich hielt den Atem an. Vor mir stand ein riesiger schwarzer Opferstein, auf dem eine reglose Gestalt lag. Ich unterdrückte mit Mühe einen Aufschrei. Vor mir lag Rupert Schwinger. Er bewegte sich nicht, doch seine Brust hob und senkte sich regelmäßig.

Ich versuchte, mich zu beherrschen. Nur mein rascher Atem zeigte meine Erregung. Blitzschnell drehte ich mich um, doch noch war keine Ausstrahlung der Dämonen zu spüren. Aber ich war sicher, daß ich nicht mehr allzu lange allein bleiben würde.

Ich wußte, wer Rupert hergebracht hatte. Es konnte nur mein Patenonkel gewesen sein. Und ich ahnte, daß Rupert geopfert werden sollte. Wahrscheinlich würde man von mir verlangen, daß ich ihn tötete.

Ich muß ihn retten, dachte ich und suchte fieberhaft nach einem Ausweg. Mir blieb nur noch wenig Zeit.

Und dann hatte ich die Lösung!

Ich ließ die Zeit stillstehen und konzentrierte mich auf Rupert. Meine Gedanken drangen in sein Hirn und weckten ihn auf. Ich trat einen Schritt näher und riß ihn auf magische Weise an mich. Meine Hände schienen in seinen Körper zu langen. Ich schuf ein Pseudowesen, das Rupert Schwinger wie aus dem Gesicht geschnitten schien, und hob den echten, halb bewußtlosen Rupert auf, um mit ihm davonzulaufen. Unter einem Baum legte ich ihn auf den Boden, kniete nieder und murmelte einige Beschwörungen. Es dauerte nur wenige Sekunden, und ich hatte den Jungen in meinen Bann gebracht. Ich erteilte ihm einige Befehle, und er stand auf und ging mit leerem Blick weiter in den Wald hinein.

Damit war er fürs erste in Sicherheit. Keiner der Dämonen konnte ihm für die nächsten Stunden etwas anhaben.

Ich kehrte blitzschnell zum Opferstein zurück. Dabei wußte ich selbst nicht einmal, wie lange ich die Dämonen mit diesem Pseudo-Rupert täuschen konnte. Es war der Mut der Verzweiflung, mit dem ich agierte. Die Konsequenzen, die ich erfahren würde, falls mein Falschspiel durchschaut würde, wollte ich mir lieber gar nicht erst ausmalen.

Es erforderte auch in technischer Hinsicht einige Anstrengungen, die Situation zu meistern. Ich mußte mich auf Ruperts Ebenbild konzentrierten, sonst hätte es sich sofort in Luft aufgelöst; andererseits war ich als Hauptperson aber auch gezwungen, an den Handlungen des Sabbats teilzunehmen.

Meine Familie traf geschlossen ein. Dann folgten Cyrano von Behemoth und ein Dutzend Abgesandter befreundeter Familien. Niemand von ihnen zollte Rupert Schwinger große Beachtung; mit jeder Sekunde, die der Schwindel unentdeckt blieb, schöpfte ich Hoffnung.

Die Dämonen warfen ihre Kleider ab, und ich folgte ihrem Beispiel. Leises Trommeln war zu hören, das langsam lauter und stärker wurde.

Die Dämonen bildeten einen Kreis und tanzten zwischen den Monolithen hin und her. Gelegentlich faßten sie sich an den Händen und wiegten sich in den Hüften. Der Reigen wurde immer für einen kurzen Augenblick unterbrochen, wenn mir jemand ein

Geschenk darbrachte. Den Anfang machte mein Bruder Georg. Er brach aus dem Kreis der Tanzenden aus und klatschte in die Hände. Die Luft flimmerte, und eine junge Frau fiel zu Boden. Sie rappelte sich auf und blieb schwankend stehen. Georg trat auf sie zu und aus seiner Brust schlug ein magisches Feuer, das die Unglückliche einhüllte. Die Frau schrie vor Schmerzen auf, als ihre Haare in Brand gerieten. Ihre Kleider fingen Feuer. Sie warf sich zu Boden, wälzte sich verzweifelt hin und her und schrie unmenschlich, doch es gelang ihr nicht, die magischen Flammen zu löschen. Sie wurde von dem Feuer verzehrt.

Ohne Unterbrechung wurde der unheimliche Reigen fortgesetzt. Die nackten Dämonen bewegten sich aufreizend, und das Trommeln wurde immer wilder. Lydia opferte als nächste. Sie hatte ein junges Mädchen mitgebracht, das sich ängstlich gegen einen Monolithen preßte. Meine Schwester wiegte sich geschmeidig in den Hüften, und ihre Finger bewegten sich blitzschnell. Sie belegte das hilflose Mädchen mit einem Fluch, der es übermäßig schnell altern ließ. Es dauerte nur wenige Sekunden, bis eine uralte Frau vor den Dämonen stand. Sie schaute sich verwundert um, als könne sie nicht begreifen, was um sie herum vorging, und brach schließlich kraftlos zusammen. Ich zuckte zurück, als ich bemerkte, wie die Lebensenergie der Toten auf mich überströmte.

Der Sabbat ging weiter. Immer wieder wurde der Tanz durch Opferungen unterbrochen. Ich war froh, daß es mir bis jetzt gelungen war, den Pseudo-Rupert zu erhalten. *Vielleicht komme ich mit meinem Trick durch,* dachte ich. Dabei hatte ich vorher gar nicht recht daran glauben wollen.

Plötzlich verstummten die Trommeln, und die Dämonen blieben stehen. Ein seltsames Heulen lag in der Luft, das sich zu einem Orkan entwickelte. Die Bäume bewegten sich, und dunkle Wolken schoben sich vor den Mond. Ein penetranter Geruch hing in der Luft. Ich wußte, was das zu bedeuten hatte. Asmodi, der Herr der Schwarzen Familie, kündigte sein Kommen an. Ich zitterte am ganzen Leib. Der Geruch wurde stärker, und magische Feuer umzuckten die Monolithen. Die Luft wurde zähflüssig, und ein lauter Knall war zu hören. Einige Meter vom Opferstein entfernt tauchte eine große Gestalt auf, die von innen her zu leuchten schien.

Ich wußte, daß Asmodi jede Gestalt annehmen konnte. Diesmal war er im Körper eines hünenhaftes Schwarzen erschienen. Völlig unbekleidet trat er unter die Dämonen. Unter der dunkel schimmernden Haut zeichneten sich gewaltige Muskelstränge ab. Das Gesicht war konturlos; nur die glühendroten Augen waren zu sehen. Ihre Blicke waren ständig auf mich gerichtet.

Ich setzte mich langsam in Bewegung und versuchte gleichzeitig, den Blicken standzuhalten. Asmodi hob die rechte Hand, und aus dem Nichts erschien ein gekrümmter Opferdolch, dessen kunstvoll verzierter Griff magische Zeichen aufwies.

»Nimm ihn!« sagte Asmodi mit dröhnender Stimme. »Opfere mir den Sterblichen, der auf dem Altar liegt!«

Ich gehorchte, umklammerte den Dolch und näherte mich langsam dem Opferstein. Jetzt würde sich entscheiden, ob mein Trick gelang. Ich schloß die Augen und hob den Dolch.

In diesem Augenblick stieß Asmodi einen Wutschrei aus! Eine Hand krallte sich in mein Haar, und mein Körper wurde zurückgerissen. Der Dolch entfiel meiner Hand. Ich glaubte, in ein tiefes, schwarzes Loch zu stürzen. Es gab keinen Zweifel, daß mein Schwindel entdeckt worden war...

Die Dämonen schrien wütend durcheinander, als sich die Gestalt auf dem Opferstein auflöste. »Du hast es gewagt, mich täuschen zu wollen, Coco«, brüllte Asmodi. »Das muß gesühnt werden!« Er zeigte auf Behemoth, der mit gesenktem Kopf näher kam.

»Cyrano«, sagte Asmodi, »ich mache dich für das Verhalten Cocos verantwortlich. Du hast bei ihrer Erziehung versagt, sonst wäre so etwas nicht geschehen. Dieses Geschöpf verdient es nicht, daß ich mit ihm ein Kind zeuge. Es hat unendliche Schande über seine Familie gebracht. Ihr habt nur eine Chance, mich zu versöhnen. Das richtige Opfer muß herbeigeschafft werden, und Coco muß es töten. Ich werde mich mit Skarabäus Toth, dem Schiedsrichter der Schwarzen Familie, in Verbindung setzen!« Er wandte sich nochmals mir zu, und ich wurde unter seinem Blick halb ohnmächtig. »Schafft mir diese Unwürdige aus den Augen!« schrie er mit überschnappender Stimme.

Zwei meiner Brüder packten und zerrten mich aus dem Kreis der Monolithen. Ich schloß die Augen. Noch lange hörte ich Asmodis wütende Stimme, verstand jedoch nicht, was er sagte.

Im Grunde hatte ich ja erreicht, was ich wollte, dachte ich voller Sarkasmus. Rupert war vorerst außer Gefahr, und Asmodi würde nun sicherlich kein Interesse mehr daran haben, über mich herzufallen. Ich konnte im Gegenteil sicher sein, daß er mir den Täuschungsversuch niemals vergeben würde. Über mein weiteres Leben in der Schwarzen Familie machte ich mir im Augenblick keine Gedanken. Ich wußte, daß mir fürchterliche Tage bevorstanden. Meine Familie würde mich hassen, da ich Schande über sie gebracht hatte. Die ganze Wut Asmodis würde sich aber auf meinen Patenonkel konzentrieren, der ja für meine Erziehung verantwortlich gewesen war.

Meine Brüder – die Zwillinge Demian und Volkart – schleppten mich aus dem Lainzer Tiergarten. Von meinem Patenonkel wußte ich, daß beide keine besonders guten Schüler gewesen waren. Sie besaßen nur wenig Talent und beherrschten kaum mehr als die Grundzüge der Schwarzen Magie. Für mich sollte es eigentlich kein Problem sein, sie abzuschütteln und zu fliehen.

Je länger ich darüber nachdachte, um so erfolgversprechender kam mir dieser Plan vor. Meine Eltern und die anderen Geschwister waren bei Asmodi, der wahrscheinlich noch immer wütete. Wenn es mir gelang, mich aus der Gewalt meiner beiden Brüder zu befreien, dann hatte ich eine recht gute Chance, daß mir die Flucht gelang. Zumindest konnte ich mich einige Zeit vor meiner Familie verbergen.

»In deiner Haut möchte ich nicht stecken«, sagte Demian. »Ich bin neugierig, was Vater alles mit dir machen wird.«

»Du hast Schande über uns alle gebracht«, sagte Volkart grimmig. »Das werden wir dir niemals vergessen, Coco.«

Ich lächelte schwach und richtete mich auf. »Ihr braucht mich nicht zu stützen«, sagte ich. »Und ihr braucht euch um mich auch keine Sorgen zu machen.«

»Mir ist es egal, was Vater mit dir anstellt«, sagte Demian. »Ich hätte nichts dagegen, wenn er dich verstoßen würde.«

Ich schüttelte meine Benommenheit ab. Mein Entschluß stand fest. Ich würde die Flucht wagen. »Laßt mich los!« sagte ich. »Ich brauche Kleider. Ich kann ja nicht nackt durch die Straßen laufen.«

»Niemand wird uns sehen«, sagte Demian. »Wir sind auch nackt. In wenigen Minuten sind wir zu Hause.«

Ein Mann kam uns entgegen, doch Demian und Volkart beeinflußten ihn; er ging unbekümmert an uns vorüber.

Ich beschloß, augenblicklich zu handeln und schloß die Augen. Dann ließ ich mich vornüber fallen, riß mich von meinen Brüdern los und schlug eine Rolle. Aus der Drehung heraus öffnete ich die Augen und fixierte meine Brüder mit je einem Auge. Als werdende Hexe stellte dieser Kunstgriff kein Problem für mich dar. Die Zwillinge hatten meinem Blick nichts entgegenzusetzen. Gegen meine Hypnosefähigkeiten waren sie machtlos. Ihre Bewegungen wurden langsamer, dann standen sie still. Ich zwang ihnen meinen Willen auf und suggerierte ihnen, daß sie sich schnurstracks allein nach Hause begeben mußten. Dann jagte ich los. Ich hatte keine Zeit mehr zu verlieren. Rupert Schwinger hatte ich zur Stadtbahnhaltestelle Hütteldorf bestellt. Er würde dort auf mich warten.

3. Kapitel

Der Hüter des Hauses

Unterwegs versuchte ich zweimal Kontakt mit Rupert herzustellen, doch ich war noch zu weit von ihm entfernt. Meine Kräfte reichten nicht aus, über weite Entfernungen eine Gedankenverbindung herzustellen. Ich hastete weiter. Während meiner Flucht überlegte ich, was als nächstes zu tun war. Wenn ich Glück hatte, würde mein Vater noch einige Zeit durch Asmodi aufgehalten werden. Eine halbe Stunde reichte mir, dann konnte er meine Spur nicht mehr aufnehmen. Meine Chancen, heil davonzukommen, stiegen mit jeder Minute.

Ich erreichte die Himmelhofgasse und rannte die Lilienberggasse entlang, bis ich den Hackingersteg erreichte, der über die Gleise der Westbahn führte. Einige Minuten später hatte ich die Stadtbahnhaltestelle Hütteldorf erreicht. Abermals hielt ich inne und konzentrierte mich auf Rupert Schwinger. Innerhalb weniger Sekunden hatte ich die Gedankenverbindung mit ihm aufgenommen und bestellte ihn zu mir.

Ein Taxi kam vorüber. Ich hob die rechte Hand und murmelte einen Zauberspruch. Es verlangsamte die Geschwindigkeit und blieb neben mir stehen. Der Fahrer bemerkte nicht, daß er einen Fahrgast bekommen hatte; ich hatte ihn entsprechend beeinflußt.

Zwei Minuten später kam Rupert Schwinger um die Ecke. Seine Bewegungen erfolgten ruckartig; sein hübsches Gesicht war leer. Er kam auf das Taxi zu, öffnete die Tür und glitt in den Fond des Wagens. Der Taxifahrer startete. Er reihte sich in den Verkehr ein und fuhr in Richtung E 5. Nach wenigen Minuten hatte er die Autobahn nach Salzburg erreicht und erhöhte das Tempo. Er stand völlig unter meinem Einfluß und nahm weder mich noch Rupert Schwinger wahr. Ein plötzlicher Impuls zwang ihn einfach, augenblicklich nach Salzburg zu fahren.

Ich wartete, bis wir St. Pölten hinter uns gelassen hatten. Meiner Meinung nach war die Flucht gelungen. Ich hatte das Unmögliche geschafft: Rupert Schwinger vor dem Tod zu retten und gleichzeitig zu verhindern, daß Asmodi ein Kind mit mir zeugte. Und ich war meiner wütenden Familie entflohen.

Dennoch wollte sich keine rechte Zufriedenheit einstellen. Ich fühlte mich unendlich müde und war am Ende meiner Kräfte. Ich hatte meine magischen Fähigkeiten über Gebühr beansprucht und fühlte mich leer wie ein ausgedrückter Schwamm. Als ich Rupert einen kurzen Blick zuwarf, stellte ich fest, daß er immer noch unter der Einwirkung meines Zaubers stand. Regungslos saß er da und stierte wie blöd aus dem Fenster.

Ich wußte nicht, wie ich mich ihm gegenüber verhalten sollte. An meinen Gefühlen für ihn hatte sich nichts geändert, obgleich wir uns seit über einem halben Jahr nicht gesehen hatten.

Das kann alles warten, bis wir in Salzburg sind, dachte ich und schloß die Augen, *eine Stunde Schlaf wird mir guttun.*

Ich hatte den Gedanken noch nicht zu Ende gedacht, als ich auch schon in einen tiefen Schlummer versunken war...

Erst nach Linz wachte ich wieder auf. Ich fühlte mich noch immer müde, doch ein Teil meiner Kräfte war zurückgekehrt. Als wir am Mondsee vorbeifuhren, dämmerte es bereits. *Vielleicht ist es besser, hier ein Zimmer zu nehmen,* dachte ich. Sogleich befahl ich dem Fahrer, die Ausfahrt Mondsee zu nehmen. Er gehorchte, und nach wenigen Minuten hatten wir das Gewässer erreicht. Wir fuhren durch das Dorf und am Seeufer entlang. Rechts und links von der gut ausgebauten Straße lagen Hotels und ein paar billigere Unterkünfte.

Vor einer kleinen Pension stoppte der Wagen. Ich stieg aus, und der noch immer willenlose Rupert Schwinger folgte mir. Ich befahl dem Fahrer, nach Wien zurückzufahren und zu vergessen, daß er überhaupt hier gewesen war.

Nachdem ich an der Tür der Pension geklopft hatte, dauerte es einige Zeit, bis geöffnet wurde. Die Pensionswirtin hatte ich innerhalb weniger Augenblicke behext. Wir bekamen ein kleines Doppelzimmer im ersten Stock mit Blick auf den See. Wieder machte sich meine Müdigkeit bemerkbar. Ich ließ mich einfach ins Bett fallen. Auch Rupert befahl ich zu schlafen.

Als ich erwachte, ging die Sonne bereits unter. Ihr Schein tauchte das Zimmer in blutrotes Licht. Ich sprang aus dem Bett. Rupert schlief noch immer, und ich war die einzige, die ihn aus seiner Bewußtlosigkeit wecken konnte. Frohen Herzens öffnete ich die Tür, die zum Balkon führte, und blickte über den See. Einige Segelboote trieben auf dem Wasser dahin.

Ich brauchte unbedingt Kleider. Es war einfach unmöglich, ständig die Leute mittels Magie zu betrügen. Spätestens wenn ich es mit einer größeren Menschenmenge zu tun bekam, würde es Ärger geben. Ich dachte an Rupert. Wie würde er sich verhalten, wenn ich den Bann löste? Irgendwann mußte ich es tun, wenn ich ihn nicht geradezu auf mich abrichten wollte.

Ich blieb neben dem Bett stehen und musterte ihn. Die Vorstellung, daß er sich vielleicht von mir abwenden würde, wollte mir überhaupt nicht gefallen. Im Augenblick war ich vor meiner Familie sicher, aber wie lange noch? Die Zeit, die mir verblieb, wollte ich nutzen.

Vorsichtig trat ich auf den Balkon. Genau unter mir befand sich eine Terrasse, auf der einige Tische und Stühle standen. Ich musterte die Frauen, die an den Tischen saßen. Ein junges Mädchen erweckte mein Interesse. Es hatte ungefähr meine Figur. Ich konzentrierte mich auf die junge Frau und brachte sie dazu, nach wenigen Sekunden aufzustehen und im Haus zu verschwinden. Kurz darauf klopfte es an der Tür, und ich ließ die Fremde ein. Sie hielt mir ein buntes Baumwollkleid und ein Paar Schuhe hin, die ich dankend entgegennahm.

Ich schloß die Tür und zog mich an. Das Kleid paßte recht gut, nur die Schuhe waren etwas zu groß. Ich betrachtete mich im Spiegel und nickte unwillkürlich. Zufrieden verließ ich das Zimmer und stieg die Stufen hinunter.

In der Halle traf ich die Pensionswirtin. Ich füllte für Rupert und mich den Meldezettel aus und bestellte danach ein reichhaltiges Essen, das aufs Zimmer gebracht werden sollte. Anschließend ging ich in Richtung See. Dabei schaute ich mich aufmerksam um und versuchte herauszufinden, ob sich irgendein Mitglied der Schwarzen Familie in der Nähe aufhielt. Doch ich konnte keine der typischen Dämonenausstrahlungen spüren. Erleichtert kehrte ich aufs Zimmer zurück.

Nachdem das Essen serviert worden war, kümmerte ich mich um Rupert und nahm neben ihm auf dem Bett Platz. Meine rechte Hand legte ich auf seine Stirn, die linke schob ich unter sein Hemd und ließ sie über dem regelmäßig schlagenden Herzen liegen. Noch zögerte ich, doch dann straffte sich mein Körper, und ich setzte mich kerzengerade auf. Meine Lippen formten unhörbare Worte. Nach einigen Minuten hatte ich meine Beschwörung abgeschlossen. Ich stand auf und setzte mich an den Tisch.

Es dauerte gar nicht lange, und Rupert bewegte sich leicht. Er schlug die Augen auf, gähnte, richtete sich schnaufend auf und rieb sich die Augen. Dann sah er mich an und sein Gesichtsausdruck veränderte sich abrupt. Er strahlte mich an und erhob sich. »Ich muß eingeschlafen sein«, sagte er und blieb neben mir stehen. Seinen rechten Arm um meine Schulter legend, neigte er den Kopf und küßte mich sanft auf die Lippen. Mir liefen wohlige Schauer über den Rücken.

»Setz dich«, meinte ich, als er seine Lippen von den meinen löste. »Du mußt hungrig sein.«

»Da hast du recht. Ich habe einen monstermäßigen Appetit«, erwiderte er.

Ich hatte ihm suggeriert, daß wir uns gestern zufällig getroffen und aus einer Laune heraus beschlossen hatten, für einige Tage gemeinsam an den Mondsee zu fahren.

Während des Essens warf Rupert mir hin und wieder ein wohlwollendes Lächeln zu, das ich jedesmal glücklich erwiderte. Die nächsten Stunden genoß ich ausgiebig. Mit einem Taxi fuhren wir in den Ort und besuchten eine Disco. Ich blickte mich fasziniert um. Alles war neu für mich. Anfangs hatte ich Schwierigkeiten beim Tanzen, doch ich war eine gelehrige Schülerin. Wir bewegten uns eng umschlungen, und Ruperts Küsse wurden immer verlangender. Jede seiner Berührungen jagte Wonneschauer durch meinen Körper.

Wir tranken eine Flasche Wein, und ich fühlte mich schon nach dem ersten Glas beschwipst. Für mich war alles wie ein wunderschöner Traum, der nie zu Ende gehen sollte.

Rupert zahlte, und wir nahmen uns ein Taxi. Während der Fahrt sprachen wir nicht. Wir saßen eng aneinandergekuschelt im Fond des Wagens und genossen jede Sekunde unseres Zusammenseins. In unserem Zimmer verzichteten wir darauf, das Licht einzuschalten, und ließen die Balkontür offenstehen. Der Mond spendete genügend Licht.

Rupert nahm mich in die Arme. Unsere Lippen fanden sich zu einem hungrigen Kuß, und seine Hände glitten fordernd über meinen Körper. Seine Finger fanden den Reißverschluß und öffneten das Kleid. Er schob die Träger über meine Schultern, und der Stoff fiel zu Boden. Ich stieg aus den Schuhen und schmiegte mich an ihn. Mein Körper glühte. Er hob mich hoch, legte mich aufs Bett und schlüpfte aus seinen Kleidern. Dann legte er sich neben mich und umarmte mich.

»Es war wunderbar«, hauchte ich, als unsere Körper sich einige Zeit später wieder voneinander trennten. »Wir werden immer zusammen bleiben. Sag, daß es so ist!«

Er wiederholte meine Worte gehorsam, und ich schlief zufrieden in seinen Armen ein.

Ich erwachte, als ich das Rauschen des Duschwassers hörte, und schlug verschlafen die Augen auf. Rupert war offensichtlich schon aufgestanden. Die Tür zum Bad stand halb offen. Ich schloß die Augen und dachte glücklich an die vergangene Nacht. Fast wunderte es mich, daß das Zusammensein mit einem Mann so aufregend und schön sein konnte.

Rupert trat aus dem Badezimmer und blieb in der Tür stehen. Er hatte sich gewaschen und gekämmt, doch seine Wangen bedeckte ein Bartflaum. Er kniff die Augen zusammen und musterte mich genau.

»Guten Morgen, Liebster«, sagte ich und setzte mich auf.

Rupert strich sich langsam übers Kinn und schüttelte den Kopf. »Morgen«, sagte er knapp, ging zum Tisch und steckte sich eine Zigarette an.

»Was ist mit dir los?« fragte ich verwundert.

»Das weiß ich selbst nicht«, sagte er und setzte sich nieder. Er inhalierte den Rauch und starrte mich wieder an. »Wie komme ich hierher?«

»Das weißt du doch«, sagte ich. »Wir trafen uns zufällig und da beschlossen wir...«

»Unsinn!« sagte er scharf. »Ich will jetzt wissen, was hier gespielt wird. Und zwar sofort!«

Ich verstand die Welt nicht mehr. Ich hatte ihn doch verhext! Aber aus irgendeinem Grund schien der Bann seine Wirkung verloren zu haben. Das war eigentlich ein Ding der Unmöglichkeit. Ich bewegte die Hände und murmelte einen Spruch, doch die Wirkung blieb aus. *Was hat das zu bedeuten, zum Teufel?* fragte ich mich entsetzt. *Ich werde doch nicht meine Fähigkeiten verloren haben!*

»Rede endlich!« knurrte Rupert wütend. »Als ich erwachte, wußte ich nicht, wo ich mich befand. Dann sah ich dich, und etwas von meiner Erinnerung kehrte zurück. Wir waren gestern tanzen, und dann sind wir zu Bett gegangen. Soweit entsinne ich mich. Aber wie ich hierher kam, das weiß ich nicht. Aber es ist auf keinen Fall freiwillig geschehen!«

»Liebst du mich nicht, Rupert?«

Er sah mich verwundert an. »Weshalb sollte ich dich lieben? Du bist nicht meine Kragenweite. Ich kann dich ganz gut leiden. Aber lieben? Nein, das tue ich ganz sicher nicht. Außerdem bin ich mit einer anderen verlobt.«

Ich war bei jedem Wort wie unter Peitschenhieben zusammengezuckt. »Ich liebe dich aber«, sagte ich tonlos.

»Das mag schon sein«, sagte er kühl. »Aber das ist dein Problem. Und jetzt will ich endlich wissen, was du mit mir angestellt hast!«

Ich versuchte ein letztes Mal, den Bann zu erneuern, wieder ohne Erfolg. Mein Onkel hatte also die Wahrheit gesagt! Wenn sich ein Mitglied der Schwarzen Familie in einen Sterblichen verliebt, kann es geschehen, daß es urplötzlich den größten Teil oder sogar alle seine Fähigkeiten verliert! Ich schloß entsetzt die Augen. Damit war ich auch meiner Familie schutzlos ausgeliefert. Es konnte nicht mehr allzu lange dauern, bis sie mir auf die Schliche kamen.

»Antworte endlich!« brüllte Rupert und riß mich aus meinen Gedanken.

Es kam nur ein gequältes Röcheln über meine Lippen. »Ich weiß es nicht«, sagte ich mit erstickter Stimme.

»Ich weiß es nicht«, äffte er mich bösartig nach. Dann stand er auf und begann sich anzuziehen.

»Wo willst du hin?« fragte ich.

»Nach Wien«, antwortete er. »Ich will wissen, was geschehen ist. Ich kann mich nur erinnern, daß ich auf offener Straße plötzlich bewußtlos wurde. Alles andere habe ich vergessen. Aber ich werde herausfinden, was passiert ist, darauf kannst du dich verlassen.«

»Ich weiß es wirklich nicht«, sagte ich, sprang aus dem Bett und klammerte mich an ihn. »Du darfst mich nicht allein lassen, Rupert! Denk an die gestrige Nacht! Es war doch schön – oder etwa nicht?«

Er schüttelte mich ungeduldig ab. »Laß mich in Frieden, Coco!« sagte er wütend. »Ich will dich nicht mehr sehen.« Mit diesen Worten verließ er das Zimmer und schlug die Tür hinter sich zu. Seine Schritte entfernten sich.

Ich wußte nicht, was ich tun sollte. Nachdem ich meine Fähigkeiten verloren hatte, war ich völlig hilflos. Ich hatte ja nicht einmal genügend Geld, um die Unterkunft zu bezahlen! Verzweifelt trat ich auf den Balkon hinaus. Rupert stürmte aus dem Haus. Sekunden später hielt ein Taxi, und er stieg ein.

Ich verkrampfte die Hände ineinander, warf mich aufs Bett und schluchzte. Was hatte ich da nur für eine Dummheit begangen? *Ich werde mich nie mehr verlieben*, dachte ich bitter. *Nie mehr*!

Ich blieb mehr als eine Stunde so liegen, dann stand ich auf und wusch mich. In mir war alles tot. Meine Gedanken drehten sich aber noch immer um Rupert, und ich analysierte jedes seiner Worte. Ich versuchte ihn zu hassen, doch auch das gelang mir nicht; zu sehr hing ich noch an ihm. Schließlich zog ich mich an und ging aus dem Zimmer. Als ich die Halle betrat, kam mir die Pensionswirtin entgegen und blickte mich böse an.

»Der junge Mann hat das Zimmer bezahlt«, sagte sie. »Er hat Ihnen einen Brief zurückgelassen.« Sie griff in ihre Schürze und holte einen Umschlag heraus, den sie mir reichte.

»Danke«, erwiderte ich schwach.

»Bleiben Sie noch, Fräulein, oder...?«

»Ich weiß es nicht«, erwiderte ich und wandte mich ab. Ich ging auf die Terrasse, setzte mich an einen Tisch und starrte den Briefumschlag an. Schließlich riß ich ihn auf und strich das Papier glatt und las:

> *Coco,*
> *Ich will Dich nie mehr sehen. Versuche nicht, mich noch einmal zu treffen. Ich empfinde nichts für Dich. Überhaupt nichts. Du bist ein kleines dummes Mädchen, nicht mehr.*
> *Rupert.*

Ich zerknüllte den Zettel, sprang auf, lief auf den Bootssteg und warf ihn ins Wasser. Dann ging ich langsam zurück. *Ich hasse ihn,* dachte ich. *Ich hasse ihn aus tiefster Seele.*

Ich versuchte zu einem Entschluß zu kommen. Hier konnte ich nicht bleiben, aber wohin sollte ich gehen?

Die Entscheidung wurde mir abgenommen. Ein knallroter Jaguar blieb vor der Pension stehen, und ein Paar stieg aus. Georg und Lydia waren gekommen, um mich abzuholen. Beide blickten mich nur schweigend an, als ich mit hängenden Schultern näherkam. Wortlos kroch ich in den Fond des Wagens und lehnte mich zurück. Georg startete den schweren Wagen und raste die Uferstraße entlang.

»Sie hat ihre Fähigkeiten verloren«, stellte Lydia fest.

»Das ist schlimm«, knurrte er.

»Bleibt es trotzdem dabei?« wollte sie wissen.

Er nickte grimmig.

»Wie habt ihr mich gefunden?« fragte ich dazwischen.

Lydia wandte den Kopf und schaute mich böse an. »Das weißt du doch ganz genau«, sagte sie. »Es müßte dir doch klar gewesen sein, daß deine Flucht ziemlich sinnlos sein würde. Du entgehst deiner Strafe nicht, du mißratenes Geschöpf.«

»Laß das, Lydia«, sagte Georg. »Die Beschuldigungen können warten. Vorerst müssen wir Cyrano helfen.«

»Du hast alles zerstört, was wir aufgebaut haben«, zischte Lydia.

»Der Name Zamis wird in der Familie nur noch spöttisch ausgesprochen. Asmodi rast vor Wut und verlangt von Cyrano Buße. Auch du mußt dich rehabilitieren, sonst geht es uns allen schlecht.«

»Was muß ich tun?« fragte ich ängstlich.

»Das wirst du rechtzeitig erfahren«, sagte Georg.

»Und alles wegen eines sterblichen Mannes!« höhnte Lydia. »Das ist ja das Widersinnige an der ganzen Sache. Mit ihren Fähigkeiten hätte sie sich jeden Sterblichen angeln können, aber nein, diese dumme Gans verliebt sich. Und jetzt hat sie ihre Fähigkeiten verloren, was die ganze Sache noch erschwert.«

»Hör mit dem Jammern auf, Lydia!« sagte Georg. »Das ändert auch nichts.«

»Du hast leicht reden«, fauchte sie. »Mein ganzes Leben ist wegen dieses dummen Geschöpfs zerstört. Früher regnete es nur so Einladungen – und jetzt? Plötzlich will niemand mehr etwas mit uns zu tun haben. Und da soll ich nicht jammern?«

»Glaubst du vielleicht, daß es mir besser geht?« brüllte Georg. »Jetzt halt endlich den Mund!«

Einige Minuten wurde nicht gesprochen, dann sah Lydia mich wieder an. »Am liebsten würde ich dir den Hals umdrehen«, zischte sie, »aber das würde alles nur noch schlimmer machen. Doch eines sage ich dir, Coco, wenn du jetzt nicht aufs Wort gehorchst, geht es dir schlecht. Wir tun uns alle zusammen, und du wirst Qualen erleiden wie nie zuvor.«

»Ich sage, daß du den Schnabel halten sollst, Lydia«, rief Georg wütend. »Mit deinem Gerede machst du sie noch störrischer.«

»Wohin bringt ihr mich?« fragte ich nach einiger Zeit.

»Zu deinem Patenonkel aufs Schloß«, antwortete er.

»Da will ich nicht hin!«, sagte ich rasch.

Aber die beiden scherten sich nicht um meinen Einwand.

Die nächsten Tage waren ein nicht enden wollender Alptraum. Meine gesamte Familie hatte sich auf dem Schloß versammelt. Sie unternahmen alles, damit ich meine Fähigkeiten zurückbekam.

Ich wußte noch immer nicht, was mein Patenonkel und ich tun sollten, um Asmodi zu versöhnen; nur eines war klar, ich mußte dafür den Verlust meiner magischen Kräfte rückgängig machen. Und wir hatten nicht mehr viel Zeit dazu. Beim nächsten Vollmond mußte es geschehen, und das war in drei Tagen.

Ich versuchte, nicht mehr an Rupert zu denken, doch es gelang mir nicht. Es wäre für meine Geschwister ein leichtes gewesen, mir die Erinnerung an Rupert zu rauben, doch damit hätten sie mir auch nicht meine Fähigkeiten zurückgeben können. Sobald sich meine Gedanken um den Jungen drehten, erfüllte mich eine tiefe Traurigkeit. Ich vermochte ihn nicht zu hassen. Noch zu deutlich schwang das herrliche Gefühl nach, das ich in seinen Armen empfunden hatte. Das würde ich nie vergessen.

Der Graf und meine Geschwister wurden immer unruhiger. Zu viel stand für sie auf dem Spiel. Sie berieten oft stundenlang, was sie tun sollten. Ich stand dabei unter ständiger Aufsicht und durfte nicht eine Sekunde allein sein. Diesmal hockte mir Adalmar gegenüber und zupfte an seinem gewaltigen Vollbart herum. »Du liebst diesen Rupert Schwinger noch immer?« fragte er.

Ich kniff die Augen zusammen. »Nein«, sagte ich. »Ich liebe ihn nicht mehr.«

»Das stimmt nicht, Coco«, sagte mein Bruder überraschend sanft, »sonst würdest du zumindest einen Teil deiner Fähigkeiten zurückbekommen.«

»Ich liebe ihn aber wirklich nicht mehr«, sagte ich. »Ich kann ihn nicht vergessen. Ich mag ihn noch immer sehr gern, aber ich liebe ihn nicht. Und ich weiß, daß es falsch von mir war, ihm gegenüber Magie anzuwenden.« Ich knabberte an meinen Lippen herum. »Was habt ihr mit ihm gemacht? Ihn getötet?«

Adalmar schüttelte entschieden den Kopf. »Ihm wurde kein Haar gekrümmt«, sagte er.

»Das glaube ich nicht«, entgegnete ich.

»Gut, dann werde ich es dir beweisen«, seufzte er, stand auf und holte eine magische Kugel aus einem Schrank. Vorsichtig setzte er sie vor mir auf dem Tisch ab. »Sieh selbst!« Er preßte seine Hände auf die Kugel, die leicht zu flimmern begann. In ihrem Inneren schienen Dämpfe aufzusteigen. Mein Bruder schloß die Augen und konzentrierte sich. Nach einigen Sekunden setzten sich die Dämpfe, und ein altes zweistöckiges Gebäude war zu sehen. Deutlich konnte ich das Hausschild lesen. *Haidergasse 18.* Ich wußte, daß er dort ein Zimmer gemietet hatte. Das Bild in der Kugel veränderte sich. Ein Hausflur wurde sichtbar, dann Stiegen, eine Tür, ein kleines, einfach eingerichtetes Zimmer. Poster an der Wand, eine Couch, ein alter Kasten, zwei Stühle und ein Tisch.

Und dann sah ich Rupert. Er saß auf der Couch, las in irgendwelchen Skripten und rauchte dabei eine Zigarette. Mein Bruder hatte mich nicht belogen.

»Glaubst du mir nun, Coco?« fragte Adalmar, und das Bild in der Kugel verblaßte.

»Ich will mehr sehen«, sagte ich.

»Wie du willst.«

Zwanzig Minuten vergingen. Rupert las weiter in den Skripten. Dann war ein Klopfen zu hören. Er stand auf und öffnete die Tür. Eine stark geschminkte Frau trat ins Zimmer. Ihr Haar war rotblond gefärbt. Sie trug eine weiße Bluse und einen kurzen, grünen Rock. Die Frau sah ausgesprochen ordinär aus. »Du hast dir verdammt lange Zeit gelassen«, sagte Rupert wütend. Er hob die rechte Hand und versetzte der Frau eine schallende Ohrfeige. Meine Augen weiteten sich vor Überraschung. »Wo ist das Geld?« fragte er. Die Frau rieb sich die Wange und hielt ihm die Handtasche hin. Er öffnete sie und holte einige Geldscheine heraus. »Das ist alles?« fragte er böse.

»Das Geschäft geht schlecht.«

»Und wo warst du gerade eben, Sylvia?«

»Hatte einen Kunden«, sagte sie und setzte sich.

Rupert verkrallte eine Hand in ihrem Haar und riß sie hoch. »Du arbeitest zu wenig, du verdammte Hure!« zischte er.

Das kann nicht mein Rupert sein, dachte ich entsetzt. *Er ist so brutal!* Ich wußte nur recht wenig von dem, was in der Welt vorging, aber ganz naiv war ich auch nicht. So erkannte ich, daß Sylvia ein Straßenmädchen war und Rupert ihr Zuhälter. Ich konnte es nicht fassen!

Entsetzt wandte ich den Blick ab, als ich sah, daß er der Frau die Bluse öffnete und den Rock auszog. Dann warf er sie aufs Bett und verging sich an ihr.

»Ich will nichts mehr sehen!« rief ich mit versagender Stimme.

Doch ich konnte den Blick nicht abwenden. Dabei schlug ich mir die Hände vor den Mund, als ich die ordinären Ausdrücke hörte, die Rupert verwendete. Und als er fertig war, schlug er das Mädchen wieder. Sie zog sich an und ging aus dem Zimmer. »Arbeite mehr!« brüllte ihr Rupert nach. »Sonst setzt es eine ordentliche Tracht Prügel.« Ruhelos wanderte er im Zimmer auf und ab. Er rauchte hastig eine Zigarette, steckte das Geld ein, das auf dem Tisch lag, und verließ das Haus, um ein Café aufzusuchen. Einige der Gäste, ziemlich üble Typen, begrüßten ihn freundlich, und er nickte ihnen zu. Dann gesellte er sich zu einem brutal aussehenden Burschen, und sie spielten ein Partie Billard.

»Du warst ein paar Tage fort?« erkundigte sich der andere.

»Ja, war eine verdammt seltsame Sache, Karl«, sagte Rupert. »Ich kann mich nicht genau erinnern. Ich wachte plötzlich auf und war am Mondsee.«

»So was gibt es doch nicht«, sagte Karl.

»Ist aber so«, brummte Rupert. »Ich wachte in einem Zimmer auf, und ein Mädchen war da, das ich flüchtig kannte. So ein junges albernes Ding, das mir schon die ganze Zeit nachläuft. Wahnsinnig verliebt. Lästig wie eine Klette.«

»Hast du sie vernascht?«

Rupert nickte. »War noch Jungfrau«, sagte er lachend. »Aber nichts los mit ihr. Eine Niete, die es nie lernen wird.«

Karl stimmte in das Lachen mit ein.

»Ich will nichts mehr hören!« schrie ich und preßte mir die Hände gegen die Ohren. »Weg mit der Kugel!« Haß und Wut und grenzenlose Enttäuschung schlugen über mir zusammen. So also dachte er über mich! Alles, was er mir erzählt hatte, war erstunken und erlogen gewesen. Und auf so einen Mann war ich hereingefallen – in so jemanden hatte ich mich verliebt!

Ich bin doch tatsächlich ein dumme Gans, dachte ich. Ich starrte die magische Kugel an, und plötzlich zerbarst sie in tausend Splitter. Ich bemerkte gar nicht, daß ich meine Fähigkeiten zurückbekommen hatte. Ohne mich von der Stelle zu bewegen, warf ich den Tisch um, ließ ihn in kleine Stücke zersplittern und schleuderte die Teile im Zimmer hin und her. Ein Glasspiegel krachte zu Boden, ein Schrank fiel um, die Teller schossen wie Tontauben hervor und zerschellten an der Wand. Ich war außer mir vor Haß. Der Raum sah aus, als sei ein Wirbelwind hindurchgerast. Mein Bruder hatte sich zurückgezogen.

Nach einiger Zeit brach ich hemmungslos schluchzend zusammen, wenn auch keine Tränen aus meinen Augen rannen, denn Hexen können nicht wirklich weinen. Es dauerte lange, bis ich mich etwas beruhigt hatte. Doch mein Haß auf Rupert wurde von Minute zu Minute größer.

Die Nacht war wolkenlos. Der Vollmond stand hoch am Himmel. Eine unwirkliche Stille lastete über dem kleinen Friedhof von Hartweg. Das schwere Tor schwang auf, und eine seltsame Prozession betrat den Friedhof. Die Besucher waren in schwarze Umhänge gekleidet, und über die Köpfe hatten sie Kapuzen gestülpt. Den Beginn der Prozession machte ich, dann kam mein Patenonkel, und hinter ihm gingen meine Eltern und Geschwister. Eine hochgewachsene Gestalt folgte in ein paar Metern Abstand. Es war Skarabäus Toth, der klapperdürre Schiedsrichter der Schwarzen Familie, der in Wien als Jurist getarnt eine Anwaltskanzlei unterhielt. Er war ein uralter Dämon von hohem Ansehen in der Schwarzen Familie und würde Asmodi später Bericht über die heutigen Geschehnisse erstatten müssen.

Unsere Schritte verursachten kein Geräusch. Ich wandte mich nach einigen Metern nach rechts und ging zwischen einigen Grabhügeln hindurch. Schließlich blieb ich vor einem Grab stehen. Der Stein darauf war verwittert, so daß man die Inschrift kaum lesen konnte. Ich mußte näher herantreten, um die Buchstaben und Ziffern zu erkennen. *Johannes Schwinger, 1907 – 1958.* Das war Ruperts Großvater gewesen.

Mein Patenonkel blieb neben mir stehen, während meine Familie einen Halbkreis um das Grab bildete. Ich griff in meinen Umhang und holte eine Wachsfigur heraus. Der Körper der Statue war klein, der Kopf dagegen fiel sonderbar groß aus und war fein modelliert. Die Figur war ein genaues Ebenbild von Rupert Schwinger. Ich zog mir die Kapuze herunter und schlüpfte aus dem Umhang. Auf meinen nackten Körper waren mit Erdfarben magische Zeichen geschmiert worden; das lange pechschwarze Haar hatte ich mir zu einem Zopf flechten müssen, der nun zwischen meinen Brüsten herabfiel.

Ich kniete nieder und spreizte die Beine. Dann stellte ich die Statue zwischen meine Schenkel und stimmte einen leisen Gesang an. Voller Konzentration schloß ich die Augen und beugte den Oberkörper weit vor.

Cyrano von Behemoth trat auf den Grabhügel und wandte dem Grabstein den Rücken zu. Auch er warf seinen Umhang ab. In der rechten Hand hielt er einen seltsam verdrehten Stock, der aus einer Zauberwurzel geschnitzt worden war. Seine linke Hand umklammerte eine bauchige Flasche, in der sich ein Hexentrank befand. Der Graf breitete seine Arme weit aus. Er bückte sich und bohrte den Stock ins Grab, bis er nicht mehr zu sehen war. Unter der Anrufung der verschiedensten Dämonen ließ er einige Tropfen der Hexenflüssigkeit auf den Grabhügel tropfen. Rauch stieg auf, und ein bestialischer Gestank verbreitete sich. Er schüttete immer mehr Flüssigkeit auf den Grabhügel, und der Rauch wurde dichter. Ein tiefes Brummen schien aus dem Grab zu kommen, das nach wenigen Augenblicken abbrach.

Ich ließ mich von Behemoths Tun nicht ablenken, sondern konzentrierte mich ganz auf meine Aufgabe. Inzwischen hatte ich alle meine Fähigkeiten zurückgewonnen. Mein Haß auf Rupert Schwinger hatte sich nicht gelegt. Ganz im Gegenteil, er gab mir erst die Kraft für mein Vorhaben. Vor mir lag eine schwierige Beschwörung, von der das Heil meiner Familie abhing.

Der Grabhügel geriet in Bewegung; er warf Blasen, und Sandbrocken rieselten auf mich herab. Ein Riß, der rasch tiefer wurde, teilte den Hügel. Behemoths Beschwörungen wurden laut und eindringlich. Der Hügel war in einen milchigen Nebel gehüllt. Für einen Augenblick bebte die Erde. Ein lauter Krach war zu hören, so als würde Holz zersplittern, dann wurde es wieder ruhig. Der Nebel lichtete sich, und eine Rauchwolke, die immer dunkler wurde, stieg aus dem Grab auf. Ein Zischen erklang; dann schwebte ein Totenschädel heraus. Er blieb vor Behemoth in der Luft hängen, und mein Patenonkel streckte die Hand nach ihm aus.

Der Graf hatte plötzlich wieder seinen dunklen Umhang um und trug mit magischen Zeichen bestickte Handschuhe. Er umklammerte mit beiden Händen den Totenkopf. Sein Gesicht verzerrte sich. Er drückte und schlug den Kopf und zischte Beschwörungen. Der Unterkiefer klappte plötzlich herunter, und dann schloß sich das Maul wieder. Das Klappern der Zähne des Totenkopfes war deutlich zu hören.

Ich war mit meiner Beschwörung am Ende angelangt. Vorsichtig griff ich nach der Wachsfigur und hielt sie über meinen Kopf. Meine Hände begannen zu leuchten. Das Licht griff auf die Wachsfigur über, die sich auf einmal zu vergrößern schien. Ich zog meine Hände zurück und senkte den Blick. »Wo immer du bist, Rupert Schwinger«, sagte ich, »ich rufe dich zu mir.«

Eine halbe Minute geschah nichts, dann zerplatzte die Wachsfigur, und die Luft flimmerte. Rupert Schwinger stand vor mir. Er sah so aus, als wäre er eben aus dem Schlaf gerissen worden. Sein Haar war zerrauft, und er trug nur eine Unterhose. Überrascht schaute er sich um. Schließlich fiel sein Blick auf mich. Seine Augen wurden groß, doch bevor er noch etwas sagen konnte, hob ich die Arme lähmte ihn mit meiner Magie. Er konnte weder sprechen noch sich bewegen.

Mein Patenonkel stieg vom Grabhügel herab und trat neben mich. Er hielt Rupert den Totenschädel entgegen. Die Kiefer des Kopfes malmten. Und dann sprach der Schädel mit Grabesstimme: »Ich verfluche das Blut meiner Familie! Alle meine Nachkommen sollen verflucht sein! Für alle Zeiten!«

Der Totenschädel schwebte auf Rupert zu. Vor dem Gesicht seines Enkels blieb er in der Luft hängen. Die Kiefer teilten sich, die Zähne schnappten nach Ruperts Kehle. Die Haut des Jungen veränderte sich. Sie wurde kohlrabenschwarz. Das weißblonde Haar fiel ihm aus, und innerhalb von Sekunden war sein Schädel kahl. Aus den Augen des Totenkopfes krochen Würmer, die auf Ruperts Gesicht herabfielen und sich wie Blutegel daran festsaugten. Die Nase des Jungen veränderte sich, wurde zu einem vogelartigen Schnabel. Immer mehr der daumendicken Würmer ließen sich auf seiner Haut nieder. Sie fraßen die Augen und nagten den Mund ab. Innerhalb weniger Sekunden war das einst so hübsche Gesicht eine blutige, kreisrunde Masse. Ruperts Körper schrumpfte langsam zusammen. Die Unterhose fiel über seine Schenkel zu Boden. Er wurde zu einem geschlechtslosen Wesen, das nur noch einen Meter groß war. Dann hörte der Schrumpfungsprozeß auf.

»Es ist getan«, sagte Behemoth zufrieden. »Wir haben Rache genommen und hoffen, daß wir damit Asmodi, unseren Herrn, versöhnt haben.«

Skarabäus Toth kam rasch näher. Vor dem Geschöpf, das einmal Rupert Schwinger gewesen war, blieb er stehen. Aus seinem Umhang holte er eine buntbemalte Holzmaske hervor, die er über das Gesicht des unheimlichen Geschöpfes stülpte. Jetzt waren die grauenvollen Würmer nicht mehr zu sehen. »Es ist getan, so wie es der Herr der Finsternis wollte«, sagte der Schiedsrichter der Schwarzen Familie. »Ich kann bezeugen, daß sein Wunsch erfüllt wurde. Ich habe mit eigenen Augen gesehen, daß Coco Zamis ihren Fehler wiedergutgemacht hat. Rupert Schwinger wird fortan ihr Schutzpatron sein. Ab sofort wird er seinen festen Platz in der Zamis-Villa haben und der Hüter des Hauses sein.«

Das, was einmal Rupert Schwinger gewesen war, durfte nach dem Wunsch Asmodis nicht sterben. Es mußte weiterleben und sollte mich mein ganzes Leben lang an meine Verfehlung erinnern. Das war Asmodis furchtbare Strafe. Mir krampfte sich das Herz zusammen vor Grauen. Ich hatte erwartet, daß Rupert bei der Beschwörung sterben würde – daß ihm jedoch ein solch grausames Schicksal beschert sein sollte, damit hatte ich nicht gerechnet. Ich schlüpfte in meinen Umhang und wandte mich ab. Das Monster folgte mir treu wie ein Hund, während wir alle auf das Schloß zurückkehrten. Ich ging auf mein Zimmer, setzte mich aufs Bett und barg den Kopf zwischen den Händen. Meine Familie war rehabilitiert. Ich hatte bewiesen, daß ich eine echte Hexe war.

Traurig hob ich den Kopf und starrte die geschlechtslose schwarze Gestalt an. »Kannst du mich hören?« fragte ich.

Das Wesen, das einmal Rupert Schwinger gewesen war, nickte.

»Kannst du sprechen?«

»Ja«, sagte das Ungeheuer undeutlich und heiser. »Ich werde dich beschützen.«

»Ich kann auf deinen Schutz verzichten«, entgegnete ich. »Weißt du, wer du bist?«

»Nein«, erklang die Stimme des Monstrums. »Ich habe keine Erinnerung.«

Wenigstens etwas, dachte ich.

Die Tür wurde geöffnet, und Vera stand auf der Schwelle. »Darf ich hereinkommen, Coco?«

Ich nickte. Vera schloß die Tür hinter sich und blieb vor dem unheimlichen Geschöpf stehen. Dann sah sie mich an und schüttelte den Kopf. »Du hast dir alles verpatzt, Coco«, sagte sie. »Anstatt ein Kind von Asmodi zu haben, hast du dieses widerwärtige Geschöpf bekommen. Aber du warst ja schon eine Ewigkeit auf diesen Rupert scharf. Jetzt hast du ihn. Für immer. Und er kann dir auch nicht mehr davonlaufen. Er wird immer um dich sein.«

»Bist du nur gekommen, um mich zu verspotten?« fragte ich.

»Nein«, sagte Vera und setzte sich. »Ich will dir etwas erzählen. Es wird dich sicherlich interessieren.«

»So?« fragte ich gleichgültig.

Sie lachte höhnisch, und ihre Augen funkelten böse. »Ich will dir etwas über deinen Geliebten erzählen.«

»Ich will nichts mehr von ihm hören«, sagte ich.

»Es war mein Plan«, sagte Vera stolz. »Ich schätzte dich richtig ein, und das war unsere Rettung.«

»Ich verstehe kein Wort«, erwiderte ich verwirrt.

»Du mußtest deine Fähigkeiten zurückbekommen, sonst wären wir alle verloren gewesen. Und mein Plan ging auf. Du hast keinen Verdacht geschöpft. Dein Haß und deine Wut machten dich unfähig, einen klaren Gedanken zu fassen.«

»Was redest du da für ein dummes Zeug?« fuhr ich sie an.

Doch sie schien mir meine Verunsicherung anzumerken und grinste böse. »Es war ein Spaß für mich. Und alles war so einfach zu inszenieren. Eine magische Kugel, das war alles, was wir brauchten. Wir mußten uns nicht einmal sehr konzentrieren, um dir das Theater glaubhaft vorzuspielen. Es war leicht, da sich Rupert Schwinger schon seit einigen Tagen als Gefangener im Schloß aufhielt.«

Ich wurde bleich vor Wut, als ich erkannte, daß man mich hereingelegt hatte.

»Wir haben ihn schon am Mondsee gefangengenommen«, fuhr Vera fort. »Lydia und Georg sind bereits während der Nacht dort angekommen, warteten aber ab, bis deine Magie nachließ. Dann beeinflußten sie Rupert und befahlen ihm, daß er dich verlassen sollte. Gleich darauf nahmen sie ihn gefangen. Sie hofften, daß du Vernunft annehmen würdest, doch du warst noch immer in Rupert verliebt. So blieb ihnen keine andere Wahl, als ihm diese Zuhälter-Geschichte anzuhängen... Schön blöd bist du gewesen, Coco! Manchmal würde ich am liebsten schallend auflachen.«

»Hinaus mit dir!« brüllte ich. »Hinaus, sonst bringe ich dich um!«

»Nur mit der Ruhe.« Vera grinste, stand auf und ging zur Tür, drehte sich aber noch einmal um. »Ich muß dir noch etwas sagen, Coco.«

»Ich will nichts mehr hören!« schrie ich.

»Rupert war in dich verliebt, Coco.« Vera kicherte. »Er konnte dich nicht vergessen in dem halben Jahr, in dem ihr euch nicht gesehen hattet. Er suchte nach dir, fand dich aber nicht. Du hättest ihn gar nicht mit einem Bannspruch belegen müssen, denn er liebte dich auch so.«

Ich krampfte die Hände zusammen. Alles drehte sich plötzlich vor meinen Augen. Ich stieß einen schrillen Schrei aus und wollte auf Vera losgehen. Doch da war sie bereits verschwunden; der Gang war leer.

Ich kehrte ins Zimmer zurück und ließ mich aufs Bett fallen. Stundenlang starrte ich den Hüter des Hauses an – mit heißen, trockenen Augen.

Er war alles, was von meiner Liebe übriggeblieben war.

4. Kapitel

Demians Tod

Vierzehn Monate später

Ich stöhnte laut auf. Der Schmerz war ohne Vorwarnung gekommen. Er raste durch meinen Körper und brachte meine Gliedmaßen zum Zucken. Ich lehnte mich an eine Hauswand und schloß die Augen. Der Schweiß brach mir aus, und ich wischte ihn mit dem Handrücken von der Stirn. Eines meiner Familienmitglieder war in Gefahr und mußte entsetzliche Qualen erdulden.

Demian! dachte ich nur. Ich mußte ihm helfen!

Zwischen den Angehörigen unserer Familie bestand eine enge Verbindung. Wenn sich einer von uns verletzte, spürten auch die anderen seine Schmerzen, zumindest wenn sie sich in der näheren Umgebung aufhielten. Demian konnte also nicht weit von mir sein. Ich benötigte einige Sekunden, um meinen Körper wieder unter Kontrolle zu bekommen. Dann stieß ich mich von der Hauswand ab und hob den Kopf. Vielleicht gelang es mir, die Richtung herauszufinden, in der ich meinen Bruder zu suchen hatte.

Vor einer Stunde hatte ich das elterliche Haus in der Ratmannsdorfgasse verlassen, um mir bei einem Spaziergang die Zeit zu vertreiben. Ich war durch den Hörndlwald marschiert und befand mich jetzt in der Jenbachgasse. Sobald ich die Ausstrahlung meines Bruders lokalisiert hatte, rannte ich los. Mit jedem Meter, den ich zurücklegte, wurden die Schmerzen stärker. Ich ahnte Schlimmes, was Demian anbetraf.

In der Schlägergasse blieb ich vor einem niedrigen, uralten Haus stehen. Die schmalen Fenster waren blind vor Schmutz; überall bröckelte der Verputz ab, und das Dach war an mehreren Stellen eingebrochen. Ich zögerte, das Gebäude zu betreten, da ich sicher war, daß auch andere Familienmitglieder die Qualen meines Bruders gespürt hatten und bereits auf dem Weg waren, um ihm zu Hilfe zu kommen. Was, wenn ich nur aufgrund meiner Ungeduld in eine vorbereitete Falle lief?

Doch als die Qualen Demians immer größer wurden, blieb mir keine andere Wahl mehr. Ich drückte die Klinke der verrosteten Eisentür nieder, ging die Einfahrt entlang und erreichte einen kleinen Hinterhof. Überall lag Unrat herum. Zwischen einigen halb zersplitterten Holzfässern huschten zwei graue Katzen hin und her, die sich von mir nicht stören ließen. Vorsichtig ging ich weiter. Auf der rechten Seite stand eine Tür halb offen. Sie pendelte knarrend in den Angeln und war mit Blut besudelt.

Plötzlich blieb ich stehen. Eine seltsame Melodie war zu hören, und es gab keinen Zweifel daran, daß sie aus dem Munde Demians kam! Blitzschnell trat ich in das Haus und durchquerte einen kleinen Vorraum, in dem Weinkisten bis zur Decke aufgestapelt waren. Eine breite Holztreppe führte in den Keller, die unter jedem meiner Schritte knarrte. Je tiefer ich hinunterstieg, um so dunkler wurde es um mich. Ich konnte nicht verstehen, was mein Bruder sang, doch die Melodie faszinierte mich. Demian hob und senkte die Stimme in einem seltsamen Rhythmus, der mir durch Mark und Bein ging.

Endlich betrat ich den Keller, in dem ein unwirkliches Halbdunkel herrschte. Ich sah mich rasch um. Links und rechts standen große, bauchige Weinfässer, von denen die meisten morsch und leck waren. In einem Regal lagen ein paar leere Flaschen. Ich ging an einer Verkorkmaschine vorbei und blieb stehen. Der Gesang meines Bruders war in ein quälendes Geschrei übergegangen.

»Wo bist du, Demian?« fragte ich aufgeregt.

Doch er gab mir keine Antwort, sondern schrie einfach weiter. Nach einigen Schritten hatte ich ihn entdeckt und blieb entsetzt stehen. Er war bis zum Hals in ein riesiges Faß gesperrt worden. Nur sein Kopf ragte aus dem Spund hervor. Sein Gesicht war bleich, das bronzefarbene Haar zerzaust. Sein Mund stand weit offen, ohne daß er sichtbar die Lippen bewegte.

»Demian!« rief ich mit versagender Stimme und ging näher heran. Entsetzt hob ich die Arme, als ich sah, daß kreuz und quer durch das Faß lange Eisenstäbe gesteckt waren. Ich hatte einmal im Fernsehen einen Zauberer gesehen, der seine Partnerin in eine Kiste gesetzt und dann von allen Seiten Säbel durch die Außenwände getrieben hatte. Aber hier hatte ich es nicht mit einem billigen Trick zu tun. Die dünnen Eisenstäbe hatten sich durch den Körper meines Bruders gebohrt; von den Spitzen tropfte das Blut.

Der Gesang des Gemarterten wurde immer schriller. Ich preßte mir die Hände über die Ohrmuscheln, doch die Melodie war weiter zu hören; sie fraß sich in mein Hirn und ließ sich nicht vertreiben. Ich konnte keinen klaren Gedanken mehr fassen und glaubte, inmitten eines gewaltigen Chors zu stehen. Die Melodie war so schrill und grausig geworden, daß ich den Eindruck gewann, mein Kopf würde sich auflösen. Meine Hände zitterten, und ich krümmte mich vor Schmerzen und wimmerte.

Bevor ich nochmals einen Versuch machen konnte, Demian zu helfen, war ein lautes Knarren zu hören. Das riesige Faß wurde auseinandergerissen; die Reifen zerplatzten, und der Rußrumpf zersplitterte. Ich schloß von Grauen geschüttelt die Augen. Mehr als ein Dutzend der dünnen Eisenstäbe steckten im Körper meines Bruders. Er stand ruhig wie eine Statue da und schien längst taub gegen den furchtbaren Schmerz geworden zu sein. Aus seinem Mund drang noch immer die Melodie, der ich mich nicht entziehen konnte.

In diesem Augenblick polterten schwere Schritte die Treppe herunter. Ich hörte sie kaum, während ich mich in Krämpfen am Boden wand. Ein Junge in meinem Alter ging an mir vorbei und blieb vor Demian stehen. Er streckte beide Hände aus und zog eine der Eisenstangen, die in Demians Herz steckte, heraus. Der unheimliche Gesang meines Bruders wurde schwächer. Nacheinander riß der blonde Junge mehrere Stangen aus seinem Körper und warf sie auf den Boden. Ich hob den Kopf und setzte mich mit zitternden Händen auf. Der Junge wandte mir für einen Augenblick das Profil zu. Sein Gesicht mit der kleinen Nase und den sanft geschwungenen Lippen war fast mädchenhaft. Dieser Eindruck wurde noch durch das schulterlange aschblonde Haar unterstrichen.

Als er die letzte Stange herausgezogen hatte, richtete sich Demian für einen Augenblick auf. Sein Gesicht entspannte sich, und ein Lächeln lag um seine Lippen. Dann brach er tot zusammen.

Aber die Melodie war immer noch nicht vollends verklungen, sondern geisterte weiter durch meinen Kopf. Der fremde Junge rief mir etwas zu, doch die Worte schienen wie durch eine Wand zu kommen. Ich verstand den Sinn nicht und wollte ihn auch gar nicht verstehen.

Er sprach eindringlich auf mich ein. Seine Augen schienen immer größer zu werden; sie flackerten unruhig. Ich wankte wie eine Betrunkene hin und her. Alsbald schloß ich die Augen, und mein Atem beschleunigte sich. Ich sah nur noch Sterne, hörte fremde Stimmen in mir und stürzte haltlos zu Boden, bis –

– auf einmal alles vorbei war!

Totenstille umgab mich. Und als ich mich aufrichtete, war der Junge verschwunden. Hätte mein toter Bruder nicht direkt vor meinen Füßen gelegen, wäre ich davon überzeugt gewesen, nur einer Halluzination aufgesessen zu sein. So aber wußte ich, daß ich das alles wirklich erlebt hatte.

Es konnten nur wenige Minuten vergangen sein, seit ich Demian zu Hilfe gekommen war.

Wo bleiben nur die anderen? dachte ich und wandte mich von Demians Leiche ab. Ich konnte den Anblick meines toten Bruders nicht ertragen.

Mein Vater und meine Mutter befanden sich nicht in Wien; sie waren nach München gefahren und würden erst abends zurückkommen. Adalmar hatte sich schon vor einigen Wochen wieder nach Italien zurückgezogen. Aber meine anderen Geschwister mußten Demians Schmerzen ebenso gespürt haben wie ich.

Ich hielt es im Keller nicht mehr aus. Gerade machte ich Anstalten, die Treppe hinaufzugehen, als ich oben hastige Schritte vernahm. Volkart raste die Stufen herunter.

»Wo ist er?« fragte er mich keuchend.

Ich streckte den rechten Arm aus, und Volkart ging langsam am mir vorbei. Er kniete neben seinem Zwillingsbruder nieder. Hätte nicht einer der beiden mit aufgerissenen Augen tot auf der Erde gelegen, wäre es einem Außenstehenden mit Sicherheit schwer gefallen, sie auseinanderzuhalten.

Ich wandte mich ab und preßte die heiße Stirn gegen ein Faß.

»Demian.« Volkarts Stimme war kaum zu hören.

Ich konnte seinen Schmerz verstehen. Die beiden waren seit ihrer Geburt fast ständig zusammen gewesen. Sie hatten sich höchstens mal für ein paar Stunden getrennt. Alle ihre Schandtaten hatten sie gemeinsam begangen.

»Wer hat es getan?« fragte Volkart mit erstickter Stimme.

»Ich weiß es nicht«, antwortete ich.

Wieder näherten sich Schritte. Georg, Lydia und Vera trafen gemeinsam ein. »Wer hat ihn gefunden?« fragte Georg.

Ich meldete mich, vermied es aber, den Toten noch einmal anzusehen. »Er steckte in einem Faß, durch das Eisenstäbe gestoßen waren. Das Faß zerplatzte, und ich zog die Eisenstäbe aus seinem Körper. Dann starb er.«

Georg sah mich schweigend an. Schließlich wandte er sich ab und versuchte in voller Konzentration, einen Blick in die Vergangenheit zu werfen, um zu erfahren, wer Demians Mörder war. Ohne Erfolg. Eine starke magische Kraft verhinderte, daß er seine Fähigkeiten einsetzen konnte.

»Ich sehe nichts«, sagte er grimmig, »aber eines steht fest, Demians Mörder muß ein Mitglied der Schwarzen Familie sein. Irgend jemand erklärt uns den Krieg.«

»Wir werden seinen Tod rächen«, sagte Lydia mit fester Stimme.

Volkart kniete immer noch neben der Leiche. Er hatte das Gesicht des Toten auf seine Knie gebettet. Vera legte ihre rechte Hand auf seine Schulter. »Steh auf«, flüsterte sie mitfühlend. Doch Volkart schüttelte nur den Kopf. Sie trat einen Schritt zurück und preßte die Lippen zusammen.

»Ich möchte nur wissen, wer hinter dem Mord steckt«, meinte Georg. »Jedenfalls hat sich unser Gegner einen verdammt guten Zeitpunkt ausgesucht. Vater ist nicht da. Ich bin sicher, daß der Anschlag schon lange vorbereitet worden war. Wir müssen äußerst vorsichtig sein.«

»Es wird nicht einfach sein herauszubekommen, wer hinter uns her ist. Schließlich haben wir in letzter Zeit eine Menge Feinde«, sagte Lydia und blickte mich vorwurfsvoll an.

Ich senkte den Blick. Dabei wußte ich ganz genau, daß mein falsches Spiel beim Hexensabbat nicht der alleinige Grund für unsere Isolation innerhalb der Schwarzen Familie war. Einigen anderen Sippen waren wir schon lange ein Dorn im Auge. Dazu kam, daß die Dämonen sich untereinander ohnehin selten einig waren. Nach außen hin hielt die Familie zusammen, doch in den eigenen Reihen ging es oftmals sehr grausam zu. Gelegentlich waren Fehden zwischen einzelnen Sippen in regelrechte Schlachten ausgeartet, so daß gar der Fürst der Finsternis hatte eingreifen müssen, um wieder Ordnung zu schaffen.

Ich fragte mich, weshalb ich meinen Bruder angelogen hatte. Nicht ich hatte die Eisenstäbe aus Demians Körper gezogen, sondern der unbekannte blonde Junge. Ich hatte auch nichts von der unheimlichen Melodie erwähnt, die Demian gesungen hatte und die noch immer in meinem Hirn herumspukte.

Weshalb sagte ich nicht einfach die Wahrheit? War ich verhext worden? Ich wollte Georg etwas zurufen, doch als ich zum Sprechen ansetzte, kam kein Laut über meine Lippen. Irgend etwas versiegelte meinen Mund.

»Wir müssen Demian fortschaffen«, sagte Georg. »Dann werde ich sofort zu Skarabäus Toth gehen. Vielleicht weiß der Schiedsrichter, wer uns den Krieg erklärt hat. Und ihr bleibt alle zu Hause, bis Vater zurück ist. Nehmt Verbindung zu Adalmar auf! Wir brauchen seine Hilfe.«

Volkart stand auf. Es würde lange Zeit dauern, bis er den Tod seines Bruders verwunden hatte.

Ich hielt mich eher abseits. Ehrlich gesagt, empfand ich für keines meiner Geschwister besonders viel. Aber das konnte mir nach den vergangenen Ereignissen ja auch niemand verdenken. Trotzdem zählten sie immer noch zu meiner Familie, die ich nicht so einfach abschütteln konnte.

Georg riß mich aus meinen Gedanken. »Du begleitest mich«, sagte er. »Ich will das Haus durchsuchen. Vielleicht finden wir irgendwelche Spuren. Ihr bleibt einstweilen hier.«

Wir stiegen zusammen die Stufen hoch. Noch immer war die Ausstrahlung von Dämonen zu spüren – schwach und unbestimmt. Das Haus war leer. In den meisten Räumen lag eine dicke Staubschicht. Doch so sehr wir auch suchten, wir fanden keine Hinweise. »Hier kommen wir nicht weiter«, sagte Georg resigniert. »Vater hätte vielleicht etwas feststellen können, doch ich bin dazu nicht in der Lage. Aber eines steht fest: Demians Tod wird gerächt. Und wenn wir alle dabei sterben sollten.«

Ich kannte die Gesetze der Schwarzen Familie. In manchen Punkten unterschieden sie sich kaum von denen der normalen Menschen. Auge um Auge, Zahn um Zahn, das war der Leitspruch. Unverrichteter Dinge kehrten wir in den Keller zurück.

»Habt ihr etwas entdeckt?« fragte Lydia.

Georg schüttelte den Kopf. »Nichts.« Er blickte seinen toten Bruder an, dann bewegte er leicht die Hände, und der Tote richtete sich auf. »Hilf mir, Coco«, bat Georg und griff nach meiner rechten Hand.

Ich mobilisierte all meine magischen Kräfte. Mit zusammengekniffenen Augen stand ich da und spürte, wie Georgs Kräfte auf mich überglitten. Dann fixierte ich den Toten. Die Luft flimmerte, wurde milchig. Demian löste sich auf und wurde auf diese Weise in unser Haus geschafft.

»Gehen wir«, sagte Georg schließlich.

Lydia war mit ihrem Wagen gekommen, während die anderen zu Fuß hergeeilt waren. Wir stiegen ins Auto, und meine Schwester chauffierte uns nach Hause. In wenigen Minuten hatten wir die Ratmannsdorfgasse erreicht. Georg stieg aus, und ich folgte ihm. Wir beide suchten nach eventuellen Fallen, die in der Zwischenzeit angebracht worden sein konnten, fanden aber wieder nichts. In der Diele des Hauses blieben wir stehen und befragten den Hüter des Hauses, ob jemand eingedrungen sei. Die schwarze Gestalt schüttelte leicht den Kopf. »Es war niemand da«, erklärte sie mit heiserer Stimme. Dann trat sie plötzlich auf mich zu und musterte mich kurz. Hinter den Augenschlitzen der Maske glomm ein fahles Licht auf. Doch ehe meine Geschwister etwas davon bemerkt hatten, war es auch schon wieder erloschen. Der Hüter trat an seinen Platz zurück und bewegte sich nicht mehr.

»Was nun?« fragte Vera.

»Lydia wird versuchen, Adalmar zu erreichen.« sagte Georg. »Ich fahre zu Skarabäus Toth. Coco wird mich begleiten.« Die nächsten Sätze sagte er leise, so daß Volkart sie nicht hören konnte: »Kümmert euch um ihn. Er ist am schlimmsten von Demians Tod betroffen.«

Vera und Lydia nickten.

»Komm, Coco!« drängte Georg. »Wir gehen.«

Da schaltete sich plötzlich der Hüter des Hauses ein. »Sie soll hierbleiben«, sagte er. Doch als Georg ihn verwundert nach dem Grund seines Einwands fragte, wich er kühl aus. »Sie soll bleiben«, wiederholte er. »Es ist besser so.«

Doch Georg hörte nicht auf ihn. Statt dessen packte er mich am Ellbogen, und gemeinsam traten wir in den Garten. Es war ein warmer Frühlingstag. Die Blumenbeete boten einen herrlichen Anblick. Auf der Gasse sahen wir uns beide genau um, doch nichts Verdächtiges war zu bemerken. Georg klemmte sich hinter das Lenkrad, und ich stieg auf der Beifahrerseite ein. Während der Fahrt zu Skarabäus Toth dachte ich nach. Es war viel Zeit vergangen, seit ich Asmodi beim Sabbat zu täuschen versucht hatte. Viel ereignet hatte sich inzwischen allerdings nicht. Ein halbes Jahr lang hatte ich das Haus meiner Eltern nicht verlassen dürfen; Rupert Schwinger hatte mich ständig begleitet; er war nicht von meiner Seite gewichen. Dieser Zustand hatte so an meinen Nerven gezerrt, daß ich immer mehr meine Fähigkeiten verlor und sichtlich verfiel. Das war meinem Vater nicht verborgen geblieben, und er hatte sich an Skarabäus Toth gewandt und dem Schiedsrichter vom Verfall seiner Tochter berichtet. Toth war es gelungen, sich mit Asmodi, dem Herrscher der Schwarzen Familie, in Verbindung zu setzen, der gestattete, daß der Bann von mir genommen wurde. Ich durfte mich wieder frei bewegen, und der Hüter des Hauses verfolgte mich nicht mehr auf Schritt und Tritt. Trotzdem führte ich ein eintöniges Leben. Gelegentlich ging ich spazieren, ins Kino oder in ein Lokal, ohne mich jedoch mit normalen Menschen abzugeben. Meine Geschwister wurden zu Gesellschaften eingeladen, doch ich durfte nie mitkommen. Ich hatte keine Freunde in der Schwarzen Familie; niemand wollte etwas mit mir zu tun haben; nicht einmal meine Geschwister mochten mich besonders. Doch ich hatte mich an diesen Zustand gewöhnt. Ich lebte in einer eigenen Welt, in der sich meine Phantasie mit der Realität vermischten. Stundenlang gab ich mich Tagträumen hin, und ich wurde immer unsicherer und verschlossener. Ich las viel und verbesserte mein Englisch und Italienisch. Aber im Grunde meines Herzens war ich zutiefst unglücklich. Fast war ich froh über Demians Tod, da jetzt vielleicht wenigstens etwas Abwechslung in mein Leben kommen würde. Auf einmal wurde ich von meiner Familie gebraucht – ein Gefühl, das ich in meinem bisherigen Leben nicht oft gehabt hatte.

Skarabäus Toth wohnte in einem zweistöckigen Haus in der Schönbrunner Straße, unweit der Reinprechtsdorfer Straße. Er regelte Streitigkeiten unter den verschiedenen Sippen und war ein geachtetes Mitglied der Schwarzen Familie.

Das Haus war abgesperrt und mit einem magischen Schloß gesichert. Bevor Georg noch auf die Klingel drücken konnte, sprang das Tor jedoch auf. Er trat ein, und ich folgte ihm. Eine breite Wendeltreppe führte hinauf in den ersten Stock. Ein hübsches, rotblondes Mädchen öffnete die Tür zu Toths Arbeitsräumen. Ich musterte die Frau genauer. Sie war ebenfalls ein Mitglied der Schwarzen Familie, das stand für mich fest.

»Herr Toth erwartet Sie bereits«, sagte sie.

Wir durchquerten eine geschmackvoll eingerichtete Diele und traten in ein riesiges Arbeitszimmer. Hinter einem gewaltigen Schreibtisch saß Skarabäus Toth. Bei unserem Eintritt stand er langsam auf und kam uns entgegen. Klapperdürr wie der wandelnde Tod sah er aus, und seine Haut war runzlig und gelb – als wäre sie mumifiziert. Seine Stimme klang wie das Rascheln verwelkter Blätter.

»Herzlich willkommen!« sagte er und deutete auf eine bequeme Sitzgarnitur in einer Ecke des großen Zimmers. Er wartete, bis wir Platz genommen hatten und ließ sich dann uns gegenüber nieder. Die knochigen Hände in den Schoß legend, lehnte er sich zurück und ließ seinen Blick aufmerksam über unsere Gesichter schweifen. »Was kann ich für Sie tun, Herr Zamis?« fragte er Georg.

Mein Bruder beugte sich erregt vor. »Demian, einer unserer Brüder, wurde vor einer Stunde getötet, und zwar mit Hilfe Schwarzer Magie.«

In Toths dunklen Augen glomm es unvermittelt auf. »Das ist bedauerlich«, sagte er. »Demian war ein wertvolles Mitglied der Familie.«

»Das ist eine Kriegserklärung an uns!« zischte Georg. »Wissen Sie, wer hinter dem Mord steckt?«

Toth schüttelte entschieden den Kopf. »Nein, tut mir leid. Bis jetzt hat sich niemand an mich gewendet. Aber wie Sie wissen, ist das auch nicht notwendig.« Als Georg nichts erwiderte, fuhr der Schiedsrichter fort: »Es kommen sehr viele Sippen dafür in Frage. Wenn ich ehrlich sein soll, dann habe ich schon lange Zeit mit einem solchen Vorfall gerechnet. Einige Sippen zweifeln die Vormachtstellung Ihrer Familie im Raum Wien an. Sie wollen selbst die Herrschaft an sich reißen.«

»Wollen Sie damit andeuten, daß sich mehrere Familien zusammengeschlossen haben?« fragte Georg.

»Möglich wäre es«, sagte Toth. »Ich werde mich umhören. Sobald ich etwas herausbekommen habe, werde ich mich mit Ihnen in Verbindung setzten. Wo ist Ihr Vater, Georg?«

»In München, aber er kommt noch heute zurück.«

»Sagen Sie ihm, daß er mich sofort nach seiner Rückkehr kontaktieren soll.«

»Welche Stellung werden Sie im Kampf beziehen?« frage ich.

»Ich bleibe neutral«, erwiderte Toth. »Wenn es nötig ist, werde ich mich als Schiedsrichter eines Kampfes zur Verfügung stellen.«

Georg und ich standen auf.

»Vielleicht wäre es besser für Ihre Familie, wenn Sie einige Zeit aus Wien verschwinden würden«, meinte Toth.

»Das werde ich mit meinem Vater besprechen«, entgegnete Georg knapp und deutete eine Verbeugung an. Der uralte Dämon nickte uns zu, und wir verließen das Zimmer. Das Mädchen brachte uns bis zur Haustür.

»Das hat uns nicht weitergebracht«, sagte ich, als wir draußen waren. Georg hob stumm die Schultern. »Was nun?« fragte ich, als wir vor dem Wagen stehengeblieben waren.

»Ich werde mich mit Ferry Mangold in Verbindung setzen. Er hat mir schon früher gelegentlich brauchbare Informationen geliefert.«

Ich schauderte unwillkürlich. Ich wußte, daß Mangold ein Ghoul war, eines jener schrecklichen Geschöpfe, die sich von totem Menschenfleisch ernährten. Diese Leichenfresser waren nicht einmal unter den Dämonen beliebt; man mied sie, wo man nur konnte.

Wir stiegen in den Wagen, und Georg nahm über eine magische Kristallkugel Kontakt zu unserem Vater auf. Er informierte ihn über das Gespräch mit Skarabäus Toth, und Vater zeigte sich mit seiner Idee, Ferry Mangold zu befragen, einverstanden.

»Ich bin in zwei Stunden wieder zu Hause«, erklang seine Stimme aus der handflächengroßen Kugel. »Dann können wir uns weiter beraten.« Mit diesen Worten unterbrach er die Verbindung, und Georg ließ die Kugel wieder in der Tasche verschwinden. Er überlegte kurz, wo er Ferry Mangold erreichen konnte. Es war noch nicht dunkel, da würde der Leichenfresser wahrscheinlich zu Hause sein. Er kramte sein Handy hervor und wählte Mangolds Nummer. Der Ghoul war zu schwach, um eine Kristallkugel bedienen zu können. Eigentlich ein Armutszeugnis für ein ordentliches Mitglied der Schwarzen Familie.

»Georg Zamis«, meldete sich mein Bruder, nachdem Mangold abgehoben hatte. »Ich hätte gern einige Informationen.«

Ferry schnaubte. »Ist es soweit?« fragte er neugierig.

Er sprach mit hoher, kreischender Stimme, so daß ich keine Mühe hatte, das Gespräch zu verfolgen.

»Was meinst du damit?«

»Stell dich nicht dumm!« knurrte Mangold. »Du weiß ganz genau, worauf ich hinauswill.«

»Demian wurde getötet«, erklärte Georg.

»Pech, daß es gerade ihn treffen mußte«, entgegnete der Ghoul. »Und bestimmt gab es keine offizielle Kampfansage, nicht wahr? Die wären ja auch schön dumm, wenn sie es euch gleich auf die Nase binden würden.« Er lachte schaurig.

»Du weißt also, wer uns den Krieg erklärt hat, Ferry?«

»Genau nicht«, schränkte der Ghoul ein. »Aber es wird ja schon seit einiger Zeit so verschiedenes gemunkelt. Allerdings sage ich dir gleich, daß meine Informationen nicht billig sein werden. Fünf Leichen verlange ich. Und jede muß mindestens eine Woche alt sein.«

»Verdammt, wo soll ich auf die schnelle fünf Leichen hernehmen?« fragte Georg ungehalten.

»Ich sage ja nicht, daß ich sie auf einmal haben will.« Der Leichenfresser kicherte, und Georgs Hand umkrampfte das Handy. »Jeden Tag eine. Wenn du mir die erste Leiche verschafft hast, bekommst du die Information. Ruf mich an, sobald du dich entschieden hast!« Er unterbrach die Verbindung, und Georg warf mir wütend den Hörer in den Schoß.

»Ein widerlicher Kerl!« zischte er. »Ich bin dafür, daß wir die Leichenfresser für alle Zeiten aus der Familie ausstoßen. Aber über dieses Thema haben wir schon oft genug gesprochen. Ich muß eine Leiche auftreiben, so schnell wie möglich.«

»Und wo sollen wir die bitteschön herbekommen?« fragte ich mit mildem Spott in der Stimme.

»Von einem Friedhof natürlich, woher denn sonst«, brummte Georg mürrisch.

Es dämmerte, als wir den St. Veiter Friedhof erreichten. Das Tor war geschlossen; kein Mensch war auf dem Friedhof zu sehen. Georg und ich ließen einige Passanten vorbei, dann stiegen wir rasch aus. Der Abendhimmel schimmerte glutrot, und ein leichter Wind war aufgekommen. Georg legte seine rechte Hand gegen das Torschloß, das nach wenigen Sekunden aufsprang. Er wandte sich nach links, und ich folgte ihm. Nach ein paar Schritten hatten wir die Leichenhalle erreicht. Das Tor war ebenfalls abgesperrt, was Georg aber nicht aufhalten konnte.

Die Totenhalle lag im Halbdunkel. Unsere Schritte klangen seltsam hohl, als wir durch die Gänge liefen. Ich hielt mich hinter Georg, der eine Nische nach der anderen betrat und die Schilder musterte, die an den Särgen hingen. Endlich hatte er etwas Passendes gefunden: eine dreißigjährige Frau, die vor sechs Tagen bei einem Verkehrsunfall gestorben war.

»Komm mit!« sagte Georg und stellte sich neben den Sarg. Ich zögerte, dann kam ich näher. Zusammen hoben wir den Deckel herunter. Georg warf einen Blick auf die Tote, dann nickte er zufrieden und rief Mangold an. Wieder bekam ich den Inhalt des Gespräches mit und vernahm, daß der Ghoul in einer Viertelstunde da sein wollte. Georg unterbrach die Verbindung, und wir warteten. Ich fühlte mich unbehaglich in dieser Umgebung, da ich eine ungewöhnliche Abneigung gegen Tote empfand. Für eine Hexe nicht gerade üblich, und diese übertriebene Feinfühligkeit hatte mir schon oft den Hohn meiner Geschwister eingebracht. Schließlich überwand ich meinen Ekel und trat näher. Vor dem geöffneten Sarg blieb ich stehen und sah die Tote an. Ihr Gesicht war fürchterlich entstellt. Ich wandte mich schaudernd wieder ab.

»Hoffentlich kann Mangold uns überhaupt die Informationen liefern, die wir benötigen«, meinte ich skeptisch.

»Er hat mich noch nie enttäuscht«, erwiderte Georg, und damit war das Thema beendet.

Ich hing meinen Gedanken nach und dachte gerade daran, daß die normalen Menschen keine Ahnung hatten, welche grauenvolle Monster unter den Masken von Biedermännern herumliefen; Ungeheuer wie Ferry Mangold, der sich von Leichen ernährte.

Ich schreckte hoch, als ich Schritte hörte. In der Leichenhalle war es nun völlig dunkel. Die Tür wurde geöffnet, und ein Schatten huschte in die Halle. Die Gestalt des Ungeheuers war nur undeutlich zu erkennen. Georg klatschte in die Hände, und eine magische Flamme erhellte die Halle. Der Ghoul zuckte zurück und leckte sich über die Lippen. Ich betrachtete das Monster fasziniert. Der Kopf war haarlos, die Wangen eingefallen und grau; die farblosen Lippen waren zurückgezogen und entblößten scharfe, gebogene Zähne; die winzigen Augen lagen tief in die Höhlen und schimmerten rotgelb.

»Wer ist das Mädchen?« fragte Ferry Mangold und deutete auf mich.

»Coco«, sagte Georg. »Eine meiner Schwestern.«

Der Ghoul schlich langsam näher und warf mir einen raschen Blick zu, dann grinste er.

»Sieh an!« knurrte er. »Jetzt lerne ich den Schandfleck der Familie Zamis kennen. Welche Ehre für mich!«

»Hör mit diesem Unsinn auf!« sagte Georg scharf. »Wir haben keine Zeit zu verlieren, Hier hast du die erste Leiche, die anderen bekommst du in den nächsten Tagen. Ich habe mein Versprechen gehalten, nun halte du deines.«

»Das werde ich tun«, brummte Mangold. »Aber zuerst eine kleine Stärkung. Ich habe schon seit Tagen…«

»Zuerst die Informationen«, sagte Georg. »Wer hat uns den Kampf erklärt?«

Der Leichenfresser achtete nicht auf Georg. Er schritt an ihm vorbei, blieb vor dem offenen Sarg stehen, beugte sich vor und griff nach der Leiche. Andächtig hob er die rechte Hand der Toten an die Lippen. Ich wandte mich entsetzt ab.

»Ihr könnt mir ruhig zusehen«, sagte der Leichenfresser. »Es stört mich nicht.«

Georg ballte wütend die Fäuste. Es blieb ihm nichts anderes übrig, als Mangold seinen Willen zu lassen. Lautes Schmatzen war zu hören. Ich konnte nicht anders; es war, als würde mich eine unsichtbare Kraft dazu zwingen, dem Ghoul beim Fressen zuzusehen. Meine Augen weiteten sich. Mangold veränderte sich auf unbegreifliche Weise. Sein Gesicht und seine Hände waren zu einer gallertartigen, schleimigen Masse geworden, die halb durchsichtig war. Ich taumelte einen Schritt zurück und glaubte, mich auf der Stelle übergeben zu müssen. Das gierige Schmatzen des Monsters wurde immer lauter, bis es nach einigen Minuten verstummte.

»Den ersten Hunger habe ich gestillt«, sagte Mangold.

Ich öffnete die Augen und sah am Leichenfresser vorbei in den Sarg. Mangold hatte der Toten das Kleid heruntergerissen und den rechten Arm und die rechte Brustseite fein säuberlich abgenagt.

»Jetzt rück endlich raus mit der Sprache!« zischte Georg.

»In Ordnung«, bequemte sich der Ghoul. »Vor mehr als einem halben Jahr hörte ich das erste Mal das Gerücht, daß es der Familie Zamis an den Kragen gehen soll. Asmodi ist nicht gut auf euch zu sprechen. Es ist daher anzunehmen, daß er nicht sobald in die Auseinandersetzung eingreifen, sondern abwarten wird, wer als Sieger aus dem Kampf hervorgeht.«

»Ich will nur eines wissen, Mangold«, sagte Georg genervt. »*Wer* will uns an den Kragen?«

Der Ghoul grinste und öffnete soeben den Mund – als wieder

die Melodie erklang, die ich schon aus dem Munde Demians vernommen hatte! Ferry Mangold brachte kein Wort mehr über die bleichen Lippen. Er wankte hin und her und griff sich mit beiden Händen an die Stirn.

»Was ist mit dir?« fragte Georg verständnislos. Anscheinend konnte er die Melodie nicht hören.

Mangold brach in die Knie. Seine Augen wurden trübe. Er riß sie weit auf und starrte mich entsetzt an. Georg wandte die Spezialität der Familie Zamis an und versetzte sich in einen rascheren Zeitablauf. Wahrscheinlich suchte er die Leichenhalle nach Fallen ab. Ich konnte mir jedoch nicht vorstellen, daß er damit Erfolg haben würde. Eine Sekunde später stand er wieder an der Stelle, an der ich ihn kurz zuvor hatte verschwinden sehen. Stirnrunzelnd schaute er den Leichenfresser an, der sich jetzt auf dem Boden wand und mit Armen und Beinen wild um sich schlug. Die Augen des Monsters wurden glasig, und seine Haut warf Blasen.

Ich stand wie eine Statue da. Die Melodie war in meinem Hirn; sie brachte mein Inneres zum Beben. Ich konnte mich nicht mehr bewegen; die Melodie lähmte mich förmlich!

Georg warf mir einen Blick zu und packte mich am rechten Arm. Er wollte etwas sagen, brach aber ab, als plötzlich ein Geräusch aus dem Sarg ertönte. Die Tote richtete sich auf, stieg aus der Holzkiste und blieb vor dem Ghoul stehen.

Georg bewegte blitzschnell die Hände und schrie einen Bannspruch, doch er konnte den lebenden Leichnam nicht aufhalten. Hier waren dämonische Kräfte am Werk, denen Georg nichts entgegenzusetzen hatte. Die Tote griff nach dem Ghoul, der vor Schmerzen wimmerte. »Die Melodie«, keuchte Mangold. »Die Todesmelodie!«

Und dann geschah etwas Unglaubliches. Die Tote riß den Leichenfresser in Stücke, und Georg konnte nichts dagegen tun. Er blickte wieder mich an. Ich stand wie in Trance da. Plötzlich ließ die Tote von Ferry Mangold ab. Aus ihrem Körper schlugen blauen Flammen, die nach dem Leichenfresser züngelten und ihn einhüllten. Der Rumpf und die Gliedmaßen des Ghouls bäumten sich auf, wurden halb durchsichtig und verwandelten sich in schleimige Klumpen, die vom magischen Feuer verzehrt wurden. Die

Flammen erloschen schließlich, und die Tote krachte zu Boden und bewegte sich nicht mehr. In diesem Augenblick konnte ich mich wieder bewegen. Die unheimliche Melodie war verstummt. Verwirrt griff ich mir an die Schläfen. Von den Ereignissen hatte ich kaum etwas mitbekommen.

»Was ist geschehen?« fragte ich schwach.

»Das würde ich auch gern wissen«, sagte Georg. »Als Mangold mir sagen wollte, wer hinter uns her ist, konnte er auf einmal nicht mehr sprechen. Die Tote erwachte zum Leben und zerriß Mangold, während du in einem magischen Bann standest. Da ist etwas faul. Aber wird werden schon herausbekommen, was los ist. Erst aber müssen wir hier mal weg.«

Wir hievten die Tote zurück in den Sarg und ließen Mangolds Überreste verschwinden. Dann machten wir uns in Richtung Hietzing davon.

Meine Familie hatte sich fast vollständig im Wohnzimmer unserer Villa versammelt. Nur Adalmar fehlte. Mein Vater Michael hörte sich schweigend an, was Georg von unserem Treffen mit Ferry Mangold zu berichten hatte.

»Also wieder nichts«, schloß er. »Solange wir nicht endlich wissen, wer sich mit uns anlegen will, können wir nur wenig unternehmen. Was haben übrigens Mangolds letzte Worte zu bedeuten? Die Melodie – die Todesmelodie? Hat irgend jemand eine Ahnung, was das heißen soll?«

Niemand wußte eine Antwort. Ich hätte etwas dazu sagen können, doch meine Lippen blieben verschlossen; irgend etwas hinderte mich nach wie vor am Sprechen.

»Meiner Meinung nach kommen nur drei Familien in Frage«, sagte Georg. »Die Nowottnys, die Winkler-Forcas' und die Lexas'. Entweder haben sich diese drei Sippen zusammengeschlossen – oder eine von ihnen nimmt den Kampf allein gegen uns auf.«

»Ich stimme mit dir überein«, sagte mein Vater. »Die anderen Familien würden es niemals wagen, sich gegen uns zu stellen. Es wäre natürlich auch denkbar, daß sich einige der unbedeutenden Familien zusammengeschlossen haben. Das erscheint mir jedoch nicht wahrscheinlich.«

»Ich tippte auf die Lexas'«, sagte Vera. »Sie sind eine alte Wiener Familie, die es noch immer nicht überwunden haben, daß Vater die Herrschaft an sich gerissen hat.«

»Das glaube ich nicht«, schaltete sich Lydia ein. »Die Lexas' sind zu schwach. Sie verfügen nicht über die Fähigkeiten, die notwendig sind, um uns anzugreifen.«

»Alle Vermutungen sind sinnlos«, sagte mein Vater. »Wir benötigen Beweise. Und die werden wir uns holen.«

»Aber wie?« fragte Georg.

»Ich erwarte jeden Augenblick das Erscheinen von Skarabäus Toth«, sagte mein Vater. »Er informierte mich vor einer halben Stunde, daß er mir eine wichtige Nachricht zu überbringen habe. Ich bin sicher, daß sich die feindliche Partei mit ihm in Verbindung gesetzt hat und er uns ein Ultimatum überbringen wird. Warten wir einmal ab, was er uns zu bestellen hat, dann sehen wir weiter.«

Ich hatte schweigend zugehört. Ich kannte die Wiener Familien eigentlich bloß vom Hörensagen. Bis jetzt war ich nur ganz wenigen Dämonen außer meiner Familie leibhaftig begegnet. Die Nowottny-Familie stammte aus Prag. Sie war kurz nach unserer Sippe in Wien eingetroffen und genoß ein recht hohes Ansehen innerhalb der Schwarzen Familie. Ihre Mitglieder galten als korrekt und hilfsbereit, was unter den Dämonen nicht mehr allzu häufig vorkam. Es war eine weit verzweigte Familie, die in allen Teilen Europas Verwandte hatte. Die Winkler-Forcas' hatten sich erst vor zwanzig Jahren, als sie aus München vertrieben wurden, in Wien niedergelassen. Anfangs hatte niemand etwas mit ihnen zu tun haben wollen. Sie hatten sich unter den Sippen Freunde geschaffen, doch unser Verhältnis zu ihnen war noch immer unterkühlt. Die Lexas' stammten aus Südamerika. Sie waren vor mehr als zweihundert Jahren nach Wien gekommen und hatten die Herrschaft übernommen. Damals hatte es erbitterte Auseinandersetzungen gegeben, doch die Lexas' waren zu mächtig gewesen; sie hatten ihre Position bis zum Auftauchen unserer Sippe halten können. Seither hatten sich die Lexas' nicht mehr erholt; sie waren schwach und hilflos geworden. Aus ihrer Sippe war in den vergangenen dreißig Jahren nicht ein einziger guter Magier hervorgegangen. Sie degenerierten immer mehr.

Wir mußten nicht lange warten, und der Hüter des Hauses meldete, daß Skarabäus Toth eingetroffen sei. Vater empfing den düsteren Gast vor dem Haus und führte ihn ins Wohnzimmer. Bei Toths Eintreten erhoben sich alle Familienmitglieder und verbeugten sich leicht. Toth nahm Platz und schlug die Beine übereinander. Sein Gesicht glich einer starren Maske. Seine dunklen Augen wirkten leblos. Er schwieg einige Sekunden, so als würde er auf eine Stimme lauschen, dann bewegte er ruckartig den Kopf und blickte Michael Zamis an. »Kurz nachdem Ihr Sohn Georg mich verlassen hat, Herr Zamis«, begann er, »bekam ich Besuch von einer anderen Familie. Ich darf den Namen nicht nennen. Der Besucher sagte mir, daß er den Kampf gegen die Zamis' aufgenommen habe. Bis jetzt gab es erst einen Toten, aber er will Sie völlig vernichten, wenn Sie seine Bedingungen nicht akzeptieren.«

»Und die sind?« fragte mein Vater überraschend ruhig.

»Er will, daß Sie sich aus Wien zurückziehen und die Herrschaft der anderen Familie überlassen. Wenn Sie auf diese Bedingungen nicht eingehen, schwört er, daß er Sie und alle Ihre Familienmitglieder töten wird. Und das bezieht sich nicht nur auf die Wiener Familie. Er will auch die italienische Linie der Zamis' töten. Sie haben bis zum Morgengrauen Zeit, sich alles zu überlegen. Bis dahin wird kein feindseliger Akt gegen Ihre Familie unternommen. Ich bin beauftragt, darüber zu wachen, daß kein Anschlag auf Sie oder eines Ihrer Familienmitglieder verübt wird. Sollte das doch geschehen, dann darf ich Ihnen den Namen der feindlichen Familie nennen. Es liegt nun ganz an Ihnen, wie Sie sich verhalten, Herr Zamis.«

Mein Vater nickte. »Ich werde Ihnen meine Entscheidung vor dem Morgengrauen mitteilen, Herr Toth. Danke für Ihren Besuch.«

Der Schiedsrichter stand auf, verbeugte sich leicht und wurde von meinem Vater aus dem Haus begleitet. Einige Minuten später kehrte er zu uns zurück. »Wir haben eine Nacht Zeit, um herauszubekommen, wer uns den Kampf angesagt hat«, sagte er. »Und diese Zeitspanne müssen wir nützen. Wir werden uns so verhalten, als wäre nichts geschehen. Und morgen beschwören wir den Henker und schicken ihn aus. Im Morgengrauen. Ich denke nicht daran zu kapitulieren. Wir nehmen den Kampf auf und werden unseren Gegner vernichten. Er ist zu siegessicher, sonst hätte er uns keine Gnadenfrist eingeräumt. Das könnte sein Verhängnis sein... Volkart und Coco können uns nicht viel helfen. Aber ihr anderen werdet von mir genauestens instruiert: Heute abend findet das allmonatliche Fest der Lexas‘ statt. Ich weiß, daß du eingeladen bist, Vera. Und du wirst hingehen – gerade weil jetzt niemand mehr mit deinem Erscheinen rechnen wird. Für dich, Lydia, habe ich dagegen eine andere Aufgabe. Du wirst dich mit Heinz Nowottny treffen und ihn ein wenig aushorchen.”

“Wird er wegen des Zeitpunkts nicht Verdacht schöpfen? Ich habe ihn sonst ja eigentlich nie sonderlich beachtet”, meinte sie unsicher.

Mein Vater zuckte die Schultern. “Und wenn schon. Er kann es sich nicht leisten, die Einladung auszuschlagen, denn das würde seine Familie sofort verdächtig machen. Du weißt selbst, daß er nur sehr geringe magische Fähigkeiten hat. Es dürfte also kein Problem sein, ihn unter Hypnose auszufragen.” Nachdem er meine Schwestern auf diese Weise instruiert hatte, trug er Georg schließlich auf, den Winkler-Forcas‘ einen Besuch abzustatten.

»Mit denen verstehe ich mich überhaupt nicht«, entgegnete mein Bruder mürrisch.

»Das spielt keine Rolle«, sagte Vater. »Ihr drei versucht herauszubekommen, wer uns den Kampf angesagt hat.«

»Ich verspreche mir nicht viel davon«, meinte Lydia.

»Das ist gleichgültig!« erwiderte er scharf. »Wir haben keine andere Wahl. Ich werde euch ganz genau sagen, was ihr zu tun habt. Vergeßt den Tod eures Bruders und laßt euch nicht vom Haß leiten! Ihr müßt Ruhe bewahren. Nur so können wir etwas erreichen. Wir werden uns verstellen und die Familien täuschen. Es ist immer gut, wenn uns der Gegner unterschätzt. Sollen sie ruhig glauben, daß wir Angst haben und uns der Schreck richtig in die Glieder gefahren ist. Ihr werdet die einzelnen Familien um Hilfe in der Auseinandersetzung bitten. Ich bin gespannt, wie sie reagieren werden. Wahrscheinlich werden sie sich allesamt verweigern. Aber das werden sie dann eines Tages büßen müssen.«

Lydia hatte Heinz Nowottny angerufen, der am Telefon ziemlich verstört geklungen hatte und überrascht gewesen war, daß Lydia sich mit ihm zum Essen verabreden wollte. Sie hatte ungewöhnlich viel Zeit vor dem Spiegel zugebracht, sich sorgfältig geschminkt und ihr Haar aufgesteckt, bevor sie aus dem Haus ging. Ein dunkelrotes Kleid betonte ihre sanften Formen.

Dabei wußte sie, daß Heinz schon seit längerer Zeit ein Auge auf sie geworfen hatte. Noch vor einem Jahr wäre es für Lydia völlig undenkbar gewesen, mit einem Würstchen wie Heinz Nowottny auszugehen. Aber die Zeiten hatten sich geändert – dank Coco, die das Ansehen der Sippe gewaltig in den Keller gedrückt hatte...

Von ihrem Vater hatte Lydia genaue Instruktionen bekommen, wie sie sich zu verhalten hatte. Er wollte die ganze Zeit über in magischem Kontakt mit ihr bleiben.

Sie traf Heinz Nowottny in einem exklusiven Restaurant in der Weihburggasse. Er hatte einen Tisch reserviert, und vier Kellner umtänzelten sie. Nowottny war in Lydias Alter. Er besaß einen Körper wie ein Kleiderschrank und konnte, was seinen Akzent betraf, die tschechische Abstammung nicht verleugnen. Auch sonst war er nicht gerade als charmanter Plauderer verschrien, aber heute benahm er sich wahrlich wie der letzte Bauerntölpel. Ständig zupfte er nervös an seiner Krawatte herum, wußte nicht, was er mit seinen Händen anfangen sollte und brachte kaum einen normalen Satz zustande. Unter anderen Umständen hätte sich Lydia über ihn königlich amüsiert, doch dazu war jetzt nicht der passende Augenblick. Sie ertrug seine dummes Gestammel und ließ sich nichts von ihrer eigenen Anspannung anmerken. Heinz vermied es peinlich, das Gespräch auf die Probleme zu bringen, die Lydia interessierten.

Während des Essens löste sich seine Verkrampftheit etwas. Lydia aß hier und da einen Bissen und versuchte zu verbergen, wie wenig Appetit sie eigentlich hatte.

Nach dem Essen wechselten sie in eine Bar in der Liliengasse, zogen sich in eine der verschwiegenen Nischen zurück, und Heinz Nowottny bestellte eine Flasche Champagner. Lydia trank einen Schluck und lehnte sich an die Schulter des Dämons. Verlegen rutschte er ein wenig zur Seite, doch sie folgte ihm, was seine Verwirrung noch steigerte.

»Du wirkst so nervös, Heinz«, sagte sie mit süßer Stimme. »Ist etwas nicht in Ordnung?«

Er murmelte irgend etwas Unverständliches in seinen Bart.

So blöd stellt sich nicht einmal ein normaler Mann an, dachte sie verärgert. »Nun sag schon – was ist los?« sprach sie ihn schließlich direkt an.

»Da fragst du noch?« Er räusperte sich. »Euch wurde doch der Krieg von einer Sippe erklärt. Und dein Bruder Demian...« Er brach ab und sah sie hilflos an.

»Mein Vater wollte mich nicht fortlassen«, sagte Lydia, »aber ich muß einfach mal mit jemandem sprechen...« Sie senkte den Blick. Bis jetzt war sie erst einmal mit Heinz ausgewesen, und da hatte sie ihn aufs Blut gequält; sie hatte sich lustig über ihn gemacht, doch er war zu blöde gewesen, um ihre Spitzen richtig zu verstehen. Von einer Freundin wußte sie, daß er eine ziemliche Null innerhalb seiner Familie war. Ein Außenseiter wie Coco, an dem niemand eine rechte Freude hatte. Lydia bezweifelte, daß sie von Heinz etwas Wesentliches erfahren konnte. Seine Familie würde ihn sicherlich nicht in ihre Pläne einweihen. Und wenn er tatsächlich über einige interessante Informationen verfügt hätte, wäre Hugo Nowottny, das Sippenoberhaupt, verständig genug gewesen, ihn gar nicht erst zu der Verabredung gehen zu lassen.

Lydia griff nach seiner rechten Hand. Sie spürte keinen magischen Kontakt, der darauf hinwies, daß Heinz mit einem anderen Mitglied seiner Familie in gedanklicher Verbindung stand. »Wir brauchen Hilfe«, flüsterte sie mit eindringlicher Stimme. »Glaubst du, daß uns deine Familie zur Seite stehen wird?« Sie spürte seine Erregung fast körperlich. In diesem Augenblick stellte Michael Zamis die Verbindung mit seiner Tochter her. Die beiden mobilisierten ihre Kräfte und hypnotisierten den schwächlichen Dämon, so daß sein Körper augenblicklich erstarrte. Er stand völlig unter ihrem Bann.

»Wer hat uns den Krieg erklärt, Heinz?« fragte Lydia jetzt offen.

»Ich weiß es nicht«, sagte er tonlos. »Wir haben nichts damit zu tun.«

»Habt ihr über uns heute gesprochen?«

»Ja«, sagte Heinz. »Aber niemand weiß, wer den Mord an Demian begangen hat. Wir vermuten, daß es die Forcas' sind.«

Lydia stellte ihm noch einige Fragen, erkannte aber schnell, daß sie nicht allzu viel erfahren würde. Enttäuscht löste Lydia den Bann, trank noch einen Schluck und verabschiedete sich dann von dem völlig verwirrten Dämon der Nowottny-Sippe.

Veras Auftauchen in der Villa der Lexas' in Währing rief Erstaunen hervor. Niemand hatte damit gerechnet, daß sie noch kommen würde. Sie aber ignorierte die verwunderten Blicke und versuchte sich so locker und gelöst wie immer zu geben. Bei ihrem Eintritt in den großen Saal war die Unterhaltung verstummt, und ein Großteil der Anwesenden hatte sie neugierig angestarrt. Es war eine bunt gemischte Gesellschaft, die aus lauter jungen Dämonen bestand. Mitglieder aller Sippen der Wiener Schwarzen Familie waren vertreten. Sie trafen sich monatlich in der Villa der Lexas' zu einem geselligen Beisammensein, das meist in eine wüste Orgie ausartete.

Normalerweise hatte Vera recht viel Vergnügen an diesen Zusammenkünften; da konnte sie sich immer richtig austoben und mit ihren Fähigkeiten glänzen; doch heute hatte sie eine Aufgabe zu erledigen, die ihr schwer im Magen lag.

Die Wände des kreisrunden Saals waren in einem tiefen, deprimierenden Schwarz gestrichen, und überall hingen Bilder, die einem normalen Sterblichen Schauer über den Rücken gejagt hätten. In der Mitte des Raumes stand eine hufeisenförmige Bar. Einige der Gäste saßen auf bequemen Hockern, doch die meisten standen in kleinen Gruppen beisammen und unterhielten sich.

Vera ging zur Bar und mixte sich einen Manhattan. Dann konzentrierte sie sich auf die Ausstrahlung der Dämonen. Sie versuchte etwas Ungewöhnliches zu entdecken. Ihre Mutter, mit der sie in

Kontakt stand, half ihr dabei.

Die Ausstrahlung der meisten Dämonen drückte jedoch höchstens pure Verwunderung aus; und wenn sich einmal unterschwellige Neid- und Haßgefühle dazwischenmengten, konnte Vera nicht feststellen, von wem sie ausgingen. Deutlich war die Unsicherheit der Anwesenden zu spüren. Sie wußten nicht, wie sie sich Vera gegenüber verhalten sollten. Allen war bekannt, daß eine Sippe der Familie Zamis den Krieg erklärt hatte. Und daraus ergab sich der Widerstreit ihrer Gefühle. Sie konnten Vera nicht ignorieren – dazu war die Familie Zamis noch immer zu mächtig, und es war ja eventuell möglich, daß sie als Siegerin aus dem Kampf hervorging...

Obwohl die Situation eigentlich ernst genug war, konnte sich Vera ein Grinsen kaum verbeißen. Nur der Gedanke an den toten Demian verdarb ihr das Vergnügen, mit dem sie den Haufen unfähiger Kreaturen um sich herum betrachtete.

Schließlich überwand sich Walter Thimig und machte den Versuch, das Eis zu brechen. Seine Familie war völlig unbedeutend; Werwölfe, die über keinerlei Einfluß verfügten. Er blieb vor ihr stehen und lächelte sie wölfisch an. Seine buschigen Brauen waren über der Nasenwurzel zusammengewachsen.

»Hallo!« begrüßte er sie mit seiner tiefen Stimme, und Vera nickte ihm flüchtig zu. »Wir sind alle überrascht, daß du doch noch erschienen bist.«

»Weshalb hätte ich nicht kommen sollen?« fragte Vera. »Weil einer meiner Brüder getötet wurde? Daß ist kein Grund. Wir sind sicher, daß uns ein Großteil der Wiener Familien in unserem Kampf unterstützen wird.« Sie hatte ziemlich laut gesprochen. Einige der Gäste wandten sich peinlich berührt ab.

Vera folgte ganz genau den Anweisungen ihres Vaters. Er wollte herausfinden, wie die allgemeine Stimmung war; ob sie überhaupt auf Hilfe hoffen durften oder ob sie ihren Kampf allein durchstehen mußten.

Gert Lexas, ein breitschultriger Dämon, dessen pechschwarzes, langes Haar bis in den Nacken reichte, kam rasch näher. Sein Indianergesicht mit den dunklen Augen hatte einen ernsten Ausdruck. Er blieb vor Vera stehen. Eigentlich hatten sie beide sich bis jetzt recht gut verstanden, doch bei einem Kampf gab es keine Sympathien, da ging es nur ums Überleben.

»Das ist nicht der richtige Zeitpunkt und nicht der geeignete Ort, um über solche Probleme zu sprechen«, sagte er mit reservierter Stimme. »Das soll eine gesellige Zusammenkunft sein. Als Gastgeber muß ich dich darauf hinweisen, daß ich keine Gespräche dulde, die sich mit dem Kampf eurer Familie beschäftigen.«

»Soll das heißen, daß ich gehen soll?« fragte Vera.

Gert Lexas schüttelte den Kopf. »Nein, du bist immer willkommen. Auch heute. Aber wir wollen uns unsere gute Stimmung erhalten.«

»Gute Stimmung?« echote Vera spöttisch. »Hier geht es wie auf einem Begräbnis zu.«

Er verbeugte sich leicht. »Wenn es dir nicht gefällt, dann kannst du ja jederzeit wieder gehen.« Mit diesen Worten ließ er sie stehen und widmete sich wieder den anderen Dämonen.

Das war ja deutlich genug, dachte Vera. Er hatte ihre Absicht, Informationen zu erhalten, vereitelt. Die Stimmung änderte sich spürbar. Bestärkt durch die Gewißheit, daß auch der Gastgeber sich von einer Zamis' nicht allzu viel gefallen ließ, schlug ihr jetzt aus allen Gesichtern Hohn und Spott entgegen. Sie preßte die Lippen zusammen und versuchte, sich nichts von ihrer Wut anmerken zu lassen. Nur mit Hilfe ihrer Mutter, die die Verbindung die ganze Zeit aufrechterhalten hatte, verstand sie ihre Wut zu zügeln.

Die Gespräche kamen langsam wieder in Gang. Hier und da entkrampfte ein Gelächter die verfahrene Situation. Doch Vera kam sich wie eine Aussätzige vor. Niemand beachtete sie. *Alle sind gegen uns,* dachte sie wütend. *Von denen können wir keine Hilfe erwarten.* Sie beschloß, noch eine Stunde dazubleiben und sich dann klammheimlich zu verabschieden.

Georg und ich waren zur Villa der Winkler-Forcas' nach Perchtoldsdorf gefahren. Ich wartete im Wagen, während Georg ausstieg und auf das Gartentor zuging. Er drückte auf den Klingelknopf und wartete. Das Tor wurde nicht geöffnet. Die Fenster der Villa waren dunkel. Er läutete noch mal, doch niemand kam. Schließlich versuchte er die Forcas' über die Kristallkugel zu erreichen, doch niemand meldete sich.

»Da stimmt etwas nicht«, sagte er und runzelte die Stirn. »Ich kann mir nicht gut vorstellen, daß das Haus völlig verlassen ist. Ich bin sicher, daß einige zu Hause sind. Sie wollen nur nicht öffnen. Sicherlich wissen sie, daß ich es bin, der mit ihnen sprechen will. Und sie legen keinen Wert darauf. Anscheinend haben wir unseren Gegner gefunden.«

Ich nickte. Dieser Schluß schien mir plausibel. »Was machen wir jetzt?« erkundigte ich mich.

Georg brummte unwillig und starrte auf die Villa. Dann schloß er die Augen und konzentrierte sich auf das Haus, konnte die magische Sperre, die wie eine unsichtbare Kugel über dem Garten und dem Haus hing, jedoch nicht durchbrechen. »Ich würde nur zu gern einen Blick hineinwerfen«, sagte er, »vielleicht gelingt es, wenn wir uns gemeinsam konzentrieren.«

»Versuchen wir es«, schlug ich eifrig vor.

Er nickte und befahl mir, mich zu konzentrieren. Er wollte meinen Geist dann im Bedarfsfall stützen. Ich nickte und atmete einmal tief durch. Dann schloß ich die Augen. Meine Züge spannten sich an, und ich ließ die Luft langsam durch die Nase entweichen. Dabei lehnte ich mich zurück, stützte den Kopf auf der Lehne zurück und versank in einen tranceähnlichen Zustand. Ich atmete langsamer, und der Herz- und Pulsschlag kam fast völlig zum Stillstand. Deutlich spürte ich, wie die Kraft meines Bruders auf mich überfloß. Es war, als würde sich mein Geist von meinem Körper lösen. Ich schien über dem Auto zu schweben und segelte langsam zur Gartenmauer. Doch die unsichtbaren magischen Kräfte wehrten meinen Geist ab. Ich probierte es nochmals, zog mich dann aber enttäuscht zurück.

»Es ist sinnlos«, sagte ich und schlug die Augen wieder auf. »Die magische Sperre ist zu stark. Die Forcas' verstehen ihr Handwerk.«

Georg verzog verärgert das Gesicht. »Da kann man nichts machen.«

»Vielleicht sind sie aber auch wirklich nicht zu Hause«, meinte ich. »Sie können sich doch denken, daß wir den Waffenstillstand nutzen werden. Es muß ihnen von Beginn an klar gewesen sein, daß wir alles unternehmen werden, um herauszubekommen, welche Familie uns den Kampf angesagt hat. Sicherlich wollen sie kein Risiko eingehen und haben sich in ihren Schlupfwinkel zurückgezogen, um unsere Entscheidung abzuwarten.«

»Du hast recht, das wäre eine Möglichkeit«, sagte Georg nach kurzem Nachdenken. »So hätte ich es auch gemacht. Wir können zurückfahren. Vater wird den Henker beschwören und ihn aussenden.«

»Ob das viel Sinn macht?« entgegnete ich zweifelnd. »Wo soll er denn nach ihnen suchen?«

»Er kann zumindest in der Nähe ihres Hauses seinen Posten beziehen und auf sie warten«, sagte er.

Ich runzelte die Stirn. Der ganze Plan schien mir zu durchsichtig. »Ich glaube, du unterschätzt die Forcas'«, versuchte ich ihn umzustimmen.

Doch er ließ sich nicht beirren. »Wir fahren jetzt nach Hause«, sagte er, um einer weiteren Diskussion aus dem Wege zu gehen, und startete den Wagen.

Die Zusammenkünfte bei den Lexas' verliefen immer ziemlich gleich. Anfangs ging es wie auf einer Party bei normalen Menschen zu, doch das änderte sich im Verlauf des Abends. Jeder versuchte den anderen mit seinen Fähigkeiten auszustechen. Je grausamer und hemmungsloser man sich verhielt, um so angesehener war man. Vera Zamis hatte sonst immer im Mittelpunkt der Party gestanden, doch diesmal war es anders. Sie hielt sich zurück und beteiligte sich kaum an den Spielen der Dämonen. Gestern war ihr dies alles noch sehr wichtig und interesssant erschienen, doch der Tod ihres Bruders hatte sie verändert – und ebenso die abweisende Reaktion der meisten Dämonen, von denen sie einige seit ihrer frühesten Jugend kannte. Sie wollte fort, nach Hause, doch ihre Mutter, mit der sie noch immer in Kontakt stand, hielt sie zurück. Vielleicht ergab sich doch noch eine Möglichkeit, etwas herauszubekommen.

Also fügte sich Vera widerstrebend und versuchte sich in die Gespräche einzumischen. Von vielen der Dämonen hatte sie geglaubt, daß sie ihre Freunde seien, doch tatsächlich war sich jeder selbst der Nächste. Und noch eines fiel ihr auf. Kein einziges Mitglied der Winkler-Forcas' war unter den Gästen. Sie waren die einzigen, die nicht vertreten waren. Das war ungewöhnlich. Normalerweise ließen sich zumindest Peter und seine Schwester Elvira mal kurz blicken. Fast war Vera froh, daß sie nicht auftauchten, denn sie verstand sich mit den beiden nicht besonders. Dennoch machte sie ihr Ausbleiben höchst verdächtig.

Inzwischen war das Licht im großen Saal erloschen, statt dessen brannten ein halbes Dutzend Fackeln. Die hufeisenförmige Bar war zur Seite geschoben worden. Die schaurigen Bilder an den Wänden schienen zu leben, die Monster und Alptraumgestalten änderten ihre Stellung. Über einer magischen Flamme hing ein großer bauchiger Kupferkessel, in dem eine schwarze Flüssigkeit kochte. Eine der Türen öffnete sich von selbst, und ein schwarzer Opferbock wurde von unsichtbaren Händen hereingeschoben. Verschiedene Dämonen warfen ihre Kleider ab, als eine schaurige Musik ertönte, die niemals von einem Mensch komponiert worden sein konnte. Die Schwarzblütigen griffen nach seltsam verzierten Schöpflöffeln und hüpften um den Kessel herum. Einige langten mit den Kellen hinein und nippten an der scharfen Flüssigkeit.

Auch Vera konnte sich den Tönen nicht entziehen. Sie wurde von den aufreizenden Bewegungen der anderen mitgerissen. Ohne weiter darüber nachzudenken, schlüpfte sie aus ihrem Kleid, das über dem Boden schwebte und in einer Ecke des Saales liegenblieb. Dann schleuderte sie ihre Schuhe zur Seite und reihte sich in den Ring der Tanzenden ein. Sie bückte sich, hob einen Schöpflöffel auf, tanzte an den Kessel heran, holte etwas von dem Hexentrank heraus und nippte daran. Die heiße Flüssigkeit rann scharf und beißend ihre Kehle hinunter und brachte ihr Inneres innerhalb von Sekunden zum Glühen. Sie schien schwerelos zu werden; ihre Bewegungen wurden geschmeidiger und sinnlicher. Das blonde Haar wehte wie ein Schleier hinter ihr her. Sie preßte beide Hände unter ihre großen Brüste und ließ ihre Hüften heftig rotieren. Hände faßten nach ihrem Körper, denen sie augenblicklich auszuweichen suchte.

Vera vergaß ihre Aufgabe. Sie gab sich ganz der gelösten Stimmung hin. Vergessen war der Kampf ihrer Familie; nur der Augenblick zählte. Ihre Mutter versuchte vergeblich, mit ihr Kontakt herzustellen. Die Musik, der Trank und der Geruch, der jetzt in der Luft hing, das alles betörte Vera.

Die Fackeln brannten nieder, und es wurde dunkel im Raum. Einige der Dämonen hatten sich in Werwölfe oder raubtierähnliche Geschöpfe verwandelt. Es gab Kobolde, Vampire und Medusen. Verschiedene der Dämonen konnten ihre Gestalt unter der Wirkung des Trankes und der Musik zu Phantasiegestalten umformen, zu Geschöpfen, die nichts Menschliches mehr an sich hatten. Über den Opferbock erstrahlte plötzlich eine grüne Flamme, die rasch größer wurde. Eine der Türen öffnete sich, und ein junger Mann trat in den Saal. Ihm folgte eine dreißigjährige Frau. Sie gingen beide wie Marionetten. Ihre Augen waren weit aufgerissen. Sie standen unter dem Einfluß eines Dämons. Vor dem schwarzen Opferbock blieben sie stehen.

Die Musik wurde schriller, und die Dämonen tanzten um die beiden Opfer herum. Hände griffen nach ihnen und zerrten an ihren Kleidern. Innerhalb weniger Augenblicke waren der junge Mann und die Frau völlig nackt. Sie wurden auf den Opferbock geworfen, und die Tanzenden kamen näher. Plötzlich löste sich die Starre der beiden. Sie konnten sich bewegen und hoben die Köpfe. Ihre Augen weiteten sich vor Entsetzen, als sie die Schauergestalten erkannten, die sie umringten. Sie schrien auf, als spitze Krallen sich in ihr Fleisch gruben, als sich gierig geöffnete Mäuler ihren Leibern näherten. Lange Zähne bohrten sich in die Brust der Frau und saugten ihr das Blut aus. Die Schreie der beiden wurden immer lauter. Sie vermischten sich mit der schaurigen Musik. Die Dämonen wurden dadurch aber nur zu noch größeren Grausamkeiten animiert. Vera weidete sich an den Qualen der beiden und beteiligte sich auch am teuflischen Spiel. Das Entsetzen der Opfer war für die meisten Dämonen ein Lebenselixier, das sie vollends zur Raserei brachte. Immer wieder tranken sie einen Schluck vom schwarzen Hexentrank, was ihre Sinne noch mehr anregte. Einige zogen sich in die Ecken zurück und gaben sich ihren perversen Gefühlen hin.

Veras Verlangen nach einer geschlechtlichen Vereinigung wurde schließlich übermächtig. Sie wandte langsam den Kopf. Dicht hinter ihr tanzte Toni Obrecht. Es war um einen Kopf größer als sie. Sein gedrungener Schädel war mit einem rotbraunen Fell bedeckt, das bis über die halbe Brust reichte. Seine großen Augen glühten dunkelrot. Das geifernde Maul öffnete und schloß sich gierig. Er streckte die Hände nach Vera aus, die sich an ihn drängte. Er hob das Mädchen spielerisch hoch und verschwand mit ihr aus dem Lichtkreis der magischen Flamme. Vera lag in Toni Obrechts starken Armen und gab sich seinen brutalen Bewegungen hin. Sie wand sich wie eine Schlange unter ihm, und tierische Laute kamen über ihre Lippen. Ihre Vereinigung war kurz, brutal und unmenschlich. Als Vera den Höhepunkt erreicht hatte, spürte sie den Kontakt mit ihrer Mutter. Sie ergriff die Chance, und gemeinsam mit ihrer Mutter gelangt es ihr, Toni Obrecht zu verhexen. Seine Bewegungen wurden langsamer, und er schloß die Augen.

»Wer hat uns den Kampf erklärt?« flüsterte sie ihm sanft ins spitze Raubtierohr. Niemand um sie herum bemerkte, daß sie sich den Dämon untertan gemacht hatte.

Er fletschte das Maul. »Die Winkler-Forcas'«, drang es rauh aus seiner Kehle.

Vera atmete zufrieden auf. »Und wie stehen die anderen Familien zu uns?«

»Sie werden sich absolut neutral verhalten«, sagte er.

Das war mehr, als Vera zu erfahren gehofft hatte. Sie löste den Bann von Toni Obrecht und verkrallte ihre spitzen Nägel verlangend in seinem Rücken. Er hatte nichts davon gemerkt, daß er Vera wichtige Informationen verraten hatte, und das junge Mädchen ließ sich auch nichts anmerken; sie gab sich weiter seinen brutalen Liebkosungen hin.

5. Kapitel

In den Abruzzen

Georg und ich waren die ersten, die in unserer Villa eintrafen; die anderen Familienmitglieder waren noch unterwegs. Volkart hatte sich mit seinem toten Bruder eingeschlossen und öffnete nicht, als Georg an der Tür klopfte. Mein Bruder hob die Schultern und ging zu mir ins Wohnzimmer, wo ich mich niedergelassen hatte.

»Ich bin gespannt, ob die anderen etwas herausbekommen haben, was unseren Verdacht gegen die Winkler-Forcas' bestärkt«, sagte Georg, nachdem er sich gesetzt hatte.

Ich spürte ein seltsames Locken in meinem Inneren, das immer stärker wurde. Und dann glaubte ich die unheimliche Melodie zu hören – leise und sehr weit entfernt. Mein Bruder sprach auf mich ein, doch ich verstand ihn nicht.

Ich stand plötzlich auf. »Ich fühle mich nicht gut«, entschuldigte ich mich. »Vielleicht ist es das beste, wenn ich eine Stunde frische Luft schnappe.«

»Du willst in dieser Situation spazierengehen?« fragte Georg überrascht.

»Höchstens eine Stunde«, sagte ich. »Und Angst brauche ich keine zu haben. Wir haben ja das Wort unserer Gegners, daß er bis zum Morgengrauen nichts unternehmen wird.«

Ich trat in die Diele und ging am Hüter des Hauses vorbei, der unbeweglich wie eine Statue dastand. Nur ein flackernder Lichtschein fiel aus den Augenschlitzen der bunten Maske. Ich ging durch den Garten und trat auf die Straße. Da war wieder dieses Locken. Eine Stimme rief mich. Mit jedem Schritt wurde der Drang stärker, und die Melodie in meinem Kopf ein wenig lauter. Sie verwirrte mich. Ich summte sie leise vor mir hin. Die Straßen waren leer; nur selten kam ein Auto vorbei. Nach einigen Minuten hatte ich den Roten Berg erreicht. Es war ein kleiner Hügel, von dem man einen wunderbaren Blick über Wien hatte. Auf einer der Bänke saß ein Liebespaar, das sich durch mich nicht stören ließ.

Es gab zwei Wege, die auf den Berg führten. Einer war ziemlich steil; er wurde meist von Kindern benutzt; der zweite verlief in sanften Serpentinen. Ich wählte letzteren und schritt rasch aus. Die Nacht war warm, der Himmel sternklar und der Mond voll und rund. Das Locken war jetzt übermächtig geworden, und die Melodie dröhnte in meinem Kopf. Ich blieb stehen und spürte eine Berührung an der rechten Hand. Erschrocken zusammenzuckend wandte ich den Kopf herum. Ein blonder Junge stand vor mir. Sein Gesicht war fast mädchenhaft. Das Haar war schulterlang und aschblond. Seine hellgrünen Augen musterten mich.

Ich hatte ihn schon einmal gesehen, das wußte ich, aber ich konnte mich nicht erinnern, wo und wann das gewesen war.

»Erkennst du mich, Coco?« fragte er.

Träge schüttelte ich den Kopf.

Der Blondschopf lächelte, dann zog er mich am Ellenbogen mit sich. Wir verschwanden zwischen einigen Büschen und erreichten eine kleine Lichtung.

»Setz dich!« sagte er, und ich gehorchte. Der Junge blieb mit weit gespreizten Beinen vor mir stehen. Das Locken hatte nachgelassen, und die Melodie war schwächer geworden. Und endlich kam mir die Erinnerung! Er erkannte, wie sich mein Gesicht verzerrte. »Jetzt weißt du wieder, wer ich bin, nicht wahr?« schloß er.

Ich nickte voller Abscheu. »Ich weiß, wo ich dich gesehen habe. Aber ich weiß nicht, wer du bist.«

Er lachte. »Unser Plan hat geklappt«, sagte er stolz. »Du bist unser Werkzeug. Hat jemand aus deiner Familie Verdacht geschöpft?«

»Verdacht?« fragte ich überrascht.

Er kicherte zufrieden. »Wißt ihr schon, welche Familie euch den Krieg erklärt hat?«

»Wir tippen auf die Winkler-Forcas'«, sagte ich. »Doch beweisen können wir es bis jetzt nicht. Mein Vater will den Henker einsetzen, sobald er weiß, wo die Familie sich verkrochen hat.«

»Den Henker also«, sagte er nachdenklich. »Wie kann man ihn besiegen?«

Ich zuckte nur die Schultern.

»Du kannst mich nicht belügen, Coco«, sagte der Junge scharf. »Erzähle mir alles, was du über den Henker weißt!«

Es blieb mir nichts anderes übrig, als zu gehorchen. Ich wollte nicht sprechen, doch die unheimliche Macht war stärker; jede Gegenwehr war vergebens. »Der Henker wurde von meinem Vater vor vielen Jahren geschaffen«, sagte ich tonlos. »Es ist ein aus mehr als zwanzig verschiedenen Teilen zusammengesetzter Homunkulus.«

»Ich verstehe«, sagte der Blonde. »Er ist also praktisch nicht zu töten. Man muß wissen, wie die Menschen ums Leben gekommen sind, aus deren Körperteilen er besteht.«

»Ich weiß nur, daß seine Beine von einem gepfählten Vampiropfer stammen«, flüsterte ich. »Alles weitere ist mir unbekannt. Die Beschwörung wird im Morgengrauen stattfinden.« Ich hätte sterben können vor Scham, als ich mich so offen reden hörte!

»Ihr seid verloren«, sagte der Blonde und grinste zufrieden. »Und du bist unsere stärkste Waffe, Coco. Bis dein Vater Verdacht schöpft, ist es längst zu spät.«

»Wer bist du?« fragte ich.

»Ich kann es dir ruhig verraten«, sagte er. »Du kannst es doch nicht weitersagen. Ich bin Peter Winkler-Forcas.«

»Und ihr habt uns den Kampf erklärt, nicht wahr?«

»Gut kombiniert«, erwiderte er höhnisch. »Wir werden euch ausrotten und die Macht über die Wiener Familien ergreifen. Dich werden wir vielleicht am Leben lassen. Schließlich bist du eine Außenseiterin in der Familie. Deshalb warst du ja auch so einfach zu beeinflussen. Du stehst im Bann der Todesmelodie, und sollte es dir tatsächlich gelingen, dich daraus zu lösen, wird sie sich gegen dich wenden und dich töten.«

Ich knabberte an meiner Oberlippe. Er redete frei von der Leber weg, da er wußte, daß ich meine Informationen ja nicht weitergeben konnte. Der Triumph in seinen Augen wurmte mich. »Was habt ihr vor?« erkundigte ich mich.

»Das sage ich dir nicht.« Er grinste. »Laß dich überraschen. Du gefällst mir. Vielleicht nehme ich dich für einige Zeit als Gefährtin, wenn dieser Kampf vorüber ist.«

Er legte seinen Arm um meine Hüften, und seine Hand glitt

höher. Ich schüttelte sie ab. Sein Grinsen wurde noch um eine Spur abscheulicher. Fremde Gedanken strömten auf mich zu. Die Melodie hallte schaurig in meinem Kopf, und plötzlich konnte ich mich nicht mehr bewegen. Ich sah Peters Gesicht, das näher kam, dann spürte ich seine Lippen auf den meinen, und seine Hände öffneten meine Bluse, griffen nach meinen Brüsten und kneteten sie roh. Ich wollte mich aus dem Bann lösen, doch ich war zu schwach. Hilflos mußte ich mit ansehen, wie seine Hände unter meinen Rock glitten.

»Du kannst dich nicht wehren«, hörte ich seine Stimme. »Du bist mir hilflos ausgeliefert. Ich kann mit dir machen, was ich will. Doch jetzt ist nicht der richtige Zeitpunkt dafür. Du gehst jetzt nach Hause, sonst schöpft deine Familie noch Verdacht. Zieh dich an!«

Endlich konnte ich mich wieder bewegen. Ich haßte Peter aus tiefstem Herzen für das, was er getan hatte, ließ mir davon aber nichts anmerken. Langsam stand ich auf und knöpfte meine Bluse zu.

»Ich würde es bedauern, wenn wir dich töten müßten«, sagte er. »Du gefällst mir. Ich glaube, daß ich mit dir ziemlich viel Spaß haben könnte. Du bist schön und ganz anders als deine Schwestern, mit denen nicht viel los ist.«

Ich antwortete ihm nicht, sondern wandte mich ab und ging den Hügel hinunter. Es mußte doch irgendeine Möglichkeit geben, mich aus dem Bann der Winkler-Forcas' zu befreien, dachte ich. Doch wenn sie existierte, war sie mir in jedem Falle unbekannt. Ich konnte mir das alles nicht erklären. Zwar war ich mit der Schwarzen Magie ausgezeichnet vertraut, aber es gab magische Geheimnisse, die innerhalb der verschiedenen Sippen von Generation zu Generation vererbt wurden. Fast jede Sippe hatte eine eigene Spezialität, gegen die es kaum ein Gegenmittel gab.

Vor unserem Haus blieb ich kurz stehen, dann trat ich langsam ein. Der Hüter des Hauses wandte mir den Kopf zu, als ich an ihm vorbeiging. Der Lichtschein, der aus den Augenschlitzen der Maske fiel, wurde stärker. Das unheimliche Geschöpf streckte den rechten Arm aus, und packte meinen Rock.

»Du bist verändert, Coco«, sagte das Geschöpf, das einmal

Rupert Schwinger gewesen war.

Ich warf ihm einen mißtrauischen Blick zu. Er hat etwas gemerkt, dachte ich. Wenn er etwas meinem Vater erzählen würde, dann... Ich verfolgte den Gedanken nicht weiter. Die Konsequenzen waren mir nur zu klar. Mein Vater würde keine Gnade kennen und mich einfach töten. Ich ging ins Wohnzimmer.

»Ich bin zurück. Haben sich die anderen schon gemeldet?«

Georg nickte. »Vater und Lydia sind unterwegs nach Hause«, brummte er. »Sie haben nicht sehr viel erfahren. Die Nowottnys stecken, wie es aussieht, nicht dahinter. Es läuft wohl auf die Forcas' hinaus.«

»Das sind nur Vermutungen«, sagte ich. »Aber wir haben noch keinen echten Beweis. Was ist mit Mutter und Vera?«

»Sie haben sich noch nicht gemeldet.«

Ich beugte mich etwas vor, konzentrierte mich, öffnete den Mund und wollte Georg von der Begegnung mit Peter Winkler-Forcas berichten, doch ich konnte nicht sprechen; nur ein heiserer Laut kam über meine Lippen, dann war das Toben der Melodie in meinem Kopf, und ich schloß benommen die Augen.

»Was hast du?« fragte Georg.

»Ich fühle mich nicht gut«, sagte ich und lächelte schwach. Meine Wangen waren bleich. »Der Spaziergang hat mir nicht geholfen. Ich bin müde.«

»Müdigkeit können wir uns jetzt nicht leisten«, sagte Georg scharf. »Reiß dich zusammen.«

Ich nickte mit zusammengepreßten Lippen.

»Du gefällst mir gar nicht«, sagte er und fixierte mich. »Du wirkst verkrampft und nervös.«

»Das ist kein Wunder«, zischte ich. »Nicht jeder kann so kühl und beherrscht sein wie du.«

»Fürchtest du dich etwa?« Er nickte. »Das wird es sein. Du warst schon immer ein ängstliches Mädchen. Jetzt hast du Gelegenheit, zu beweisen, daß du ein echtes Mitglied unserer Familie bist. Nur in Gefahrenzeiten kann man erkennen, was in jedem von uns steckt. Und ich hoffe, daß du uns nicht wieder enttäuschen und Schande über unsere Familie bringen wirst.«

»Ich werde mich bemühen«, sagte ich knapp.

Wir schwiegen, bis unser Vater und Lydia eintrafen. Michael Zamis hörte sich mit unbeweglichem Gesicht unseren Bericht an.

»Ihr habt recht«, sagte er dann. »Alles deutet daraufhin, daß die Winkler-Forcas' unsere Gegner sind. Aber wir werden unsere Gegenmaßnahmen treffen.«

»Was hast du vor, Vater?«

»Zuerst beschwören wir den Henker und setzen ihn auf die Fährte der Winkler-Forcas'«, sagte er. »Gleichzeitig sichern wir das Haus. Wenn es dem Henker gelingt, einige der Winkler-Forcas' auszuschalten, gehen wir zum Frontalangriff über. Aber ich bin mir noch nicht ganz darüber im klaren, ob wir hier in Wien den Kampf aufnehmen oder uns zu meinem Bruder in die Abruzzen begeben sollen. Dort haben wir natürlich weitaus bessere Möglichkeiten, den Kampf erfolgreich zu bestehen. Und den Winkler-Forcas' bleibt nichts anderes übrig, als uns zu folgen. Bevor ich jedoch eine endgültige Entscheidung treffe, will ich sehen, inwieweit sich der Einsatz unseres Henkers lohnt.«

Es dauerte einige Zeit, bis Mutter und Vera endlich eintrafen. Die Wangen meiner Schwester glühten, als sie das Wohnzimmer betrat, und ihre Augen funkelten wie Sterne. Sie war noch mehr als eine Stunde bei den Lexas' geblieben, nachdem sie von Toni Obrecht die Information erhalten hatte, da sie keinen Verdacht hatte erregen wollen. Außerdem hatte ihr der Sabbat sehr gefallen.

»Die Winkler-Forcas' sind unsere Gegner«, verkündete sie stolz. »Mit Mutters Hilfe gelang es mir, Toni Obrecht zu behexen. Die anderen Familien werden sich angeblich neutral verhalten und in den Kampf nicht eingreifen.«

»Das ist mehr, als ich erwartet habe«, sagte mein Vater zufrieden. »Die Winkler-Forcas' müssen ihrer Sache ziemlich sicher sein, sonst hätten sie sich der Hilfe einiger anderer Sippen versichert. Sie sind demnach überzeugt, daß sie uns alle töten können. Ich frage mich nur, woher sie diese Sicherheit nehmen?«

Niemand antwortete. Michael Zamis stand langsam auf.

»Holt Volkart!« sagte er. »Ich gehe einstweilen in den Keller und treffe alle Vorbereitungen für die Beschwörung des Henkers.«

Wir warteten, bis er das Zimmer verlassen hatte, dann standen auch wir auf. Vera lief die Treppe hoch und holte Volkart, der noch immer geistesabwesend war. Wir blieben alle in der Diele stehen, bis wir Vaters Stimme hörten. Schweigend stiegen wir die dunkle Kellertreppe hinunter, und der Hüter des Hauses schloß sich uns an. Eine magische Flamme tauchte den Raum in blutrotes Licht. Die Wände waren mit schwarzem Samt ausgeschlagen. In einer Ecke stand die Teufelsstatue, die schon oft den Mittelpunkt von Beschwörungen gebildet hatte, heute aber nicht gebraucht wurde.

Michael Zamis hatte den Henker aus einem der Nebenräume geholt. Er lag in einer sargartigen Kiste, die noch geschlossen war. Um die Kiste hatte mein Vater einen magischen Kreis gezogen. Er winkte Georg zu sich heran. Sie wandten keine Magie an, sondern hantierten wie normale Menschen herum. Sie schraubten den Kistendeckel ab und trug ihn in eine Ecke. Mutter, Volkart und wir drei Mädchen hielten uns im Hintergrund. Wir sahen aufmerksam zu, während der Hüter des Hauses mit dem Gesicht zur Wand hinter uns stehengeblieben war.

Michael Zamis trat noch einmal in den magischen Kreis und warf einen Blick auf den Henker, dessen Körper mit einem schwarzen Tuch bedeckt war. Dann trat er wieder heraus, bückte sich und schloß den Kreis mit einem Stück Kreide, das er aus seiner Tasche geholt hatte. Anschließend kehrten er und Georg zu uns zurück.

Ich hatte bis jetzt noch nie an einer Beschwörung teilgenommen. Außerdem lag es schon viele Jahre zurück, daß der Henker das letzte Mal aktiviert worden war.

Viele der Dämonenfamilien verfügen über Schutzgeister, willenlose Sklaven, Kobolde und Untote. Der Henker der Familie Zamis war aber auch innerhalb der Schwarzen Familie etwas Besonderes. Er war im Kampf gegen die Lexas' vor mehr als fünfzig Jahren erfolgreich eingesetzt worden. Mein Vater hatte den Homunkulus zusammen mit seinem Bruder Ingvar erschaffen. Dieser künstliche Mensch, wenn man dieses Geschöpf überhaupt als Mensch bezeichnen konnte, war kaum zu töten. Es war aus

Leichenteilen von mehr als zwanzig Männern zusammengesetzt, die alle eines unnatürlichen Todes gestorben war. Ich wußte nur, daß die Beine des Henkers von einem gepfählten Vampiropfer stammten, und ich wußte noch, daß jeder Tote auf andere Weise gestorben war. Es waren Teile von Pesttoten, Verkehrstoten und Selbstmördern darunter gewesen. Jemand, der den Henker töten wollte, konnte ihn nur vernichten, wenn er genau wußte, welcher Teil zu welchem Toten gehörte. Hatte er zum Beispiel den Arm eines Menschen, der vergiftet wurde, vor sich, dann konnte man diesen Körperteil nur auf die gleiche Art auch wieder zerstören.

Mein Vater stimmte einen leisen Gesang an, in den wir anderen Familienmitglieder einfielen. Wir faßten uns an den Händen und bildeten um das Familienoberhaupt einen Halbkreis. Vater sang immer lauter. Nach wenigen Augenblicken schien das Kellergewölbe zu beben. Plötzlich hob mein Vater die Hände und kniete auf den Boden nieder. Er preßte seine Finger gegen seine Knie und berührte mit der Stirn den Boden.

»Vernimm meine Stimme«, sagte er. »Du Wesen, daß von meinem Bruder Ingvar und mir geschaffen wurde! Erwache und unterwerfe dich meinem Willen, du Geschöpf, das geschaffen wurde, um die Familie Zamis zu schützen!« Er berührte wieder mit der Stirn den Boden, dann stand er auf, ergriff die Hand meiner Mutter, schloß die Augen, und seine Lippen bewegten sich leicht. Die magischen Kräfte seiner Familie strömten auf ihn über.

Ich fühlte mich plötzlich leer und völlig ausgelaugt. Meine Knie gaben nach.

»Erwache«, sagte Vater laut, »und vernichte unsere Feinde!«

Die magische Flamme wurde schwächer, bis sie zu einem kirschgroßen Punkt geschrumpft war. Der Keller war nun fast in völliges Dunkel gehüllt, und kein Geräusch war zu hören. Ich fühlte, wie ich immer schwächer wurde, so als würde alle Kraft aus meinem Körper gesogen. Die Gestalt meines Vaters war in gleißendes Licht getaucht, das immer greller wurde. Aus seinem Körper züngelte eine Flamme, die langsam über den Boden kroch und sich um den magischen Kreis, der die sargartige Kiste umgab, legte. Die Flamme wurde immer größer. Es dauerte nur wenige Augenblicke, und die Flammen loderten bis zur Decke und verdeckten die Sicht auf die Kiste, in der der Henker ruhte.

Ein leises Heulen ertönte, und die Flammen änderten die Farbe. Sie schimmerten nun dottergelb und wurden langsam orange. Dann erloschen sie. Ein Geräusch war zu hören, das wie das Knarren einer schlecht geölten Tür klang. Die Kiste fiel krachend um. Jemand schnaufte, und dann vernahmen wir ein Räuspern.

»Ich bin erwacht«, sagte der Henker, »und warte auf deine Befehle, Herr.«

»Es ist getan«, sagte Vater und verschränkte die Hände. Das magische Licht schwoll zu Fußballgröße an und tauchte den Keller in ziegelrotes Licht. Der Henker stand meinem Vater genau gegenüber.

Ich ließ die Hände von Georg und Lydia los und sah das grauenvolle Geschöpf interessiert an. Es war mehr als zwei Meter groß und breit wie ein Kleiderschrank. Der klobige Schädel mit den kleinen Augen war völlig kahl. Das Wesen war völlig nackt und hatte vier Arme, die unterschiedlich lang waren. Der gewaltige Oberkörper saß auf langen Beinen, die an junge Baumstämme erinnerten. Das Monster bewegte sich nicht.

»Die Winkler-Forcas' haben uns den Krieg erklärt«, sagte Michael Zamis mit drohender Stimme. »Ich werde dich zu ihnen führen, und du wirst so viele töten, wie du nur kannst.«

Der Henker nickte leicht zum Zeichen, daß er verstanden hatte.

Da vernahm ich plötzlich wieder die unheimliche Melodie! Sanft und leise, aber sie wurde rasch lauter und brachte meinen Kopf fast zum Platzen. Niemand außer mir schien sie zu hören, und ich unterdrückte nur mit Mühe einen Schmerzensschrei. Nur der Henker vernahm sie ebenfalls. Er bewegte ruckartig die vier gewaltigen Arme und drehte sich im Kreis. Über seine vollen Lippen kamen winselnde Laute. Dann krümmte er sich zusammen, fiel auf den Boden und strampelte mit den Beinen. Er brüllte hilflos und wälzte sich auf die Seite, wild mit den Armen herumschlagend. Eine der geballten Fäuste schlug gegen die Kiste, die in der Mitte auseinanderbarst. Dann richtete er sich wieder auf, und Vater murmelte einige Beschwörungen, die aber das Monster nicht beruhigten. Ganz im Gegenteil, der Henker schien jetzt völlig überzuschnappen. Er rannte wie ein Verrückter durch den Keller, blieb vor einer Wand stehen und trommelte mit allen vier Fäusten dagegen. Dann schlug er mit der Stirn gegen die Wand und riß mit einer Hand den Samt in Fetzen, der sie bedeckte.

»Rasch«, sagte Vater. »Wir müssen ihn bändigen. Er ist...«

Der Hüter des Hauses griff ein. Er stellte sich vor Michael Zamis auf. Ich hörte noch immer die Todesmelodie in meinem Kopf.

»Die Störung geht von Coco aus«, sagte der Hüter des Hauses. »Sie muß weggeschafft werden. Dann wird der Henker wieder zur Besinnung kommen.«

Ich hatte Rupert Schwingers Worte nur undeutlich verstanden, da ich noch immer im Bann der Todesmelodie stand, die den Henker zum Wahnsinn zu treiben schien.

»Bringt sie aus dem Keller!« sagte Vater scharf.

Ich wehrte mich nicht, als ich von Georg und Volkart gepackt wurde. Die beiden zerrten mich die Stufen hoch und bleiben in der Diele stehen. Das Sausen in meinem Kopf wurde schwächer. Ich brach halb ohnmächtig zusammen und übergab mich. Alles verschwamm vor meinen Augen, dann wurde ich ohnmächtig. Bevor es schwarz um mich wurde, ahnte ich noch, daß der Henker in dieser Sekunde wieder zur Besinnung kam.

Ich wußte nicht, wie lange ich ohne Bewußtsein gewesen war. Irgendwann warf ich mich unruhig hin und her und schlug die Augen auf. Da merkte ich, daß meine Hände auf meinen Rücken gefesselt waren. Ich saß auf einem Stuhl im Wohnzimmer und blickte an mir herunter. Nicht nur meine Hände waren gefesselt, auch die Fußgelenke. Ich räusperte mich und blickte mich um. Meine ganze Familie war im Zimmer versammelt. Der Hüter des Hauses stand neben mir und ließ mich nicht aus den Augen. »Weshalb habt ihr mich gefesselt?« fragte ich.

»Weil irgend etwas mit dir nicht stimmt«, zischte Vera. »Halt den Mund!«

Ich schwieg. Mein Vater hockte vor dem großen Tisch auf dem Boden. Auf der Tischplatte stand eine große halbdurchsichtige magische Kugel. Von meinem Platz aus konnte ich deutlich sehen, was in ihr vorging. Ich sah den Henker, der durch die nächtlichen Straßen Wiens wankte. Einige Fußgänger kamen ihm gelegentlich entgegen. Sie sahen ihn aber nicht; für normale Menschen war der Henker unsichtbar. Er wurde von Michael Zamis geleitet, mit dem er in magischem Kontakt stand. Nach einer halben Stunde hatte er die Villa der Winkler-Forcas' erreicht. Er blieb in einer Seitengasse stehen und wartete.

»Alles ist bereit«, sagte mein Vater. »Georg, stell die Verbindung mit Skarabäus Toth her!«

Georg griff nach einer Kristallkugel und rief Toth an. Als das Gesicht des Schiedsrichters in dem gläsernen Ball erschien, hielt Georg ihn seinem Vater hin.

»Herr Toth«, sagte Michael Zamis, »in wenigen Minuten läuft die Frist ab, die uns die Familie Winkler-Forcas gestellt hat.«

»Wer sagt Ihnen, daß es die Winkler-Forcas' sind, die Ihnen...«

»Ich weiß es«, unterbrach mein Vater den Schiedsrichter. »Ich weiß, daß Sie es nicht zugeben dürfen, aber das ist nebensächlich. Richten Sie unserem Gegner aus, daß wir nicht an Kapitulation denken. Wir nehmen den Kampf auf. Wir werden alle Mitglieder des Winkler-Forcas-Clans töten. Vielleicht lassen wir aber einen am Leben, der dann berichten kann, wie es allen ergehen wird, die sich gegen die Zamis stellen.«

»Ist das Ihr letztes Wort, Herr Zamis?«

»Ja«, sagte Michael Zamis. »Unsere Familie ist noch nie einer Auseinandersetzung ausgewichen, das wissen die Winkler-Forcas' ganz genau. Auf Wiederhören, Herr Toth!« Er unterbrach die Verbindung und konzentrierte sich wieder auf den Henker, der immer noch bewegungslos in der Nähe der Forcas-Villa stand. Es dämmerte bereits.

»In wenigen Minuten läuft die Frist ab«, sagte Lydia.

»Wir sind vorbereitet«, sagte Georg. »Keinem Mitglied der Winkler-Forcas' wird es gelingen, ins Haus zu gelangen.«

Mir schnitten die Fesseln ins Fleisch. Ich wunderte mich, daß meine Familie mich mit normalen Stricken gebunden hatte. Sie wußte doch ganz genau, daß mir solche Fesseln keinerlei Schwierigkeiten bereiteten. Wenn ich gewollt hätte, wäre ich in wenigen Sekunden frei gewesen. Aber vielleicht wollten sie mich nur auf meine wahre Gesinnung testen. »Ich will endlich wissen, was ihr gegen mich habt«, sagte ich und blickte mich wütend um.

»Das wirst du rechtzeitig hören«, sagte Georg grimmig. »Jetzt halte den Mund.«

Die Zeit schien stillzustehen. Ich versuchte mich aus dem Bann zu befreien, der mich daran hinderte, die Wahrheit zu sagen. Ich wollte meiner Familie helfen und ihr sagen, daß ich es gewesen war, die Peter Winkler-Forcas verraten hatte, daß der Henker die Beine eines Vampiropfers besaß. Ich ahnte, was geschehen würde. Ich konnte mir nur zu genau in der Lage der Winkler-Forcas' versetzen.

Wir mußten nicht lange warten. Die Sonne ging strahlend auf, und vier schwarze Wagen fuhren auf die Winkler-Forcas-Villa zu. Das breite Gartentor wurde von unsichtbaren Händen geöffnet und die Wagen fuhren den schnurgeraden Weg entlang, der zum Haus führte.

»Sie sind nach Hause gekommen«, zischte Volkart.

Der Henker setzte sich langsam in Bewegung. Seine Arme hingen lässig herunter. Er blieb vor dem Tor stehen, griff nach den Stäben und zuckte zurück, als habe er einen gewaltigen elektrischen Schlag bekommen. Kurz wälzte er sich auf dem Boden, dann setzte er sich auf, und nach einigen Sekunden erhob er sich wieder.

»Wir müssen jetzt alle zusammenhalten«, sagte mein Vater. »Gemeinsam schaffen wir es. Die magischen Sperre ist nicht so stark, wie die Winkler-Forcas' glauben, und unser Henker verfügte über einige Fähigkeiten, von denen niemand außer mir und Ingvar etwas weiß. Der Henker wird in den Garten und das Haus gelangen und ihnen eine unangenehme Überraschung bereiten.« Er wartete, bis sich die magischen Kräfte seiner Familie gesammelt hatten, dann übertrug er die geballte Kraft auf den Henker, der zielstrebig auf das Gartentor zuging. Die eisernen Gitterstäbe glühten plötzlich rot auf, verbogen sich und zerplatzten. Ohne aufgehalten zu werden, stapfte der Henker in den Garten der Winkler-Forcas' und eilte zielstrebig auf das Haus zu.

Sie müssen ihn eigentlich schon entdeckt haben, dachte ich. Ich konnte den Blick nicht von der magischen Kugel lösen. Verbissen kämpfte ich gegen den Zwang an, doch er war zu stark. Ich mußte die Melodie summen, die durch meinen ganzen Körper schwang. Das Bild in der magischen Kugel wurde schwächer; die Verbindung mit dem Henker riß plötzlich ab. Mein Vater sprang grimmig auf und baute sich vor mir auf.

Der Hüter des Hauses, riß sich die Maske vom Gesicht und beugte sich vor. Die Würmer, die sich an seinem Kopf festgesaugt hatten, krabbelten unruhig hin und her. Ein besonders dicker Wurm löste sich und drohte auf mich zu fallen.

»Zurück, Rupert!« sagte mein Vater scharf, und das unheimliche Geschöpf gehorchte.

»Sie ist eine Verräterin«, kreischte der Hüter. »Sie hat den Tod verdient.«

»Sie zu richten, ist meine Aufgabe«, sagte Michael Zamis. Der Hüter zog sich zurück und stülpte sich wieder die Maske über das abstoßend häßliche Gesicht.

»Sie hat unsere Gegenmaßnahme vereitelt!« brüllte Georg mit sich überschlagender Stimme. »Rupert hat recht. Wir müssen sie töten, sonst stürzt sie uns alle ins Unglück.«

»Ruhig!« sagte Michael Zamis. »Seid alle still!« Er warf der magischen Kugel einen raschen Blick zu, und sie flammte wieder auf. Der Henker war zu sehen – ziemlich undeutlich und verschwommen. Einzelheiten waren nicht zu erkennen. Es war, als würde die grauenhafte Gestalt durch einen dichten Nebel warten. Sie hatte das Haus der Winkler-Forcas' jetzt erreicht. Das Bild wurde für einen Augenblick deutlicher. Ein halbes Dutzend Dämonen strömten aus dem Haus. Sie wurden von Radmin Winkler-Forcas, dem Oberhaupt der Forcas-Familie und dem ältesten Sohn Ernied angeführt. Hinter Ernied waren Peter und Elvira zu sehen. Sie hielten gewaltige Beile in den Händen, und Ernied trug einen dicken Holzpfahl.

»Wir müssen mit dem Henker Verbindung aufnehmen«, schrie Michael Zamis. »Sie wissen, daß er Beine eines Vampirsopfers besitzt. Sie werden versuchen, ihn zu pfählen. Rasch!«

Da summte ich wieder die Todesmelodie und lähmte so die magischen Kräfte meiner Familie. Das Bild in der Kugel erlosch, und meine Geschwister heulten wütend auf. »Schafft Coco hinaus!« tobte mein Vater.

Georg riß mich wütend hoch. Ich war immer noch halb besinnungslos. In der Diele warf er mich wie einen Sack zu Boden, und der Hüter des Hauses blieb neben mir stehen. »Wenn sie irgendwelche Dummheiten macht, dann töte sie, Rupert!« brüllte Georg und lief zurück ins Wohnzimmer.

»Wir sind zu spät gekommen«, sagte Lydia.

Der Henker war wieder zu sehen. Er war von den Winkler-Forcas' umringt, die mit den Beilen nach seinen Beinen schlugen. Er versuchte den Hieben auszuweichen und zog sich langsam zurück. Zwei Dämonen stießen mit langen Holzpflöcken nach seiner Brust. Michael Zamis versuchte verzweifelt, Kontakt mit seinem Geschöpf zu bekommen, doch es wollte ihm nicht gelingen. Er mußte hilflos zusehen, wie die Winkler-Forcas' den Henker immer weiter zurückdrängen und ihn schließlich gegen die Mauer drückten. Ein Holzpfahl bohrte sich in seine Brust, und er fiel zu Boden. Darauf hatten die anderen nur gewartet. Die Beile fuhren hoch und krachten auf die Beine des Monsters nieder. Es dauerte nur wenige Augenblicke, und sie hatten die Beine vom Rumpf des Henkers abgeschlagen. Jetzt war die Wirkung des Holzpfahls in seiner Brust aufgehoben, doch der Henker konnte nicht mehr viel anrichten. Er schlug mit seinen vier Armen um sich und wehrte die Hiebe ab.

Endlich gelang es Michael Zamis, den Kontakt herzustellen. Er befahl ihm, den Garten sofort zu verlassen. Das Monster folgte. Es stützte sich auf zwei Arme, hob den Körper vom Boden, ließ sich nach vorn fallen und lief dann wie ein Hund auf allen vieren auf das Gartentor zu. Die Winkler-Forcas' verfolgten ihn weiter, doch da sie nicht wußten, von welchen Toten die anderen Leichenteile stammten, konnten sie ihm nicht viel anhaben. Der Henker erreichte die Straße, und die Winkler-Forcas' ließen von ihm ab.

»Wir haben eine gewaltige Schlappe einstecken müssen«, sagte Michael Zamis mit heiserer Stimme und ballte die Hände zu Fäusten. Dann befahl er dem Henker, auf dem schnellsten Weg nach Hause zu kommen. Er mußte weiter mit dem Monster in Kontakt bleiben, um es für die normalen Menschen unsichtbar zu machen. Der Homunkulus benötigte fast drei Stunden, bis er das Haus der Zamis' erreicht hatte. Michael atmete erleichtert auf, als er endlich daheim war. Er konnte den Kontakt abbrechen und sich anderen Aufgaben widmen. Vor allem wollte er sich Coco vornehmen.

Wenig später wurde ich ins Wohnzimmer gebracht. Der Hüter des Hauses ließ mich nicht aus den Augen. Er stand neben mir, bereit, jeden Fluchtversuch zu vereiteln.

»Nun zu dir, meine mißratene Tochter«, sagte mein Vater. Er ging im Zimmer auf und ab und schlug seine großen Fäuste wütend gegeneinander. »Ich möchte nur allzu gern wissen, in welcher Beziehung du zu den Winkler-Forcas' stehst. Du hast uns an sie verraten und bist zu ihrem Werkzeug geworden.«

»Das stimmt nicht«, entgegnete ich.

»Dann sag mir, was dir die Winkler-Forcas' versprochen haben, wenn du dich auf ihre Seite schlägst!«

»Ich bin nicht auf ihrer Seite«, sagte ich. »Du mußt mir glauben. Ich wurde...« Mehr konnte ich nicht sagen, die magische Sperre hinderte mich noch immer daran, die Wahrheit zu sagen.

»Sprich nur!« sagte mein Vater gefährlich ruhig.

Ich setzte wieder zum Sprechen an, doch die Todesmelodie hinderte mich daran.

»Sie ist verhext«, sagte Vera. »Sie kann nicht sprechen. Ich kann die magische Sperre deutlich spüren. Wir müssen versuchen, sie zu durchbrechen.«

Aber der anschließende Versuch scheiterte. Trotz vereinter Bemühungen war es meiner Familie nicht möglich, den Bann zu lösen, unter dem ich stand. »Es bleibt uns nur noch eine Möglichkeit«, sagte Georg. »Wir müssen sie töten.«

Ich hatte entsetzt zugehört.

»Nein!« sagte mein Vater entschieden. »Wir werden sie nicht töten, sondern mitnehmen.«

»Fahren wir doch fort?« fragte meine Mutter.

»Ja«, sagte unser Familienoberhaupt. »Wir fahren zu meinem

Bruder nach Italien. In den Abruzzen haben wir wesentlich bessere Möglichkeiten, uns den Angriffen der Winkler-Forcas' zu erwehren. Und Ingvar wird uns bei unserem Kampf unterstützen. Coco kann uns nicht viel schaden, da wir erkannt haben, daß sie von den Winkler-Forcas' beeinflußt wird. Ich will noch nicht über sie richten, da ich nicht weiß, ob sie freiwillig mit ihnen arbeitet, oder von ihnen gezwungen wurde, sich gegen uns zu stellen. Wir bereiten alles zur Abreise vor. Ich werde dann später Toth verständigen, daß wir zu meinem Bruder gefahren sind. Nach den Gesetzen der Schwarzen Familie ist es zulässig, daß wir uns das Gebiet aussuchen, wo der Entscheidungskampf stattfinden soll. Und die Winkler-Forcas' müssen uns binnen drei Tage folgen, sonst wird der Kampf abgebrochen. In einer halben Stunde fahren wir ab.«

Ich war erleichtert. Im Augenblick drohte mir keine Gefahr. Und vielleicht war es mir möglich, mich mit wachsender Entfernung zu den Winkler-Forcas' aus dem Bann zu lösen, der mich daran hinderte, die Wahrheit zu sprechen. Der Hüter des Hauses bewachte mich weiterhin, während die anderen alle Vorbereitungen zur Abreise trafen. Wir nahmen nur wenig mit. Michael Zamis überprüfte die beiden Wagen, mit denen wir fahren wollten. Er hatte immer mit der Möglichkeit gerechnet, daß irgendeine Familie sich mal gegen ihn wendete, und für den Fall einige Sicherheitsmaßnahmen getroffen. Die Zamis-Familie hatte einen Fluchtweg, den nur er kannte. Es war uns möglich, das Haus zu verlassen, ohne von den Winkler-Forcas' bemerkt zu werden, selbst wenn diese das Gelände überwachten.

Wir luden unser Gepäck in die beiden Wagen, dann wurde der tote Demian, der in einem schwarzen Sarg ruhte, in eines der Autos gehoben. Wir wollten ihn mit den entsprechenden Zeremonien in Italien bestatten. Auch der Henker wurde mitgenommen. Ich stieg in den Wagen, in dem mein Vater und meine Mutter saßen. Neben mir nahm der Hüter des Hauses Platz, der mich ununterbrochen beobachtete.

Die Fahrt war ohne Zwischenfälle verlaufen. Auch bei der Zollabfertigung hatte es keine Schwierigkeiten gegeben. Die Beamten waren magisch beeinflußt worden und hatte uns ohne Kontrollen weiterfahren lassen. Wir waren, ohne eine einziges Mal anzuhalten, bis nach L'Aquila durchgefahren.

Ich war schon einmal in der Provinzhauptstadt gewesen, mit acht Jahren; ich konnte mich aber an nichts mehr erinnern.

Es war dunkel, als wir von der Strata Statale 17 abbogen und die Viale di Rorta Paganica entlangfuhren. Links tauchte ein großer Tennisplatz auf, dann war der riesige Parco del Castello zu sehen. Schließlich bogen wir in die Via Garibaldi ein und kamen am Palazzo Pranchini vorbei. Zwei Gassen weiter verlangsamte mein Vater das Tempo und blieb vor dem prunkvollen Palazzo Trinci stehen, das in einem großen Garten stand.

Er mußte nur wenige Augenblicke warten, da schwang das schmiedeeiserne Tor auf. Er fuhr in den Garten, sein Sohn Georg folgte. Hinter den beiden schweren Wagen wurde das Tor geschlossen.

Der Palazzo Trinci war vor langen Jahren von Michael Zamis' Bruder Ingvar erworben worden. Dieser hielt sich aber meist in den Abruzzen auf, wo er seit fünfzig Jahren das Castello della Malizia besaß. Das Kastell lag in einer unwegsamen Schlucht, die nur sehr schwer zu erreichen war.

Die Wagen blieben vor dem Palast stehen, und Vater stieg aus. Aus dem hohen Hauptportal trat eine breitschultrige Gestalt. Sie trug einen dunklen Umhang, der das weiße Haar betonte. Ich erkannte den Mann sofort. Er war Ingvar, der Bruder meines Vaters. Die beiden Männer begrüßten sich und verschwanden im Palazzo. Jetzt stiegen auch wir aus.

Im Inneren des Palazzo war es angenehm kühl. Die Räume waren groß und verschwenderisch eingerichtet. Überall hingen kostbare Gobelins an den Wänden, und die Parkettböden waren mit Teppichen bedeckt. Jedes Zimmer war in einem anderen Stil gehalten.

Michael und Ingvar Zamis erwarteten uns in einem mit dunklem Holz verkleideten Zimmer. In dem gewaltigen Kamin brannte ein kleines Feuer. Mein Onkel trat einen Schritt vor und verbeugte sich leicht.

»Ich heiße euch herzlich willkommen«, sagte er. Dann musterte er der Reihe nach seine Gäste. Auf mir verweilte sein Blick besonders lange, während er den Hüter des Hauses nur flüchtig ansah.

»Setzt euch!« sagte er und deutete auf einen schwarzen Eichentisch, der eine achteckige Form hatte.

Ich ließ mich etwas abseits nieder, und der Hüter des Hauses blieb hinter mir stehen.

»Wir haben alles für den Kampf vorbereitet«, sagte Ingvar Zamis. »Den Winkler-Forcas' werden die Augen übergehen, wenn sie bemerken, was alles auf sie wartet. Und morgen verständigen wir Skarabäus Toth. Ich bin neugierig, ob es die Winkler-Forcas' wagen, den Kampf hier fortzusetzen.«

»Sie tun es sicher«, sagte Vater.

»Das hoffe ich«, sagte mein Onkel Ingvar, und eine leichtes Lächeln spielte um seine Lippen. Ich betrachtete ihn fasziniert. Sein Alter war nicht zu schätzen. Das braungebrannte Gesicht mit den grünen, leicht schräg stehenden Augen war mit tiefen Falten übersät, doch überaus anziehend; es war ein männliches Gesicht, wie ich es mochte.

»Es ist ein wenig langweilig geworden in letzter Zeit«, sagte Ingvar. »So ein Kampf bietet uns eine willkommene Abwechslung. Es ist nur bedauerlich, daß Demian sterben mußte. Aber wir werden seinen Tod fürchterlich rächen.«

»Was sollen wir mit Coco tun?« fragte mein Vater, und vermied es, mich anzusehen.

»Das ist allerdings ein Problem«, erwiderte Ingvar. Er wandte den Kopf und fixierte mich, und mein Herz schlug schneller. Plötzlich hatte ich Angst. »Im Augenblick bildet sie keine Gefahr für uns. Aber sie kann eine werden. Und da weiß ich nicht, ob wir nicht ein zu großes Risiko eingehen, wenn wir sie in unserer Mitte behalten. Bist du sicher, daß sie von den Winkler-Forcas' beeinflußt wurde, Michael?«

»Wir haben keinen echten Beweis dafür«, sagte mein Vater, »aber alles deutet darauf hin. Und wie es aussieht, hindert eine magische Sperre sie am Sprechen. Wir versuchten, sie zu durchbrechen, doch es gelang uns nicht. Der Zauber ist zu mächtig.

»Wir sollten es morgen noch mal probieren«, sagte Ingvar. »Wenn wir die Sperre nicht lösen können, dann sehe ich nur eine Möglichkeit...«

Ich schloß die Augen. Es war klar, daß meine Familie es sich einfach nicht leisten konnte, mich in ihrer Mitte zu behalten, wenn ich eine Verräterin war und mich jederzeit gegen sie stellen konnte. Es wurde nicht mehr gesprochen, da einige Bedienstete das Essen servierten. Sie stellten Silberplatten auf den Tisch. Es gab kaltes Huhn und Braten sowie unzählige Sorten Wurst und Käse. Dazu wurde kräftig schmeckender Landwein getrunken. Anfangs war mein Magen wie zugeschnürt. Nur mit Mühe brachte ich einige Bissen hinunter. Doch dann schaltete ich völlig ab und verdrängte meine düsteren Gedanken. Ich trank zwei Gläser Wein, der mir nach kurzer Zeit in den Kopf stieg.

Nach dem Essen wurde ich in ein kleines Zimmer gebracht. Anfangs war es mir immer unangenehm gewesen, mich vor dem Hüter des Hauses auszuziehen, doch jetzt war ich daran gewöhnt. Ich schlüpfte aus meinen Kleidern und kroch ins Bett. Nachdem ich die Nachttischlampe gelöscht hatte, drehte ich mich zur Seite. Es dauerte lange, bis ich endlich eingeschlafen war.

Am nächsten Tag setzten wir die Reise fort. Wir fuhren die Bundesstraße Nr. 80 entlang. Links und rechts der Straße waren hohe Berge zu sehen. Es war ein wildes, rauhes Land. Die Abruzzer stammten aus verschiedenen italienischen Volksstämmen. Die Abgelegenheit ihrer Siedlungen hatte zu einer Rückständigkeit geführt, die bis in die heutige Zeit spürbar war. Hier gab es noch winzige Dörfer, die nie ein Tourist betrat. Die meisten lagen in schwer zu erreichenden Schluchten, in die man nur zu Fuß oder mit dem Esel gelangen konnte.

Das war das Land, in dem sich mein Onkel Ingvar niedergelassen hatte, nachdem er zusammen mit meinem Vater aus Rußland geflohen war. Sie hatten sich beide in Wien niedergelassen, wo es ihnen gelungen war, die Herrschaft der Familie Lexas zu brechen. Doch Onkel Ingvar hielt es nicht in der Großstadt. Er lernte Bianca kennen, die aus einer kleinen römischen Familie ohne jeden Einfluß stammte, und verstand sich ausgezeichnet mit ihr. Sie zogen anfangs nach Rom, wo sie bei einem teuflischen Sabbat ihre Hochzeit feierten und dabei die Gebote, die ihnen eine Dämonenehe auferlegte, vollständig anerkannten. Zum Beispiel ist die Beendigung einer solchen Beziehung jederzeit möglich, solange es im gegenseitigen Einvernehmen geschieht. Wird jedoch ein Dämon im Haß verlassen, dann bringt das fast immer eine blutige Fehde mit sich, bei der einer der beiden Gegner auf der Strecke bleibt. Allerdings hätten weder Onkel Ingvar noch Bianca von sich aus je eine Trennung erwogen. Sie hatten zwei Söhne und zwei Töchter, mit denen sie sehr zufrieden waren.

Ich brütete noch immer vor mich hin. Nur gelegentlich hob ich den Blick und musterte die hohen Berge. Wir fuhren jetzt eine schmale Straße entlang, die aus unzähligen Windungen zu bestehen schien. Unser Ziel war der kleine Ort Pietracamela. Von dort führte ein enger Weg zur grünen Hochfläche der Prati di Tivo, wo man zum Corno Grande und Corno Piccolo aufsteigen konnte. Im Winter war dies ein Skigebiet, doch im Frühling verirrten sich kaum Touristen hierher.

Unser Auftauchen in dem kleinen Ort rief kein Erstaunen hervor. Ingvar Zamis war unter den Dorfbewohnern eine angesehene Persönlichkeit.

Wir ließen die Autos stehen und gingen zu Fuß weiter. Nach wenigen Schritten erreichen wir einen wenig begangenen, schmalen Pfad, der steil durch eine zerklüftete Schlucht führte. Nach etwa einem Kilometer weitete sich die Schlucht, und ein breites Tal lag vor uns. Weit in der Ferne sah ich eine große Schafherde und dann auch das Kastell meines Onkels. Es stand auf einer steilen Anhöhe und besaß annähernd die Farbe der umliegenden Berge. Man mußte ganz genau hinsehen, um es zu erkennen.

Das Castello della Malizia war vor mehr als vierhundert Jahren erbaut worden. Es war schon immer im Besitz von Dämonen gewesen. Das Castello war achteckig angelegt und hatte einen Innenhof und oktagonale Türme an den äußeren Ecken. Es wies keine Verzierungen auf; die Wände und Türme waren völlig glatt.

Als wir uns dem Gebäude bis auf fünfhundert Meter genähert

hatten, ging Onkel Ingvar voraus. Er warnte uns vor den magischen Fallen, die überall angebracht waren. Wir konnten das Haupttor des Schlosses nur auf Umwegen erreichen.

Automatisch registrierte ich alle Fallen. In Zukunft würde ich keine Schwierigkeiten haben, das Schloß zu verlassen und wieder zu betreten – jedenfalls solange Ingvar die Fallen nicht veränderte.

Vor dem Hauptzugang blieben wir stehen. Das gewaltige Eisentor war verschlossen. Wir mußten fast eine Minute warten, bis es endlich geöffnet wurde. Kühle, modrige Luft schlug uns entgegen. Hinter uns schloß sich krachend das Tor. Wir traten in den achteckigen Innenhof, in dessen Mitte ein alter Ziehbrunnen stand. Ingvar führte uns über den Hof und betrat einen Trakt. Wir mußten eine schmale Wendeltreppe hochsteigen und gelangten schließlich in einen breiten Gang, der auf eine hohe Tür zuführte, hinter der ein riesiger Saal lag. Ich konnte mich noch von meinem ersten Besuch her an diesen gewaltigen Raum erinnern; und wie es schien, war nichts verändert worden. Zwischen den Fenstern hingen mannshohe Bilder, die berühmte Dämonen darstellten. Der spiegelblanke Boden schimmerte wie geschmolzenes Silber.

Bei unserem Eintritt erhoben sich Bianca Zamis und ihre vier Kinder. Adalmar, mein ältester Bruder, befand sich auch unter ihnen. Er sah ziemlich finster aus, was zum größten Teil an seinem mächtigen Vollbart lag.

Ich hielt mich abseits und nahm nur zögernd an der Begrüßung teil. Einige Minuten beachtete mich niemand, doch dann sahen sie plötzlich alle, wie auf ein gemeinsames Kommando hin, mich an. Ich wich einen Schritt zurück. Dann jedoch straffte sich mein Körper, und ich versuchte den Blicken der anderen standzuhalten. Aber schon nach ein paar Sekunden senkte ich wieder verlegen den Kopf. Ein Zittern durchlief meinen Körper.

»Komm näher!« hörte ich die Stimme meines Onkels.

Ich folgte ihr und blieb vor ihm stehen.

»Sieh mich an!« sagte er, und ich hob den Kopf. Die grünen Augen meines Onkel flackerten und wurden immer größer. Mehr als eine Minute hielt ich dem starren Blick stand, dann schloß ich langsam die Augen; ich atmete flacher, während sich aber mein Busen stärker hob. Ich spürte einen sanften Druck gegen meine Schläfe, der sich nur unmerklich verstärkte.

Mehr als fünf Minuten war es völlig ruhig im gewaltigen Saal, dann war mein lautes Stöhnen zu hören. Und plötzlich hörte ich die Melodie. Sie erfüllte meinen Kopf und vertrieb den bohrenden Schmerz aus meinen Schläfen. Mein Herz schlug wieder normal.

»Es ist zwecklos«, sagte Onkel Ingvar mit erstickter Stimme. »Fast hätten wir es geschafft, die magische Sperre zu durchbrechen, doch Coco verfügt über einen Abwehrmechanismus, der sich von selbst aufbaut. Wir können kein Risiko eingehen. Sie wird in einen anderen Trakt des Schlosses gebracht, den wir durch magischen Fallen sichern, die verhindern sollen, daß sie sich gegen uns wendet. Zusätzlich soll der Hüter des Hauses sie bewachen.«

Ich wehrte mich nicht, als ich weggebracht wurde. Man sperrte mich in ein dunkles Verließ in einem der leerstehenden Trakte. Der kleine Raum war fensterlos und bis auf eine einfache Holzpritsche, auf der ein hartes Polster und eine Wolldecke lagen, leer. Ich setzte mich und starrte den Hüter des Hauses, der sich vor der Tür postierte, mißmutig an. Über eine Stunde lang blieb ich unbeweglich sitzen und dachte nach. Ich wollte mich von der unheimlichen Melodie befreien, die mich verhext hatte, und meiner Familie im Kampf gegen die Winkler-Forcas' beistehen. Mir allein fehlte die Möglichkeit dazu.

Schließlich resignierte ich, kroch auf die Pritsche, schloß die Augen und versuchte, ein wenig zu schlafen.

Michael Zamis hatte sich telefonisch mit Skarabäus Toth in Verbindung gesetzt und ihm mitgeteilt, wo er und seine Familie sich aufhielten. Toth hatte versprochen, den Aufenthalt an die feindliche Familie weiterzugeben. Er hatte sich noch immer geweigert, den Namen des Gegners zu verraten.

Die Familie blieb nicht untätig. Rings um das Schloß stellte sie magische Augen auf, die sofort jede Annäherung melden würden. Dann versetzten sie sich in die Situation der Winkler-Forcas' und überlegten ganz genau, was sie an ihrer Stelle unternehmen würden.

Zwei Tage lang fanden sie keine Spur ihrer Gegner, dann meldete eines der magischen Augen die Ankunft der feindlichen Familie. Sie hatte sich als Stützpunkt einen alten, halb verfallenen Bauernhof gewählt, den sie mit verschiedenen magischen Fallen gesichert hatte.

Ein weiterer Tag verging. Die Winkler-Forcas' verließen den Bauernhof nicht. Wahrscheinlich beratschlagten sie ausführlich ihre weiteren Schritte.

Ich jedenfalls bekam von all dem nicht sehr viel mit, da ich weiter im Verlies eingesperrt wurde. Dreimal täglich bekam ich eine ausgiebige Mahlzeit, und ansonsten durfte ich lesen und Musik hören. Doch die Zellentür blieb verschlossen.

Bald kam es zur ersten Auseinandersetzung. Den Winkler-Forcas' war es gelungen, die magischen Augen der Zamis-Familie zu entdecken und zu vernichten. Damit aber hatte Michael Zamis bereits gerechnet.

Am späten Nachmittag verließen zwei Forcas' den alten Bauernhof und machten sich auf den Weg zu unserem Schloß. Der Hof lag in einem kleinen Tal, von dem aus man das Kastell nicht sehen konnte. Die beiden Dämonen trugen einige Gegenstände bei sich, die ihnen Schutz bei einem eventuellen Angriff bieten sollten. Als sie das Schloß sahen, blieben sie stehen. Sie suchten die Umgebung peinlich genau nach magischen Fallen ab, entdeckten aber keine. Als sie gerade einige seltsam geformte Gegenstände aufbauen wollten, sahen sie eine Staubwolke, die langsam näher kam. Sie unterbrachen ihre Tätigkeit.

Eine gewaltige Schafherde wurde auf sie zugetrieben. Zwei Schäferhunde hielten die Herde zusammen. Im Hintergrund erblickten sie zwei uralte Schäfer, die langsam hinter der Herde hergingen.

Die beiden Forcas' räumten ihre Geräte ein und zogen sich zurück. Sie kletterten eine Wand hoch und verbargen sich in einer kleinen Höhle.

Die Herde kam rasch näher. Es mußten mindestens hundert Schafe sein, die stumpfsinnig blökten. Die ersten Tiere liefen unterhalb des Schlupfwinkels der zwei Forcas' vorbei. Plötzlich flimmerte die Luft. Die Herde war für einige Sekunden in eine dichte Staubwolke gehüllt, die einige Meter hoch stieg und den Forcas' die Sicht raubte. Als sich der Staub legte, waren die Forcas' für einen Augenblick wie gelähmt. Und dann war es zu spät für sie, geeignete Gegenmaßnahmen zu treffen. Sie hatten sich täuschen lassen. Die Schafherde hatte sich verwandelt – in blutrünstige gelbe luchsartige Geschöpfe, die blitzschnell die Wand hochkletterten und sich geifernd auf die Forcas' stürzten.

Die beiden wehrten sich verzweifelt. Die Bestien sprang sie an, verbissen sich in ihren Armen und Beine und rissen zu Boden. Scharfe Krallen zerfetzten ihre Kehlen. Plötzlich ertönte ein scharfer Pfiff, und die Bestien ließen von ihren toten Opfern ab. Sie sprangen zu Boden und verwandelten sich wieder in sanfte Schafe.

»Zwei Forcas' weniger«, sagte einer der Hirten und verwandelte sich in Vera Zamis. Der zweite Hirte änderte ebenfalls seine Gestalt und wurde zu Selmar Zamis, einem von Ingvars Söhnen.

»Wir haben sie getäuscht«, sagte Selmar zufrieden. »Jetzt treiben wir die Schafe weiter auf den alten Bauernhof zu. Vielleicht können wir die anderen hereinlegen.« Er stieß einen seltsam hohl klingenden Pfiff aus, woraufhin sich zwei Schafe aus der Herde lösten und vor ihm stehenblieben. Er bewegte die rechte Hand, und die beiden Schafe verwandelten sich wieder in blutrünstige Ungeheuer. Selmar konnte sich mit den Tieren nur durch Pfiffe verständigen. Er gab einige seltsame Töne von sich, und die Bestien legten die Ohren an und hetzten die Felswand hoch. Sekunden später fielen die beiden toten Forcas' herunter.

»Wir werden ihre Beine verwenden«, sagte Selmar. »Dann können wir wieder den Henker einsetzen.« Er pfiff nochmals. Die zwei Bestien packten die Toten und verschwanden mit ihnen in Richtung des Kastells.

Selmar und Vera nahmen wieder ihre Tarnung an und setzten sich, die Schafherde vor sich her treibend, in Bewegung. Ihr Ziel war der Bauernhof, in dem sich die Winkler-Forcas verschanzt hatten. Nach fünfzehn Minuten hatten sie das Tal erreicht. Es wurde rasch dunkel.

Das Bauernhaus sah verlassen aus. Nirgends war ein Licht zu sehen. Als die Schafherde noch etwa hundert Meter vom Haus entfernt war, blieb Selmar stehen und pfiff erneut. Wieder wirbelte Staub auf, der die Schafherde einhüllte. Die Schafe verwandelten sich in die blutgierigen Bestien und rasten auf das Bauernhaus zu. Aber sie kamen nicht weit. Plötzlich flammten überall dunkelblaue Lichter auf, die sich auf die Herde zubewegten, sich sammelten und, um ihre eigene Achse wirbelnd, über die Tiere hinwegfegten, woraufhin diese den Boden unter den Füßen verloren.

»Zurück!« brüllte Selmar und wandte sich zur Flucht. Vera folgte ihm eilig.

Die magische Windhose schien alles aufzufressen, was sich ihr entgegenstellte. Sie raste hin und her und trieb die Bestien auseinander; einige schien sie zu verschlucken. Die raubkatzenähnlichen Kreaturen stoben in wilder Panik davon.

Vera wandte einmal den Kopf. Die Windhose verfolgte sie. Sie war nur noch ein halbes Dutzend Schritte von ihnen entfernt. Ihre Augen weiteten sich, als der magische Wirbelwind immer näher kam. Sie spürte in ihrem Rücken einen Lufthauch, dann lodernde Hitze, die sich durch ihre Kleider fraß. Vera bäumte sich auf, stolperte über einen Stein und fiel der Länge nach hin. Das war im Augenblick ihre Rettung. Der Wirbelwind beachtete sie nicht mehr, sondern setzte Selmar nach, der ihn mit einem Bannspruch aufhalten wollte. Doch sein Zauber wirkte nicht. Der Wirbelwind erreichte ihn, und Vera schloß vor Entsetzen die Augen. So erkannte sie nicht, wie Selmar von dem Luftstrom gepackt und hochgerissen wurde. Er strampelte verzweifelt mit den Beinen und befand sich inzwischen mindestens zwanzig Meter über dem Erdboden. Er tanzte auf der Spitze des Wirbelwindes... Dann entstanden plötzlich riesige Klingen aus dem Nichts und schnitten seinen Körper entzwei, so daß er in blutigen Stücken zu Boden fiel. Die Windhose schien danach in sich selbst zusammenzufallen. Sie änderte ihre Farbe und wurde breiter.

Vera rappelte sich auf und setzte ihre Flucht fort. Doch dem

Luftwirbel konnte sie nicht entkommen. Er hüllte sie ein und raubte ihr den Atem. Sie spürte einen starken Druck gegen ihren Hals und wurde bewußtlos. Die Hexe spürte nicht mehr, wie die Windhose sie mit sich fortriß.

Alle Mitglieder der Zamis' waren in einem großen Raum unweit des Haupteinganges des Schlosses versammelt. Auf einigen verschieden großen Tischen standen magische Kugeln. Darin hatte man verfolgen können, wie die Bestien die Forcas' getötet hatten. Dann war die Verbindung abgerissen. Bis jetzt hatte niemand eine Ahnung, was Vera und Selmar in der Nähe des Bauernhofes widerfahren war.

Inzwischen kamen die beiden Bestien mit den toten Forcas' im Kastell an. Cora Zamis, eine von Ingvars Töchtern, öffnete die Tür und ließ die zwei fauchenden Tiere herein. Derweil versuchten Michael und Adalmar gemeinsam, den Sichtbereich in einer der magischen Kugeln zu erweitern. Doch ihre Zauberkräfte verpufften. Außer dem Talanfang war rein gar nichts zu erkennen. Dann plötzlich wurden die Zamis' unruhig, als einige der übrigen Bestien beim Kastell eintrafen.

»Unser Angriff ist anscheinend fehlgeschlagen«, sagte Ingvar mißmutig. »Es war auch nur ein Versuch. Ich bin neugierig, welchen Gegenzauber die Forcas' angewandt haben.«

»Wir werden es wissen, sobald Vera und Selmar zurück sind«, sagte Georg.

Doch die beiden Familienmitglieder blieben verschwunden. Nur einige der Tiere kehrten als Nachzügler zum Schloß zurück. Langsam wurde Ingvar Zamis unruhig. »Ich glaube, wir müssen den Tatsachen ins Auge sehen«, sagte er bitter. »Vera und Selmar sind entweder tot oder von den Forcas' gefangengenommen worden.«

Das darauffolgende Schweigen war bedrückend.

Plötzlich jedoch änderte sich das Bild in der Kugel. Die magische Sperre, die die Forcas' über das kleine Tal gelegt hatten, war aufgehoben worden. Deutlich war der alte Bauernhof zu sehen, der völlig dunkel war. Wahrscheinlich hatte man die Vorhänge vor die Fenster gezogen. Es war nun tiefste Nacht und nicht viel zu erkennen. Doch plötzlich flammte ein magisches Licht auf, in dessen Schein sie den vollen Umfang des Malheurs erkannten. Bianca schlug entsetzt die Hände vors Gesicht und wandte sich ab. Die anderen starrten stumm in die Kugeln, in denen jetzt der zerstückelte Körper Selmars zu sehen war. Das magische Licht erlosch, und das Bild verschwamm schließlich ganz.

»Er ist tot...!« sagte Tjalf mit stockender Stimme. Selmar war sein älterer Bruder gewesen.

»Und was ist mit Vera?« fragte Thekla leise.

»Wahrscheinlich haben sie die Forcas' gefangengenommen«, sagte Lydia fast unhörbar.

Vera erwachte aus ihrer Bewußtlosigkeit. Sie hörte erregte Stimmen, konnte ihren Wortlaut aber nicht verstehen. Sie versuchte, sich zu bewegen, doch ihr Körper war gelähmt; sie konnte nicht einmal die Augen öffnen. Nach einigen Sekunden wurden die Stimmen deutlicher, und jetzt erkannte sie auch die Sprecher. Natürlich hatte sie bereits damit gerechnet, daß es sich um die Winkler-Forcas' handelte.

»Diese Hunde haben Folko und Wilko getötet«, brüllte Radmin Forcas, das Oberhaupt der Familie. Er war ein uralter Dämon, der Asmodi am liebsten hinten reingekrochen wäre; ein Speichellecker, wie er im Buch stand.

»Wir mußten damit rechnen, daß es auch auf unserer Seite Opfer geben wird«, sagte eine eiskalte Stimme. Sie gehörte Ernied Forcas, dem ältesten Sohn Radmins. Er war ein erfahrener Dämon. Viele behaupteten, daß er das eigentliche Oberhaupt der Forcas' war.

»Bis jetzt steht es also quasi unentschieden – bis auf die Tatsache, daß wir noch Vera in unserer Hand haben!« sagte Peter Forcas zufrieden.

»Was tun wir mit ihr?« erkundigte sich Elvira, die einen ganz besonderen Haß auf die Familie Zamis verspürte. Einst hatte sie sich sehr für den Grafen Cyrano von Behemoth interessiert, doch der hatte ihr einen Korb gegeben. Außerdem hatten sie alle Familienmitglieder der Zamis' von oben herab behandelt und sie wegen ihrer Herkunft nicht als vollwertig betrachtet.

»Wir werden versuchen, sie auszuhorchen«, sagte Ernied mit dröhnender Stimme. »Ich erwarte zwar nicht viel davon, da ich sicher bin, daß sie nichts sagen wird. Eine magische Sperre wird sie am Sprechen hindern. Aber ein Versuch kann nicht schaden.«

Vera spürte eine flüchtige Berührung, und plötzlich konnte sie den Kopf bewegen und die Augen öffnen. Sie lehnte wie ein Holzbrett an einer Wand. Das Zimmer, in dem sie sich befand, war klein und düster. In einem winzigen Kamin glosten einige Holzscheite. Ihr gegenüber stand die Meute der Winkler-Forcas'. Sie konnte ihre Gesichter nur undeutlich erkennen.

»Aus mir bekommt ihr kein Wort heraus«, sagte Vera rasch.

»Das werden wir feststellen«, sagte Ernied. Es war ein gutaussehender Dämon unbestimmbaren Alters. Sein blondes Haar war kurz geschnitten und sein Gesicht tiefbraun. Die grauen Augen lagen weit auseinander.

Die Forcas' konzentrieren sich gemeinsam. Sie versuchten eine halbe Stunde lang, das Mädchen zum Sprechen zu bringen, doch es gelang ihnen nicht. Michael und Ingvar Zamis hatten mit der Möglichkeit gerechnet, daß Vera oder Selmar in die Hände der Forcas' fallen könnten, und sie deshalb ausreichend geschützt. Es gab hundert verschiedene Arten, eine magische Sperre zu errichten, und sie hatten mehr als ein Dutzend Beschwörungen zusammengeworfen. Nur ein überlegener Dämon – etwa der Herr der Finsternis – hätte vielleicht die Sperre durchbrechen können. Die Forcas' waren zu schwach dazu.

»Zwecklos«, sagte Ernied. »Wir bekommen kein Wort aus ihr heraus.«

Radmin trat neben seinen Sohn, und seine tiefliegenden Augen funkelten Vera böse an. Sein seltsam spitzer Schädel war vollkommen kahl. Unter den trüben Augen zeichneten sich geschwollene Tränensäcke ab. »Es gibt eine Möglichkeit, die Sperre zu durchbrechen«, sagte er. »Mein Urgroßvater hat sie entwickelt. Schmerzen in Verbindung mit Magie können oft Wunder wirken.«

»Ein Versuch kann nicht schaden«, sagte Peter Forcas.

Ernied nickte ebenfalls. »Sie muß sowieso sterben«, sagte er gleichgültig, »daher können wir es ruhig probieren.«

Vera schloß entsetzt die Augen. Sie mobilisierte ihre Kräfte und versuchte die Lähmung abzuschütteln, doch der Zauber der Forcas' hielt sie fest. Sie wußte, was ihr bevorstand, und beneidete Selmar, der einen raschen Tod gefunden hatte. Hände rissen ihr die Kleider vom Leib, und nach wenigen Sekunden war sie nackt.

»Ich war schon lange auf sie scharf«, zischte Elmar Forcas. Er blieb vor dem nackten Mädchen stehen und streckte seine Hände verlangend nach ihren spitzen Brüsten aus. »Aber sie wollte nie etwas von mir wissen.«

»Jetzt ist keine Zeit für billige Vergnügungen«, zischte Ernied wütend. »Verschwinde!«

»Ich will ja nicht viel, Bruder«, sagte Elmar und verzog das häßliche Gesicht. »Nur ein...«

»Genug!«

»Elmar hat recht«, meldete sich nun auch Eggo. »Ein wenig Spaß kann nicht schaden. Weiß der Teufel, wie lange wir uns noch in dieser Einöde aufhalten werden. Und da...«

»Ich will nichts mehr davon hören!« kreischte Ernied.

»Wir sollten diese Dirne aber wirklich schänden«, schaltete sich Nils ein. »sie hat uns immer so behandelt, als hätten wir den Aussatz. Dabei weiß ich von anderen, daß sie nie sehr zimperlich gewesen ist. Sie soll Pfeffer zwischen den Beinen haben.«

Ernied wechselte mit seinem Vater einen flüchtigen Blick, dann verzog er angewidert das Gesicht. Er verachtete seine Brüder, die auch in so einer Situation, wo es um viel wichtigere Dinge ging, nur ans Vergnügen dachten. Er duldete wortlos, wie sie sich an Vera, die keinen Laut von sich gab, vergingen. Anschließend bespuckten sie sie. Danach begannen sie mit der Folter. Vera glaubte vor Schmerzen verrückt zu werden. Magische Pfeile fraßen sich unter ihre Finger- und Zehennägel, fingen an zu glühen und brachten die Nägel zum Schmelzen. Rote Flammen hüllten ihren Körper ein und verbrannten ihr Haar und die Wimpern. Ihre Haut fing zu glosen an. Sie wünschte sich sehnlichst, in Ohnmacht zu fallen, doch Ernied hielt sie bei Bewußtsein. Ihr Brüllen erfüllte das Innere der Hütte. Zwischendurch wurden ihr immer wieder Fragen gestellt, auf die sie, auch wenn sie gewollt hätte, nicht hätte antworten können.

»Es ist sinnlos«, sagte Ernied schließlich. »Sie spricht nicht.«

Er bewegte leicht die Hände, und die Flammen wurden größer. Vera wurde bei lebendigem Leib gebraten. Die Flammen erstickten sie. Dann erlosch das Licht in der Hütte. Nur der kleine Kamin spendete ein wenig Helligkeit; zu wenig, um die grausame Szene zu erhellen. Finger griffen nach Veras verbranntem Leib. Das Knirschen von splitternden Knochen war zu hören – und das Schmatzen gieriger Mäuler...

6. Kapitel

Auf der Flucht

Ich hatte Besuch von meiner Schwester Lydia bekommen, die mir berichtete, was vorgefallen war. Auch hatte sie mir erzählt, daß der Henker neue Beine bekommen hatte. Sie stammten von den Forcas', jedes Bein von einem anderen. Lydia war nur wenige Minuten geblieben.

Ich saß auf der Pritsche und dachte nach. Es stand meiner Ansicht nach fest, daß Vera tot war. Es wäre gelogen gewesen zu behaupten, daß mir ihr Tod besonders nahe gegangen wäre. Aber ich kochte vor Wut, wenn ich an die Winkler-Forcas' dachte. Alles in mir brannte danach, mich am Kampf gegen die feindliche Familie zu beteiligen. Doch das war nicht möglich, da ich gefangengehalten wurde und außerdem noch immer im Bann unserer Feinde stand.

Ich wußte nicht, ob es Tag oder Nacht war. In meinem Gefängnis war es gleichbleibend dämmerig. In meiner Einsamkeit hatte ich einige Male versucht, ein Gespräch mit dem Hüter des Hauses anzufangen, doch er hatte auf meine Fragen keine Antwort gegeben.

Plötzlich richtete ich mich wie von einer Natter gestochen auf. Ich vernahm das seltsame Locken, das mir nur zu gut bekannt war. Dann hörte ich die Todesmelodie in meinem Kopf. Meine Gedanken verwirrten sich. Der Hüter des Hauses bemerkte meine Wandlung und wollte auf mich losgehen, doch etwas hielt ihn zurück. Er konnte sich plötzlich nicht mehr bewegen.

Ich öffnete die Lippen, summte die Melodie und begann zu singen. Das Lied hatte keinen Text. Es bestand aus einzelnen Buchstabenkombinationen, die völlig sinnlos waren. Unter dem Einfluß der Melodie ging ich an dem Hüter des Hauses vorbei, blieb vor der Kerkertür stehen, hob langsam die Hände, und mein Gesang wurde lauter. Die Tür zerbarst in Hunderte kleiner Splitter.

Ich trat auf den Gang. Aus den Wänden schossen glühende

Blitze, die von meinem Körper abprallten. Doch selbst wenn sie mir keinen körperlichen Schaden zufügen konnten, hinderten sie mich am Weitergehen. Wütend brüllte ich die Todesmelodie hinaus. Mehr als zehn Minuten lang kämpfte ich auf diese Weise gegen die Blitze. Doch der Plan der Forcas' ging nicht auf. Es kam zu einem Nebeneffekt, mit dem unsere Gegner nicht gerechnet hatten.

Unter der Gewalt der gegensätzlichen Zauber fing der Trakt, in dem ich mich zusammen mit dem Hüter des Hauses aufhielt, zu wanken an. Die meterdicken Steinwände bekamen Risse, und schwere Felsquader fielen donnernd von der Decke.

Ich selbst bemerkte davon nicht viel, da die Melodie meine Sinne beeinträchtigte. Immer mehr Wände stürzten krachend ein. Hinter mir klaffte ein großes Loch in der Außenwand. Für einige Augenblicke waren Michael und Ingvar Zamis zu sehen, die mir zusahen und sich dann zurückzogen. Langsam wurde die Melodie in meinen Kopf schwächer. Die Forcas' hatten erkannt, daß sie im Augenblick nichts ausrichten konnten. Die Lähmung fiel von mir ab, und ich wandte den Kopf. Verwundert sah ich die Verwüstung rings um mich. Ich trat an das riesige Loch in der Außenwand und sah hinaus, überlegte einige Sekunden und traf dann meine Entscheidung. Der Weg in die Freiheit lag vor mir. Ich konnte fliehen, und das wollte ich auch tun.

Der Hüter des Hauses versuchte mich zurückzuhalten, doch er war zu langsam. Ich sprang durch das Loch und landete auf dem Boden. Es war Nacht. Der Himmel war bedeckt, und ich konnte kaum etwas sehen. Ich wandte mich nach rechts, konzentrierte mich auf die magischen Fallen, und wich ihnen geschickt aus. Nach einer halben Stunde blieb ich stehen. Kein Laut war zu hören. Es war, als hätte sich ein Mantel, der alle Geräusche erstickte, auf die Landschaft gelegt.

Ich hatte mir vorgenommen, den Kampf gegen die Winkler-Forcas' allein aufzunehmen. Irgendwie würde es mir schon gelingen, sie alle zu töten. Dann würde mich meine Familie mit anderen Augen sehen, davon war ich überzeugt.

Ich wandte mich wieder nach rechts. Aus den Gesprächen mit Lydia hatte ich erfahren, wo sich die Feinde verschanzt hatten.

Hinter mir hörte ich ein Geräusch. Ich drehte den Kopf. Der Himmel riß auf, und der Mond kam hervor. Ich rannte los, als ich die Gestalt hinter mir erkannte. Es war der Henker. Mein Vater hatte ihn mir nachgeschickt. Ich mußte die Forcas' finden, bevor mich der Henker eingeholt hatte!

Plötzlich sah ich vor mir zwei Schatten. Ich blieb stehen. Einer der beiden trat einen Schritt vor, und das Mondlicht fiel auf sein Gesicht. Es war Peter Winkler-Forcas, der vor mir stand. Ich rannte auf ihn zu.

»Rasch!« schrie ich. »Der Henker ist hinter mir her. Mein Vater weiß, daß ich eine Verräterin bin.«

»Sollen wir sie mitnehmen, Ernied?« fragte Peter seinen Bruder. Dieser nickte.

Wir machten uns auf und davon, wobei mich die beiden Dämonen wie auf ein unsichtbares Zeichen hin in die Mitte nahmen. Ich ließ es geschehen.

Während unserer Flucht wandte ich nur einmal den Kopf. Der Henker kam immer näher. Er war nur noch hundert Meter entfernt. Im Mondlicht sah er noch scheußlicher und unwirklicher aus.

»Wir sind in wenigen Augenblicken bei unserem Schlupfwinkel«, sagte Peter. »Dort kann uns der Henker nichts anhaben.«

Nach fünfzig Metern sah ich das alte Bauernhaus und beschleunigte meine Schritte. Die Tür wurde aufgerissen, und ich stürmte ins Innere, gefolgt von Peter und Ernied. Erschöpft blieb ich stehen und rang nach Luft. »Da haben wir die Bescherung«, knurrte Ernied und sah mich finster an. »Unsere stärkste Waffe im Kampf gegen die Zamis' ist ausgeschaltet. Sie wird vom eigenen Henker verfolgt. Verfluchter Mist!«

Ich warf Peter einen hilfesuchenden Blick zu, da ich Angst hatte, daß die Forcas' mich augenblicklich töten würden.

»Vielleicht kann sie uns trotzdem helfen, Ernied«, meldete er sich endlich zu Wort. »Sie wird von ihrer eigenen Familie gejagt. Sie ist mehr oder minder zu einer der unseren geworden.«

»Ich traue ihr nicht«, sagte Ernied, doch seine Wut hatte sich etwas gelegt. »Komm mit, Coco!« Er stieß eine Tür auf, und ich folgte ihm in ein kleines Zimmer, in dem die Sippe der Forcas' versammelt war. Ich zuckte unter den haßerfüllten Blicken zusammen. Ernied blieb neben mir stehen. »Sie wurde als Verräterin entlarvt«, sagte er. »Der Familienhenker ist hinter ihr her.«

Die Forcas' brüllten erregt durcheinander. Einige verlangten meinen sofortigen Tod. Elmar meinte, daß man sich mit mir vergnügen sollte, und ein Mädchen sagte, daß ich eine Bereicherung des Abendbrotes darstelle.

»Ruhe, verdammt noch mal!« schrie Ernied schließlich ungehalten. »Benehmt euch endlich einmal wie normale Dämonen! Ich komme mir ja wie unter Verrückten vor.«

Es dauerte noch einige Sekunden, bis es wirklich still geworden war.

»Wir werden jetzt beraten, was wir mit Coco tun sollen«, sagte Radmin.

»Sie kann uns nicht mehr helfen«, meinte Elvira. »Als Verräterin wird ihre Familie nichts mehr von ihr wissen wollen.«

»Stimmt«, brummte Elmar, »deshalb werden wir uns mit ihr ein wenig vergnügen und dann...«

»Ich erwarte ja nicht viel von dir, Elmar«, sagte Ernied mit ätzender Stimme. »Dazu bist du zu dumm. Aber um einen Gefallen bitte dich: Halte den Mund!«

Elmar schwieg beleidigt.

»Hat jemand einen vernünftigen Vorschlag?« fragte Ernied.

Peter hatte mich nicht aus den Augen gelassen. Er musterte mich verlangend und schien seine Gier kaum noch zügeln zu können.

»Hört mir zu!« sagte er und hob die Hände. Seine Lippen verzogen sich zu einem bösen Grinsen. »Ich habe eine Idee. Ich werde Coco zu meiner Gefährtin machen.«

Wieder brüllten die Forcas' wild durcheinander, und ich wunderte mich über die Diziplinlosigkeit. So etwas wäre bei uns zu Hause einfach undenkbar gewesen. Die meisten Stimmen wandten sich lautstark gegen Peters Vorschlag, und er bekam wenig schmeichelhafte Bemerkungen an den Kopf geworfen.

»So laßt mich doch ausreden!« schrie er schließlich. »Wenn ein Familienmitglied der Zamis' zu uns überläuft, dann kommt das einer Kapitulation gleich. Damit wäre der Kampf zu Ende.«

Sekundenlang herrschte Schweigen. Dann schaltete sich Elvira ein. »Die Voraussetzung dazu ist aber, daß Coco aus freiem Willen handelt. Zwingen wir sie, wird die Ehe von Toth vermutlich für nichtig erklärt. Und ich bezweifle, daß sich Coco unserer Familie freiwillig anschließen wird.«

Alle starrten mich an. Ich hatte aufmerksam zugehört. Mein Gehirn arbeitete wie ein Computer.

»Nun, was ist?« fragte Peter. »Willst du freiwillig meine Gefährtin werden?«

Ich hatte meine Entscheidung getroffen. »Ja«, sagte ich. »Wenn ich damit diesen unsäglichen Streit beilegen kann.«

Die Forcas' starrten mich verwundert an, dann grinsten einige. Nur eine war wenig begeistert, daß ich ein Mitglied der Forcas' werden sollte; und das war Elvira, die mich noch immer böse anblickte.

»Wenn wir sie in die Familie aufnehmen, dann müssen wir aber den Bann der Todesmelodie von ihr nehmen«, sagte Radmin, der von der Entwicklung noch immer überrascht war.

»Du hast recht, Vater«, sagte Ernied. »Ich tue es aber nicht gern.«

»Es bleibt uns keine andere Wahl«, sagte Radmin und zuckte die Schultern. Ernied nickte widerwillig und sah mich aufmerksam an. Ich fiel in Trance. Er stellte mir einige Fragen, was in den Tagen geschehen war, seit ich Peter auf dem Roten Berg getroffen hatte. Ich mußte die Wahrheit sprechen, und die Antworten fiel zu Ernieds Zufriedenheit aus. Gemeinsam mit Peter löste er den Bann der Todesmelodie, und ich erwachte aus meiner Erstarrung. Ich sah mich verwundert um, dann kehrte auf einmal die Erinnerung zurück.

»Du bleibst also dabei, daß du freiwillig Peters Gefährtin werden willst?« fragte Ernied.

Ich nickte.

»Dann soll es geschehen«, erwiderte er.

»Die offizielle Zeremonie werden wir in Wien nachholen«, sagte Radmin und ging auf mich zu.

Peter blieb neben mir stehen und streckte seinem Vater die rechte Hand hin. Er legte seine Hand auf meinen Handrücken, und sein Vater drückte die beiden Hände fest zusammen. »Coco«, sagte das Sippenoberhaupt mit zittriger Stimme, »so nehme ich dich als Tochter und Gefährtin meines Sohnes Peter in unsere Familie auf.«

Ich ließ mir nichts von meinen echten Gefühlen anmerken, sondern lächelte Peter strahlend an und küßte ihn auf den Mund. Dann wandte ich mich Radmin zu, den ich flüchtig auf die Wange küßte. Alle Forcas' gratulierten mir. Es fielen einige anzügliche Bemerkungen, als Peter und ich uns in eines der Zimmer zurückzogen. Bis jetzt war alles genauso verlaufen, wie ich es mir erhofft hatte. Das Zimmer, in das mich Peter geführt hatte, sah wie eine bessere Besenkammer aus. Der Boden knarrte unter unseren Schritten, und es roch nach faulendem Fleisch. Die Einrichtung war spartanisch; ein schmales Bett, ein Tisch und ein Stuhl. Peter konnte seine Gier nach mir kaum zügeln. Er nahm mich augenblicklich in die Arme und zog mich eng an sich. Seine Lippen lagen verlangend auf den meinen. Da es um das Heil meiner Familie ging, machte ich das Spiel mit. Er zog mich aufs Bett und legte sich halb auf mich. Seine Hände glitten über meinen Körper. Er zog meine Bluse aus dem Rock, knöpfte sie auf und küßte die rosigen Knopsen meiner großen Brüste. Ich stöhnte leise auf und wühlte in seinem Haar. Seine rechte Hand nestelte an meinem Rock. Er öffnete den Reißverschluß und riß den Rock samt den winzigen Höschen über meine Schenkel. Dann richtete er sich auf und sah mich verlangend an. Ich lächelte aufreizend zurück.

»Du bist wunderschön«, flüsterte er und bedeckte meinen Körper mit Küssen.

Ich gab mich einige Zeit seinen immer heftiger werdenden Liebkosungen hin, dann wehrte ich ihn jedoch sanft ab und setzte mich mit leuchtenden Augen auf.

»Nicht so rasch«, sagte ich leise. »Wir haben die ganze Nacht Zeit. Ich möchte etwas zu trinken.«

Seine Hände zitterten, doch er beherrschte sich. Er ging aus dem Zimmer und kam kurze Zeit danach mit einer Flasche Wein zurück. Er schenkte zwei Gläser voll und reichte mir eines. Wir prosteten uns zu, und ich trank in kleinen Schlucken.

Ich muß ihn so verrückt machen, daß er außer sich ist, dachte ich.

Das ist meine einzige Chance.

Ich lehnte mich gegen seinen Körper, rieb meinen Busen an seiner Brust und küßte sein rechtes Ohr. Dann öffnete ich sein Hemd und zog es langsam aus. Ich ließ mir Zeit. Es dauerte einige Minuten, bis Peter ganz nackt war. Nachdem ich noch einen Schluck Wein getrunken hatte, legte ich mich aufs Bett zurück und bewegte mich so aufreizend, daß Peter vor Gier fast überschnappte. Ich aber hielt ihn noch ein Weilchen hin, koste seinen Körper und ließ es zu, daß er mich immer wilder mit seiner Zunge bearbeitete. Schließlich konnte er sich nicht mehr zurückhalten und warf sich auf mich. Ich verkrallte meine Finger in seinen Rücken, schloß die Augen und konzentrierte mich. Und dann war es soweit. Genau in dem Augenblick, wo er in mich eindringen wollte, schlug ich zu.

Er erstarrte mitten in der Bewegung, und seine magischen Kräfte strömten auf mich über. Ich blieb einige Sekunden ruhig liegen, dann stieß ich den Jungen zur Seite und stand auf. Meine Augen leuchteten von innen her, mein Gesicht war verzerrt. Nur mühsam unterdrückter Haß spiegelte sich in meinen Augen. Einen Teil meines Planes hatte ich ausgeführt. Peter Winkler-Forcas' war ausgeschaltet. *Der ahnungslose Dummkopf,* dachte ich; er hat tatsächlich geglaubt, daß ich ihn begehre. Geräuschlos sprang ich aus dem Bett und huschte zur Tür. Im Haus war es ruhig. Ich schloß die Augen. Jetzt konnte ich zeigen, was in mir steckte. Ich öffnete die Tür, die in den Korridor führte, und steckte den Kopf hinaus. Dann versetzte ich mich in einen rascheren Zeitablauf.

Einige der Forcas' waren bereits schlafen gegangen; die nahm ich mir zuerst vor. Durch ihre Bewegungslosigkeit waren sie mir hilflos ausgeliefert; sie konnten sich nicht gegen meinen hypnotischen Einfluß wehren. Nachdem ich vier von ihnen beeinflußt hatte, kehrte ich zu Peter zurück und versetzte meinen Körper wieder in den normalen Zeitablauf. Erschöpft legte ich mich aufs Bett, und nach einer Stunde merkte ich, wie meine Kräfte zurückkamen. Ich wartete noch eine weitere Stunde, dann versetzte ich mich wieder in einen rascheren Zeitablauf und verhexte die restlichen Familienmitglieder. Ich war völlig groggy, als ich wieder ins Bett kroch. Rücksichtslos preßte ich mich an Peter und saugte ihm seine letzten magischen Kräfte aus. Nach einigen Minuten zwang ich dem Jungen meinen Willen auf und suggerierte ihm eine falsche Erinnerung an die Nacht ein. Dann schloß ich die Augen und versuchte zu schlafen.

Doch ich war zu aufgeputscht. Ruhelos wälzte ich mich im Bett hin und her. Bei Tagesanbruch würde die Entscheidung fallen. Da würde sich herausstellen, ob meine Maßnahmen richtig gewesen waren.

Endlich schlief ich erschöpft ein.

Ich erwachte, als Peter Forcas aus dem Bett kroch und stellte mich schlafend. So hörte ich, wie er seine Kleider überstreifte, sich über mich beugte und mich leicht auf die Stirn küßte. Dann verließ er das Zimmer. Ich schlug die Augen auf. *Er hat nicht gemerkt, daß ich ihn beeinflußt habe*, dachte ich zufrieden.

Ich setzte mich im Bett auf. Die wenigen Stunden Schlaf hatten mich erfrischt, doch meine magischen Fähigkeiten waren noch nicht ganz regeneriert. Ich stieg aus dem Bett, streckte mich, zog mich langsam an und fuhr mir mit den beiden Händen durchs lange Haar.

Bald ist es soweit, dachte ich und trat aus dem Zimmer. Den Forcas' standen einige unangenehme Überraschungen bevor.

Die meisten von ihnen waren schon auf. Sie saßen beim Frühstück und begrüßten mich freundlich. Ich setzte mich zu Peter, der mich anstrahlte. Er küßte mich auf die Lippen, und ich schmiegte mich wie ein verspieltes Kätzchen an ihn. Es war ein strahlender, schöner Frühlingstag. Der Himmel war dunkelblau; keine Wolke war zu sehen. Und wenn alles klappte, dann würde keiner der Forcas' diesen Tag überleben.

Ich beteiligte mich nicht an der Unterhaltung. Statt dessen wartete ich, bis sich alle Familienmitglieder versammelt hatten.

»Wir kehren noch heute nach Wien zurück«, sagte Ernied. »Wir müssen Coco zu Toth bringen. Dann ist der Kampf zu Ende, und wir übernehmen die Herrschaft über die Wiener Familien. Es ist viel leichter gegangen, als ich gehofft hatte.«

»Noch sind wir nicht dort«, sagte Radmin. »Die Zamis' werden alles daransetzen, daß wir nicht nach Hause kommen. Wir müssen sie täuschen. Ich würde vorschlagen, daß Peter und Nils Coco nach Wien bringen. Wir anderen bleiben hier.«

»Das ist eine gute Idee«, stimmte Ernied zu. »So werden wir es machen. Wir werden die Zamis' ablenken, damit sie das Verschwinden Cocos nicht bemerken.«

Der Vorschlag wurde von allen Forcas' angenommen.

»Meine Flucht wird nicht so einfach sein«, sagte ich. »Der Henker ist auf mich angesetzt. Er wird mich verfolgen. Und er ist nicht leicht auszuschalten. Ich weiß leider nicht, aus welchen Leichenteilen er zusammengesetzt ist, aber mein Vater gab ihm die Beine eurer Brüder.«

»Dafür sollten wir die Zamis' ausrotten«, zischte Kosima, die ein recht hübsches Mädchen war.

Ernied beachtete seine Schwester nicht. Er runzelte die Stirn. »Der Henker ist tatsächlich ein Problem«, sagte er nachdenklich. »Wir müssen ihn ausschalten, sonst ist Cocos Fluchtversuch von Beginn an zum Scheitern verurteilt. Der Henker schleicht noch immer ums Haus. Er kann nicht näher kommen, da ihn unsere magische Fallen zurückhalten. Aber Coco kann ebenso wenig hinaus. Er würde sich sofort auf sie stürzen.«

»Wir müssen ihn ablenken«, sagte Peter. »Ihn vom Haus fortlocken. Das gibt uns einen Vorsprung.«

Ernied nickte. »Meldet sich jemand freiwillig für diese Aufgabe?«

Silke, ein pummeliges zwanzigjähriges Mädchen, und Eggo, ein häßlicher fünfundzwanzigjähriger grobschlächtiger Kerl, meldeten sich. Ich hörte aufmerksam zu, als die Forcas' ihren Plan ausarbeiteten. Ihre Absichten kamen mir sehr gelegen. Besser hätte ich es gar nicht treffen können. Noch immer hatte keiner von ihnen Verdacht geschöpft. Sie merkten gar nicht, daß sie jederzeit meinen Befehlen gehorchen mußten. Und sobald sie die Wahrheit erkannten, war es zu spät.

Zwei Stunden später gingen sie an die Ausführung des Planes. Der Henker lauerte ganz in der Nähe. Ernied suchte mit seinem Vater die Umgebung ab, um eventuelle Fallen der Zamis' aufzuspüren, doch die beiden entdeckten nichts Verdächtiges. Dann verließen Eggo und Silke das Haus. Sie rannten einen schmalen Weg entlang, der in die Berge führte. Der erste Teil des Planes gelang. Der Henker folgte, da auch noch der erste Befehl in ihm verankert war, den beiden Forcas'.

Ich wartete zusammen mit Nils und Peter, bis der Homunkulus außer Sichtweite war, dann stürmten wir aus dem Bauernhof und liefen das Tal entlang. Wir wandten uns nach rechts in Richtung Pietracamela. Doch ich hatte nicht die Absicht, den Ort zu erreichen. Ich wollte zum Schloß meines Onkels. Immer wandte ich den Kopf um. Nach einigen hundert Metern war das Bauernhaus nicht mehr zu sehen. Ich blieb stehen und fixierte Peter, der unter meinem Blick in einen tranceartigen Zustand verfiel. Blitzschnell starrte ich Nils an, der sich plötzlich nicht mehr bewegen konnte. Als beide in meinem Bann standen, trat ich zwischen die jungen Dämonen, legte meine Hände flach auf ihre Schultern, schloß die Augen und wartete, bis die magischen Kräfte der zwei auf mich überflossen. Es dauerte nur wenige Sekunden, und ich fühlte mich kräftig genug, meinen Plan weiter durchzuführen.

Ich konzentrierte mich auf das alte Bauernhaus, und mein Geist schien sich vom Körper zu lösen. Es war mir, als würde ich aus großer Höhe in die Stube fahren, in der die restlichen Forcas' versammelt waren. Ich verweilte nur wenige Sekunden auf dem Bauernhof, dann huschte ich weiter. Nach einigen Augenblicken sah ich den Henker, der noch immer Eggo und Silke verfolgte. Ich beeinflußte die beiden Forcas' und zog mich zurück.

Ich atmete schwer, als mein Geist in meinen Körper zurückkehrte, und krallte mich an Peter und Nils fest. Nach wenigen Minuten hatte ich meinen Schwächeanfall überwunden. Ich konzentrierte mich auf die beiden Forcas' und erteilte ihnen einen Befehl. Sie setzten sich langsam in Bewegung, und ich lief vor ihnen her. Ich rannte auf das Castello zu und wunderte mich, daß ich kein Mitglied meiner Familie sah.

Ich hatte die Aufgabe erfüllt, die ich mir gestellt hatte. Die Forcas' waren eben dabei, sich selbst zu vernichten.

Elvira Forcas spürte für einen kurzen Augenblick den fremden Einfluß – zu kurz, um etwas dagegen unternehmen zu können. Es war, als hätte jemand in ihrem Hirn eine bestimmte vorprogrammierte Windung berührt; sie handelte, ohne zu denken. Ruckartig sprang sie auf, und der Stuhl fiel zu Boden. Auf dem Tisch lag ein scharfes Brotmesser. Sie packte es mit der rechten Hand und trat neben ihren Vater. Ihre linke Hand verkrallte sich in seinem Genick und mit der rechten holte sie aus. Radmin war wie gelähmt. Er hatte alle seine magischen Fähigkeiten verloren. Er sah das Messer auf seine Kehle zurasen, ohne etwas dagegen unternehmen zu können. Die anderen Forcas' hatten reglos zugesehen, wie Elvira ihren Vater getötet hatte. Jetzt tanzte sie wie besessen im Zimmer auf und ab und riß sich die Kleider vom Leib.

Plötzlich bewegte sich Elmar. Er stand schwankend wie ein Betrunkener auf und ging aus dem Zimmer. Sekunden später kam er zurück. Sein Gesicht hatte sich in eine teuflische Fratze verwandelt. In der rechten Hand hielt er ein schweres Beil. Geduckt schlich er hinter Elvira. Er hob das Beil, und es sauste nieder und spaltete Elviras Kopf bis zur Nasenwurzel. Ernied und Kosima sahen gleichgültig dem Tun ihres Bruders zu. Für sie und Elmar hatte sich Coco etwas ganz Besonderes einfallen lassen.

Eggo und Silke war es, als hätten sie einen elektrischen Schlag bekommen. Für einen Augenblick waren beide benommen, dann drehten sie durch. Schaum stand vor ihren Lippen, und ihre Augen weiteten sich. Sie schlugen wild mit den Armen um sich, bewegten sich jedoch nicht von der Stelle. Der Henker kam rasch näher. Er hatte einen eigenartig schwankenden Gang. Er hob die vier unterschiedlich langen Arme und packte Eggo, der ihm keine Gegenwehr leistete. Der Zamis-Henker hob Eggo hoch und zerschlug ihm mit einem gewaltigen Faustschlag den Schädel. Dann warf er ihn zu Boden und nahm sich die geifernde Silke vor, die noch immer mit den Armen ruderte. Auch sie hob er hoch und tötete sie mit einem einzigen Schlag.

Der Henker beachtete die Toten nicht mehr. Er drehte sich um und stapfte den schmalen Weg zurück. Plötzlich blieb er stehen. Seine breite Nase vibrierte leicht, und in seinen Augen flimmerte es. Er blickte über die Ebene, und seine Blick veränderte sich. Da erblickte er die beiden Forcas‘ und bei ihnen Coco.

Das unheimliche Geschöpf war zu keiner eigenen Entscheidung fähig, doch es wußte, daß es auf keinen Fall Coco entkommen lassen durfte. Ihm wurde nicht bewußt, daß sich das Mädchen ja auf das Schloß zubewegte. Er hatte seine Befehle. Er mußte Coco folgen.

Ruckartig setzte er sich in Bewegung, sprang über einen Steinbrocken und folgte der jungen Hexe.

Ernied und Kosima hatten sich an Elmars schaurigem Mahl beteiligt. Jetzt standen sie um den Tisch herum und warteten. Ihre Gesichter waren leer, die Körper entspannt. Nach einigen Sekunden empfingen sie den Impuls. Sie verließen das Zimmer, traten vor den Bauernhof, gingen im Gänsemarsch durch das kleine Tal und erreichten nach wenigen Schritten die Ebene. Zielstrebig gingen sie genau auf das Schloß zu. Als sie die Ebene zur Hälfte überquert hatten, kamen ihnen Peter und Nils entgegen und schlossen sich ihnen an. Der fremde Zwang, der von mir ausging, trieb sie weiter.

Ich war noch fünfhundert Meter vom Schloß entfernt. Geschickt umging ich die unzähligen Fallen. Einmal blieb ich kurz stehen und wandte den Kopf. Ich sah die fünf Forcas', die von Ernied angeführt wurden. Ich hatte ihnen den Befehl gegeben, schnurgerade auf das Schloß zuzugehen. In wenigen Augenblicken würden sie in eine der teuflischen Fallen geraten, die mein Onkel Ingvar errichtet hatte.

Immer noch wunderte ich mich, daß sich niemand von meiner Familie blicken ließ. Dann hörte ich hinter mir ein Geräusch und drehte mich um. Für einen Augenblick war ich wie gelähmt. Den Henker hatte ich völlig vergessen. Er lief auf mich zu. Ich stieß einen Schrei aus und rannte los. Er hastete, so schnell ihn seine ungleichen Beine tragen konnten, hinter mir her. Nach wenigen Schritten hatte er mich eingeholt und packte mein langes Haar. Mit einem Ruck riß er mich hoch und schlang seine Arme um meinen Leib. Ich schloß entsetzt die Augen.

Das ist das Ende, dachte ich. *Dabei habe ich die Forcas' ausgerottet. Und das ist der Dank dafür!*

»Wehre dich nicht, Coco«, sagte der Henker. »Dein Vater gab mir den Auftrag, dich gefangenzunehmen.«

»Gefangenzunehmen?« fragte ich überrascht. »Aber ich dachte, daß...«

»Laß sie los!« Michael Zamis' Stimme war überlaut zu hören. Der Henker folgte sofort. Er setzte mich sanft ab. In fünfzig Metern Entfernung sah ich alle Mitglieder meiner Familie, die mich schweigend anblickten. Mein Vater kam langsam auf mich zu und blieb vor mir stehen.

»Ich war keine Verräterin«, sagte ich rasch. »Die Forcas' verhexten mich. Ich mußte ihnen gehorchen.«

»Ich weiß«, sagte mein Vater sanft. »Wir wissen alle, daß du dich aus dem Bann der Forcas' lösen konntest und den Kampf gegen sie allein aufnahmst. Und du warst erfolgreich. Bis auf die fünf dort unten sind alle von ihnen tot. Und auch diese wird in Kürze ihr Schicksal ereilen. Sieh selbst!«

Ich drehte mich um. Die Forcas' waren in die Falle getaumelt. Ich entließ sie aus der Hypnose, damit sie die letzten Sekunden ihres Lebens bei vollem Bewußtsein verbrachten. Ihrer magischen Fähigkeiten beraubt, steckten sie mitten in einer tödlichen Falle. Alle waren bis zu den Hüften in dem heimtückischen Treibsand eingesunken, der sie immer mehr in die Tiefe zerrte. Sie schlugen verzweifelt um sich, doch das beschleunigte ihren Untergang nur. Aber ihnen stand noch eine weitere unangenehme Überraschung bevor. Durch einen langen Tunnel, der mit dem Schloß verbunden war, krochen plötzlich Ameisen, die so groß wie Ratten waren. Ihre Körper schimmerten giftgrün in der Sonne. Sie näherten sich den Forcas', von denen einige bereits bis zum Hals in der Erde steckten. Ich wandte mich um, als ein halbes Dutzend der Riesenameisen Ernieds Kopf erreichten und ihn fein säuberlich abnagten.

Die anderen Forcas' hatten mit weit aufgerissenen Augen das Ende ihres Bruders mit angesehen.

»Gnade!« wimmerte Kosima. »Habt Gnade mit uns!«

»Laß sie leben, Vater!« bat ich. »Ich bitte dich darum! Rette sie!« Ich klammerte mich an ihn, während mir Elmars verzweifelte Schreie durch Mark und Bein gingen.

»Bitte, Vater«, wimmerte ich, »laß sie leben!« Ich empfand es als überaus sinnlos, auch noch die letzten der Forcas' zu töten. Sie stellten keinerlei Gefahr mehr für unsere Sippe dar.

»Nein«, sagte mein Vater entschieden. »Sie werden alle sterben – bis auf einen. Einer wird überleben, um den anderen Clans erzählen zu können, wie es Dämonen ergeht, die sich den Zamis' entgegenstellen.«

Ich wußte, daß es zwecklos war, meinen Vater umstimmen zu wollen. Er hatte die Entscheidung getroffen, und niemand konnte ihn davon abbringen. Ich lief zurück zum Schloß und hielt mir währenddessen die Ohren zu. Ich wollte die Todesschreie nicht mehr hören. Tränen rannen über meine Wangen.

Als ich das Hauptportal erreicht hatte, blieb ich stehen. Die Schreie waren verstummt. Zögernd wandte ich den Kopf. Aus dem Treibsand ragten vier kahle Dämonenschädel, die soeben zu Staub zerpufften. Die Riesenameisen zogen sich zurück.

Einer der Forcas war tatsächlich am Leben geblieben. Sein Gesicht war bleich, und das blonde Haar vom Angstschweiß klebrig geworden. Die Augen hatte er geschlossen, und seine Lippen bebten. Peter Winkler-Forcas würde lange Zeit brauchen, bis er über dieses schaurige Erlebnis hinweggekommen war.

Ich trat durch das Hauptportal, und angenehme Kühle umfing mich. Ich war wieder zu einem vollwertigen Mitglied der Familie Zamis geworden, doch ich wußte, daß ich mich nie ganz an die grausamen Gebräuche der Dämonen gewöhnen würde.

Ich würde mich verstellen müssen. Vielleicht ein ganzes Leben lang. Denn ich gehörte zur Schwarzen Familie, und meine Herkunft würde ich niemals verleugnen können.

7. Kapitel

Anselm Graubarth

Einige Tage später
Ich sah dem Beginn des Sabbats mit Furcht entgegen. Doch es galt, die Besitzverhältnisse nach der Vernichtung der Winkler-Forcas' neu zu klären. Ebenso mußte das Ergebnis unserer Auseinandersetzung offiziell anerkannt werden. Zu diesem Zweck hatten wir Skarabäus Toth sowie die wichtigsten Mitglieder der Wiener Dämonensippen zu einer Zusammenkunft in unsere Villa gebeten.

»Die Omen sind günstig«, sagte meine Mutter und hob ihr blasses Gesicht zum wolkenverhangenen Himmel empor. Als habe sie es Kraft ihres stechenden Blickes bewirkt, brach die Wolkendecke auf und gab den Vollmond frei. Auf den kahlen Bäumen rund um unsere Villa hockten Schwärme riesiger Krähen. Sie verhielten sich ruhig und rührten sich kaum. Aber jedesmal, wenn ein neuer Gast eintraf, begannen sie lauthals zu krächzen und schlugen wie verrückt mit den Flügeln. Das war ihr Willkommensgruß. Da aber nicht nur Dämonen geladen waren, sondern auch Sterbliche, die sich ahnungslos in den Teufelsreigen eingliederten, krächzten sie nicht immer. Denn *Menschen* wurden von ihnen nicht empfangen.

Ich wandte mich dem unbeleuchteten Haus zu. Als ich die finstere Halle betrat, verstellte mir der Hüter des Hauses den Weg. »Dein Platz ist unter den Gästen, Coco«, wies er mich heiser zurecht.

»Das eine Mal, das ich bisher einem Sabbat beigewohnt habe, reicht mir. Ich möchte die Greuel kein zweites Mal erleben«, sagte ich und versuchte an der gnomenhaften Gestalt vorbeizukommen.

Aber der Hüter ließ sich nicht abwimmeln, und unter seiner Holzmaske glomm es böse auf. »Die Schande, die du damals über deine Familie gebracht hast, soll sich nicht wiederholen!«

Ich blickte ihn verzweifelt an und versuchte seine Augen durch die Schlitze der Maske zu ergründen, doch alles, was ich erblickte, war dieses nebulöse Glühen.

»Kehre zu den Gästen zurück!« verlangte er.

Ich gab es auf und ging wieder ins Freie.

»Was machst du für ein Gesicht, Coco?« hörte ich Lydia neben mir sagen. Sie ging an der Seite eines stattlichen, in einen eleganten Smoking gekleideten Mannes. »Darf ich dir Mario Meger vorstellen? Er ist Aktmodell an der Akademie. Ein toller Körper, findest du nicht? Ich habe *jeden* seiner Körperteile x-mal und überlebensgroß gezeichnet. Findest du, daß ich Talent habe, Mario?«

Das Perlweiss-Lächeln ihres Begleiters erinnerte mich an eine Zahnpastareklame. Er war nur ein Mensch und ahnte noch nicht, aus welchem Grund Lydia ihn wirklich zu dieser Feier geladen hatte.

»Sie übertreibt maßlos«, sagte er und fuhr sich geziert über das pomadisierte Haar. »Aber sie hat unzweifelhaft ihre besonderen Talente – die jedoch nicht weit übers Bett hinausreichen...« Er hatte kaum ausgesprochen, als ihm plötzlich alle Farbe aus dem Gesicht wich. Lydia hatte ihm mit der geballten Faust in den Unterleib geschlagen. Er klappte zusammen wie ein Taschenmesser.

»So muß man dahergelaufene Männer behandeln«, sagte Lydia belehrend, hob ihrem Galan das Kinn an, so daß er ihr in die Augen blickte, und sagte: »Zwischen uns ist rein gar nichts vorgefallen. Wir sind ein Herz und eine Seele, Mario.«

»Ein Herz und eine Seele«, wiederholte ihr Begleiter röchelnd und richtete sich mühsam auf. Dann gingen sie davon.

Ich blickte ihnen eine Zeitlang nach, doch schließlich wurde ich durch das Eintreffen weiterer Gäste abgelenkt. Die Krähen stimmten ein schauriges Gekrächze an, so daß sich die Normalsterblichen unter den Gästen ängstlich duckten. Das Tor in der zwei Meter hohen Steinmauer, die unser Grundstück umgab, ging auf, und zwei Männer und eine Frau kamen zum Vorschein. Es handelte sich um Perez Lexas, das Oberhaupt seiner Sippe, seine Frau Marcha und deren ältesten Sohn Eustache. Mein Vater war sicher, daß sie heimlich den Winkler-Forcas' die Daumen gedrückt hatten. Dennoch empfing er sie ausnehmend freundlich.

»Perez, sei mein Ehrengast«, sagte er zur Begrüßung. »Du hast das Recht auf das erste Opfer. Es stehen genügend knusprige Leiber zur Auswahl.«

»Willst du mich etwa dem Fürsten der Finsternis vorziehen, Michael?« tat der Sippenführer erstaunt. »Das wäre ein Affront gegen ihn.«

»Asmodi wird nicht kommen«, sagte mein Vater zähneknirschend; er hatte die Anspielung sehr wohl verstanden. Schnell fügte er hinzu: »Aber das hat nichts zu sagen. Unser Sieg über die hinterhältigen Forcas' wurde von oberster Stelle anerkannt.«

»Daran zweifle ich nicht.«

Mein Vater ging zusammen mit Perez Lexas und seiner Frau zum Haus. Ich hörte ihn noch sagen: »Skarabäus Toth muß jeden Augenblick mit dem überlebenden Forcas eintreffen. Dann wird Rechenschaft abgelegt...«

»Du hast dich ganz schön gemausert, Coco!«

Ich fuhr erschrocken herum, als ich die Stimme vernahm. Eustache Lexas grinste mich fröhlich an. Er war klein, fett und stank ekelerregend nach Schweiß. Auf seinen wulstigen Lippen blähten sich ständig Speichelblasen, wenn er sprach. Ein widerlicher Kerl.

»Wirst du mit mir den Reigen eröffnen, Coco?« fragte er.

Sofort entsann ich mich der Worte meines Vaters, daß die Lexas' versuchen würden, uns auszuhorchen. Eustache war ein schlechter Heuchler, und ich sah bereits die Neugier in seinen Augen blitzen.

»Lieber würde ich mit einer Ratte die Sardana tanzen«, erwiderte ich giftig. »Die könnte nicht ekliger sein als du, Eustache.«

Er lachte laut, und das machte ihn nur noch abstoßender. »Das ließe sich vielleicht arrangieren«, meinte er. »Lydia hat dir sicherlich von meinen Tierversuchen erzählt – und sie hat das Vergnügen, sich meinen Monstergestalten widmen zu dürfen, bestimmt genossen. Frag sie nur, Coco!«

Ich wandte mich ab, doch er blieb mir auf den Fersen. »Dafür, daß du als Hexe eine Totalversagerin bist, riskierst du eine ziemlich große Lippe«, zischte er mir ins Ohr. »Es gehen Gerüchte um, daß du ein hilfloses Opfer der Forcas' warst und daß deine Eltern dich mühsam aus dem Schlamassel heraushauen mußten, Coco. Ich könnte mir vorstellen, daß etwas Wahres daran ist.«

Ich spürte die Wut in mir hochsteigen. Aber dann erkannte ich, daß er mich nur provozieren wollte, und mir wurde ganz heiß bei dem Gedanken, daß ich unser Geheimnis beinahe verraten hätte.

»Ich mag die Schwächste meiner Familie sein«, sagte ich. »Aber ich nehme es noch immer mit jedem Lexas auf. Nenne mir einen großen Dämon, den eure Sippe in den letzten dreißig Jahren hervorgebracht hat. Und was dich betrifft, Eustache, so frage ich mich, ob es stimmt, was man sich über dich erzählt. Suchst du dir deine Opfer wirklich unter den Todeskandidaten von Krankenhäusern und Altersheimen?« Damit setzte ich ihn beinahe auf eine Stufe mit den Leichenfressern. Das sollte er erst mal verdauen.

Mein Bruder Georg näherte sich, und Eustache machte sich schnell aus dem Staub.

»Hattest du Streit mit ihm?« erkundigte er sich.

»Der Bastard wollte mich aushorchen«, antwortete ich zornig. »Wenn er mir noch einmal in die Nähe kommt, werde ich ihm einen Denkzettel verpassen, den er so schnell nicht wieder vergißt.«

»Sei vorsichtig, Coco«, ermahnte mich Georg. »Du weißt, daß du dich um deiner eigenen Sicherheit willen verstellen mußt.«

Ich nickte. Wieder schrien die Krähen, als vier Mitglieder der Thimig-Sippe eintrafen. Die Thimigs waren unbedeutende Dämonen, Werwölfe, deren Jagdgebiet sich über den Wienerwald und die Außenbezirke erstreckte. Nicht einmal wenn sie menschliche Gestalt angenommen hatten, konnten sie ihre Verwandtschaft zu den Wölfen verleugnen. Mein Vater übersah ihre Ankunft geflissentlich und überließ die Begrüßung Volkart. Nacheinander trafen dann noch einige Dämonen von anderen Wiener Familien ein, unter ihnen einige Angehörige der Algers und Bronskis. Diese Namen sagten mir nicht viel. Wahrscheinlich handelte es sich größtenteils um Einzelgänger ohne Format, die es nie verstanden hatten, sich innerhalb der Schwarzen Familie zu profilieren und die ihr Fähnchen stets treu nach dem Winde hängten. Dabei machte ich ihnen nicht einmal zum Vorwurf, daß sie keine klingenden Namen besaßen. Aber ich wußte aus Erfahrung, daß solche Einzelgänger oft viel grausamer und schrecklicher wüteten als bekannte Dämonen. Und das machte sie für mich abstoßend.

Endlich waren die Gäste vollzählig – und als habe er nur darauf gewartet, traf nun endlich auch Skarabäus Toth ein. Seit ich ihm das letzte Mal gegenübergestanden hatte, schien seine Gestalt noch länger und dürrer, seine Haut noch runzliger und verwelkter geworden zu sein. Seine Erscheinung ließ sich am besten mit dem Wort *elend* umschreiben – obgleich von ihm eine Aura ausging, die uns allen Respekt abnötigte. An seiner Seite befand sich Peter Winkler-Forcas; er war blaß und schien um Jahre gealtert. Es würde lange dauern, bis er den Niedergang seiner Sippe verwunden hatte. Toth nickte den anderen Dämonen zu und begrüßte auch meinen Vater zwar höflich, aber sehr distanziert; er gab sich stets Mühe, nicht offensichtlich für jemanden Partei zu ergreifen. Mein Vater geleitete ihn und den überlebenden Forcas ins Haus. Georg forderte die anderen Dämonen auf, ihnen zu folgen. Einige erkundigten sich ungeduldig, wann der Sabbat beginnen würde, und Georg machte sie darauf aufmerksam, daß zuerst die Formalitäten zu erledigen waren.

»Was soll diese Geheimniskrämerei?« hörte ich Lydias Begleiter aufbegehren, als sie ihm klarmachte, daß er sie nicht ins Haus begleiten durfte. Meine Schwester versuchte gar nicht erst, ihm umständlich klarzumachen, daß nur Schwarzblütige bei dieser Besprechung anwesend sein durften. Statt dessen gab sie ihm einen leidenschaftlichen Kuß – und als sich ihre Lippen von den seinigen lösten, war Mario leichenblaß, und seine Mundpartie schimmerte bläulich, als sei sie urplötzlich vereist. Volkart und ich achteten darauf, daß auch die anderen Opfer dem Haus fernblieben. Volkart machte mit drei Filmstarlets kurzen Prozeß: Er hypnotisierte sie und befahl ihnen, sich die Kleider vom Leib zu reißen und nackt ins Schwimmbecken zu springen – und das bei diesen doch recht kühlen Frühlingstemperaturen... Allerdings kam es mir persönlich vor, als würden in dieser Nacht in unserem Garten regelrechte Treibhaustemperaturen herrschten. Als ich mich unbeobachtet fühlte, versuchte ich zwei blutjunge Mädchen, die Volkart aufgegabelt hatte, zu warnen. Als mein gutgemeintes Zureden nichts fruchtete, rief ich den Hüter des Hauses herbei. Ungerührt nahm ich ihm die Holzmaske vom Kopf, so daß sie sein zerfressenes Gesicht sehen konnten.

»Wenn ihr mit diesem Scheusal schmusen wollt, könnt ihr bleiben!« herrschte ich sie an. Das wirkte. Sie rannten davon, als sei Asmodi selbst hinter ihnen her. Doch noch bevor sie das Gartentor erreicht hatten, stürzten sich die Krähen auf sie und hieben mit ihren Schnäbeln auf sie ein, bis sie kehrtmachten und sich in einem Winkel des Gartens verkrochen.

»Was zur Hölle soll dieser Unsinn, Coco?« fragte Volkart. »Du weißt doch, daß solche Extratouren nichts einbringen. Ich will den Vorfall vergessen, aber du mußt mir versprechen, diesen Sabbat nicht mehr zu stören.«

Ich nickte stumm und folgte ihm in die Villa.

Die Dämonen hatten sich im Wintergarten versammelt. Skarabäus Toth hatte gleich neben dem Eingang Platz genommen. Um ihn herum hatte sich unsere Familie versammelt, und Volkart und ich gesellten uns zu ihnen. Zwei Schritte entfernt stand einsam Peter Winkler-Forcas. Er befand sich in Trance. Vor ihm hatten sich die anderen Dämonen aufgestellt, allen voran die drei Vertreter der Lexas'. Zu ihren Füßen kauerten die kriecherischen Werwölfe der Thimig-Sippe. Skarabäus Toth hatte über seinem Haupt drei Irrlichter entzündet, deren grünlichen Flammen die Gesichter der Umstehenden in ein gespenstisches Licht hüllten. Der Schiedsrichter sprach die zeremoniellen Worte, die jeden Wahrspruch einleiteten, dann erklärte er, daß er Asmodi bereits Bericht erstattet hatte und daß der Fürst der Finsternis keinen Einspruch gegen die Abwicklung des Verfahrens erhoben habe. »Ist jemand unter uns, in dessen Adern schwarzes Blut fließt und der Einwände gegen meine Person als Schiedsrichter hat? So soll er hervortreten und sich zu erkennen geben, indem er die Lichter über meinem Haupt löscht – oder für den Rest der Befragung schweigen!«

Es herrschte Totenstille.

»So will ich den Zeugen sprechen lassen«, verkündete Skarabäus Toth. Er schloß die Augen und konzentrierte sich auf den Forcas. Es dauerte nicht lange, da begann der Überlebende zu reden. Gehorsam berichtete er von den Kämpfen und ließ keine Details aus – bis auf die Rolle, die ich während der Auseinandersetzungen gespielt hatte. So blieben eine Menge offener Fragen, und unter den Gästen erhob sich prompt ein wildes Geschrei.

»Es ist doch klar, daß der Zeuge beeinflußt wurde«, schimpfte Perez Lexas. »Dadurch wird der Schiedsrichterspruch zur Farce!«

»Sie zweifeln also an meiner Integrität, Perez?« erkundigte sich Skarabäus Toth mit steinerner Miene.

Der Angesprochene wand sich verlegen. »Das habe ich nicht gesagt! Aber warum akzeptieren Sie es, daß die Zamis' den Zeugen beeinflußt haben?«

»Das geschah unter meiner Aufsicht«, erklärte der Schiedsrichter »Ich kann bezeugen, daß Peter Winkler-Forcas mit jedem seiner Worte die Wahrheit spricht.«

»Dann will ich die Einzelheiten erfahren!« wagte der wölfische Walter Thimig einzuwerfen. Die Nähe der Lexas' machte ihm Mut. »Wie kam es dazu, daß sich die Forcas gegenseitig zerfleischten?«

Skarabäus Toth lächelte wissend. »Genau diese Neugierde der anderen Sippen ist es, die die Zamis' bewog, nicht alle Details des Kampfes preiszugeben. Selbst der Fürst der Finsternis hat ihre Beweggründe akzeptiert!«

Damit hatte Toth wahrlich schwere Geschütze aufgefahren, und Thimig begann prompt feige zu winseln.

»Ich möchte nicht in den Verdacht geraten, ein Feind der Zamis-Sippe zu sein«, heulte er. »Wenn meine Frage so ausgelegt wird, ziehe ich sie natürlich augenblicklich zurück!«

Der Schiedsrichter nickte zufrieden. »Wenn keine weiteren Einwände vorliegen, verkünde ich jetzt Asmodis Urteilsspruch.« Ein Moment der Stille folgte, dann schilderte er uns, wie der Herr der Schwarzen Familie entschieden hatte. Der gesamte Besitz der Winkler-Forcas' wurde uns zugesprochen, namentlich deren Villa in Perchtoldsdorf und das dort gesammelte magische Kapital. Weiterhin verbannte man den überlebenden Forcas aus Wien und unterstrich unsere Vorherrschaft in der Stadt. Die anderen Dämonen hatten keine andere Möglichkeit, als den Urteilsspruch schweigend zu akzeptieren. Schließlich verkündete Toth mit feierlichen Worten: »Damit kann der Sabbat beginnen!«

Als hätten sie die ganze Zeit nur auf diese Worte gewartet, stoben die Dämonen mit wildem Geheul davon und stürzten einer wilden Horde gleich ins Freie, um sich auf ihre Opfer zu stürzen und sie in den ausschweifenden Teufelsreigen mit aufzunehmen, der schon bald in einem Meer von Blut und Tränen, von Tod und Grausamkeit enden würde.

Vor diesem Augenblick hatte ich mich die ganze Zeit über gefürchtet.

Eine magische Sphäre schirmte unser Anwesen ab, so daß nichts von den Geschehnissen nach draußen dringen konnte. Die Starlets im Schwimmbecken kreischten vergnügt, als sich zwei Thimigs angekleidet zu ihnen ins Wasser stürzten. Einer von ihnen tauchte unter – und kam als Werwolf wieder zum Vorschein. Die nackten Mädchen flohen schreiend aus dem Wasser und rannten geradewegs Eustache Lexas in die Arme, der sie in eine Gartenlaube führte, wo er einer Krähe das Genick umdrehte und aus ihren hohlen Knochen und einigen Federn ein Musikinstrument bastelte, auf dem er anschließend schaurige Töne hervorbrachte. Meine Schwester Lydia hatte sich mit ihrem Begleiter ins Haus zurückgezogen, wobei sie ihm verheißungsvoll verkündete: »Unseren Keller mußt du sehen, Mario. Komm, schnell, bevor sich auch die anderen dorthin zurückziehen.«

Meine Brüder Volkart und Georg waren ebensowenig zu sehen wie meine Eltern. Der Schiedsrichter der Schwarzen Familie hatte sich bereits verabschiedet. Ich hatte noch gehört, wie mein Vater ihn bat, Peter Winkler-Forcas zurückzulassen.

»Er soll keinen Schaden erleiden«, versprach mein Vater. »Wir möchten nur ein kleines Mysterienspiel mit ihm veranstalten.«

Später sah ich Peter mit offenen Augen durch den Garten wandeln. Er konnte jedoch nichts sehen, da Vater oder Georg ihn offensichtlich geblendet hatten. Als Peter einen der Dämonen am Arm zu fassen bekam und ihn fragte, wer er sei, wurde ihm geantwortet: »Ich bin dein Vater Radmin. Erkennst du mich denn nicht?«

Peter wollte sich abwenden, doch der Dämon hielt ihn zurück und versprach: »Begleite mich durchs Totenreich, mein Sohn. Du sollst ein letztes Mal deine Familie sehen!« Man drückte ihm allerlei abscheuliche Dinge in die Hände, und ich war sicher, daß Peter nun tatsächlich alle Mitglieder der Winkler-Forcas-Sippe zu erblicken glaubte. Ich fand diesen Schabernack grausam, und Peter tat mir leid. Dennoch gab es für mich keine Möglichkeit, ihm zu helfen. Auch für die anderen Opfer der finsteren Dämonen konnte ich wenig tun.

Die Krähen waren nach und nach von den Bäumen verschwunden. Doch sie waren keineswegs davongeflogen, sondern ihre Kadaver lagen vielmehr über den ganzen Garten verstreut. Federn bedeckten den Boden wie schwarzer Schnee, und das Wasser des Schwimmbeckens war von einem dunklen Flaum bedeckt.

»Heißa! Heißa!« schrie ein uralter Mann, der sich in Ekstase gesteigert hatte, und ergriff meinen Arm. Er war nackt bis auf einen Schurz aus Krähenfedern und rieb seinen ausgemergelten, knochigen Körper an mir. Keuchend tanzte er die Sardana – und würde nicht eher aufhören, als bis er tot umfiel, dessen war ich gewiß. Da tauchte Eustache Lexas auf und ergriff den Alten an der anderen Hand. »Tanz, Väterchen, tanz!« feuerte er ihn an, und der Speichel flog ihm nur so von den Lippen. »Stampfe und wackle und verrenke dich!«

Der Alte mußte gehorchen. Er bot ein groteskes Bild. Ich hatte plötzlich Mitleid mit ihm. »Warum versuchst du es nicht mit mir, Eustache?« rief ich und stürzte mich auf den Fettsack. Seine Hand fühlte sich so weich und schleimig an wie die eines Ghouls. Ich zerrte ihn mit mir fort, indem ich mich in einen immer schnelleren Zeitablauf versetzte.

Dann, als er sich so schnell drehte, daß die anderen ihn nicht mehr sehen konnten, ließ ich ihn einfach los und entließ ihn aus meinem Zeitfeld. Er wirbelte noch eine ganze Weile um die eigene Achse, bis er endlich erschöpft zu Boden sank. Dort kroch er mit zuckenden Gliedern umher, unfähig, sich zu orientieren, und zu schwach, sich zu erheben. Ich hatte ihm die häßliche Maske vom Gesicht gerissen, und jetzt zeigte er seine wahre Natur. Ich schaute mich nach dem Alten um. Ein Thimig hatte sich seiner angenommen, und obwohl er sich in seiner Wolfsgestalt zeigte, schien sein Anblick dem Greis wenig auszumachen. Im Gegenteil, es war sogar umgekehrt! Plötzlich gab der Mann fremdartige Laute von sich und entnahm einem Lederbeutel, den er unter dem Arm trug, eine silberne Gabel. »Edelmetalle schrecken die Nachtgeschöpfe«, rief er dabei. »Und Silber kann Werwölfe töten.«

Der Thimig wich entsetzt zurück, als er die Silbergabel über sich schweben sah. Der Alte fuhr unbeirrt fort: »Keine Angst, du Satansbraten. Ich will dich nicht töten, sondern dich nur zu meinem Diener machen. Gehorche mir und verschaffe mir Kontakt mit dem Fürsten der Finsternis.«

Ich eilte schnell hinzu und entwand dem Alten die Gabel; auf unserem Anwesen konnte ich solche Ausschreitungen nicht tolerieren.

»Verschwinde! Dieses lächerliche Gerippe gehört mir!« herrschte ich Thimig an, der sich augenblicklich verkroch. Er war sicherlich heilfroh, der zersetzenden Kraft des Silbers entgangen zu sein. Ich versetzte mich mit dem Alten in einen schnelleren Zeitablauf und brachte ihn auf die Straße, nicht ohne ihm vorher einen Mantel über die Schulter geworfen zu haben, der ihm zwar viel zu groß war, ihn aber wenigstens wärmen würde, da außerhalb der Grundstücksmauern ja eisige Kälte herrschte.

»He, was soll das«, begehrte er auf. »Ich will das Teufelsfest noch nicht verlassen. Der Dämon Barron hat mir versprochen...«

»Jemand hat dich reingelegt, Alterchen«, versicherte ich ihm. »Und jetzt mach, daß du nach Hause und hinter deinen warmen Ofen kommst.«

»Unsinn. Ich werde...«

Ich brach seinen kindischen Widerstand, indem ich ihn einfach hypnotisierte und ihm den Befehl gab, sich zu trollen. Da mußte er gehorchen. Als ich wieder in den Garten zurückkehren wollte, tauchte plötzlich Lydia vor mir auf. »Meine mißratene Schwester hat wieder mal den Samariter gespielt«, sagte sie sarkastisch. »Du wirst noch mal als Freak enden, Coco.« Sie wußte, daß ich mich davor fürchtete, und spielte deshalb bei jeder Gelegenheit darauf an.

»Der Alte ist verrückt«, verteidigte ich mich. »Der hätte am Ende noch den ganzen Sabbat geschmissen.«

Lydia winkte ab. »Wie dem auch sei. Du sollst ins Haus kommen. Vater hat die ganze Familie im Keller zusammengetrommelt. Aber unsere Gäste sollen davon nichts merken.«

Ich fragte mich, was Wichtiges vorgefallen sein könnte, daß Vater während eines Sabbats den Familienrat einberief.

Vater, Mutter und meine beiden Brüder Georg und Volkart saßen auf dem Boden um einen magischen Kreis, über dem eine leuchtende Kugel aus Irrlichtern schwebte. Lydia und ich schlossen die Runde.

»Tut mir leid, dich in deinem Vergnügen stören zu müssen, Coco«, sagte Vater nicht ohne Spott. Er wußte schließlich genau, daß er mir keinen größeren Gefallen hätte tun können, als mich von den anderen Dämonen zu trennen. »Aber das hier ist wichtiger. Wir müssen uns beeilen, damit den Gästen unser Verschwinden nicht auffällt. Niemand soll erfahren, was hier geschieht.«

Ich blickte mich forschend um, aber die Gesichter der anderen blieben ausdruckslos.

»Bezähme deine Neugierde«, rügte meine Mutter.

Obwohl ich noch immer nicht wußte, worum es ging, konnte ich mir zusammenreimen, daß mein Vater mit jemandem über große Entfernung in Verbindung treten wollte. In solchen Fällen wurden nämlich meist Irrlichter, magische Kugeln oder auch Irrwische als Gedankenverstärker zu Hilfe genommen. »Konzentriert euch auf die Irrlichterkugel«, befahl mein Vater, und wir gehorchten. Eine Weile herrschte Stille.

»Boza, hörst du mich?« sagte mein Vater schließlich. Als nichts geschah, wiederholte er die Frage mit erhobener Stimme.

»Klar, ich bin doch nicht taub«, kam postwendend die Antwort aus der Irrlichterballung. »Und wage es nicht noch einmal, mich Boza zu schimpfen, sonst... Na, Schwamm drüber! Warum hat es denn so lange gedauert, bis du auf meinen Anruf reagiert hast, Vetter?«

»Wir haben Gäste im Haus«, entschuldigte sich mein Vater. »Du weißt ja wohl inzwischen, daß sich bei uns einiges getan hat.«

»Allerdings«, sagte die grollende Stimme aus der Lichterkugel. »Warum hast du nicht mich gerufen, dann wäre die Sache viel schneller erledigt gewesen. Du kennst meine Macht! Aber die Angelegenheit ist noch nicht vorbei. Ich weiß aus Erfahrung, daß eine Fehde die andere nach sich zieht. Ihr braucht in Wien eine starke Hand. Auch wenn du mich nicht gerufen hast, werde ich kommen, um unter euren großsprecherischen Möchtegern-Dämonen mal ein wenig aufzuräumen.«

»Aber die Winkler-Forcas' sind ausgerottet«, sagte Vater.

»Irgendwelche entfernte Verwandte werden sich doch noch finden lassen!« Die Irrlichterballung erzitterte vom Timbre der Stimme. »Los, Vetter, bereite alles zu meinem Empfang vor! Ich komme sofort. Und ich bringe einige Überraschungen mit, bei denen dir die Augen übergehen werden.«

»Nicht so hastig!« sagte Vater schnell. »Wir brauchen noch etwas Zeit...«

»Für einen Zamis gibt es das Hindernis Zeit nicht«, polterte der unsichtbare Sprecher. »Oder seid ihr bereits so sehr degeneriert? Dann muß ich bei euch wohl um so dringender mal nach dem Rechten sehen, was?«

»Wir rufen dich, wenn es soweit ist«, sagte Vater und brach den Kontakt ab. Die Leuchtkugel löste sich in Dutzende von Irrlichtern auf, die durch Ritzen in der Teufelsstatue für magische Beschwörungen verschwanden.

»Das war mein Vetter Boris, der in unserer Heimat verblieben ist«, erklärte Vater. »Er ist rechthaberisch und herrschsüchtig und in seiner Einstellung geradezu mittelalterlich. Aber er ist auch überaus mächtig, weshalb man ihn nicht unbedingt reizen sollte. Wie ihr gehört habt, konnte ich ihm nicht ausreden, uns zu besuchen. Soll er also kommen. Da ich ihn hier im Hause aber nicht haben will, werden wir ihn in der Villa der Winkler-Forcas' in Perchtoldsdorf einquartieren. Dort kann er, so hoffe ich wenigstens, weniger Schaden anrichten.«

Die anderen nickten zustimmend. Mir jedoch war das alles nicht klar, und so fragte ich: »Was haben wir von Boris zu befürchten, wenn er unserer Familie angehört?«

»Er ist ein ganz übler Bursche«, antwortete Georg. »Vater hat einige seiner Charaktereigenschaften schon angedeutet. Aber eines hat er nicht deutlich genug ausgesprochen. Boris fühlt sich nämlich als Sippenoberhaupt aller Zamis. Und wenn er sich hier im Hause einnistet, muß befürchtet werden, daß er versucht, das Kommando zu übernehmen. Das würde nur böses Blut geben. Außerdem können wir es uns nicht leisten, unangenehm aufzufallen. Unser Ruf ist innerhalb der Schwarzen Familie ohnehin nicht der beste.«

Ich verstand die Anspielung und senkte den Blick.

»Das war sicherlich nicht als Vorwurf gemeint«, warf Mutter ein. »Inzwischen wissen wir ja, daß du die Anlagen zu einer guten Hexe hast. Nur...«

Vater winkte ab. »Damit du siehst, welches Vertrauen wir in dich setzen, Coco, wirst du es sein, die darauf zu achten hat, daß Boris nicht über die Stränge schlägt!«

Ich fuhr erschrocken hoch. »Ihr wollt mich mit diesem Wilden allein in der Forcas-Villa lassen?«

»Ich bin sicher, daß du mit ihm fertig wirst, Coco«, behauptete Vater. »Entscheide dich schnell, denn die anderen Dämonen warten oben auf uns.«

»Ich gehorche«, sagte ich leise.

»Gut, dann wird Georg dich in die Villa bringen«, bestimmte Vater. »Er kann dir auf dem Weg dorthin alles Nötige erklären.«

Da jagte mir plötzlich ein eisiger Schauer über den Rücken. »Was ist mit den Fallen«, fragte ich ängstlich. »Die Villa in Perchtoldsdorf wird vor magischen Sicherungen nur so strotzen, Vater!«

Es geschah selten genug, daß ich ihn lachen sah, und fast erschien er mir dadurch teuflischer als mit seiner ansonsten griesgrämigen, ernsthaften Miene. »Natürlich haben wir die Forcas-Villa noch nicht gesichert. Sollte es dort zu irgendwelchen Zwischenfällen kommen, so kann Boza wenigstens seine Fähigkeiten unter Beweis stellen. Und wenn er versagt... nun, egal! Georg und Coco, macht euch auf den Weg.«

Vaters Anspielung machte mir klar, daß er seinem Vetter nicht gerade ein ewiges Leben wünschte – und irgendwie erleichterte mich das.

Auf der Fahrt nach Perchtoldsdorf sagte Georg zu mir: »Du magst über uns denken, was du willst, Coco, aber früh genug wirst du erkennen, daß wir im Vergleich zu anderen Dämonen geradezu kultiviert sind. Boris könnte da fast als Außenseiter unserer Sippe gelten.«

Georg erzählte mir während der Fahrt einige Geschichten über Boris, die mir die Haare zu Berge stehen ließen. In Perchtoldsdorf angekommen, stoppte er den Wagen vor der Forcas-Villa und schaute sich um. Das Gebäude wirkte wie ein Spukschloß aus billigen Horrorfilmen und zeugte von der Geschmacklosigkeit der Winkler-Forcas'; sie hatten in keiner Weise Stil und Format gehabt. Das Gebäude war zweistöckig und wies überall Erker und Türmchen auf. Die Fassade zeigte unzählige Dämonengestalten und Fabelwesen, entweder beim grausigen Leichenschmaus, während dunkler Beschwörungen oder wie sie menschlichen Jungfrauen Gewalt antaten. Das Grundstück war bestimmt sechs Hektar groß und schrecklich verwildert; durch die Dornenbüsche waren furchteinflößende Steinstatuen zu sehen. Ein schmiedeeiserner Zaun mit magischen Ornamenten schloß das Areal ein. Georg verließ den Wagen und näherte sich der Einfahrt. Er berührte das Schloß des Tores, und nach einem kurzen Klicken sprang der Flügel quietschend auf. Mein Bruder kam zum Wagen zurück und fuhr über den kiesbestreuten Weg bis zum Portal der düsteren Villa.

»Die Forcas' haben bestimmt einige Fallen hinterlassen, die selbst über ihren Tod hinaus wirksam sind«, meinte er, während wir ausstiegen und uns dem Eingang näherten. »Aber wir werden uns nicht mit langwierigen Untersuchungen aufhalten, sondern die Festung im Zeitraffertempo nehmen.«

Ich nickte. Georg gab mir ein Zeichen, und ich versetzte mich gleichzeitig mit ihm in einen rascheren Zeitablauf. Er rannte gegen das massive Holztor an, malte Zeichen in die Luft, und das Schloß barst splitternd, als er mit seinem Körper dagegen prallte.

»Achtung!« rief er und sprang über eine sich wie in Zeitlupe öffnende Falltür hinter dem Eingang. Noch im Sprung schüttelte er aus seinem Ärmel ein halbes Dutzend Irrlichter, die die Umgebung in ein grünliches Licht tauchten. Ich wich der Falltür aus, und als ich in den Abgrund blickte, sah ich unten aus einer schleimigen Brühe den skelettartigen Echsenschädel eines Ungeheuers herausragen. Georg eilte weiter. Er wandte sich der breiten Treppe am Ende der Halle zu. Links und rechts von der Treppe standen steinerne Figuren mit aufgepflanzten Schwertlanzen in den Händen. Kurz bevor Georg sie erreichte, neigten sich die Klingen der Schwertlanzen wie Fallbeile. Da wir uns um ein Vielfaches schneller bewegten, konnten wir den tödlichen Klingen, deren Wirkung durch magische Symbole verstärkt war, mühelos ausweichen. Ich rannte die Treppe im Zickzack hinauf, während Georg mich bereits in der ersten Etage erwartete.

»Wir haben nicht genug Zeit, um das ganze Haus auf Fallen zu untersuchen«, sagte er, während er auf die Galerie von Gemälden starrte, die auf beiden Seiten des Korridors hingen. »Deshalb rate ich dir, dich später nur in den Gängen und Räumen aufzuhalten, die wir jetzt erforschen. Überlasse es Boris, die übrigen Geheimnisse der Villa zu ergründen. Vielleicht haben wir Glück, und er kommt dabei um.«

Damit sprach Georg aus, was Vater nur anzudeuten gewagt hatte. Dann wies er auf die Ahnengalerie der Winkler-Forcas'. »Wenn du die Bilder eingehend betrachtest, wirst du bemerken, daß sie doppelbödig sind«, erklärte er. »Unter dem optisch sichtbaren Bild liegt ein zweites, magisches verborgen. Wenn man dessen Bedeutung erkennt, ist es sicherlich schon zu spät. Aber zum Glück sind wir schneller als die Forcas-Magie.«

Ich betrachtete das Bild, das mir am nächsten hing. Es zeigte irgendeinen grimmigen Urahn der Forcas'. Und noch während ich es betrachtete, begannen die Augen des Abgebildeten zu glühen – und im nächsten Moment glitt eine wabernde Feuerlohe auf mich zu. Sie war jedoch zu langsam, um mich einzuholen. Georg entschärfte das Bild, indem er dem Porträtierten die Augen ausstach. Das nächste Bild zeigte eine nackte Frau. Während wir daran vorbeigingen, bewegte sich ihr Haar, und Schlangen formten sich daraus. Georg gefiel sich darin, eine Schlange auf den Arm zu nehmen. Sie kroch langsam bis zu seiner Schulter hinauf – und als sie das Maul aufriß und nach Georg schnappen wollte, biß er ihr den Kopf ab und spuckte ihn angewidert aus. Als er meinem Blick begegnete, machte er ein leicht betretenes Gesicht.

»Entschuldige«, sagte er und fügte schnell hinzu: »Es wäre nicht klug, den Bildzauber der Forcas zu zerstören, er kann gegen unerwünschte Eindringlinge nützlich sein. Später kannst du dich damit beschäftigen, ihn zu ergründen und steuern zu lernen.«

Wir ließen die Ahnengalerie ohne weitere Zwischenfälle hinter uns; die Irrlichter wiesen uns den Weg. Georg öffnete nacheinander alle Türen an denen wir vorüberkamen, rümpfte aber jedesmal die Nase. Dann fand er ein Zimmer, das ihm zusagte. »Hier wirst du wohnen, Coco.«

Mein Bruder stieß die Tür auf und betrat den Raum. Ich blieb auf dem Korridor stehen, während er das Zimmer untersuchte. Es hatte eine weibliche Note war aber ohne Geschmack eingerichtet und mit abstoßenden Trophäen geschmückt, wie sie nur eine Dämonin in einem langen Leben zusammengerafft haben konnte. Es enthielt jedoch alles, um meinen Bedürfnissen zu genügen. Georg brauchte nicht lange, um die Magie der früheren Bewohnerin auszumerzen.

»Jetzt hast du in diesem Raum nichts mehr zu befürchten«, sagte er. »Aber rühre die Salben und Tinkturen nicht an. Das Zimmer hat Eurika gehört. Sie war eine uralte, häßliche Giftmischerin.«

»Was hältst du davon, wenn wir...?« fragte ich schwach, denn ich fühlte, wie meine Kräfte nachließen.

»Ja, wir können in den normalen Zeitablauf zurückkehren«, sagte Georg sofort. »Bleib du einstweilen im Zimmer. Ich suche den Beschwörungsraum der Forcas' auf und hole deine Sachen aus dem Wagen. Dann werde ich mich mit Boris in Verbindung setzen.«

Der Beschwörungsraum befand sich auf dem Dachboden, Satan mochte wissen, weshalb. Im Gebälk nisteten Fledermäuse und Spinnen, und überall standen verstaubte Marterinstrumente, seltsame Fetische und andere Utensilien herum. Georg trieb die Magie der Forcas' aus, so daß wir nicht mehr davon beeinflußt werden konnten. Dann rief er die Irrlichter zusammen, so daß sie sich zu einer magischen Leuchtkugel formten.

»Wir sind bereit, Vater«, sagte er laut und deutlich. »Wir werden jetzt Boris anrufen und ihn herlotsen. Verdammt, Boza hätte auch auf konventionellem Weg nach Wien kommen können!«

»Wer wagt es, mich zu beleidigen?« ertönte da die grollende Stimme. »Dem nächsten, der mich so zu nennen wagt, verpflanze ich ein Teufelsei in die Gedärme!«

Ich nahm einige beruhigende Impulse meines Vaters auf, mit denen er seinen Vetter Boris zu besänftigen versuchte. Dann trat Michaels Aura in den Hintergrund, und eine fremde Persönlichkeit begann die Ausstrahlung der Kugel zu dominieren. Ich spürte, wie sich das Böse zu manifestieren begann, und fröstelte. Boris Zamis' baldige Ankunft war deutlich zu spüren, obgleich er sich in diesem Augenblick noch Tausende von Kilometern entfernt befinden mußte.

»Ich lasse dich jetzt allein, Coco«, hörte ich Georg flüstern. »Es ist besser, wenn ich nicht mit Boza zusammentreffe...«

Ich versuchte meinen Bruder zurückzuhalten, da ich Angst hatte, dem fremden Dämon allein gegenüberzutreten. Doch noch bevor ich eine Erwiderung anbringen konnte, war Georg auch schon verschwunden.

»He, warum geht das so schleppend?« polterte jemand zornig. »Macht schneller, sonst verliere ich die Geduld und...«

Ich schrie auf, als mich ein plötzlicher Schmerz durchraste. Wie Kneifzangen gruben sich Hunderte eiskalter Nadelstiche in mein Gehirn. Mir war, als müßte ich ein schweres Gewicht mit mir herumtragen oder über die Maßen anstrengende Arbeit verrichten. Dabei war es nur Boris' Geist, der auf mir lastete.

Alsbald aber lichtete sich die Finsternis. Erschöpft sank ich zurück. Als ich die Augen öffnete, erblickte ich vor mir eine massige Gestalt, die neben einer mannshohen, aufrecht stehenden Kiste lungerte und mich neugierig betrachtete. Boris Zamis war nicht größer als ich, aber fast doppelt so breit. Um seinen kugeligen Bauch spannte sich ein breiter Gürtel, der mit rostigen Nieten beschlagen war. Auf dem Hals ruhte ein kahler, quadratischer Schädel mit dem Gesicht eines Affen und schrecklich abstehenden Ohren zu beiden Seiten. Aus dem Ausschnitt seines kragenlosen Hemdes wucherten Haarbüschel wie Drahtgeflecht hervor. Auch die Rücken seiner überdimensionalen Pranken waren behaart, und die Finger nahmen sich unter dem Fell kurz und fleischig wie kleine Würste aus. Seine Fingernägel waren von tiefstem Schwarz – genauso wie seine Zähne, die ich in voller Größe bewundern durfte, als er seinen Mund zu einem Begrüßungsschrei aufriß. Dabei kratzte er sich provozierend zwischen den Beinen und spuckte in hohem Bogen einen grünlichen Priem aus, der mit einem ekligen Klatschen auf den Boden prallte und den Estrich wie beißende Säure in eine schleimige Masse verwandelte. Boris stierte mich aus blutunterlaufenen Augen an und griff ungestüm nach meiner Schulter.

»Bist du mein Gastgeschenk?« erkundigte er sich und ließ seine dicke Zunge zwischen den gespitzten Lippen hin und her pendeln.

»Nein, nein, ich bin Coco Zamis, deines Vetters jüngste Tochter«, sagte ich schnell.

Da ließ er mich angewidert los und spuckte wieder aus.

»Was!« rief er wütend. »Dich mißratenes Stück hat man zu meinem Empfang geschickt?« Er stampfte ärgerlich auf, daß das Haus erzitterte, und sah sich mit wildem Blick um. »Michael! Michael, was soll das? Wo versteckst du dich? Ist das der Empfang, den man dem Sippenmächtigsten bietet?«

»Vater kann dich nicht hören«, sagte ich kleinlaut. »Er ist unabkömmlich, und auch die anderen haben Verpflichtungen, die keinen Aufschub dulden. Blieb also nur ich... Aber ich verspreche dir, mich zu bemühen, dir den Aufenthalt so angenehm wie möglich zu gestalten. Betrachte mich als deine Dienerin.«

Boris knurrte etwas Unverständliches und sagte dann versöhnlicher: »Also meinetwegen. Vorerst will ich mich damit begnügen. Wo sind wir hier? Was ist das für eine Bruchbude?«

»Die Villa der Winkler-Forcas. Sie steht dir zur Verfügung, du kannst dich hier wie zu Hause fühlen.«

Boris grunzte, was sich überaus vulgär anhörte. »Eigentlich bin ich viel zu müde, um mich aufzuregen«, meinte er. »Die Reise hat mich doch sehr angestrengt, und dazu kommt, daß du mir keine große Hilfe warst, Coco.« Er betrachtete mich kritisch – und gleichzeitig mit einem Wohlgefallen, das mich mißtrauisch werden ließ. Dachte er etwa, daß ich mich ihm...?

»Du trägst eine raffinierte Maske«, sagte er dann. »Aber jetzt zeige dich mir gefälligst in deiner wahren Gestalt.«

»Das... das ist mein wahres Aussehen«, erklärte ich unbehaglich. »Ich kann gar kein anderes annehmen.«

»Hm, mir wäre es lieber, du wärst eine häßliche Vogelscheuche und verstündest dafür etwas von Schwarzer Magie.« Er rülpste und machte eine wegwerfende Handbewegung. »Na, nicht so wichtig. Ich werde dich unter meine Fittiche nehmen. Dann wird schon noch eine richtige Hexe aus dir. Aber das hat Zeit... Wo ist unser Zimmer?«

Mir lief es eiskalt den Rücken hinunter. »Es gibt genügend Zimmer. Du kannst dir irgendeines aussuchen, das dir am besten gefällt. Ich habe meines im ersten Stock!«

»Ja, ja, schon gut.« Er zog die Luft durch die großen Lücken zwischen seinen Zähnen und spuckte etwas Zappelndes aus, das er dann mit seinem breiten Stiefel zertrat. »Ich weiß, daß Michael nicht gerade begeistert von der Idee ist, daß ich mich an dir vergreifen könnte. Na, dann wollen wir mal.« Er stapfte zur Tür. Dort drehte er sich noch einmal um und deutete mit einem seiner Wurstfinger auf die Kiste.

»Sei besser nicht neugierig«, mahnte er mich, »und laß die Finger von diesem Behältnis. Wenn du auch nur einen Blick hineinwirfst, bist du verloren.«

Ich betrachtete den Behälter neugierig. »Was ist denn darin?« fragte ich scheinbar naiv.

»Meine gesammelten Schrecken!« sagte er selbstgefällig, wandte sich ab und lachte dröhnend. Dabei hob sich seine Stimme, wurde immer schriller – und überschritt schließlich die Grenze zum Ultraschallbereich. Ein untrügliches Zeichen dafür, daß sich Boris in den schnelleren Zeitablauf versetzt hatte.

Ich machte, daß ich auf mein Zimmer kam. Es wurde eine unruhige Nacht. Ständig rumorte es irgendwo im Haus. Mal polterte es, dann wieder war ein geisterhaftes Raunen zu hören oder ein Getrampel in den Korridoren, als sei eine ganze Armee darin unterwegs. Ich rührte mich nicht aus dem Zimmer. Nicht daß ich mich gefürchtet hätte. So ein schreckhaftes Ding war ich längst nicht mehr – oder besser gesagt, nie gewesen. Statt dessen hoffte ich, daß die von den Forcas' zurückgelassenen Fallen Boris so schnell wie möglich erledigten. Manchmal, wenn er in einen Hinterhalt stolperte, hörte ich ihn auf Russisch fluchen. Einmal schrie er so laut, daß die ganze Straße es hören mußte: »Bring mir einen Schamanen, Coco, einen Schamanen!«

Ich reagierte nicht, ja, ich machte mir nicht einmal Gedanken darüber, was er mit einem Schamanen wollte. Gleich darauf war das Gerassel von Ketten zu hören, das sich bald mit Kampflärm vermischte. Ein Geschrei erhob sich, das sich rasch meinem Zimmer näherte. Zwischen den Flüchen von Boris ertönte immer wieder hysterisches Gekläffe und das Gepolter näher kommender Schritte. Plötzlich wurde meine Tür aufgestoßen, und Boris erschien darin, das Gesicht zu einer wütenden Fratze verzerrt.

»Wollt ihr mich umbringen?« herrschte er mich an.

«Oh, habe ich vergessen, dir zu sagen, daß wir noch nicht Zeit fanden, die Magie der Forcas' zu entschärfen?« fragte ich unschuldig.

»Mach nicht so ein abstoßendes Nonnengesicht!« wies er mich zurecht. »Das zieht bei mir nicht... Also gut, ich will nicht nachtragend sein und es als eine Art Bewährungsprobe ansehen.«

Mit diesen Worten entfernte er sich. Und das Toben im Haus ging weiter. Erst als der Morgen dämmerte, wurde es endlich still. Ich dachte, daß ich nun die wohlverdiente Ruhe finden könnte, doch da erklang abermals ein geisterhaftes Rufen.

»Komm, komm«, lockte es mich. »Du mußt meinem Ruf folgen, Hexe! Ich habe dich gebannt und erwarte dich...« Schließlich wurde die Stimme befehlender. »Gehorche, denn du bist meine Sklavin! An meine Seite mußt du kommen. Im Staub mußt du vor mir liegen, Hexe – um mir zu dienen!«

Nun, das stimmte zwar keineswegs, aber ich beschloß dennoch, dem Ruf zu folgen, und verließ das Bett. Zuerst hatte ich gedacht, daß Boris doch noch versuchte, mich in sein Zimmer zu locken. Doch der hätte es als mit allen Wassern gewaschener Magier nicht mit solch untauglichen Mitteln versucht. Außerdem war es sicher nicht seine Art, jemanden zu um etwas zu bitten... Er nahm sich einfach, was er wollte.

Draußen herrschte diesiges Wetter. Der Grundstückszaun und die dahinterliegende Straße verschwanden im Nebel des Sprühregens. Kein Auto war zu hören. Ich ließ meinen Blick über den Garten schweifen – und erblickte plötzlich eine groteske Gestalt. Es war der Alte, den ich auf dem Sabbat getroffen hatte. Noch immer trug er den viel zu großen Mantel, den ich ihm umgehängt hatte, und kauerte innerhalb eines magischen Kreises, den er mit magischen Symbolen bereicherte. Zwar erzielte er damit eine gewisse Wirkung – sein Ruf hatte mich ja immerhin erreicht –, aber stark war seine Magie keineswegs. Ich fragte mich, woher er sein Wissen bezogen hatte. Und wie war es ihm möglich geworden, mich aufzuspüren?

Ich schlüpfte in meinen Mantel und verließ mein Zimmer mit vielfacher Normgeschwindigkeit, um mich nicht mit den Fallen der Forcas' herumschlagen zu müssen. Als ich das Portal erreichte und ins Freie trat, kehrte ich in den normalen Zeitablauf zurück. Der Alte sah mich sofort, und in seinen Augen glomm es fanatisch.

»Hat dich mein Zauber also gerufen!« verkündete er triumphierend und vollführte einen Veitstanz, der vielleicht Teil seiner lächerlichen Beschwörung sein sollte. »Hierher mit dir, Hexe! Zu mir sollst du kriechen – auf allen vieren!«

Ich gab mir den Spaß und gehorchte ihm. Vor dem magischen Kreis stoppte ich, obgleich die Bannzeichen mich niemals hätten aufhalten können.

»Was soll der Unfug, Alterchen?« zischte ich wütend. »Wenn du weiter solchen Krach machst, weckst du noch Boris. Spätestens dann wird dir die Lust vergehen, ehrbare Hexen um den verdienten Schlaf zu bringen.«

»Boris?« wiederholte der Alte hellhörig. »Einen solchen Dämon kenne ich nicht. Barron heißt mein Schutzgeist!«

»Von einem solchen Schutzgeist habe ich noch nie etwas gehört«, erwiderte ich.

»Barron hat mich an dich verwiesen, Hexe«, rief der Alte und machte wieder sinnlose Beschwörungen. Er streute Kräuterstaub, getrocknete Krötenherzen und Fledermausknochen aus, die auf mich überhaupt keinen Eindruck machten. Es waren ausschließlich seine Worte, die meine Neugier weckten. Wer zum Teufel war dieser Barron, daß er meinen Namen kannte? Ich hypnotisierte den Greis, um ihn auszufragen. Er erstarrte und stierte schieläugig ins Leere. Ich fragte ihn, wie er den Dämon Barron kennengelernt habe.

»Durch eine Beschwörung.«

»Und wann ist er dir zum ersten Mal erschienen?« wollte ich wissen.

»Überhaupt nicht. Ich hörte nur seine Stimme. Barron ist nicht besonders mächtig. Aber er versprach mir, mich mit einflußreicheren Dämonen zusammenzubringen. Deshalb brachte er mich zum Sabbat.«

»Warum kamst du gerade auf mich?« erkundigte ich mich.

»Barron hat mich dort an dich verwiesen.«

Also mußte sich hinter diesem Decknamen ein bekannter Wiener Dämon verbergen. Aber was bezweckte er damit, den Alten auf mich zu hetzen? Vielleicht wollte sich ja jemand einen üblen Scherz erlauben. Es gab einige meiner Brüder und Schwestern, die dafür in Frage kamen. Volkart zum Beispiel oder meine Schwester Lydia.

»Wie heißt du, Alter?« fragte ich.

»Anselm Graubarth.«

Ich fragte ihn auch nach seiner Adresse, und er nannte mir ein uraltes Haus in der Inneren Stadt.

»In der Blutgasse«, sagte er.

Hm, was sollte ich jetzt mit ihm tun? Jedenfalls entließ ich ihn erst mal aus der Hypnose, verzichtete jedoch darauf, ihm die Erinnerung zu nehmen. Als er erkannte, daß ich ihn überlistet hatte, bekam er beinahe einen Tobsuchtsanfall.

»Wenn ich gewollt hätte, hätte ich dir das Herz aus dem Leibe reißen können, Anselm«, sagte ich, um ihn einzuschüchtern. »Und wenn du mich noch einmal belästigst, werde ich es auch tun. Jetzt verschwinde!«

»Gut, ich gehe«, sagte er wütend. »Aber ich komme wieder. Ich werde mein Ziel erreichen. Und das nächste Mal fahre ich schwerere Geschütze auf. Dann mußt du mir dienen.« Zornerfüllt stiefelte er davon.

Was für ein armer Irrer, dachte ich und kehrte ins Haus zurück, um endlich den versäumten Schlaf nachzuholen. Damals ahnte ich noch nicht, daß ich Anselm Graubarth völlig falsch einschätzte. Vielleicht hätte ich einiges Unheil verhindern können, wenn ich seine Gefährlichkeit bereits zu diesem Zeitpunkt erkannt hätte.

Boris schlief drei Tage und drei Nächte. Dabei träumte er jedoch manchmal so intensiv, daß es zu verschiedenen Erscheinungen kam. Gegenstände erhoben sich wie von Geisterhand bewegt und schwebten durch das Haus. Katzen wurden angelockt und veranstalteten eine wilde Jagd. Man sagt uns Hexen zwar nach, daß wir zu Katzen eine besondere Beziehung hätten, was gar nicht unrichtig ist, aber gegen die von Boris angelockten Tiere war ich machtlos. Immerhin erfüllten einige von ihnen einen guten Zweck: Sie gerieten in die Fallen der Forcas, so daß ich darauf aufmerksam wurde und sie entschärfen konnte.

Manchmal sprach Boris im Schlaf. Er nannte die Namen seiner früheren Opfer oder einiger sibirischer Freunde. Einmal rief er verzweifelt: »Wohin bin ich nur geraten...? Was ist das für ein Ort, an dem es keine Schamanen gibt?«

Als ich daraufhin zu Hause anrief und Vater fragte, warum Boris auf Schamanen solchen Wert legte, verriet er mir, daß die meisten Ostdämonen – und vornehmlich die sibirischen – eng mit Sterblichen zusammenarbeiteten und sie verschiedene Geheimnisse der Schwarzen Magie lehrten. Das waren die Schamanen. Vater verlangte nachdrücklich von mir, daß ich Boris unter allen Umständen daran hindern solle, unserem Haus in der Ratmannsdorfgasse einen Besuch abzustatten. Denn wenn er sich erst einmal irgendwo eingenistet habe, sei er kaum wieder zu vertreiben. Vater versprach aber, Boris einen Höflichkeitsbesuch in der Forcas-Villa abzustatten, damit er nicht das Gefühl hatte, von uns verstoßen zu werden. Als ich ihm von dem *Behältnis des Schreckens* erzählte, das Boris aus Rußland mitgebracht hatte, beschwor er mich, den Rat seines Vetters zu beherzigen und nur ja die Hände von der Kiste zu lassen.

Mitunter führten Boris' Träume auch zu Komplikationen. In der zweiten Nacht geschah es, daß plötzlich die Glocke läutete. Als ich schlaftrunken aus dem Fenster blickte, sah ich am Gartentor drei nackte Frauen – jede von ihnen eine Walküre von besonderem Kaliber und bestimmt schwerer als volle zwei Zentner. Trotz der späten Stunde hatten sich auf der anderen Straßenseite einige Schaulustige eingefunden. Ein Mann in Pantoffeln und Morgenrock kam herübergelaufen und klammerte sich verzweifelt an eine der nackten Frauen; wahrscheinlich ihr Mann. Ich hörte ihn flehen: »Ich will dir diesen Boris verzeihen, Roswitha, aber bitte komm zu mir zurück.«

So komisch diese Szene auf die Passanten wirken mußte, ich konnte nicht darüber lachen. Schon wollte ich einschreiten und sie davonjagen, da ging das Tor auf, und die drei Nackten kamen zielstrebig aufs Haus zu. Auch die Eingangstür war kein Hindernis für sie, und so stiegen sie bis in den zweiten Stock hinauf und erreichten schließlich Boris' Schlafzimmer, als habe er ihnen selbst den Weg gewiesen. In dieser Nacht verwandelte sich die Forcas-Villa in ein Tollhaus, und mir blieb die unangenehme Aufgabe, den aufgebrachten Ehemann, der die magische Barriere nicht überwinden konnte, und die schaulustigen Passanten so zu beeinflussen, daß sie den Vorfall vergaßen. Ich fragte mich, wie es der Ostdämon erst trieb, wenn er nicht schlief. Als es am anderen Morgen still im Haus wurde, schlich ich mich in Boris' Zimmer. Er lag nackt in seinem Bett, hatte die Augen geschlossen, und sein Bauch hob und senkte sich in regelmäßigem Rhythmus. Auf dem Boden lagen die drei Frauen. Ich wußte nicht, was er mit ihnen angestellt hatte, aber offenbar entzog er ihnen im Schlaf die Lebensenergien. Ich mußte alle verfügbare Kraft aufbieten, um die Walküren eine nach der anderen aus seinem Einflußbereich und aus dem Haus zu schaffen. Ich brachte sie auf den Hauptplatz und setzte sie dort aus. Dann kehrte ich in die Villa zurück.

In der dritten Nacht fand eine regelrechte Invasion von Ungeziefer und Schädlingen statt. Ich erwachte vom Flügelrascheln der Fledermäuse auf dem Dachboden. Die Biester schienen regelrecht zu toben. Als ich mein Zimmer verließ, um nach dem Rechten zu sehen, sah ich im Kerzenschein eine Kolonne von Ratten die Treppe hinaufhuschen. In der Luft tummelten sich Schwärme von Mükken, wie man sie sonst um diese noch kalte Jahreszeit nirgends sehen konnte. Den Ratten folgte ein Spinnenheer, in dem sich Achtbeiner jeder beliebigen Größe wiederfanden, die stur den mühevollen Aufstieg in die oberen Geschosse unternahmen. Ich folgte der seltsamen Prozession. Dabei zertrat ich versehentlich etliche Tiere, da die Stufen förmlich von ihnen übersät waren. Vielleicht war irgendein magischer Zauber der Forcas' wirksam geworden, dachte ich und beschloß, auf der Hut zu sein. Aber als ich auf den Dachboden kam, erkannte ich, daß jemand anderes die Ursache für die Ungezieferinvasion war. Von den Fledermäusen war längst nichts mehr zu sehen, aber mir war klar, daß sie denselben Weg genommen haben mußten, den jetzt das andere Kleingetier einschlug – direkt in Boris' Behältnis hinein, das noch immer aufrecht dastand und dessen eine Klappe wie eine Schranktür geöffnet worden war. Nach und nach wurden die Tiere von der Finsternis hinter der Klappe verschluckt, ohne daß eines von ihnen zwischenzeitlich wieder zurückkehrte. Anscheinend maß der Schrank in seinem Innern mehr Kubikmeter, als es den Außenwänden nach möglich gewesen wäre.

Auch in dieser Nacht machte ich kein Auge zu, denn das Tapsen der Rattenpfoten klang so laut, als würde eine endlose Armee durchs Haus marschieren. Dazu kam, daß etliches Ungeziefer den Weg durch mein Zimmer gewählt hatte. Aber wenn Boris geglaubt hatte, mich erschrecken zu können, wenn er Scharen von Spinnen über mein Bett spazieren ließ, hatte er sich getäuscht. Doch um meine Bettruhe war es natürlich geschehen. Wie froh war ich, als Boris am nächsten Abend aus seinem Zimmer kam und lautstark nach meinem Vater verlangte! Ich meldete mich sofort zu Hause, und Vater versprach, sich sofort mit meiner Mutter und

Georg zusammen auf den Weg zu machen.

Ich räumte den Schwarzen Salon im Erdgeschoß auf und entfernte einige Gegenstände, die unangenehm an die Winkler-Forcas erinnerten. Boris beobachtete mich dabei, und ich hatte das Gefühl, daß er mich dabei in Gedanken bis auf den Slip auszog. Vielleicht war es besser, wenn ich ihn auf andere Gedanken brachte, und so erkundigte ich mich, seine lüsternen Blicke ignorierend, bei ihm: »Was hatten diese Ungezieferschwärme während der letzten Nacht zu bedeuten?«

Er grinste. »Keine Ahnung, was du meinst. Ich habe geschlafen.«

»Die Ratten und Fledermäuse und Spinnen verschwanden alle in deinem Behältnis«, fuhr ich fort. »Wozu?«

»Wenn du den Kopf hineingesteckt hättest, wüßtest du es jetzt«, meinte er und lachte widerlich. Dann aber ließ er sich doch noch dazu herab, mir zu erklären, daß alle Schädlinge einen besonderen Saft in sich trügen, den er für bestimmte Zwecke benötigte. Allerdings besitze jedes dieser Wesen so wenig davon, daß selbst die Scharen von Tieren, die er letzte Nacht eingefangen habe, kaum einige Tropfen des kostbaren Elixiers geliefert hätten. »Wenigstens sind auch Teile ihrer Kadaver noch verwertbar«, fügte er beiläufig hinzu.

Das war der Moment, in dem Vater, Mutter und Georg eintraten. Michael und Boris fielen sich um den Hals, als könnten sie ohneeinander nicht leben.

Später murrte Boris jedoch: »Ich habe das Gefühl, daß ich euch nicht willkommen bin.«

»Wie kannst du nur so etwas sagen!« empörte sich Vater. Dann jedoch fügte er kleinlaut hinzu: »Es ist einfach so, daß nach dem Sieg über die Winkler-Forcas noch eine ganze Menge Arbeit erledigt werden muß. Es bleibt uns nichts anderes übrig, als Wien für einige Zeit zu verlassen. Aber Coco wird bei dir bleiben, um dich zu betreuen.«

Seine Worte trafen mich wie ein Schock, und ich hoffte nur, mich verhört zu haben. Vater konnte mich doch nicht allein mit diesem Scheusal zurücklassen! Als ich hilfesuchend zu Georg hinübersah, wich er meinem Blick aus. Auch Mutter schaute betreten zu Boden. Die nächsten Minuten herrschte eine furchtbar gedrückte Stimmung. Boris und Vater palaverten über belanglose Dinge und erzählten einander von ihren Schandtaten. Ich merkte, daß Georg mir ein verstohlenes Zeichen gab, und folgte ihm in die Halle hinaus.

»Sei tapfer, kleine Coco«, raunte er mir zu, nachdem er sich vergewissert hatte, daß Boris unser Gespräch nicht belauschen konnte. »Vater setzt großes Vertrauen in deine Fähigkeiten; nur deshalb läßt er dich mit Boris allein. Du kannst dir denken, was er sich davon verspricht.«

»Meinst du etwa, ich soll Boris...?«

Georg gebot mir zu schweigen, denn in dieser Sekunde kam Vater mit Mutter und Boris in die Halle.

»Wir haben es eilig, Coco«, sagte er nur und verließ grußlos das Haus. Georg und Mutter folgten ihm. Ich blieb allein mit Boris zurück.

»So, du mißratene Hexe, jetzt stürzen wir uns in das Wiener Nachtleben«, grölte er vergnügt. »Wir beide werden etwas Leben in diese öde Stadt bringen. Ich muß mir nur einige Kleinigkeiten aus meinem Behältnis holen, dann kann es losgehen.« Er verschwand über die Treppe.

Während seiner Abwesenheit verspürte ich einen heftigen Stich hinter der Stirn. Und plötzlich erklang eine beschwörende Stimme, die ich mittlerweile bis zum Überdruß kannte: »Hexe, Hexe, Hexe! Höre und gehorche...«

Ich eilte in den Garten hinaus und entdeckte zwischen einigen Büschen den lästigen Alten. Diesmal hatte er einen viel aufwendigeren magischen Kreis rund um sich gezeichnet, und ich mußte feststellen, daß es mir unmöglich war, zu ihm durchzudringen.

»Was willst du denn schon wieder hier, Anselm?« fragte ich genervt.

»Dich bezwingen, Hexe. Und diesmal wird es mir gelingen. Du kannst dich nicht mehr gegen mich wehren. Endlich bist du gezwungen, mir zu willen zu sein!«

»Und was hast du jetzt vor?« fragte ich provozierend.

»Ich will einen Pakt mit dir schließen!« erklärte er hochtrabend. »Du kannst von mir verlangen, was du willst – und ich bekomme dafür von dir die Unsterblichkeit.«

»Mehr nicht?«

»Du kannst meine Seele haben«, sagte er. »Alles, alles will ich dir geben. Verlange jedes Opfer von mir – nur hilf mir, den Tod zu überlisten.«

»Und wenn ich das nicht kann?«

»Dann mußt du mich mit mächtigeren Dämonen zusammenbringen«, verlangte er. »Ja, ich würde sogar Asmodi selbst meine Seele verschreiben. Du mußt dich mir beugen. Sieh nur, was ich hier habe.«

Er hob die Hand, und ich sah, daß ein Büschel lange, schwarze Haare darin lag. Als er in ein Haar einen Knoten machte, verspürte ich in der Herzgegend einen schmerzhaften Stich.

»Dieses Haar hat Barron mir verschafft!« rief er triumphierend. »Ich habe dich in der Hand. Wenn du mir nicht gehorchst, verbrenne ich es, und dann mußt du schmoren.«

Schon wieder dieser ominöse Barron! Nein, keiner meiner Geschwister konnte sich hinter diesem Namen verschanzen, denn weder Lydia noch Volkart würden soweit gehen, mich einem Irren auszuliefern. Während ich noch fieberhaft überlegte, was ich tun sollte, hörte ich aus dem Haus Boris' polternde Stimme.

»Du mußt jetzt verschwinden, Anselm«, beschwor ich den Alten. »Ich werde mich wieder bei dir melden. Dann kann ich dir vielleicht helfen.«

»Ich erwarte dich um Mitternacht an meinem Altar in der Blutgasse, Hexe!«

»Ich komme, aber es kann später werden«, sagte ich ungeduldig. »Es kommt darauf an, wie schnell ich Boris abwimmeln kann.«

»Ich erwarte dich«, sagte Anselm Graubarth. Er zeigte mir demonstrativ die Haarsträhne. »Und denke daran, was für ein Pfand ich besitze. Jede Minute, die du dich verspätest, werde ich ein Haar anzünden...«

Ich kehrte ins Haus zurück.

»Mit wem hast du gesprochen?« fragte Boris mißtrauisch.

»Es war nur ein Bettler«, log ich.

»Wo ist er? Ich hätte ein schönes Präsent für ihn!« rief Boris ausgelassen und schleuderte eine Münze von sich, die sich im Flug in einen Vogel mit Schlangenkörper verwandelte. Mich konnte er mit diesem Trick nicht beeindrucken, aber ich stellte mir vor, was passierte, wenn er ihn in Gegenwart normaler Sterblicher vorführte.

»Können wir gehen?« fragte ich unbehaglich und starrte halb verwundert, halb belustigt auf Boris' auffälliges Kosakenkostüm. Es schien, als wolle er heute abend wirklich auf seine Kosten kommen.

»Hast du ein Programm für uns zusammengestellt?« erkundigte er sich, während er sich in den Wagen zwängte.

»Ich schlage vor, daß wir erst einmal einige Nachtlokale abklappern«, sagte ich und dachte dabei an alle möglichen Spelunken, in denen sich der Abschaum dieser Stadt traf. Dort konnte Boris den wenigsten Schaden anrichten.

8. Kapitel

Vetter Boris' Exzesse

Ich war auf einiges gefaßt, aber es kam viel schlimmer, als ich mir jemals hätte träumen lassen. Es begann damit, daß Boris alle meine Pläne durcheinanderbrachte. Als wir die Mariahilferstraße hinunterfuhren, deutete er auf die Lichtreklame eines vornehmen Restaurants und sagte: »Das ist unsere erste Station.«

Ich versuchte es ihm auszureden, indem ich ihm die Laster der Spelunken ausmalte, die auf meiner Liste standen, doch er beharrte auf seinem Entschluß. Also stellte ich den Wagen schweren Herzens in der Nähe ab. Boris erregte allein durch seine Erscheinung beträchtliches Aufsehen. Der Geschäftsführer, der uns am Eingang versicherte, daß alle Tische besetzt seien, wurde von Boris eines Besseren belehrt: An einem der Tische saß ein jüngeres Paar. Die beiden bekamen bei Boris' Anblick plötzlich Magenkrämpfe und stürzten schreiend aus dem Lokal. Doch Boris wollte den freigewordenen Tisch auf einmal nicht mehr, sondern stolzierte wie ein Pfau durch das Lokal und fixierte einen Gast nach dem anderen mit seinem bannenden Blick. Jeder von ihnen erhob sich und flüchtete kreischend. Als alle Tische leer waren und sich nur noch ratlose Kellner und der verzweifelt um seine Fassung bemühte Geschäftsführer im Restaurant befanden, sagte Boris tadelnd: »Sie haben uns belogen. Dafür werden Sie büßen!«

Der Geschäftsführer wurde blaß. Er begann am ganzen Körper zu zittern; Augen und Zunge quollen ihm hervor, als leide er unter einem Erstickungsanfall.

»Laß es genug sein, Boris«, beschwor ich den Dämon. »Der Abend hat erst begonnen.« Wenigstens erreichte ich, daß er den Geschäftsführer am Leben ließ.

Wir fuhren weiter. Auf meinen neuerlichen Vorstoß, ein Stripteaselokal mit Séparées aufzusuchen, meinte er: »Ich sorge für Striptease, wo ich will.« Und gleich darauf veranlaßte er mich, vor einem vornehmen Hotel in der Innenstadt anzuhalten. Ich versuchte das Ärgste zu verhindern, indem ich mich in einen schnelleren Zeitablauf versetzte und, in der Hoffnung, daß Boris mein kurzes Verschwinden nicht bemerken würde, in die Hotelhalle eilte und allen Leuten, die ich in dieser kurzen Zeit beeinflussen konnte, einsuggerierte, daß ein Feuer ausgebrochen sei. Dann kehrte ich zu Boris zurück und tat, als sei nichts geschehen.

Als wir die Hotelhalle betraten, schenkte uns niemand seine Aufmerksamkeit – trotz Boris' exotischer Aufmachung.

»Feuer!« gellte es von überall.

Ich tat entsetzt. »Hast du das gehört, Boris? Laß uns verschwinden. Die Flammen wären unser sicherer Tod!«

»Hiergeblieben, kleine Hexe«, sagte er und packte mich im Genick. »Um mich reinzulegen, mußt du schon früher aufstehen«, sagte er und zwang mich, neben ihm in der Hotelhalle Platz zu nehmen. Wir warteten, bis sich eine beachtliche Menschenmenge versammelt hatte. Und noch immer strömten weitere Gäste und Hotelangestellte herbei.

»Feuer! Feuer!« riefen sie. »Rette sich, wer kann!«

Aber anstatt ihr Heil in der Flucht zu suchen, entledigten sie sich ihrer Kleider, die tatsächlich zu glosen begonnen hatten. Boris genoß das Schauspiel eine Weile lang, verließ das Hotel dann aber mit der Bemerkung: »Das sind doch alles nur Kindereien!«

Ich überlegte mir verzweifelt, was ich ihm bieten sollte, um ihn zufriedenzustellen, und da fiel mir das *Gourmand-Gourmet* ein. Dieses Lokal war ein beliebter Dämonentreff, in das sich gelegentlich auch normale Menschen verirrten, die aber nicht zu bedauern waren, weil sie ahnen konnten, was sie dort erwartete; die Reklame war entsprechend aufgezogen. Besitzer waren ebenfalls Dämonen, ein Brüderpaar namens Toni und Henning Obrecht. Ich überredete Boris zu einem Besuch, und wir ließen den Wagen stehen und machten uns zu Fuß auf den Weg. Es war kurz vor dreiundzwanzig Uhr, und ich hatte das *Gourmand-Gourmet* auch deshalb ausgewählt, weil es sich in der Nähe der Blutgasse befand. Ich wollte unbedingt um Mitternacht bei dem verrückten Alten sein und hoffte, Gelegenheit für einen kurzen Abstecher zu finden. Ich mußte diesem Anselm Graubarth die Flausen ein für allemal austreiben. Eigentlich sollte man Menschen, die sich unbedingt Dämonen verschreiben wollten, gewähren lassen, aber mir ging es darum, nicht in diese Sache hineingezogen zu werden.

»Wenn der Laden nicht hält, was du mir versprochen hast«, drohte Boris, »veranstalte ich einen Teufelszauber, den man in Wien nicht so schnell wieder vergißt!«

»Du wirst bestimmt nicht enttäuscht sein«, versicherte ich ohne große Überzeugung. Aber wenn Boris sich entschließen sollte, dieses Lokal ein für allemal plattzumachen, wäre ich die letzte gewesen, die deswegen Tränen vergossen hätte. »Dort trifft sich die dämonische Hautevolee von Wien.«

»Auch schon was.« Er ließ einen fahren. »Aber ich komme wohl nicht umhin, einige Kontakte zu knüpfen. Bringen wir es also hinter uns.«

Ein Mädchen, das in der düsteren Gasse ihrem Gewerbe nachging, machte eine abfällige Bemerkung über seine Gestalt, worauf er sich prompt auf sie stürzen wollte. Ich reagierte jedoch schneller und brachte die Dirne aus seiner Reichweite, indem ich sie im Zeitraffer in ein vorüberfahrendes Taxi steckte. Als ich aber zu Boris zurückkehrte, sagte er: »Du solltest dich besser nicht in meine Angelegenheiten mischen, Coco, denn dadurch machst du alles nur noch schlimmer.« Er blickte dem Taxi nach, das plötzlich an Geschwindigkeit gewann. Ich hielt den Atem an, als der Wagen in eine Seitengasse einbog und der Fahrer, statt abzubremsen, Vollgas gab. Der Wagen wurde aus der Kurve und gegen eine Hauswand geschleudert.

Boris wandte sich ab und zog mich endlich in Richtung *Gourmand-Gourmet.* Eine der Attraktionen des Lokals waren zwei Freaks als Kellner. Nicht genug, daß die aus der Schwarzen Familie Ausgestoßenen von Asmodi durch körperliche Makel gezeichnet waren, so wurden sie von den Gästen noch zusätzlich traktiert. Der Eingang war schmal und unbeleuchtet, wie überhaupt die ganze Außenfassade nicht gerade vielversprechend aussah. Die Obrechts vertrauten allein auf Mundpropaganda. Wenn man durch die kleine Tür ging, kam man in einen finsteren Raum, der von qualvollem Stöhnen erfüllt war. Man mußte sich seinen Weg im Dunkeln suchen, und selbst die Nachtgeschöpfe unter den Dämonen konnten hier nichts sehen. Der Raum war jedoch nicht allein dazu da, ängstliche Gemüter abzuschrecken, sondern hier wurden die Gäste gesiebt. Und je nachdem, ob man als Dämon oder Mensch klassifiziert wurde, lotsten einen die Angestellten durch einen bestimmten Zugang. Für Menschen gab es eine Wendeltreppe in den Keller – zur sogenannten Bühne. Schwarzblütige gingen durch die andere Tür und erreichten die Galerie. Es war jedoch üblich, daß sich die Dämonen zu vorgerückter Stunde mit den Gästen auf der Bühne vermischten.

Boris fand den Zugang zur Galerie, und wir kamen in den Rundgang mit den Logen und Séparées. Ein Raunen wurde unter den Schwarzblütigen laut, als sie mich an der Seite des geradezu abenteuerlich gekleideten Dämons erblickten. Ich erkannte Gert Lexas, der sich gelangweilt in einer Loge lümmelte. Seine breiten Schultern sprengten beinahe das modische Sakko, und sein kantiges Indianergesicht war ausdruckslos, als ginge ihn das Treiben um ihn herum überhaupt nichts an. Seine Finger spielten mit einer geheimnisvollen Kette, die mir Lydia schon einmal beschrieben hatte. Sie hatte nämlich nicht nur von den monatlichen Sabbaten der Lexas' geschwärmt, sondern im besonderen von dieser Kette gesprochen, die die Liebesfähigkeit des Trägers fast bis zur Selbstaufgabe steigern sollte.

Gert Lexas machte eine lässige Handbewegung und schleuderte das Schmuckstück damit in meine Richtung. Ich hätte mich mühelos aus der Flugbahn bringen können, doch das war gar nicht nötig. Die Kette wurde langsamer, veränderte die Richtung und schwebte dann über Boris' Kopf. Gert Lexas wurde blaß, und als Boris mit mir auf seine Loge zusteuerte, begann es in seinem Gesicht zu zucken. Der Vetter meines Vaters drückte mich auf einen Stuhl und nahm danach selbst Platz.

»Ich bin Boris Zamis«, sagte er, »und ich denke, ich bin zur rechten Zeit gekommen, um dafür zu sorgen, daß der Name unserer Familie den ihm zustehenden Klang bekommt.«

Gert blinzelte zu der Kette über Boris' Kopf hinauf, leckte sich über die Lippen und sagte: »War ja nur ein Scherz.«

Boris nickte und grinste verständnisvoll. »Na, dann wollen wir mal sehen, ob auch du Spaß verstehst.«

Eine Weile saßen wir schweigend da – bis einer der beiden Freaks herantrottete. Er war eine Ausgeburt an Häßlichkeit. Sein Kopf war lang und schmal, er hatte einen Wolfsrachen, und die untere Gesichtspartie war um gut fünf Zentimeter nach links verschoben. Am schlimmsten wirkten seine übergroßen Henkelohren, über die er zwei Klappen gestülpt hatte, um irgendwelche Wucherungen zu verbergen. Seine Haut hatte das pastellfarbene Zartrosa eines Schweins. Boris betrachtete ihn wohlwollend – und dann schwebte der Liebeskranz über den Kopf des Freaks und senkte sich auf ihn herab. Boris erhob sich und gab dem Freak einen Stoß, so daß er Gert Lexas um den Hals fiel.

»Ich wünsche dir viel Spaß, mein Bester!« sagte er und ging davon. Ich folgte ihm bis zu einer leeren Loge, in der er sich niederließ.

»Dem hast du es aber gegeben«, sagte ich sarkastisch. »Wenn du so weitermachst, bekommen wir bald die nächste Kriegserklärung.«

»Oder aber sie kommen alle angekrochen, um euch die Füße zu lecken«, erwiderte Boris und fügte hinzu: »Entweder alles oder nichts.« Plötzlich erhob er sich.

»Was ist denn nun schon wieder los?« fragte ich.

»Wir mischen uns unters Volk«, erklärte Boris. »Hier oben komme ich vor Langeweile noch um.«

Wir begaben uns über eine Wendeltreppe nach unten. Hier waren die Wände mit schwarz gefärbtem Sackleinen bespannt, Tische und Stühle standen so dicht beieinander, daß man mit dem Nebenmann unweigerlich Tuchfühlung bekam. Auf jedem Tisch brannten schwarze Kerzen, und dazwischen stand jeweils ein kleiner Gong. Eine Band aus Farbigen spielte südamerikanische Musik, und zu den rassigen Klängen wiegten sich auf der Tanzfläche engumschlungene Paare. Auf einer kleinen Bühne vollführte eine knochige Blondine eine dilettantische Teufelsbeschwörung. Henning Obrecht erschien an unserem Tisch, kaum daß wir Platz genommen hatten.

»Es ist mir eine Ehre, den größten lebenden Zamis in meinem bescheidenen Etablissement begrüßen zu dürfen«, sagte er katzbuckelnd.

»Bescheiden trifft zu«, meinte Boris. »Ist das blonde Gerippe dort vorn eure größte Attraktion?«

Henning Obrecht lachte pflichtschuldigst. »Wir haben heute Publikumsabend, dabei dürfen sich normale Sterbliche produzieren. Sie heizen sozusagen die Stimmung an, und es endet in allgemeiner Ekstase. Jetzt wirkt noch alles etwas steif, aber die Leute werden schon rechtzeitig in Schwung kommen.«

»Dafür werde ich sorgen«, versicherte Boris, was Obrecht zu einem unsicheren Lächeln veranlaßte. Er entfernte sich mit einer knappen Entschuldigung. Auf der Bühne hatte die Blondine damit begonnen, aus Wachs eine fünfzig Zentimeter große Teufelsstatue zu formen. Gäste erhoben sich von ihren Plätzen und brachten ihr weitere schwarze Kerzen. Einige der Leute blieben gleich auf der Bühne.

»Versnobte Menschen müssen das herrlich dekadent finden«, meinte Boris. Aber in seinen Augen glomm bereits erstes Interesse auf. Ich hoffte, daß er bald aus sich herausgehen würde, denn es war bereits Viertel vor zwölf. Die Band spielte immer heißere Rhythmen, und im Lokal wurde es nach und nach immer dunkler, weil die Kerzen von den Tischen verschwanden.

»Heil, Satan!« rief ein Mädchen auf der Tanzfläche und beugte sich in den Armen ihres Partners weit nach hinten. Der zweite Freak erschien, und ich bemerkte, daß er kaum eine größere Augenweide war als sein mißratener Kollege. Unterhalb seines Gesichts wölbte sich eine Tonnenbrust, und dazu besaß er ausgesprochen dünne Glieder, ein knochiges Gesicht mit etlichen schwarzen Beulen und Spinnenfinger, die unglaublich biegsam waren und sich wie Schlangen wanden. Außerdem konnte er nur wie eine Krabbe seitwärts gehen. Höflich erkundigte er sich nach unseren Wünschen.

»Borschtsch!« verlangte Boris.

Der Freak sah ihn ratlos an. Dann beugte er sich vertraulich zu ihm hinunter und raunte ihm zu: »Wir können selbst die ausgefallensten Gaumenwünsche erfüllen. Bestimmt ist auch Ihr Lieblingsgericht dabei...«

»Borschtsch«, wiederholte Boris.

Der Freak tat, als habe er ihn nicht gehört. »Eine liebliche Jungfrau, außen knusprig und innen noch roh«, schwärmte er, und mir wurde fast übel, als ich mir den Anblick in Gedanken ausmalte. Mir graute plötzlich. Jetzt verstand ich, was gemeint war, wenn man von Obrechts Spezialitäten sprach. Ich hörte weg, als der Freak in vielen Details die Art der Zubereitung und die Zusammenstellung der verschiedenen Menüs erklärte. Schließlich verlor Boris die Geduld. Er blickte den Freak nur an, und dieser verstummte. Dann sagte er ihm das Rezept für sein Lieblingsgericht auf, und der Freak wiederholte es Satz für Satz.

»Ich werde die Zubereitung überwachen«, trug ich mich an und folgte dem Ausgestoßenen, bevor Boris etwas einwenden konnte. Auf der Bühne waren die Akteure inzwischen in wahre Ekstase geraten und gaben der wächsernen Teufelsstatue immer neue Formen. Ich eilte dem Freak im schnelleren Zeitablauf voraus, glitt durch die Pendeltür neben der Band, orientierte mich kurz und begab mich in die Küche. Dort erblickte ich Eustache Lexas und zwei Gehilfen, wie sie gerade ein großes Tablett garnierten, auf dem ein nacktes Mädchen lag. Der Körper der jungen Frau war mit einer gläsernen Masse überzogen, die wie Aspik aussah – und hätte ich nicht gewußt, daß es sich um ein menschliches Wesen handelte, ich hätte auch das Mädchen selbst für eine Attrappe gehalten. Das war das besonders Teuflische an der Sache: Die Brüder Obrecht servierten den Ahnungslosen unter den Gästen das von Eustache raffiniert arrangierte Opfer in völliger Dunkelheit, so daß sie nicht ahnen konnten, woran sie sich delektierten. Und die Dämonen ergötzten sich dann daran, wie Menschen, ohne es zu wissen, zu Kannibalen wurden.

Fünf vor zwölf.

Eustache wurde mir immer widerlicher, und ich hatte keinerlei Skrupel, mein Vorhaben auszuführen. Ich konzentrierte mich auf das Mädchen und weckte es aus der Trance. Als sie die Augen öffnete, beeinflußte ich sie durch Hypnoseimpulse und befahl ihr, vom Tablett zu steigen. Dann wandte ich mich Eustache Lexas zu, nahm ihn zu mir in den schnelleren Zeitablauf. Seine Augen wurden groß vor Entsetzen, als er mich erkannte. Aber ich gab ihm keine Gelegenheit, sich in Sicherheit zu bringen. Die Lexas waren durchwegs Schwächlinge, und Eustache stand selbst unter ihnen in keinem hohen Ansehen. Es kostete mich keinerlei Mühe, ihm meinen Willen aufzuzwingen und ihn zu veranlassen, daß er sich entkleidete und seinen unförmigen Körper anstatt der Jungfrau aufs Tablett legte. Danach brauchte ich nur noch die Gehilfen zu zwingen, ihn mit der geleeartigen Masse zu überziehen.

»Wie gefällt es dir, Eustache, von normalen Sterblichen aufgefressen zu werden?« fragte ich süffisant.

Ich stellte es mir bildlich vor – und schüttelte mich vor Grauen. Nicht etwa, daß mir Eustache leid tat. Ich hatte nur Mitleid mit den Menschen, denen dieser grausige Schmaus zugedacht war. Deshalb änderte ich meinen Bann dahingehend, daß Eustache in letzter Sekunde aus der Starre erwachen sollte. Ja, es war viel besser, wenn er mit dieser Schmach weiterleben mußte. Und wie ich ihn einschätzte, würde er vorher noch Todesängste ausstehen. Ich nahm das völlig apathisch wirkende Mädchen in mein Zeitfeld auf und brachte es aus dem Lokal. Auf der Straße überließ ich es sich selbst. Mehr konnte ich im Augenblick nicht für die junge Frau tun, mußte mich doch auch um mein eigenes Wohlergehen kümmern.

Gleich war es Mitternacht. Aber ich war sicher, es noch rechtzeitig bis zur Adresse des verrückten Teufelsschülers zu schaffen.

Die Welt bot sich mir in einer Momentaufnahme, während ich im schnelleren Zeitablauf in die Blutgasse eilte. Für mich war es schon fast zur Routine geworden, meine phantastische Fähigkeit einzusetzen, deshalb wurde mir die Faszination der zur Bewegungslosigkeit erstarrten Umgebung kaum bewußt. Aber in manchen Momenten, vornehmlich wenn ich am wenigsten Muße dazu hatte, prägten sich gewisse Situationen unauslöschlich in mein Gedächtnis ein. So mußte sich der Prinz in »Dornröschen« vorgekommen sein, als er das verwunschene Schloß betrat. Da war ein Liebespaar, eng umschlungen; sie verdrehte die Augen, während er eine aufschneiderische Grimasse zog. Ein leichtes Mädchen, das enttäuscht in seine leere Börse blickte. Dort eine betagte Dame, die sich verstohlen umblickte, weil ihr Köter an die Radkappe eines Jaguars pinkelte... Das künstliche Licht der Reklamen wirkte noch greller als sonst, die Straßenbeleuchtung dagegen strahlte die

Wärme von Kerzenlicht aus. Noch brannten alle Laternen – um Mitternacht würde jede zweite von ihnen ausgelöscht werden.

Ich bog in die Blutgasse ein. Ein Betrunkener stand schief da, mit der einen Hand stützte er sich an der Wand ab, das eine Bein hatte er abgewinkelt angehoben und betrachtete seine verschmutzte Schuhsohle, da er offensichtlich in Hundekot getreten war.

Ich erreichte das Biedermeierhaus, eingezwängt zwischen zwei modernen Bauten mit kahler, nüchterner Fassade, und trat ein. Das Stiegenhaus war eng und niedrig, die Wände bekritzelt. Die Treppe wand sich spiralförmig nach oben. Im Parterre gab es nur zwei Türen. Die eine führte in den Lagerraum einer Spedition, die andere gehörte zu einer Galerie. Im Zwischenstock wieder nur zwei Türen, ohne Namensschilder. Ich erreichte den ersten Stock. Auf einer der beiden Türen klebte eine Visitenkarte. Darauf stand: *Dr. mag. Anselm Graubarth, Teufelsbeschwörer.* Diese Selbsternennung zum Doktor der Magie und zum Teufelsbeschwörer ließ mir den Alten nur noch lächerlicher erscheinen. Aber er hatte ein Pfand von mir, deshalb mußte ich mich mit ihm einlassen.

Ich fiel in den normalen Zeitablauf zurück und drückte die Klingel. Hinter der Tür erklang ein schrilles Läuten. Im selben Moment schlug eine ferne Kirchenglocke an. Ich war also gerade noch rechtzeitig gekommen. Von der Straße war das Fluchen des Betrunkenen zu hören, dazu ein schleifendes Geräusch, als er ein Bein nachzog, um den Hundekot von der Schuhsohle abzubekommen.

Die Tür schwang nach innen. Ein fremder Junge stand mir gegenüber. Er war blond und hatte ein hübsches Gesicht, nur seine Lippen waren etwas zu dünn. Er blickte ernst und irgendwie teilnahmslos, wirkte aber durch das schwarze Gewand, das einem Nachthemd ähnelte, überaus feierlich, fast wie ein Leichenbestatter. »Coco Zamis?« fragte er mit angenehmer Stimme.

Ich ging wortlos an ihm vorbei. Das Vorzimmer war ein einziger Abfallhaufen. Überall lag Gerümpel herum, stapelte sich zu Bergen. Ausrangierte Kinderwagen, Teile von Puppen und zerknitterte Plakate lagen zwischen Sesselbeinen, Schranktüren, unbrauchbaren Gasherden, Autofelgen und Gipsmodellen von Händen, Köpfen, Beinen und Geschlechtsteilen. Es war ein Chaos.

Die Tür fiel hinter mir ins Schloß. Mein Blick schweifte zurück zu dem jungen Mann. Er wirkte zwar ein wenig abwesend, machte aber nicht den Eindruck, als ob er sich in Trance befinde.

»Wie heißen Sie?« fragte ich ihn.

»Gerhard Pusch«, antwortete er. »Ich bin ein Lehrling des Meisters. Er trug mir auf, Sie sofort zu ihm zu führen. Kommen Sie bitte.« Er näherte sich der einzigen Tür, die dem Eingang gegenüberlag. Bevor er sie öffnete, drehte er sich noch einmal um.

»Sind Sie wirklich eine echte Hexe?« fragte er, und dabei machte er ein ungläubiges Gesicht, als könne er nicht begreifen, daß ich einfach wie ein normaler Mensch durch die Tür und nicht auf einem Besen durch den Kamin hereingeritten kam. Lächelnd fixierte ich ihn mit einem Auge und suggerierte ihm ein, daß ich einen Katzenkopf bekäme und meine Hände zu Pfoten mit langen Krallen würden, die nach ihm zielten. Er schrie vor Angst auf, was seine Harmlosigkeit wohl am deutlichsten demonstrierte.

Plötzlich aber durchraste meinen Körper ein brennender Schmerz, als ob mich grelle Flammen umzüngelten. Ohne lange zu überlegen, warf ich mich mit meinem ganzen Gewicht gegen die Tür, die sofort nachgab. Ich taumelte in einen schummrig beleuchteten Raum – einen wahren Alptraum in Rot und Schwarz. Am anderen Ende sah ich Anselm Graubarth in lächerlicher Verkleidung. Sein Hexergewand hätte besser auf einen Karneval gepaßt. Aber was er tat, war keineswegs lächerlich. Er hielt zwischen Daumen und Zeigefinger eines meiner Haare, das in einer grünlichen Flamme gloste.

»Halt!« gebot er mir, als ich auf ihn zustürzen wollte. Das Haar war verbrannt, der Schmerz in mir ließ nach. In meinem Kopf hallte nur noch ein dumpfes Dröhnen nach.

»Warum hast du das getan, Anselm?« fragte ich keuchend. »Ich bin deinem Ruf gefolgt!«

Der Alte lächelte und blies die Reste meines Haares von seinen Fingerkuppen.

»Das sollte nur ein Vorgeschmack darauf sein, was dir blüht, wenn du mir nicht gehorchst.« Er trat einen Schritt zur Seite, und jetzt erst sah ich, daß sich hinter ihm eine schwarzverhüllte Gestalt befand. Ich vermutete, daß es sich um eine Teufelsstatue handelte. Der Alte fuhr fort: »Ich hatte bisher den Eindruck, daß du mich nicht ganz ernst nimmst, Hexe. Du hältst mich wohl für einen senilen, leicht vertrottelten Alten. Das muß sich ändern. Ich will das ewige Leben haben!«

»Das kann ich dir nicht verschaffen, Anselm«, sagte ich wahrheitsgetreu. »Selbst wenn du mich völlig in deine Gewalt bringst, kann ich dir die Unsterblichkeit nicht geben. Ich bin nicht mächtig genug.«

»Aber du bist mächtiger als Barron!« behauptete er. »Er hat es selbst zugegeben und mich an dich verwiesen. Er hat mir geraten, dich in meine Gewalt zu bekommen, weil über dich der Weg zu mächtigeren Dämonen führt.«

Ich wog insgeheim das Für und Wider gegeneinander ab. Anselm Graubarth hatte sich nicht durch einen magischen Kreis abgesichert, weil er zu glauben schien, daß ich ihm nun nichts mehr anhaben könnte. Dabei hätte es mich keine Mühe gekostet, ihn zu überwältigen. Aber das wäre nicht klug gewesen. Außerdem hielt ich ihn immer noch für einen ungefährlichen Spinner. Was konnte es also schaden, auf sein Spiel einzugehen? Vielleicht erfuhr ich auf diese Weise, wer sich hinter dem Decknamen Barron wirklich verbarg.

»Ich kenne keinen Dämon mit diesem Namen«, sagte ich. »Wahrscheinlich bist du einem Hochstapler aufgesessen, Anselm.«

»Es gibt ihn!« rief der Alte mit sich überschlagender Stimme

»Nun gut«, meinte ich, »dann verrate mir, wie du ihn gerufen hast.«

»Ich weiß, was in meiner Beschwörung fehlt«, erklärte der Alte, ohne auf mich zu hören. Er lachte schrill. »Oh, ich weiß es sehr gut! Man kann Dämonen nur für sich gewinnen, wenn man ihnen Opfer bringt. Sie wollen Blut sehen und den Lebensatem Sterbender in sich aufsaugen. Ich weiß alles!« Er hielt plötzlich ein langes Messer in der Hand, und mit der anderen öffnete er den Umhang über seiner Brust. »Da, der Beweis meiner Opferbereitschaft!« schrie er und ließ das Messer herabsinken. Ich befürchtete schon, daß er sich erdolchen würde, doch dann erkannte ich, daß er den Stoß abfing und mit der Messerspitze nur seine Brust ritzte. Mit schnellen Bewegungen schnitt er sich ein Zeichen in die

Haut, und die Wunde verfärbte sich auf der Stelle blutrot.

»Genug, Anselm!« rief ich ihm zu. »Du hast mir deine Opferbereitschaft bewiesen.«

»Nein, es ist noch lange nicht genug«, erwiderte er, und jetzt loderte endgültig der Wahnsinn in seinen Augen. Dennoch war er nicht wirklich verrückt, denn das hätte ich an seiner Ausstrahlung erkannt. Er war nur besessen, und die Frage war, ob tatsächlich ein Dämon dahintersteckte. Er breitete die Arme aus und richtete seinen Blick nach unten, als wolle er geradewegs in die Hölle blicken; das Messer hielt er weiterhin fest umklammert.

»Wollt ihr Blut sehen, Dämonen? Ja?« gellte er. »Dann sollt ihr es bekommen! Es soll in Strömen fließen, damit ihr darin baden könnt.«

Er wirbelte plötzlich herum und zielte mit dem Messer auf die schwarzverhüllte Gestalt. Das alles kam so überraschend für mich, daß ich zu spät schaltete. Wie sollte ich auch wissen, daß er tatsächlich beabsichtigte, ein Menschenopfer darzubringen? Nie hätte ich geglaubt, daß er so weit gehen würde. Als ich mich endlich in den schnelleren Zeitablauf versetzte, um dem Irrsinn Einhalt zu gebieten, war es zu spät. Schon hatte er das Messer bis zum Heft in den schwarzen Umhang getrieben. Der Stoff verfärbte sich rötlich. Ein Schwall Blut spritzte in Zeitlupe auf der Öffnung hervor, und die Tropfen trieben wie rote Luftblasen davon. Ich ließ mich resignierend in den normalen Zeitablauf zurückfallen, da ich ohnehin nicht mehr helfen konnte.

»Blut! Blut! Blut!« schrie Anselm Graubarth immer wieder. Und jedesmal stieß er erneut mit dem Dolch zu. Der schwarze Umhang riß, darunter kam eine nackte weibliche Gestalt zum Vorschein. Der Umhang fiel von ihr ab. Ich sah ein Mädchengesicht, das einmal hübsch gewesen sein mußte. Jetzt war es von ekstatischem Schmerz entstellt. Der Körper wies bereits unzählige Wunden auf. Endlich faßte ich mir ein Herz und wollte dem Alten das Handwerk legen. Aber bei jedem Dolchstoß war mir, als dringe die Klinge in meinen Körper ein. Das Mädchen ging in die Knie, drehte sich halb um seine eigene Achse. Ich zuckte vor Schmerz zurück. Und da erkannte ich, was mich so hilflos machte. Auf der Haut des Mädchens klebten vereinzelte Haare. Schwarze Haare, obwohl das Mädchen eindeutig blond war! Wieder einmal hatte der Alte gnadenlos seine Macht ausgespielt.

Endlich ließ er von seinem Opfer ab. Das Mädchen lag auf dem Boden und rührte sich nicht mehr. »Adept Gerhardus!« schrie er. Sein Gesicht schien in diesen wenigen Sekunden um Jahre gealtert. Der Totenschädel glich dem einer Mumie – und er verfiel immer mehr. Seine Haut verfärbte sich grünlich. »Adept Gerhardus, die Dämonen fordern noch mehr Blut!« gellte es schaurig durch den Raum. »Folge deiner Geliebten in die Ewigkeit, laß deinen Körper zu meinem Jungbrunnen werden.«

Was hatte der Alte nur mit seinen Opfern angestellt, daß sie ihm so hörig waren und sich von ihm willig zerstückeln ließen? Gab es tatsächlich einen Dämon Barron, der ihm Macht über andere Menschen gab? Ich traute meinen Augen nicht, als sich der junge Mann, der mir die Tür geöffnet hatte, das schwarze Gewand über den Kopf zog und sich dem Alten näherte. Seinem Mörder! Anselm Graubarth war bereits so weit verfallen, daß er einem Untoten ähnelte. Seine Haut hatte sich giftgrün verfärbt, die Lippen waren ihm so weit geschrumpft, daß sein Gebiß hervortrat. Alles Fleisch um seine Augenhöhlen war verschwunden, die Augen selbst hingen nur noch an den Sehnerven und pendelten bei jeder Bewegung in den schwarzen Höhlen. Fast schien es, als würde ihn das Blut seiner Opfer rasend schnell altern lassen, anstatt ihm die Jugend zurückzugeben. Jetzt stellte sich Gerhard Pusch vor ihm auf.

»Stirb!« keuchte Graubarth und hob kraftlos den Dolch. Doch diesmal war ich rechtzeitig zur Stelle und brachte das verhüllte Opfer außer Reichweite. Der Dolch stieß ins Leere. Durch die Wucht des Hiebes wurde der Alte nach vorn gerissen und stürzte zu Boden. Ich befreite den jungen Mann aus dem schwarzen Gewand. Er starrte mich überrascht an.

»Schnell, ziehen Sie sich an, Gerhard«, befahl ich ihm. »Wenn es wirklich den Dämon Barron gibt, sind Sie noch nicht außer Gefahr. Aber ich werde Sie in Sicherheit bringen.«

Er nickte und hob sein am Boden liegendes Gewand auf. Ich warf einen Blick auf den Alten, der in seinen letzten Zuckungen lag. Er gab seltsame Laute von sich und hatte sich mit den Zähnen in die Bretter des Fußbodens verbissen. Seine Hände hatten sich zu Krallen verkrampft. Wahrscheinlich war es das beste, wenn er in diesem Moment sein Leben aushauchte. Ich wandte mich ab. Als Gerhard Pusch angezogen war, verließ ich mit ihm die Wohnung und brachte ihn in eine Art Diskothek. Zwar schien diese Umgebung für eine ernsthafte Unterhaltung wenig geeignet, aber ich glaubte, an einem solchen Ort am besten untertauchen zu können. Pusch war endlich zur Besinnung gekommen. Er kippte drei Whisky hintereinander hinunter, dann schien er sich besser zu fühlen.

»Sagen Sie mir, daß ich alles nur geträumt habe«, sagte er dumpf.

»Das Leben kann oft ein Alptraum sein«, erwiderte ich. »Erzählen Sie mir etwas über sich. Wie sind Sie an diesen Wahnsinnigen geraten?«

Er berichtete mir, daß er eigentlich aus geordneten Verhältnissen stammte. Das triste bürgerliche Leben hatte ihn jedoch schon sehr bald angekotzt. Er suchte Abwechslung, fand sie in verschiedenen Exzessen, die immer mehr ausarteten. Schließlich geriet er an einen sogenannten Magischen Zirkel, in dem Schwarze Messen abgehalten wurden. Dort lernte er Lena kennen, die nun in der Wohnung Anselm Graubarths in ihrem Blut lag. Sie hatte ihn erst mit dem verrückten Alten zusammengebracht, da er Adepten für seine Beschwörungen gesucht hatte.

»Ich hätte nicht gedacht, daß der Mensch so tief sinken kann«, sagte Gerhard verständnislos. »Ich schäme mich fast, es zu sagen. Aber ich sah den Schmerzen, die mir mein Meister bereiten würde, voller Freude entgegen. Ich war wie von Sinnen. Dabei wußte ich doch, daß Lena verstümmelt worden war. Und dennoch... Läßt sich das mit Magie erklären? Hat der Meister mich verzaubert?«

»Ich denke schon«, sagte ich, obgleich ich mir selbst nicht ganz sicher war. »Jetzt hast du diese Phase überwunden, Gerhard. Du wirst ein neuer Mensch werden. Vielleicht hast du ein wenig von deiner Fröhlichkeit eingebüßt, aber du wirst nie wieder dem Bösen verfallen, davon bin ich überzeugt.«

Ich zog ihn zur Tanzfläche, und wir gaben uns engumschlungen der Musik hin. Er klammerte sich wie ein Ertrinkender an mich. Ein eigenartiges Gefühl durchströmte mich, wie ich es erst einmal in meinem Leben gespürt hatte. Damals, als ich drauf und dran gewesen war, mich in Rupert Schwinger zu verlieben. Unwillkürlich rückte ich von Gerhard ab.

»Was ist?« fragte er. Dann ließ er mich los, blickte schuldbewußt auf seine Hände und nickte. »Sie sind schmutzig und voller Blut.« Er wollte fliehen, aber ich hielt ihn zurück. Als ich ihn umschlang und fest an mich preßte, entspannte er sich wieder.

»Bleib«, erwiderte ich nur. Dabei wußte ich, daß die Bekanntschaft mit ihm wenig mehr als eine Episode für mich sein würde. Aber was sprach dagegen, sich die Tage, die ich in der Gegenwart unseres russischen Scheusals verbringen mußte, anderweitig ein wenig zu versüßen? Gerhard jedenfalls leistete keinen Widerstand. Im Gegenteil, er küßte mich sogar, zuerst zärtlich, dann immer leidenschaftlicher, und seine Hände, die wie suchend und forschend über meinen Körper glitten, elektrisierten mich. Die Welt versank um uns. Wir waren nahe dran zu vergessen, daß wir zwischen schwitzenden Körpern eingekeilt waren. Aber dann öffnete ich die Augen – und die brutale Wirklichkeit stürzte auf mich ein. Neben uns tanzte ein älterer, distinguiert wirkender Herr, dessen Gesicht mir bekannt vorkam. In seinen Armen hing willenlos eine kleine, pummelige Blondine. Plötzlich erinnerte ich mich an die beiden. Der Graumelierte war einer der Gäste in jenem Hotel gewesen, in dem Boris die Leute zu einem unfreiwilligen Striptease veranlaßt hatte. Bei der Blondine handelte es sich um eines der Zimmermädchen. Ich trat auf etwas Weiches und senkte den Blick. Dort lag der Geschäftsführer des Restaurants, in das Boris mit mir zu Beginn unserer Tour eingekehrt war, rücklings auf dem Boden. Jedesmal, wenn jemand auf ihn trat, stöhnte er.

Als ich mich genauer umsah, entdeckte ich plötzlich viele bekannte Gesichter, zumeist Gäste des Restaurants und des Hotels, aber auch einige Passanten, denen ich mit Boris begegnet war. Er mußte sie alle hypnotisiert und hierher bestellt haben. Und dann entdeckte ich auch Leute aus dem *Gourmand-Gourmet,* darunter etliche Dämonen: Toni und Henning Obrecht, einen Thimig, der sich langsam in einen Werwolf zu verwandeln begann, Gert Lexas, der mit ausdruckslosem Indianergesicht einem Barmädchen seine Liebeskette umlegte.

»Amüsierst du dich gut, kleine Coco?« flüsterte mir jemand ins Ohr.

»Boris!« entfuhr es mir erschrocken. Ich versuchte vergeblich, mich herumzudrehen und Gerhard vor seinen Blicken zu verbergen. »Was soll das alles?« stammelte ich.

»Bei dem Dämonentreff war überhaupt nichts los«, erklärte er, während er mit einer üppigen Blondine tanzte, die etwas mitgenommen aussah. »Deshalb haben wir uns alle mal ein bißchen umgesehen, ob nicht anderswo was abgeht.«

»Und warum seid ihr ausgerechnet hierher gekommen?« fragte ich.

Boris zuckte die Achseln. »Vielleicht ahnte ich, daß ich dich hier treffen würde.« Er stieß mich an und deutete auf Gerhard. »Wer ist der Jüngling?«

»Eine flüchtige Bekanntschaft...«

Boris ging nicht näher darauf ein. »Paß auf«, raunte er mir zu, »gleich wird dieser Fleischberg platzen. Gib zu, daß du in dieser Tonne nicht mehr die knochige Blondine wiedererkennst, die auf der Bühne des *Gourmand-Gourmet* mit der Wachsstatue geschmust hat. Übrigens, dein Gag mit dem Schwarzblütigen in Aspik hat eingeschlagen...«

Ich blickte auf Boris' Partnerin, deren Gesicht immer mehr aufzuquellen schien.

»Was hast du mit ihr gemacht?« fragte ich entsetzt.

»Ich habe sie ein Teufelsei aus meiner Überraschungskiste schlucken lassen«, rief Boris lachend.

Die Blondine schrie plötzlich auf und schlug um sich. Die Tanzenden flüchteten vom Parkett und bildeten einen Kreis um sie herum.

»Komm schnell fort«, sagte ich zu Gerhard und zog ihn zum Ausgang.

»Aber...«, versuchte er aufzubegehren.

»Willst du nicht mit mir allein sein?« fragte ich schmachtend. Das wirkte. Ich bahnte mir einen Weg durch die johlende Menge. Die Leute klatschten und pfiffen und dachten, daß ihre Anfeuerungen die Blondine in Fahrt bringen würden. Als ich mich noch einmal umblickte, waren der Frau alle Haare ausgefallen. Sie hatte die Kleider vom Körper gerissen, und so war deutlich zu sehen, wie ihre Haut überall Risse bekam. Sie platzte förmlich, wie Boris es prophezeit hatte. Aber statt Blut brach aus den Wunden Eiter, und dann zuckte es in ihrem Fleisch. Ich sah noch, wie die ersten Ratten und Spinnen aus ihrem Körper schlüpften...

Endlich erreichten wir das Freie. Ich lief mit Gerhard zu einem Taxistand.

»Nach Perchtoldsdorf«, trug ich dem Fahrer auf, als ich neben Gerhard in den Rücksitz gesunken war. *Nach Perchtoldsdorf,* hallte es in meinem Geist nach – und ich fragte mich, ob es klug war, Gerhard in die Forcas-Villa zu bringen. Vor dem ominösen Barron würde er dort zwar vermutlich sicher sein, aber es blieb ein anderes, nicht zu unterschätzendes Problem. Der werte Vetter meines Vaters...

Gerhard in der Villa zu verstecken, war einfacher, als ich anfangs geglaubt hatte. Komplikationen ergaben sich eigentlich nur dabei, ihn zu überreden, sie erst einmal zu betreten. Zuerst weigerte er sich, mir in die *Bruchbude* zu folgen, und als ich ihn endlich so weit hatte, wäre er beinahe gleich in den Bann eines magischen Auges geraten, wie sie die Forcas überall im Haus zurückgelassen hatten. Aber ich löste das Problem, indem ich Gerhard kurzerhand hypnotisierte. Das brachte den Vorteil mit sich, daß er auch gegen die anderen Schrecken gefeit war, zum Beispiel gegen die Bilder der Forcasschen Ahnengalerie.

Als wir mein Zimmer erreichten und ich die Hypnose löste, entsetzte er sich über die altmodische Einrichtung und die seltsamen Reliquien, die alle noch von Eurika Forcas stammten. »Wenn du mit einer Hexe zusammenleben willst, mußt du dich an ihre kleinen Eigenheiten gewöhnen«, sagte ich kokett.

»Wer weiß, ob ich das noch will«, meinte er mit leichtem Unbehagen.

»Ich glaube, du hast gar keine andere Wahl, Gerhard«, sagte ich. »Anselm Graubarth ist zwar tot, aber der Dämon Barron kann dir noch immer gefährlich werden. Solange du in seinem Bann stehst, kann er dir seinen Willen aufzwingen.«

»Und solange bin ich in diesem Loch dein Gefangener«, sagte er zerknirscht.

Ich schmiegte mich an ihn. »Vielleicht ist diese Gefangenschaft gar nicht so schlimm, wie du annimmst.«

Er küßte mich und wollte mich aufs Bett drücken, doch ich befreite mich aus seiner Umarmung.

»Wie du willst.« Gerhard zuckte die Achseln und wandte mir demonstrativ den Rücken zu.

»Da ist noch etwas.« Ich erhob mich und ging zu dem großen Spiegel an der Wand, dessen Scheibe jedoch blind war und nichts reflektierte. Fast schien es, als sei Milchglas in einen prunkvollen Rahmen gefaßt. Ich nahm an, daß dieser Spiegel Eurika Forcas für übersinnliche Wahrnehmungen gedient hatte. Vielleicht hatte sie mit ihm sogar in die Zukunft sehen können. Ich war noch nicht hinter ihre letzten Geheimnisse gekommen. Immerhin hatte ich jedoch herausgefunden, daß sich hinter dem Spiegel ein Versteck befand: Ein kleiner Raum mit einer Schlafgelegenheit. Einmal hatte ich mich darin versteckt, als Boris in mein Zimmer gekommen war, und er hatte mich nicht einmal auf magische Weise wahrnehmen können.

»Du mußt dort hinein, Gerhard«, erklärte ich. »Das Haus gehört nämlich nicht mir allein, ich bewohne es mit einem entfernten Verwandten. Er ist ein wahres Scheusal, und wenn er dich entdeckt...«

»Ich verstehe schon«, meinte Gerhard schmollend und verschwand ohne weiteren Kommentar durch die milchige Fläche des Spiegels. Ich überlegte, ob ich ihn zurückrufen sollte, entschied mich dann aber dagegen. Ich konnte ihn und seine Annäherungsversuche im Moment wirklich überhaupt nicht gebrauchen. Andererseits, warum hielt ich ihn dann hier fest? An die Gefährlichkeit des Dämons Barron glaubte ich eigentlich nicht wirklich. Das war nur eine Ausrede gewesen, um Gerhard zum Bleiben zu veranlassen. Er gefiel mir. Und deshalb wäre auch nichts natürlicher gewesen, als wenn ich mich ihm hingegeben hätte. Aber die Vernunft sagte mir, daß ich nicht anders handeln durfte. Es mußte mir genügen, wenn er in meiner Nähe blieb.

Ihm genügte es auf jeden Fall nicht, wie sich bald herausstellte. Am nächsten Tag ließ ich ihn für einige Stunden aus seinem Versteck, verbot ihm jedoch ausdrücklich, das Zimmer zu verlassen. Und das war nicht das einzige, was ich ihm auferlegte.

»Rühre in diesem Zimmer nichts an«, befahl ich ihm. »Die Salben und Wässerchen, so harmlos sie auch aussehen, könnten verheerende Auswirkungen auf dich haben. Auch alles andere, vom Kerzenhalter bis zu dieser seltsam geformten Schere, ist magisch aufgeladen.«

Er nickte nur und starrte aus dem Fenster. »Ich möchte spazierengehen«, verlangte er unvermittelt.

Ich kam zu ihm und strich ihm zärtlich über den Rücken.

Er drehte sich langsam um. Ich blickte zu ihm auf, und zum erstenmal wurde mir deutlich bewußt, wie groß er war. Er legte die Arme um mich und ließ sie sanft meinen Rücken hinauf und wieder herunter wandern. Dann faßte er mich am Gesäß und drückte mich an sich. In diesem Moment war ich Wachs in seinen Händen, das er beliebig formen konnte. Und er wußte es. Langsam näherte sich sein Gesicht dem meinen, unsere Lippen verschmolzen miteinander.

»Der Russe kommt! Der Russe kommt!« lispelte der Irrwisch, den ich als Aufpasser eingesetzt hatte. Das ernüchterte mich augenblicklich. Ich stieß Gerhard von mir und drängte ihn in das Versteck hinter dem Milchglasspiegel. Er konnte von dort das ganze Zimmer einsehen, ohne selbst entdeckt zu werden. Verlassen konnte er das Versteck ohne meine Einwilligung jedoch nicht.

Ich verließ das Zimmer. Als ich auf die Treppe kam, erschien Boris gerade in der Halle. Sein Gewand war zerfetzt und blutverschmiert. Er war völlig berauscht. Mit einem dümmlichen Lächeln auf den Lippen blickte er zu mir herauf.

»War das ein Fest«, schwärmte er. »Du weißt gar nicht, was du alles versäumt hast, Coco. Aber sicher hast du dich anderweitig schadlos gehalten.«

»Mir war nicht nach Vergnügen zumute, deshalb habe ich mich zurückgezogen.«

Er kam die Treppe hoch und zwinkerte mir zu. »Und der Junge?«

»Ich habe ihn aus den Augen verloren.«

»Na, es geht mich auch nichts an... Übrigens, so übel sind manche der Burschen aus den Wiener Familien gar nicht.« Er ging auf sein Zimmer und ließ sich zwei volle Tage lang nicht blicken. Meine Sorge, daß er wieder so intensiv *träumen* und die Villa damit in ein Spukschloß verwandeln werde, war unbegründet. Volle achtundvierzig Stunden merkte ich nicht das geringste von seiner Anwesenheit und vergaß sogar fast, daß er sich überhaupt im Hause befand. Dafür hatte ich mit Gerhard meine liebe Not. Er wurde immer mürrischer und schweigsamer, obwohl ich versuchte, mich ihm gegenüber so normal wie möglich zu geben. Ich kochte sogar für ihn, was mich allerdings bei meiner Abneigung gegen Hausarbeit wirkliche Überwindung kostete. Er aß jedoch kaum. Ich versuchte ihn aufzumuntern, indem ich mit ihm Karten und Schach spielte; manchmal ließ ich ihn sogar absichtlich gewinnen, damit er nicht die Lust verlor. Aber auch das fruchtete nichts. Wenn ich ihn aus seinem Versteck ließ, stand er oft stundenlang am Fenster und blickte hinaus. Ich mußte an ein gefangenes Tier denken, das sehnsüchtig durch die Gitter seines Käfigs in die Freiheit blickte.

»Ich tue alles nur um deinetwillen, Gerhard«, versicherte ich ihm. »Wenn ich erst einmal den Dämon Barron zur Strecke gebracht habe, dann...«

Er drehte sich um und sagte haßerfüllt: »Bisher hast du noch nicht einmal versucht, etwas über Barron herauszufinden, geschweige denn, ihn unschädlich zu machen.«

Ich biß mir auf die Lippen. Er hatte recht. Ohne ein Wort zu verlieren, baute ich auf dem Kartentisch verschiedene Gegenstände auf, die ich für eine Beschworung benötigte, und stellte eine magische Kristallkugel in die Mitte – als Ersatz für eine Irrlichterkugel. Ich konzentrierte mich auf meinen Bruder Georg und bekam schnell Kontakt mit ihm.

»Georg, ich brauche deine Hilfe«, sagte ich.

»Macht Boris dir Schwierigkeiten?« fragte er besorgt.

»Nein, es ist nicht seinetwegen. Ich möchte nur etwas über ein Mitglied der Schwarzen Familie mit Namen Barron erfahren. Er macht seit einiger Zeit in Wien von sich reden, ohne daß man ihn zu sehen bekommt.«

»Hast du nähere Angaben über ihn?« fragte Georg aus der magischen Kugel. Aus den Augenwinkeln sah ich, wie Gerhard interessiert näherkam.

»Nein, ich weiß nur, daß er mich offenbar kennt.«

Da begann Georg amüsiert zu grinsen. »Da bist du anscheinend einem Schabernack aufgesessen, kleine Coco. Der Fall Barron ist sogar außerhalb der Schwarzen Familie äußerst bekannt. Vor fünfhundert Jahren ungefähr versuchte ein Mensch namens Gilles de Raiz, mit seiner Hilfe die Unsterblichkeit zu erlangen. Er hat ihm dafür an die hundertfünfzig Kinder geopfert. Barron jedoch dachte gar nicht daran, die Gegenleistung zu erbringen. Wahrscheinlich konnte er es gar nicht. Und so endete Gilles de Raiz einfach am Galgen.«

»Und was ist aus Barron geworden?« fragte ich neugierig.

»Es heißt, daß er größenwahnsinnig wurde und Asmodi I. herausforderte. Natürlich unterlag er und wurde zu einem Freak gemacht. Seine Gebeine sind längst vermodert...«

»Danke, das genügt«, sagte ich schnell. »Ich melde mich wieder, Georg.«

Damit unterbrach ich die Verbindung. Gerhard stand neben mir, die Hände zu Fäusten geballt. Ich wagte es nicht, ihn anzusehen. »Es gibt also gar keinen Dämon, der Barron heißt«, sagte er gepreßt. »Er ist nur ein Phantom, ein Hirngespinst. Aber du mußt mich vor ihm beschützen, nicht wahr? Du mußt mich gefangenhalten, damit mir nichts geschehen kann.«

»Ich beschütze dich vor jenem Dämon, der sich für Barron ausgibt«, sagte ich verzweifelt.

»Wirklich?« Seine Stimme klang ätzend wie Säure. »Weißt du, was ich glaube? Ich glaube, daß du mich nur unter einem Vorwand festhalten willst. Wie lange willst du es tun? Ein paar Monate? Ein Jahr? Oder soll ich bis an mein Lebensende dein Gefangener sein? Ich durchschaue dich, du Hexe! Freiwillig bleibe ich keine Sekunde mehr in diesem Haus. Du mußt mir schon deinen Willen aufzwingen.«

»Du siehst das alles falsch, Gerhard«, beschwor ich ihn. »Daran, daß ich dich nicht beeinflusse, mußt du doch erkennen, daß ich es ehrlich meine...« Ich unterbrach mich, bevor ich etwas sagen konnte, das ich dann wieder bereute.

»Und warum tust du das alles?« fragte er kalt.

Ich schluckte. Dieselbe Frage hatte ich mir in den vergangenen Tagen selbst immer wieder gestellt. Was immer ich für Gerhard empfand, von Liebe war es jedenfalls weit entfernt. Aber warum klammerte ich mich dann so an ihn? Vielleicht war ich schon wie Lydia, die es buchstäblich mit jedem trieb.

»Ich... ich weiß es nicht«, sagte ich stockend.

»Wovor fürchtest du dich, Coco?« hörte ich ihn flüstern. »Glaubst du, daß du nicht lieben darfst, nur weil du eine Hexe bist? Im Grunde genommen ist jede Frau eine Hexe, und das ist gut so. Kein Mann, der sich nicht gerne verhexen ließe. Liebe ist Verzauberung.«

Aber ich liebe dich nicht. Wie sollte ich ihm dieses Dilemma erklären. Ich mochte ihn, ja, vielleicht. Aber im Grunde suchte ich nur einen Freund, dem ich mich anvertrauen konnte, nachdem mir von meiner Familie seit Monaten nur geschnitten wurde. Und vielleicht ein bißchen Spaß im Bett. Aber war das etwa verboten?

Ich beschloß, Gerhard meine Gedanken vorzuenthalten. Er hätte mich ohnehin nicht verstanden. Statt dessen ließ ich mich wie auf einer Meereswoge treiben und genoß die zärtlichen Berührungen seines Körpers. Irgendwann kam der Moment, wo ich wieder gegen das Meer ankämpfte, ich wollte mich aus seinem Sog befreien, mich auf den festen Boden der Vernunft retten. Aber Gerhards zärtliche Leidenschaft spülte meine letzten Bedenken fort – bis ich wieder an meine Familie dachte und mir die Angst vor den Folgen die Kehle zuschnürte. Nicht, daß sie mich für meine Lust zur Rechenschaft ziehen würden. Aber sie würden es niemals dulden, daß ich mich von ihnen abseilte und mein eigenes Leben zu führte. Ich konnte sie förmlich vor mir sehen, Georg, Adalmar, meinen Vater. Sie alle starrten mich an, und Verachtung sprach aus ihren Blicken. »Sie hintergeht ihre eigene Sippe. Sie soll ein Freak werden! Sie hat nichts anderes verdient...«, riefen sie.

Ich verscheuchte diese Alpträume, und Gerhard war mir dabei behilflich. »Du brauchst keine Angst zu haben, Coco. Ich bin bei dir.«

Obwohl ich wußte, wie wenig er mir im Ernstfall helfen konnte, tat es gut, seinen Beistand zu haben. Das Gefühl, auf einen Menschen bauen und ihm vertrauen zu können, war überwältigend. Ich hätte in diesem Augenblick am liebsten geweint, aber Hexen haben keine Tränen. Es blieb die Hemmung, die es Hexen unmöglich machte, echte Gefühle zu empfinden ...

»Der Russe ist aufgewacht. Der Russe ist aufgewacht!« Die Warnung des Irrwischs brachte mich in die Wirklichkeit zurück. Ich versteckte Gerhard, der nicht wußte, wie ihm geschah, hinter dem Spiegel und legte mich ins Bett. Boris kam wie immer ohne anzuklopfen ins Zimmer. Er hatte blutunterlaufene Augen und keuchte.

»Hier riecht es nach Sünde«, grölte er.

»Ja, du hast recht«, erwiderte ich schlagfertig. »Du selbst hast diesen Geruch mitgebracht.«

Er wurde ernst. Der Irrwisch, der sich dicht an meinem Ohr eingenistet hatte, warnte mich. »Achtung, er führt eine Teufelei im Schilde. Er rechnet nicht mit deiner Gegenwehr, deshalb könntest du ihn überlisten.«

Ich versetzte mich in einen rascheren Zeitablauf und verließ, nackt wie ich war, das Bett. An meine Stelle legte ich den Irrwisch und gab ihm mein Aussehen. Ich hoffte, daß Boris meine Identität nicht überprüfen würde. Anschließend floh ich zu Gerhard hinter den Spiegel.

Boris kam ans Fußende des Bettes und starrte meinen Doppelgänger durchdringend an. Ich hoffte, daß er nicht versuchen würde, mich zu beeinflussen. Glücklicherweise schien das auch gar nicht seine Absicht zu sein. Ich merkte, daß er für den Bruchteil einer Sekunde verschwand, und als er wieder an seinem Platz war, hatte er seine Stellung etwas verändert. Kein Zweifel, daß er sich kurz in einen rascheren Zeitablauf versetzt hatte.

»Ich erwarte heute Nacht Besuch, Coco«, sagte er dann zu meinem Doppelgänger. »Es wird vielleicht etwas laut werden. Oder möchtest du mal einen Sabbat nach sibirischer Art miterleben?«

»Nein«, sagte der Irrwisch.

»Eben.« Er lachte grölend. »Dann wünsche ich dir einen guten und festen Schlaf.« Grinsend verließ er das Zimmer. Ich wollte schon aus meinem Versteck hervorkriechen, um zu sehen, was er mit dem Irrwisch angestellt hatte, als er unverhofft noch einmal zurückkehrte, einige Beschwörungen vollführte und anschließend meinen Namen nannte. Der Irrwisch rührte sich nicht. Boris grinste diabolisch, und diesmal verschwand er wirklich.

Ich überlegte. Er hatte versucht, mich einzuschläfern – aber warum? Vermutlich wollte er bei dem Sabbat nicht gestört werden. Meine Neugierde war geweckt.

»Coco«, flüsterte Gerhard heiser und löste sich ebenfalls aus dem Versteck. Ich verscheuchte die düsteren Gedanken und gestattete ihm, mir für einige köstliche Augenblicke die Zeit zu vertreiben.

Es war klug gewesen, die magischen Einrichtungen der Forcas bestehen zu lassen. So war es mir möglich, die Vorgänge im Haus durch die magischen Augen zu beobachten, ohne mein Zimmer zu verlassen. Im Bett lag immer noch der Irrwisch. Gerhard schlief ebenfalls in seinem Versteck. Ich saß an Eurikas Schminktisch, der genau im Fokus einiger magischer Augen stand. Von hier konnte ich in die Halle, in den Schwarzen Salon, in den Beschwörungsraum auf dem Dachboden sehen und einen Teil des Parks überblicken. Das kostete mich keine besondere Anstrengung. Es war gleich Mitternacht. Boris befand sich noch in seinem Zimmer. Da tauchte im Garten eine geduckte Gestalt auf. Zuerst hielt ich sie für einen Hund, erkannte dann aber, daß es sich um einen Werwolf handelte. Das konnte nur ein Thimig sein. Er umschlich das Haus und heulte. Als er die Rückseite erreichte, verschwand er aus meinem Blickfeld. Doch sofort kehrte er zurück zum Portal und legte sich winselnd auf die oberste Stufe.

Boris kam über die Treppe und begab sich in den Schwarzen Salon. Er tat, als hörte er das Geheul des Werwolfs nicht, und stellte auf dem Tisch zwei Dutzend formlose Gegenstände zurecht, die wie Steine aussahen. Ich vermutete, daß er sie seinem »Behältnis des Schreckens« entnommen hatte. Verdächtigte ich Boris zu Unrecht des Verrats an meiner Familie? Ich wußte nicht, ob ich

darüber froh sein sollte, falls ich mich irrte. Als er das Gesicht in Richtung eines magischen Auges wandte und ich es deutlich vor mir sah, wußte ich, daß ich keinem Irrtum aufsaß. Es zeigte einen entschlossenen Ausdruck, seine Augen funkelten gefährlich.

Jetzt tauchten im Garten zwei weitere Gestalten auf. Ihre unförmigen Körper schwabbelten bei jedem Schritt wie Sülze, ihre gedrungenen Schädel waren mit einem rotbraunen Fell bedeckt, das ihnen bis auf die Brust herunterfiel. Es handelte sich um Toni und Henning Obrecht in ihrer Monstergestalt. Sie gesellten sich zu dem Werwolf, der nun menschliche Gestalt annahm und sich als Walter Thimig entpuppte. Endlich begab sich Boris in die Halle, hob die magische Sperre auf und ließ die drei ein.

»Warum hast du uns so lange warten lassen?« beschwerte sich Walter Thimig. Boris versetzte ihm einen Tritt ins Hinterteil, daß er sich winselnd zurückzog. Nacheinander trafen weitere Dämonen ein. Perez Lexas mit seinen Söhnen Eustache und Gert; Konstantin und Nikodemus Thurgau, zwei Vampire aus der Provinz; die Spandorn-Amazonen Ethel, Clara und Diana – gorgonenähnliche Weiber, deren faszinierende Haarpracht sich in eine Brut von ekelerregenden Würmern verwandeln konnte; dazu kam noch ein Dutzend Dämonen, die mir unbekannt waren. Als letzter stieß zu dieser illustren Gesellschaft jemand, den mir Georg einmal im Vorübergehen gezeigt hatte. Er hieß Paldur Zoraster und war nur ein Halbdämon. Er stammte von normalen Menschen ab, war aber während eines Sabbats geboren worden und im Sinne der Schwarzen Familie erzogen worden. Er spielte oft eine Vermittlerrolle zwischen rivalisierenden Familien und war ein wichtiger Informationsträger. Georg hatte gesagt, daß ihm nicht über den Weg zu trauen sei.

Seine Anwesenheit und die Tatsache, daß niemand von der Nowottny-Sippe gekommen war, die einen guten Ruf besaß und als sehr korrekt galt, waren eine erste Bestätigung für mich, daß hier eine Verschwörung im Gange war. Insgesamt hatte Boris vierundzwanzig Dämonen geladen, doch hinter den meisten standen größere Sippen, so daß Boris über sie an die hundertundfünfzig Schwarzblütler erreichte.

»Ihr wißt, warum ihr hier seid«, begann er. »Ihr seid meinem

Ruf gefolgt, weil ihr mit den herrschenden Zuständen unzufrieden seid. Euch wäre es lieber gewesen, wenn die Winkler-Forcas' die Herrschaft übernommen hätten, weil sie leichter beeinflußbar gewesen wären. Das sei euch verziehen. Ihr müßt die Stärke der Zamis nach ihrem Sieg über die Winkler-Forcas anerkennen. Aber nach allem, was ich gehört habe, seid ihr nicht froh darüber, daß der Zamis-Sippe mit meinem Vetter Michael ein unentschlossenes, ja, sprechen wir es aus, ein verweichlichtes Oberhaupt vorsteht.«

Die Dämonen pflichteten fast durchwegs bei, nur einige verhielten sich reserviert. An diese wandte sich Boris, als er weitersprach: »Michaels Zeit ist um. Es ist nötig, daß er abtritt. Ihr braucht jemanden, der euch mit starker Hand führt, der diese Stadt zu einer Hochburg der Schwarzen Familie macht. Und es wird auch Zeit, daß der Name Zamis wieder den Klang erhält, den er einmal hatte. Es gibt keinen anderen als mich, Boris Zamis, der Michaels Nachfolge antreten könnte. Ich habe mich nach reiflicher Überlegung zu diesem schweren Entschluß durchgerungen, weil ich keinen anderen Ausweg sehe.«

»Und wie stellst du dir das vor, Boris?« erkundigte sich Perez Lexas.

»Ich werde mit meinem Vetter reden«, sagte der Dämon. »Ich bin sicher, daß er sich meinen Argumenten nicht verschließen kann.«

»Das haben die Winkler-Forcas auch geglaubt«, warf einer der beiden Thurgau-Vampire ein.

»Diese Beleidigung überhöre ich geflissentlich, aber noch einmal möchte ich mit den Forcas' nicht verglichen werden«, sagte Boris grollend. »Sie waren Stümper, das zeigt sich an den leicht durchschaubaren Fallen in diesem Haus. Michael lockte mich in diese Villa, zweifellos in der Hoffnung, daß ich in einer der Fallen umkomme. Und er setzte mir seine mißratene Tochter in den Pelz, um mich einzulullen. Aber ich habe mich durchgesetzt.«

»Was ist denn mit Coco?« erkundigte sich Eustache Lexas. »Wenn sie nun in unsere Versammlung platzt? So dumm ist sie nun wieder auch nicht, daß sie nicht unsere Absichten durchschauen würde.«

Boris lachte grölend. »Das süße Kind schläft tief und fest. Wenn ich erst Oberhaupt der Wiener Zamis-Sippe bin, versteigere ich sie an den Meistbietenden.«

»Damit wären wir wieder beim Thema«, sagte Perez Lexas. »Was gedenkst du zu tun, wenn Michael Zamis nicht mit sich reden läßt, Boris?«

»Er wird mir Platz machen, so oder so«, erklärte Boris; das war deutlich genug.

»Dennoch muß ich wieder an das Schicksal der Forcas' erinnern«, sagte Ethel, die älteste der drei Spandorn-Amazonen. »Auch sie fühlten sich sicher – und unterlagen schließlich, weil die Zamis eine geheime Waffe einsetzten.«

»Michael kann nichts, was ich nicht auch kann«, behauptete Boris. »Und ich kann alles besser als mein Vetter. Warum glaubt ihr wohl, hat er Wien verlassen? Um einer direkten Konfrontation mit mir aus dem Wege zu gehen. Er hofft wohl, daß ich nach seiner Rückkehr nicht mehr hier bin. Aber da hat er sich getäuscht. Ich sage es noch einmal ganz deutlich: Wenn mein Vetter nicht freiwillig abtritt, werde ich ihn zwingen. Habe ich eure Unterstützung?«

Die meisten bejahten diese Frage. Einige, so zum Beispiel Perez Lexas – nicht aber sein Sohn Eustache – nickten zurückhaltend.

»Es genügt mir schon, daß keiner gegen mich ist«, erklärte Boris zufrieden. Er deutete auf den Tisch, wo die vierundzwanzig magischen Steine lagen. »Ich habe hier für jeden von euch ein Geschenk.«

»Was sollen wir damit?« fragte Henning Obrecht.

»Mit diesen Steinen hat es eine besondere Bewandtnis«, erklärte Boris grinsend. »Wenn ihr sie an euch nehmt, geht ihr mit ihnen eine Symbiose ein. Ihr kommt von den Steinen erst los, wenn ich tot bin. Sonst erwachsen euch aus dieser Symbiose keine Unannehmlichkeiten – solange ihr keinen Verrat an mir begeht. In einem solchen Fall allerdings wird der Stein für den Verräter zu einer tödlichen Bombe. Greift zu, die ihr den Pakt mit mir ehrlich meint.«

»Wenn es wahr ist, daß ich dir dadurch auf keine andere Weise verpflichtet bin, habe ich keine Bedenken«, sagte Perez Lexas und nahm einen der magischen Steine an sich. Nacheinander folgten die anderen seinem Beispiel. Zum Schluß blieb nur Paldur Zoraster übrig. Er sagte: »Ich glaube, daß mir ein solches Geschenk nicht zusteht, da ich kein vollwertiges Mitglied der Schwarzen Familie bin.«

»Greif nur zu, als mein Verbündeter steht auch dir ein Geschenk zu«, ermunterte ihn Boris. »Oder hat dein Zögern andere Gründe?«

»Nein, nein«, versicherte der Halbdämon und nahm den letzten Stein an sich. Als er ihn in seiner Hand hielt, begann der Stein auf einmal zu glühen. Zoraster schrie auf, versuchte sich des schmelzenden Dinges zu entledigen, doch es schien auf seiner Handfläche zu kleben. Der Rest ging schnell. Ein Zischen wurde laut, und der Halbddämon wurde mit unwiderstehlicher Kraft von dem Stein aufgesogen, der dann zu Staub zerfiel.

»Ich bin froh, daß nur ein Verräter unter uns war«, sagte Boris in die Stille. »Jetzt wäre es an der Zeit, unser Bündnis zu feiern.«

»Ob das der richtige Ort ist?« meinte Henning Obrecht unbehaglich. »Immerhin befindet sich mit Coco ein Mitglied der Zamis-Sippe im Haus, das zu deinem Vetter steht. Sie könnte unerwartet aufwachen.«

»Möglich, aber dann wird sie sich mit ihrem Liebhaber vergnügen«, meinte Boris mit einem schmierigen Grinsen, das mich erschauern ließ. »Das Dummchen glaubt, daß ich nichts davon weiß. Dabei habe ich sie bei ihrem Treiben die ganze Zeit über beobachtet.«

Ich versteifte mich. Unbändige Wut überkam mich. Deshalb also hatte ich mich beobachtet gefühlt, als...

»Wenn ihr wollt, könnt ihr auch dabeisein«, bot Boris den Dämonen an. »Ihr kommt bestimmt auf eure Kosten.«

Sie stimmten begeistert zu. Boris ging voran, und die anderen folgten ihm. Er führte sie in den Beschwörungsraum auf dem Dachboden.

»Ich hätte gar nicht gedacht, daß dieses harmlose Mädchen solches Feuer besitzt«, schwärmte er ihnen vor. »Es gibt nichts Ergötzlicheres, als ihr bei ihren Spielen zuzusehen. Und dieser Trottel glaubt tatsächlich, daß sie in ihn verliebt ist...« Die Dämonen kreischten vor Vergnügen.

Ich wollte in diesem Moment am liebsten sterben, denn ich hatte nur die Wahl, ihnen entweder das erwartete Schauspiel zu bieten oder mich durch meine Passivität zu verraten. Meine Entscheidung wurde schließlich von dem Wunsch nach Rache beeinflußt. Nur deshalb entschloß ich mich, die Schmach zu ertragen. Durch das magische Auge sah ich, wie Boris vor den Augen der erwartungsvollen Dämonen den Deckel seines *Behältnisses des Schrekkens* wie eine Schranktür öffnete und die Dämonen dann einen nach dem anderen eintreten ließ.

»Ihr werdet nicht nur unbeteiligte Zuschauer sein«, verkündete Boris verheißungsvoll, »sondern das Gefühl haben, selbst aktiv werden zu können...«

Ich weckte Gerhard und holte ihn aus dem Versteck. Dabei ließ ich mir nicht anmerken, wie elend ich mich fühlte. »Komm Gerhard, laß es uns tun. Hier und jetzt«, sagte ich und küßte ihn leidenschaftlich.

9. Kapitel

Barron entlarvt

Da mein Verhältnis mit Gerhard sowieso kein Geheimnis mehr war, hielt ich es nicht für nötig, ihn länger zu verstecken. Natürlich tat ich, als wüßte ich nicht, daß unsere Beziehung inzwischen Tagesgespräch unter den Wiener Familien war und daß ich mich damit zum Gespött der Dämonen gemacht hatte; Boris gegenüber erweckte ich noch immer den Anschein, als müßte ich Georg vor ihm verbergen. Andererseits sah ich jedoch keine Veranlassung mehr, Gerhard nicht aus dem Haus zu lassen.

Manchmal unternahmen wir ausgedehnte Spaziergänge durch die Winterlandschaft oder gingen abends aus. Aber in mir fraß der Haß. Ich überlegte immer wieder, wie ich Rache an Boris nehmen könnte. Ständig spionierte ich ihm nach und wartete auf meine Gelegenheit. Er war viel zu sehr mit seinem Ränkespiel beschäftigt, als daß ich sein Mißtrauen hätte erwecken können.

Es war zwei Tage, nachdem Boris mich vor allen Dämonen gedemütigt hatte. Die Sonne schien, obwohl es sich in der Nacht deutlich abgekühlt hatte. Gerhard und ich waren zu Fuß nach Mauer gegangen. Wir hatten zu Mittag in einem kleinen Gasthof gegessen. Jetzt sagte Gerhard zu mir: »Komm, ich möchte dir etwas zeigen.« Und dann nahm er mich bei der Hand. Wir kamen über steil aufwärtsführende Asphaltstraßen auf einen Hügel, vorbei an trostlosen Gärten mit geschmacklosen Einfamilienhäusern. Schon von weitem war ein imposantes Bauwerk zu sehen.. Es bestand nur aus gewaltigen, viele Tonnen schweren Betonklötzen, die sich übereinandertürmten und ineinander verschachtelt waren.

»Das ist der Georgiberg«, sagte Gerhard nur, aber seine Augen bekamen dabei einen besonderen Glanz.

Ich dachte, daß es sich bei dem avantgardistischen Gebäude um ein Museum oder etwas ähnliches handelte und stellte keine Fragen. Meine Gedanken beschäftigten sich auch mit anderen

Dingen. Schon den ganzen Tag über, seit wir die Villa in Perchtoldsdorf verlassen hatten, konnte ich mich des Gefühls nicht erwehren, unter fremder Beobachtung zu stehen. Jetzt hatte sich dieser Eindrück erneut verstärkt. Ich war sicher, daß Boris mich von einem seiner Handlanger beschatten ließ. Wir erreichten das Ende der Straße, und ein gewundener Weg führte zu dem Betongebäude auf der Hügelkuppe. In den schmalen Fenstern, die überall zwischen den Betonklötzen in den verschiedensten Formen glänzten, spiegelte sich die Nachmittagssonne. Vereinzelte Spaziergänger bestaunten das Gebäude, schüttelten die Köpfe, schienen etwas ratlos zu sein. Ich war von der nüchternen Strenge des Bauwerks angetan; nur etwas zu spartanisch erschien es mir.

Gerhard hielt meine Hand jetzt fester. Ein Mann mittleren Alters kam uns entgegen. Er stieß wie unbeabsichtigt gegen mich und raunte mir zu: »Ich erwarte Sie beim Nordbunker.« Dann ging er ohne Entschuldigung weiter.

Gerhard und ich erreichten die Anhöhe. Die Front des Betongebäudes mit einer großzügig erscheinenden Glastür war keine dreißig Meter entfernt. Dahinter erstreckte sich ein verwahrlostes Heidefeld.

»Eine Schande, daß das Bundesheer ausgerechnet hier einen Truppenübungsplatz unterhält«, sagte Gerhard und zog mich an der Hand auf das Gebäude zu. »Siehst du die Bunker? Sie verschandeln die Landschaft. Man sollte sie in die Luft sprengen.«

Ich nickte. Besonders der Bunker im Norden stach mir ins Auge. Plötzlich fühlte ich mich ganz seltsam. Eine unerklärliche Übelkeit stieg in mir auf. Und mit jedem Schritt, den ich mich dem Gebäude näherte, wurde es schlimmer. »Was ist das für ein Haus?« fragte ich würgend.

»Ein Gotteshaus«, erklärte Gerhard. »Eine moderne Kirche.«

»Nein!« rief ich entsetzt und wollte fliehen, doch Gerhard hielt mich fest. »Ich kann nicht...«

»Du mußt dich überwinden, Coco«, sprach er mürrisch und zerrte mich auf den Eingang zu. »Reiß dich zusammen, dann wirst du es schaffen.«

»Aber ich bin eine Hexe!« Mein Blick fiel auf die kahle Betonwand des Portals. Ein winziges Kreuz war dort eingemeißelt, nicht viel größer als eine Handfläche. Aber es blendete mich geradezu. Gerhard stieß die Glastür auf – und stieß einen Schrei aus. Ich hob widerwillig den Blick. Der Altar vor uns bot einen gespenstischen Anblick. Es handelte sich um einen Marmorblock in einem Stück. Darüber hing ein über drei Meter hohes Kreuz an Seilen von der Decke. Seltsamerweise ging davon keine zerstörerische Ausstrahlung aus, und ich erkannte, daß es entweiht worden war. Noch während ich auf das Kruzifix starrte, wurde mir klar, weshalb Gerhard sich so erschrocken hatte. An das Kreuz war ein Mensch geschlagen. Ein junger Mann, dem man die Kleider genommen und eine tiefe Wunde im Brustbereich beigebracht hatte.

Ich wirbelte herum, riß mich von Gerhard los und floh aus der Kirche. Atemlos rannte ich über das Heidefeld auf den Nordbunker zu. Ein eisiger Wind kam auf und zerrte an mir. Die Sonne verschwand hinter einer schwarzen Wolke. Als ich den Bunker erreichte, war niemand zu sehen. Stufen, die fast unter Schutthalden verschwanden, führten in die Tiefe. Ich bildete mir ein, in der Dunkelheit des unterirdischen Gewölbes ein Stöhnen zu vernehmen. Schnell lief ich die Stufen hinunter – und prallte entsetzt zurück. In einem Winkel kauerte der Mann, der mich auf dem Weg zur Kirche angesprochen hatte. Sein Mantel war geöffnet und ihm mit Pullover und Hemd über die Schultern gezogen worden. Jemand hatte ihm die Kehle durchgeschnitten.

Ich wandte mich ab und kehrte langsam zum Hügel zurück. Gerhard hockte apathisch auf einem Stein; er war ganz käsig im Gesicht. Wir verließen diesen Ort des Schreckens, bevor die Polizei eintraf, und kehrten in die Forcas-Villa zurück. Ich erzählte Gerhard nichts von dem zweiten Toten. Warum sollte ich ihn damit belasten? Ich beschloß sogar, groß mit ihm auszugehen, damit er auf andere Gedanken kam. Weiterhin glaubte ich längst zu wissen, wer die beiden Opfer auf dem Gewissen hatte. Aber ich behielt meinen Verdacht vorerst für mich. Jedenfalls steckte Boris dahinter, das war sonnenklar. Er plante irgendeine Teufelei gegen mich, und ich ahnte, daß die beiden Menschenopfer nur der Auftakt für eine Serie von Bluttaten sein würden.

Am Nachmittag – Gerhard befand sich in seinem Versteck hinter dem Spiegel – kam Boris in mein Zimmer und sagte: »Da hat jemand ein Geschenk für dich abgegeben.«

»Wo ist es?« fragte ich ohne Interesse.

»Vor dem Haus.« Dann zog er sich unter schallendem Gelächter zurück. Als ich aus dem Haus trat, stolperte ich über einen menschlichen Leichnam. Ich ließ mir jedoch nichts anmerken, riß in Boris' Anwesenheit sogar einen Witz darüber.

»Hast du eine Ahnung, wer sich solche makabren Scherze mit dir erlaubt?« fragte er mich.

»Nein«, log ich. »Aber ich werde es schon noch herausfinden und es dem Scherzkeks doppelt heimzahlen.«

»Wenn du willst, höre ich mich in der Schwarzen Familie um«, schlug er vor und verhehlte gleichzeitig nicht, daß ihn die ganze Angelegenheit im Grunde maßlos erheiterte.

»Tu das«, sagte ich.

Und er setzte seinen Terror gegen mich fort. Nach zweiundzwanzig Uhr verließ ich mit Gerhard die Villa. Ich hatte ihm die Erinnerung an das schreckliche Erlebnis in der Kirche genommen, ihm aber das Wissen darüber, daß er versucht hatte, mich in ein Gotteshaus zu locken, gelassen. Jetzt kam er wieder auf dieses Thema zu sprechen.

»Wenn du wirklich versuchen willst, eine normale Frau zu werden, mußt du deine Angst vor allem Sakralen ablegen«, redete er auf mich ein, während wir mit dem Taxi nach Wien fuhren. »Du schaffst es ganz bestimmt, Coco.«

»Tja, vielleicht. Aber du mußt etwas Geduld mit mir haben, Gerhard. Laß mir Zeit...«

Es wurde mir schwer ums Herz, als ich diese Worte sagte. Er ahnte ja nicht, daß ich ihn im Grunde die ganze Zeit über zum Narren hielt. Zwar hätte ich nichts dagegen gehabt, dem Einflußbereich meiner Familie zu entkommen – aber ein Leben lang mit Gerharf zusammenleben? Nein, das konnte ich mir beim besten Willen nicht vorstellen.

Wir suchten ein Nachtlokal auf, von dem ich wußte, daß es von Dämonen der Schwarzen Familie kaum frequentiert wurde; ganz sicher konnte man natürlich nirgends sein. Aber wir hatten Glück.

Den ganzen Abend tauchte kein Dämon auf, und auch das Gefühl, von unsichtbaren Augen beobachtet zu werden, stellte sich nicht ein. Langsam begann ich aufzutauen, und ich war froh, das Beisammensein mit Gerhard wieder einmal ungestört auskosten zu können. Dabei bemühte ich mich, keinen einzigen Gedanken an unsere Zukunft zu verschwenden.

Als Gerhard von der Toilette zurückkam, war er leichenblaß, zitterte am ganzen Körper und konnte kaum gehen. Ich fragte ihn, was passiert sei, aber er kippte zuerst ein Glas Whisky hinunter, bevor er antwortete: »Ich habe Anselm Graubarth getroffen.«

»Das ist unmöglich!« erklärte ich. »Du hast selbst gesehen, wie er starb.«

Gerhard schüttelte den Kopf. »Ich weiß. Aber ich kann mich nicht getäuscht haben. Graubarth war mir zum Greifen nahe...«

»Das muß ein Irrtum gewesen sein«, beharrte ich. »Ich bin sicher, daß du der Suggestion eines Dämons aufgesessen bist. Graubarth ist tot.«

»Vielleicht wurde er durch Schwarze Magie zum Leben erweckt und ist jetzt ein Wiedergänger«, meinte Gerhard.

»Ich werde der Sache auf den Grund gehen«, versprach ich ihm und nahm mir vor, Boris schnellstens das Handwerk zu legen. Doch da trat ein Kellner zu uns an den Tisch und sagte: »Sie werden am Telefon verlangt, Frau Zamis.«

Ich betrachtete ihn mißtrauisch. Woher kannte er meinen Namen?

»Blicken Sie mir in die Augen«, verlangte ich, um ihn zu hypnotisieren. Doch da stürzte er mit einem Aufschrei davon. Ich fand es nicht der Mühe wert, ihn zu verfolgen, sondern suchte die Telefonzelle auf. Gespannt nahm ich den Hörer auf und meldete mich. Zuerst war nur ein heiseres Keuchen zu hören, dann sagte eine Stimme: »Ich bin es – Gilles de Raiz. Ich hoffe, du freust dich über meine Opfer, Hexe, und wirst dich bald erkenntlich zeigen. Ich weiß, ich weiß, ich habe dir noch nicht genug geopfert. Aber ich werde mein Bestes geben... Schließlich will ich die Unsterblichkeit von dir.«

Gilles de Raiz. Diesen Namen hatte mir auch Georg genannt. Aber der Mann, der ihn trug, war seit fünfhundert Jahren tot.

»Wer sind Sie wirklich?« fragte ich, um den Anrufer hinzuhalten. Dabei klemmte ich mir den Hörer zwischen Kopf und Schulter und versuchte eine Beschwörung, um den Mann am anderen Ende in meinen Bann zu schlagen. Ich mußte nur etwas Zeit gewinnen, damit die Beschwörung wirksam wurde.

»Ich bin die Reinkarnation des Gilles de Raiz«, ertönte es aus dem Hörer. »Wenn du mir nicht glaubst, Hexe, dann komm in den Stadtpark. Zum Johann-Strauß-Denkmal. Dort erfährst du mehr...« Im nächsten Augenblick war das Besetztzeichen zu hören. Der Unbekannte hatte eingehängt.

Ich kehrte zu Gerhard zurück. »Wir machen einen kleinen Spaziergang«, sagte ich zu ihm. »Es wird uns nicht schaden, etwas frische Luft zu schnappen.«

»Sonst hast du mir nichts zu sagen?« erkundigte er sich.

»Vielleicht klärt sich in wenigen Minuten alles auf«, antwortete ich ausweichend.

Fünf Minuten später überquerten wir den Ring und betraten bei Hübners Kursalon den Stadtpark. Meine Sinne waren angespannt, aber ich konnte keine dämonische Ausstrahlung spüren. Wir schlenderten über die gewundenen Wege, als hätten wir es nicht eilig. Aber ich strebte zielbewußt dem Johann-Strauß-Denkmal entgegen. Schon von weitem sah ich, daß damit etwas nicht stimmte; deshalb ließ ich Gerhard einfach stehen und versetzte mich in einen schnelleren Zeitablauf. Das Denkmal war in einen Teufelsaltar umfunktioniert worden. Johann Strauß trug eine Teufelsmaske aus Holz, seine Geige war blutgetränkt. Die steinernen Jungfrauen, die ihn umschwebten, waren ebenfalls mit Blut beschmiert. Dreizehn schwarze Kerzen waren über das Denkmal verteilt. Sie brannten mit ruhiger Flamme, obwohl ein ziemlich starker Wind wehte. Ich ging zur Rückseite des Denkmals. Dort lag der Kellner, der mich in dem Nachtlokal zum Telefon gerufen hatte. Sein Oberkörper war entblößt, in seine Brust waren die Buchstaben G. d. R. geritzt. Aber diese Wunden hatten ihn nicht getötet. Er war erwürgt worden, und zwar mit einer Schnur, die eine Reihe seltsam geschlungener Knoten aufwies. Ich kehrte zu Gerhard zurück, der sich kaum von der Stelle gerührt hatte. Als hätte ich plötzlich keine Lust mehr zum Spazierengehen, verlangte ich, daß wir in die Forcas-Villa zurückkehrten.

»Ich dachte, du wolltest herausfinden, ob Graubarth tatsächlich noch lebt«, sagte er vorwurfsvoll.

»Morgen wird sich alles aufklären«, versprach ich ihm mit fester Stimme. Tatsächlich war ich entschlossen, Boris endgültig das Handwerk zu legen.

Am nächsten Tag wirkte Boris vergnügt.

»Nanu, so guter Laune?« fragte ich, als ich ihn im Schwarzen Salon traf. Er saß am Tisch und spielte mit seltsam geformten und unnatürlich wirkenden Steinen. Er verschob sie immer wieder, so daß sie ständig neue Konstellationen zeigten. Mir wurde ganz schwindlig vom Zusehen.

»Ich hatte eine Reihe erbaulicher Erlebnisse«, meinte er grinsend. »Wien ist gar keine so langweilige Stadt, wie ich immer geglaubt habe. Ich könnte es hier schon eine Weile aushalten, aber ich fürchte, mein Vetter Michael würde es gar nicht gern sehen, daß ich mich hier niederlasse.«

»Du machst doch ohnehin, was du willst«, hielt ich ihm vor.

Er lachte. »Stimmt. Und soll ich dir sagen, wozu ich mich entschieden habe?« fragte er, ohne mich aus den Augen zu lassen.

Ich setzte mich zu ihm an den Tisch. »Ich höre«, sagte ich reichlich gelangweilt.

Er gab einem der Steine einen Stoß, so daß er im Zickzack über den Tisch rollte und nacheinander mit den anderen kollidierte. »Ah, ein gutes Omen«, sagte er dann zufrieden, blickte mich an und grinste teuflisch. »Tut mir leid, daß ich dich enttäuschen muß, kleine Coco. Bezähme deine Neugierde noch bis zur Rückkehr deines Vaters. Dann wirst du alles erfahren.«

»Du willst dich doch nicht in unsere Familienangelegenheiten einmischen?« fragte ich.

Aber er lachte nur und wechselte das Thema. Schließlich versuchte er mich auszufragen, was ich denn die ganze Zeit über treiben würde und warum ich ihm aus dem Wege ginge. Dabei war ich überzeugt, daß er über jeden meiner Schritte informiert war. Wie sonst hätte er mir ständig Leichen in den Weg legen können?

Seine Anspielungen auf mein Privatleben wurden immer anzüglicher, und ich merkte, wie sein Atem sich ständig beschleunigte und am Ende in ein widerlich lautes Keuchen überging.

Ich tat ebenfalls, als hätte mich das Gespräch mit ihm erregt.

»Ich glaube«, sagte ich schließlich mit verschleiertem Blick, »ich sollte mich jetzt lieber auf mein Zimmer zurückziehen. Es gibt dort noch so viele Geheimnisse zu ergründen... Eurikas Hinterlassenschaft ist überaus interessant. Ich könnte mich stundenlang damit beschäftigen.«

»Ja, tu das«, sagte er; er versuchte nicht erst, die Begierde in seinen Augen vor mir zu verheimlichen. »Geh in dein Zimmer. Ich werde dich bestimmt nicht stören.«

Ich erhob mich und verließ den Schwarzen Salon. Dabei tat ich, als könne ich es gar nicht mehr erwarten, endlich nach oben zu kommen. In meinem Zimmer angelangt, begab ich mich sofort an Eurikas Schminktisch und schloß die Augen, um mich auf den Schwarzen Salon zu konzentrieren. Als die Verbindung hergestellt war, konnte ich gerade noch sehen, wie sich Boris von seinem Platz erhob und eilig den Raum verließ. Als er zur Treppe kam, nahm er mit seinen kurzen Beinen drei Stufen auf einmal. Das sah grotesk aus, geradezu lächerlich. Er war so aufgeregt, daß er ganz vergaß, sich in einen rascheren Zeitablauf zu versetzen. Ich lächelte zufrieden – Boris war doch nicht ganz so schlau, wie er dachte, denn sonst hätte er sich nicht so leicht von mir täuschen lassen. Und es sollte ihm schon sehr bald leid tun, daß er mich derart unterschätzte. Im magischen Auge erkannte ich, wie er den Dachboden erreichte und vor sein Behältnis des Schrekkens trat. Aus seinen Augen sprach zügellose Begierde.

»Gerhard«, flüsterte ich beschwörend, »komm in meine Arme.«

Während ich im magischen Auge Boris seine hochgestellte Kiste betreten sah und seine Ausstrahlung hier im Raum immer stärker zu spüren bekam, bemerkte ich aus den Augenwinkeln, wie Gerhard sein Spiegelversteck verließ. Ich schloß die Augen und lehnte mich erwartungsvoll zurück. Gerhard trat von hinten an mich heran und beugte sich über mein Gesicht. Ich lächelte verträumt zu ihm hinauf.

»Ich hatte schon solche Sehnsucht nach dir, Coco«, flüsterte er und küßte mein Gesicht ab. »Endlich können wir uns wieder ungestört lieben.«

»Ja«, hauchte ich. »Ich habe den fetten Russen abgewimmelt, indem ich ihm vorschwindelte, die Geheimnisse dieses Zimmers ergründen zu müssen...«

»So gelogen war dies nicht einmal«, sagte Gerhard schmunzelnd. Plötzlich drehte er mich ungestüm zu sich herum und küßte mich leidenschaftlich. Er hob mich hoch und trug mich zum Bett. Ich konnte Boris' gierige Blicke nun fast körperlich spüren. Sollte ich noch warten, oder sofort zuschlagen...? Ich ließ es zu, daß Gerhard mich entkleidete, dann ertrug ich die erniedrigende Situation nicht länger. Gerhard erstarrte mitten in der Bewegung, als ich mich in einen schnelleren Zeitablauf versetzte. Nackt wie ich war, sprang ich aus dem Bett, verließ das Zimmer und raste die Treppe hinauf. Auf dem Dachboden angekommen, betrat ich den Beschwörungsraum der Winkler-Forcas'. Vor mir stand die verschlossene Kiste – und Boris steckte in ihr.

In diesem Moment mußte er bemerkt haben, daß ich ihn getäuscht hatte, denn der Deckel ging auf. Doch ich war bereits zur Stelle und stieß ihn wieder zu. Bevor er ihn ein zweites Mal öffnen konnte, versiegelte ich ihn mit einigen äußerst wirksamen magischen Symbolen. Dann erst hob ich den Zeitraffereffekt auf.

»Boris!« rief ich. »Kannst du mich hören?«

»Natürlich! Was soll dieser Unsinn, Coco?« ertönte es dumpf aus der Kiste.

»Du wirst jetzt sterben, Boris«, erklärte ich. »Das ist die Strafe dafür, daß du gegen meine Familie zu intrigieren versuchst. Ich habe dich längst durchschaut und nur auf diesen Augenblick gewartet. Du bist verloren, Boris!«

Ich holte aus einem Regal ein Dutzend spitze Eisenstangen, die ich schon bei meinem ersten Besuch hier entdeckt hatte. Jeder dieser Opfernägel war über einen Meter lang und wog sicherlich mehr als zehn Pfund.

»Coco«, ertönte Boris' gedämpfte Stimme aus der Kiste, die ihm zum Sarg werden würde. »Ich gebe zu, daß ich dich unterschätzt habe. Du hast es meisterhaft verstanden, dich zu verstellen. Ich bin bereit, dir jede Art von Genugtuung zu geben...«

»Es freut mich, daß du deinen Tod so gelassen hinnimmst«, sagte ich sarkastisch.

»Bei Asmodi... Coco, du willst es doch nicht wirklich tun! Ich bin sicher, daß wir uns arrangieren könnten. Ich will alles tun, was du verlangst!«

Ich trieb den ersten Opfernagel bis zur Hälfte in die Kiste. Boris schrie entsetzt auf.

»Halt ein, Coco!« flehte er.

Nacheinander trieb ich die anderen Nägel von allen Seiten in die Kiste, so daß sie nur noch einen halben Meter herausragten.

»Du hast kein Erbarmen verdient, Boris«, sagte ich, um mir meine Skrupel selbst auszureden. »Du wolltest Vater stürzen, unsere Familie unterdrücken und hast die anderen Familien zu diesem Zweck gegen uns aufgehetzt. Aber dein Todesurteil hast du erst erwirkt, indem du mich den anderen Dämonen vorgeführt hast. Das kann ich dir nicht verzeihen.«

»Nur wegen eines Sterblichen?«

»Nein, sondern meinetwegen«, sagte ich kalt. Erst in diesem Augenblick erinnerte ich mich daran, daß mein Bruder Demian auf ganz ähnliche Art und Weise gestorben war. Was für eine seltsame Fügung. Ich war sicher, daß die mit Boris intrigierenden Dämonen den Zusammenhang verstehen würden.

»Eines sollst du noch wissen«, sagte ich abschließend. »Die Geheimwaffe, die von meiner Familie gegen die Winkler-Forcas eingesetzt worden war, war ich.«

»Du verdammte Hexe!« kreischte Boris plötzlich. »Ich werde dafür sorgen, daß euer Geheimnis in der ganzen Schwarzen Familie bekannt wird und du als Freak endest.«

»Schrei immerhin. Gleich bist du tot«, erklärte ich und entschloß mich, keine weitere Zeit mehr zu verlieren. Denn wenn ich noch länger wartete, gelang es Boris womöglich noch, einen Gegenzauber wirksam werden zu lassen.

»Stirb, Verräter!« schrie ich und schlug den ersten Opfernagel vollends in die Kiste ein. Ein markerschütternder Schrei ertönte, und die Kiste erbebte wie unter einer Explosion. Ich fürchtete, daß sie auseinanderfallen werde, aber sie hielt. Als ich den zweiten Nagel bis zum Kopf hineintrieb, begann durch die Ritzen Blut zu sickern. Boris flehte mit schriller Stimme um Gnade. Ich wollte sein Gezeter nicht hören, um nicht doch noch weich zu werden.

»Das ist für den Mann, den du in der entweihten Kirche gekreuzigt hast«, sagte ich, als ich den nächsten Nagel in ihn trieb. »Und das für den Mann im Bunker... für den Kellner im Stadtpark... und für den Toten, den du mir geschickt hast...«

»Damit habe ich nichts zu tun, Coco«, brüllte Boris mit immer schwächer werdender Stimme. »Ich könnte dir verraten, welcher Dämon sich hinter dem Decknamen Barron versteckt...«

Ich hörte nicht hin und hielt erst inne, als keiner der Opfernägel mehr aus der Kiste herausragte. Boris war verstummt. Unter der aus dem Winkel geratenen Kiste hatte sich eine Blutlache gebildet. Ich wandte mich erschöpft ab – und erstarrte. Gerhard stand in der Tür des Beschwörungsraumes.

»Du Ungeheuer!« brach es aus ihm hervor. Er würgte und übergab sich.

Ich wollte auf ihn zugehen und ihn in den Arm nehmen, doch er wehrte erschüttert ab.

»Komm mir nicht zu nahe!« rief er entsetzt und taumelte vor mir zurück. Bevor er noch etwas hinzufügen konnte, erbrach er sich erneut. Der Anblick der Blutlache schien ihn schrecklich mitzunehmen.

»Versteh mich doch, Gerhard, ich mußte es tun«, sprach ich auf ihn ein. »Ich hatte keine andere Wahl. Es hieß, entweder er oder wir. Er hat uns tyrannisiert, die ganze Zeit über.«

»Bleib mir nur ja vom Leib!« schrie er verzweifelt, als ich mich ihm wieder nähern wollte, und deutete grauenerfüllt auf die blutige Kiste. »Damit wolltest du unser Glück festigen? Egal, warum du es tatest, ich kann es nicht akzeptieren. Denn ich habe mit angesehen, wie du es tatest. Fort von mir!« Er zuckte zusammen, als ich eine schwache Bewegung mit den Armen machte. Ich ließ resigniert die Schultern sinken.

»Warum mußtest du mir auch nachspionieren, Gerhard?« seufzte ich resigniert.

»Ich habe die Schreie gehört und hielt es im Zimmer einfach nicht mehr aus«, erklärte er. »Ich dachte, dir drohe Gefahr – Narr, der ich war! Ich bin froh, daß ich deine wahre Natur erkannt habe.

Ich dachte, meine Liebe zu dir könnte dich ändern. Aber jetzt weiß ich, daß das nicht möglich ist. Du wirst immer eine blutrünstige Hexe bleiben!«

Ich wollte mich rechtfertigen, aber ein Blick in seine Augen zeigte mir, daß das zwecklos war. Und vielleicht war das auch ganz gut so. Denn über kurz oder lang hätte ich ihm ohnehin eröffnen müssen, daß ich überhaupt keine feste Bindung wollte.

»Ich weiß, daß du mich in deinen Bann schlagen kannst«, rief er, und jedes seiner Worte drang wie ein Pfeil schmerzhaft in meinen Körper. »Du kannst dafür sorgen, daß ich dir hörig werde. Wer weiß, wahrscheinlich hast du mich sogar verhext, denn sonst wäre ich wohl kaum auf dich hereingefallen. Aber jetzt habe ich einen lichten Moment und kann dir sagen, was ich von dir halte. Na los, worauf wartest du! Zwinge mir deinen Willen auf!«

Ich ertrug seine Schmähungen nicht länger und entschloß mich schweren Herzens, das Unvermeidliche zu tun. Blitzschnell hatte ich ihn hypnotisiert und erteilte ihm den Befehl, alles zu vergessen, was wir miteinander erlebt hatten. Selbst die Erinnerung daran, daß wir uns überhaupt getroffen hatten, löschte ich aus seinem Gedächtnis. Dann geleitete ich ihn hinunter, brachte ihn vor die Tür und schickte ihn fort. Verzweifelt blickte ich ihm nach, bis er zwischen den Häusern verschwunden war.

Als ich ins Haus zurückkehren wollte, entdeckte ich die Leiche. Sie lag halb hinter einem Gebüsch versteckt. Das erinnerte mich an Boris' Behauptung, daß er mit diesen Morden nichts zu tun habe und daß er wisse, welcher Dämon sich hinter dem Namen Barron verberge. Dieses Problem mußte ich noch lösen. Ich begab mich in mein Zimmer und setzte mich über eine Irrlichterkugel mit meiner Familie in Verbindung. Wieder meldete sich mein Bruder Georg.

»Boris hat die verdiente Strafe erhalten«, berichtete ich ihm. Ich konnte förmlich hören, wie er aufatmete. Kurz darauf kam seine Antwort. »Wir sind alle stolz auf dich, Coco. Wenn du möchtest, können wir sofort zurückkommen.«

»Es eilt nicht.«

»Gut, dann erwarte uns morgen auf dem Schwechater Flugplatz. Wir werden eine Linienmaschine nehmen.«

Ich nickte und unterbrach den Kontakt. Die Stille in der Forcas-Villa wurde mir auf einmal unerträglich, und ich floh in die Nacht hinaus.

Eine Weile lang irrte ich durch den trostlosen Garten und versuchte, nicht an die Leiche neben dem Portal zu denken. Aber es zog mich magisch zu ihr hin. Jetzt war ich sicher, daß Boris diesen Menschen nicht auf dem Gewissen hatte, ebensowenig wie die anderen Opfer. Denn im Angesicht des Todes hätte er mich bestimmt nicht belogen. Ich kniete vor dem Toten nieder. Wenn Georg hier gewesen wäre, hätte er mir vielleicht helfen können. Er besaß phantastische Fähigkeiten und konnte unter anderem von toten und lebenden Dingen auf vergangene Ereignisse schließen und auf diese Weise einen Blick in die Vergangenheit werfen. Er hatte schon einige Male versucht, mich diese Gabe zu lehren. Leider ohne Erfolg. Dennoch war er der Meinung, daß ich in dieser Richtung Talent besaß, daß nur durch ständige Übung geweckt werden müsse. Möglicherweise konnte ein Versuch an dieser Stelle nicht schaden. Ich begann mit der Beschwörung des Toten, wie Georg es mir beigebracht hatte. Nachdem die Vorbereitungen abgeschlossen waren, rief ich den Geist des Toten an. »Steh auf und führe mich zu deinem Mörder!« verlangte ich.

Die Leiche wurde von einem Zittern erfaßt, der Kopf drehte sich ruckartig herum, sank dann jedoch wieder leblos zurück. Das war die einzige Reaktion. Ich wiederholte meine Beschwörung und verlangte mit eindringlicher Stimme: »Steh auf! Erhebe dich! Ich gebe dir die Kraft dazu.«

Der Tote reckte sich und kam schließlich hoch.

»Führe mich zu deinem Mörder!« befahl ich. »Bringe mich zu dem Ort, an dem dich dieses grausige Schicksal ereilt hat.«

Der Tote setzte sich in Bewegung. Ich eilte ihm auf die Straße voraus, wo ich den Wagen geparkt hatte, und öffnete die Fahrertür. Der Leichnam wankte über die Straße, zögerte einen Moment und näherte sich dann dem Wagen. Ich startete den Motor. »Steig ein und fahre mich«, gebot ich dem Toten und rückte auf den Beifahrersitz.

Mit seltsam eckigen Bewegungen nahm der Leichnam hinter dem Lenkrad Platz, trat mit voller Kraft die Kupplung durch und legte den ersten Gang ein. Es funktionierte! Natürlich hätte ich das Steuer lieber selbst übernommen, aber ich hatte keine Ahnung, wie ich den Toten zum Sprechen bringen sollte. Er war nicht in der Lage, mir etwas mitzuteilen.

Die Fahrt ging in Richtung Wien. Sie kostete mich einige Nerven, denn der Leichnam scherte sich nicht im geringsten um Verkehrszeichen, Ampeln oder Vorfahrtsregeln. Meine Möglichkeiten, ihn zu steuern, waren begrenzt. Zum Glück hielt sich der Verkehr in erträglichen Grenzen.

So erreichten wir die Innere Stadt ohne größere Zwischenfälle. Dort fuhren wir allerdings verkehrt durch eine Einbahnstraße und hätten beinahe einen Polizisten überrollt, der uns stoppen wollte. Aber ich konnte dem Toten noch im letzten Moment ins Lenkrad greifen und den Wagen zur Seite reißen. Als der Leichnam in die Blutgasse einbog, schwanden die letzten Zweifel. Ich hätte jetzt den Bann von ihm nehmen können, um ihm die verdiente Ruhe zu geben. Doch erstens wollte ich nicht, daß man die Leiche später im Wagen fand, und zweitens konnte er mir oben in der Wohnung vielleicht noch einige Vorteile verschaffen. Ich schob die Beine des Toten beiseite, bremste den Wagen ab und steuerte ihn an den Fahrbahnrand. Dann stieg ich aus und öffnete dem Leichnam die Fahrertür. Er ging mir voraus und strebte zielbewußt dem zwischen zwei Neubauten eingekeilten Biedermeierhaus zu. Seine Bewegungen wurden immer schneller, je näher wir dem Tatort kamen. Als er im ersten Stock die Tür zu Anselm Graubarths Wohnung erreichte, gab er zum erstenmal einen Ton von sich – ein gurgelnder Laut, als quäle ihn der Gedanke, in wenigen Sekunden seinem Mörder gegenüberzustehen. Mit voller Wucht warf er sich gegen die Tür, so daß sie krachend nach innen flog. Der Tote stolperte durch den Vorraum, riß auch die gegenüberliegende Tür auf und drang in Anselm Graubarths Teufelstempel ein. Ich hörte die Leiche rumoren und folgte ihr einfach. Der Raum war verdunkelt, es brannte kein Licht. Aber langsam gewöhnten sich meine Augen an die Finsternis. Der Tote stürzte sich auf den Altar und stieß mit wütendem Knurren die Teufelsstatue um. Dann hob er das Podest hoch und schleuderte es gegen die Wand. Mir war, als atme er befreit auf. Ich sah noch immer keinen Anlaß, meinen Bann von ihm zu nehmen, sondern wartete ab. Wo blieb Anselm Graubarth? Wenn er noch am Leben war, warum ließ er sich dann nicht blicken?

Vom Gang drangen Geräusche herein. Vorsichtige Schritte näherten sich, und eine verängstigte Frauenstimme erklang: »Was geht hier vor?«

Einer plötzlichen Eingebung folgend sagte ich: »Ein Verrückter... Bitte verständigen Sie die Polizei, bevor er Unheil anrichten kann.«

»Das ist ja furchtbar!« Die Schritte entfernten sich. Der Tote hatte hinter dem Altar eine weitere Tür erreicht und trat sie ein. Ich folgte ihm. Das Zimmer dahinter war klein und schlauchförmig. Zwischen Bergen von zerschlissenen, blutgetränkten Matratzen lag eine ausgemergelte Gestalt mit giftgrüner Haut, knöchernen Händen und einem Totenschädel, in dem die Basedowschen Augen wie zwei Fremdkörper in den Höhlen lagen. Das war Anselm Graubarth, wie ich ihn in Erinnerung hatte, als ich ihn in der Meinung zurückließ, daß er sein Leben aushauchte. Aber er lebte – irgendein Dämon mußte seinen Tod durch Schwarze Magie verhindert haben. Als sich der Tote auf seinen Mörder stürzen wollte, kam Bewegung in Graubarth. Er wälzte sich auf die Seite, holte unter der Matratze eine Flasche hervor und tat einen tiefen Zug daraus. Er lachte schrill, als er mich erblickte.

»Ah, hast du endlich den Weg zurück zu mir gefunden, Hexe?« rief er, während er dem zweiten Angriff des Toten auswich und gleichzeitig ein zweites Mal unter die Matratze griff. Diesmal hatte er einen Dolch ergriffen. Mit einer blitzschnellen Bewegung hieb der Alte auf den Toten ein, so daß auch das Scheinleben aus ihm wich.

»Ich wußte, daß du meine Opfer nicht verschmähen würdest«, erklärte er, und ich bemerkte, daß mit ihm eine seltsame Veränderung vor sich ging. Er regenerierte sich. Sein Knochengesicht wurde wieder fleischig, über den Augen bildeten sich Lider, und seine Haut bekam die natürliche Farbe zurück. Es dauerte kaum eine Minute, bis er fast wieder wie früher aussah – nichts erinnerte mehr daran, daß er soeben noch wie eine verwesende Leiche ausgesehen hatte.

»Hat dich der Dämon Barron von den Toten auferstehen lassen, Anselm?« erkundigte ich mich. »Das ist doch auch eine Art Unsterblichkeit. Du solltest zufrieden sein. Warum mordest du dann weiter?«

»Von Barron habe ich ein Lebenselixier, das meinen körperlichen Verfall verzögert«, antwortete der Alte. »Aber ich will mehr...« Er senkte plötzlich den Kopf und betrachtete mich von unten her mißtrauisch. »Wie hast du mich eben genannt, Hexe? Anselm?« Er lachte kreischend. »Ich bin Gilles de Raiz. Ich weiß es jetzt ganz genau, daß ich in einem früheren Leben der Marschall der Jungfrau von Orleans war. Damals hat man mich gehängt und anschließend verbrannt, aber ich erlebte in diesem Körper eine glorreiche Wiedergeburt. Barron hat mich erhört. Es gefiel ihm, daß ich ihm damals so viele Menschenopfer darbrachte. Die Anklage warf mir einst hundertundvierzig Morde vor, aber in Wirklichkeit waren es tausend. Und in diesem Leben will ich diese Zahl noch überbieten...«

»Wer ist Barron?« fragte ich scharf.

Aus dem Nebenraum ertönten laute Schritte von mehreren Personen. »Seien Sie vorsichtig, der Mann soll den Verstand verloren haben«, hörte ich jemand sagen. Um Zeit zu gewinnen, versetzte ich mich mit Anselm Graubarth in einen schnelleren Zeitablauf.

»Wer ist Barron?« wiederholte ich meine Frage.

»Barron dient mir. Er muß mir gehorchen, weil ich ihm opfere«, erklärte der Alte und fuchtelte mir mit dem Messer vor dem Gesicht herum. »Und jetzt mußt auch du mir zu Diensten sein. Bald werde ich, Gilles de Raiz, der Meister aller Dämonen sein...«

Ich versuchte, den Alten zu hypnotisieren, doch er stand unter einem fremden Bann. Mir wurde klar, daß ich von ihm nichts erfahren würde. Ich konnte nur eines tun: nämlich dafür sorgen, daß dieser besessene Alte aus dem Verkehr gezogen wurde und aus dem Einflußbereich des geheimnisvollen Dämons Barron gelangte. Vielleicht konnte er dann geheilt werden. Um das zu erreichen, mußte ich ihn in eine geschlossene Anstalt bringen. Deshalb entließ ich den Alten aus dem Zeitfeld und zog mich selbst in den Nebenraum zurück. Von dort beobachtete ich unbemerkt, was weiter geschah.

»Hexe, wo bist du?« hörte ich ihn sehnsüchtig rufen.

Unterdessen betraten zwei Polizisten den schlauchförmigen Raum, die Waffen im Anschlag.

»Achtung, er hat ein Messer!« warnte einer von ihnen. Der andere entdeckte in diesem Moment den Toten. »Zu spät. Er hat schon jemanden kaltgemacht«, sagte er mit belegter Stimme. »Grauenhaft. Wir sollten ihn über den Haufen knallen!«

»Ich habe schon mehr geopfert, als ihr zählen könnt«, schrie der Alte. »Es sind mehr als tausend, die am Altar des Dämons Barron ihr Leben hingaben. Und es werden noch weit mehr werden.«

Die beiden Polizisten näherten sich dem Greis von zwei Seiten und redeten beruhigend auf ihn ein.

»Ich bin Gilles de Raiz!« rief er. »Wagt nicht, mich anzurühren, oder Barron wird euch furchtbar strafen. Verflucht sollt ihr sein...«

In diesem Moment zeugten Kampfgeräusche davon, daß sich die Polizisten auf den Gegner stürzten. Obgleich sie dem Alten an Kraft eigentlich mühelos überlegen sein mußten, verfolgte ich die Auseinandersetzung mit gemischten Gefühlen. Es gelang ihnen nicht, dem Greis die Klinge zu entwenden. Statt dessen brachte er einem von ihnen eine Stichwunde im Oberarm bei. Der Polizist sprang fluchend zurück. Er ließ seine Waffe fallen und preßte die Hand auf die Wunde.

»Barron!« rief Graubarth triumphierend. »Er beschützt mich. Gleich wird er kommen und euch zur Hölle schicken – Hexe, wo bist du?« Er murmelte einige Worte auf Französisch, vielleicht in dem Glauben, damit seine Identität als Gilles de Raiz unter Beweis stellen zu können. Aber mir kam er dennoch nur wie ein bedauernswerter alter Mann vor, der aus unbekannten Gründen – vielleicht vor Einsamkeit – den Verstand verloren hatte. Ich glaubte nicht, daß er die Wiedergeburt des Gilles de Raiz war. Während er sich nun verzweifelt gegen den zweiten Polizisten zur Wehr setzte, stammelte er immer wieder Teile von Beschwörungsformeln und versuchte, Barron zu sich zu rufen. Plötzlich spürte ich, daß seine Formeln etwas bewirkten. Eine dämonische Ausstrahlung erfüllte den Raum – und zwar eine, die mir nur allzu bekannt war!

Direkt zwischen den Polizisten begann die Luft zu flimmern, und aus dem leuchtenden Farbenspiel schälten sich nach und nach die Umrisse eines Mannes, der verzweifelt gegen die magischen Zwänge, die ihn an diesen Ort teleportiert hatten, zu wehren versuchte.

»Verflucht, Graubarth«, brüllte eine verzerrte Stimme. »Was fällt dir ein, mich in deine verrückten Spielchen hineinzuziehen! Hilf dir selbst, du elender Versager!«

»Meister – Barron! Endlich erscheinst du mir«, schrie der Alte, ohne auf die Worte des Dämons zu hören. »Ich danke dir, daß du mich vor diesen scheußlichen Menschen errettest. Aber Vorsicht, die Hexe ist da!« Mit diesen Worten hieb er auf den Polizisten ein und trieb ihm das Messer bis zum Heft in die Schulter. Aufstöhnend wankte der Beamte zurück. Ich sah, daß es Zeit wurde einzugreifen. Und ich wußte, daß ich in diesem Spiel die besseren Karten hatte.

»Barron!« rief ich und trat aus dem Dunkel hervor. »Schön, daß wir uns endlich Auge in Auge gegenüberstehen. Ich hatte mir doch gleich gedacht, daß diese ganze Geschichte um Gilles de Raiz und die Unsterblichkeit nur vorgeschoben war!«

Der Dämon hatte jetzt endlich seine bekannte Gestalt angenommen und wand sich vor mir wie eine Fliege im Spinnennetz. Es war niemand anderes als Eustache Lexas, dem ich im *Gourmand-Gourmet* einen solch scheußlichen Streich gespielt hatte.

»Verflucht seist du, Coco Zamis!« rief er. »Zur Hölle mit dir und deiner ganzen verruchten Sippe!« Es war ihm anzusehen, wie gern er sich in diesem Moment aus dem Staub gemacht hätte.

Ich sah, daß er nicht vollständig stofflich war, und so konnte er mir in diesem Augenblick sehr wenig anhaben – abgesehen davon, daß ich ihm an magischen Kräften ohnehin haushoch überlegen war. Doch da ergriff der Dämon seine letzte Chance und schlüpfte als Geist in die ausgemergelte Gestalt Anselm Graubarths, der noch in derselben Sekunde das Messer gegen mich erhob. »Stirb, Coco Zamis!« rief er. »Du hast mich verschmäht und mir sogar normale Sterbliche vorgezogen. Deshalb habe ich Graubarth auf dich gehetzt. Und jetzt wird es mit deinem scheußlichen Treiben ein für allemal vorüber sein. Wahrscheinlich werde ich sogar deiner Familie einen Gefallen tun, wenn ich dich endlich zur Strekke bringe.«

Das Messer stach durch die Luft. Doch ich machte gedankenschnell einen Schritt zur Seite, und die Klinge fuhr haarscharf an mir vorüber. Der Alte konnte sich nicht mehr halten und stolperte. Stöhnend fiel er zu Boden.

Dieser dumme Eustache Lexas! Der Haß auf mich mußte ihn blind gemacht haben, sonst wäre er niemals auf die idiotische Idee verfallen, in den verbrauchten Körper dieses alten Männleins zu schlüpfen. Da er durch die Beschwörung an diesen Ort gebunden war, steckte er nun in Anselm Graubarth fest, dessen Organismus durch den Kampf mit den Polizisten bereits seine Belastungsgrenze erreicht hatte. Speichel tropfte dem Greis von den Lippen, als er über den Boden robbte und zum zweiten Mal mit dem Messer nach mir hieb.

»Du entgehst mir nicht... Coco Zamis«, keuchte er.

Dann zuckte er stöhnend zusammen und blieb verkrampft vor mir liegen. Ein letzter geisterhafter Schrei drang aus der erstarrten Kehle Anselm Graubarths und verhallte schließlich in weiter Ferne. Das Herz des Alten hatte in dieser Sekunde ausgesetzt.

Und dann war auch Eustache Lexas gestorben.

Sie kamen wie ganz normale Menschen durch die Abfertigung, so daß ich ihre Gesichter bereits durch die Glastrennwand erkannte, bevor sie den Sicherheitsbereich durch die automatische Schiebetür verließen.

»Coco!« Mutter schenkte mir ein flüchtiges Lächeln; ihr wächsernes Gesicht besaß nur ein bescheidenes Mienenspiel. Ich nahm ihr die Reisetasche ab. Dahinter kamen Georg und Volkart.

»Coco, du Tausendsassa!« meinte Volkart grinsend.

Georg legte mir eine Hand um die Schulter. »Alles in Ordnung?« fragte er. »Du siehst bedrückt aus.«

»Alles in Ordnung«, versicherte ich. »Ich werde es euch auf der

Fahrt nach Hause erzählen.«

Mein ältester Bruder Adalmar blickte finster wie immer. »Hoffentlich hast du uns in der Zwischenzeit nicht allzu große Schwierigkeiten gemacht«, meinte er mürrisch.

Vater folgte als letzter. Auch er bedachte mich zur Begrüßung mit einem recht unfreundlichen Blick.

»Wo ist Lydia?« fragte ich ihn.

»Sie ist nach London weitergereist«, antwortete er.

Wir verließen die Halle. Ich hatte den Wagen im Halteverbot geparkt. Ein Polizist war gerade dabei, ein Strafmandat unter den Scheibenwischer zu stecken. Adalmar stürmte hin und funkelte den Beamten wild an, woraufhin dieser sich ängstlich zurückzog. Den Strafzettel, den er noch immer in der Hand hielt, knüllte er plötzlich zusammen und steckte ihn sich in den Mund, um ihn genüßlich zu verspeisen. Volkart lachte über diesen Dummejungenstreich. Georg setzte sich ans Steuer. Ich hielt für die anderen die Wagentür offen. Da verspürte ich einen elektrisierenden Schlag und drehte mich erschrocken herum.

Da war er und kam gemessenen Schrittes auf mich zu... Schlank und blond, wie ich ihn in Erinnerung hatte. Ich starrte ihm verwirrt entgegen. Schon glaubte ich, daß mein Zauber nicht richtig gewirkt habe, doch da war er bereits an mir vorbeigegangen, ohne mich eines Blickes zu würdigen.

»Was ist, Coco?« fragte Georg von seinem Platz hinter dem Lenkrad aus.

»Nichts«, sagte ich einsilbig.

Der Wagen fuhr an. Vater sagte aus dem Fond: »Wir wissen alles, Coco. Die Lexas' haben sich mit uns in Verbindung gesetzt und über deine Eskapaden berichtet. Du hast es wieder mit einem Menschen getrieben. Mir ist nicht entgangen, wie du den blonden Jüngling angesehen hast. War er es?«

»Er heißt Gerhard Pusch. Aber er besitzt keine Erinnerung mehr an die Vorfälle.«

»Warum hast du das getan, Coco?« fragte Mutter leise.

»Um die Lexas, die Thimigs, die Thurgaus, die Spandorn-Amazonen und wie sie sonst alle heißen, hinters Licht zu führen«, antwortete ich. Die Lüge kam mir glatt über die Lippen.

Dann erzählte ich von der Verschwörung, die Boris angezettelt hatte, und wie ich ihn in seiner eigenen Kiste unschädlich machte.

»Das läßt die Sache natürlich in einem anderen Licht erscheinen«, sagte mein Vater. Er klopfte mir von hinten auf die Schulter. »Du hast uns nicht enttäuscht, Coco. Nun müssen wir uns überlegen, was wir gegen die verräterischen Familien unternehmen sollten.«

Den Rest des Weges legten wir schweigsam zurück. Als wir unser Haus in der Ratmannsdorfgasse im 13. Wiener Gemeindebezirk erreichten, begann es gerade zu regnen. Es herrschte ein unnatürlich warmes Föhnwetter. Ich war sicher, daß Mutter damit zu tun hatte. Sie konnte manchmal sehr launisch sein und spielte dann liebend gern mit dem Wetter.

»Die kalte Witterung wird andauern. Temperaturen unterhalb des Gefrierpunktes... ein nördliches Tief...« Georg drehte das Autoradio ab. Mutter lächelte.

»Thekla, du wirst die Meteorologen noch ins Irrenhaus bringen«, meinte Vater schmunzelnd. »Halte dich in Zukunft bitte etwas zurück.«

Wir stellten den Wagen vor unserem Grundstück ab, gingen ins Haus und begaben uns sofort in den Beschwörungsraum im Keller. Schweigend kleideten wir uns um, dann saßen wir im Kreis zusammen.

»Irgendwelche Vorschläge?« fragte mein Vater.

»Ja«, sagte ich. »Wir könnten natürlich Skarabäus Toth heranziehen und Schwarze Briefe an die verräterischen Familien schikken lassen. Es wäre nur gerecht, wenn wir von jeder der beteiligten Familien einen Kopf forderten. Aber das würde nur böses Blut geben. Außerdem müßten wir dann Einzelheiten darüber verlauten lassen, wie wir die Verschwörung zerschlagen haben. Aber das ist nicht in unserem Sinn, oder?«

»Nein, niemand soll erfahren, daß du es im Alleingang geschafft hast, Coco«, sagte Vater.

»Dann sollten wir es bei einer Warnung bewenden lassen«, meinte ich.

»Und wie stellst du dir das im einzelnen vor?« wollte Georg

wissen.

»Verschicken wir die Kiste mit Boris' Überresten nacheinander an alle beteiligten Familien – und zwar ohne Kommentar«, schlug ich vor. »Man wird diesen Wink schon verstehen.«

»Ein ausgezeichneter Vorschlag«, mußte selbst Adalmar zugeben.

Er wurde noch in dieser Nacht verwirklicht. Und der Erfolg blieb nicht aus. Nacheinander trafen bald darauf die Sippenführer der betroffenen Familien bei uns ein, um uns ihre Treue zu versichern und die führende Rolle der Zamis-Sippe in der Stadt zu bestätigen. Damit war die Angelegenheit endgültig vom Tisch, und ich dachte, daß auch meine persönlichen Probleme zu aller Zufriedenheit erledigt seien. Weder an Anselm Graubarth noch an Eustache Lexas verschwendete ich in den nächsten Tagen noch einen einzigen Gedanken.

10. Kapitel

Rebecca

Seit ein paar Tagen fühlte sich Eric Rickman äußerst unbehaglich. Irgend etwas Seltsames ging um ihn herum vor. Langsam stieg er aus dem Wagen, schlug die Tür zu und sperrte ab. Erschrocken hob er den Kopf, als ein alter Mann vor ihm stehenblieb und ihn forschend anblickte.

»Sie sind doch Eric Rickman, oder?«

Er nickte verwirrt.

»Welches Gift haben Sie verwendet?« erkundigte sich der Fremde kichernd.

Rickmans Stimme zitterte, als er antwortete: »Wovon sprechen Sie?« Verzweifelt mühte er sich, die Fassung zu bewahren.

»Das wissen Sie doch ganz genau«, entgegnete der andere grinsend und wandte sich ab.

»Bleiben Sie stehen!« sagte Rickman befehlend.

Doch der Alte hörte nicht auf ihn und ging unbeirrt weiter. Einen Augenblick lang dachte Eric daran, ihm zu folgen, aber dann ließ er davon ab. Es hatte ja doch keinen Sinn. Bereits zum fünften Mal hatte ihn nun jemand angesprochen und nach dem Gift gefragt. Mit zusammengepreßten Lippen überquerte er die Straße und betrat das gegenüberliegende, alte, dreistöckige Gebäude. Im Treppenhaus blieb er vor dem Aufzug stehen. Links von ihm ertönten plötzlich Schritte, und Rickman wandte den Kopf. Ein junges Mädchen lief die Stufen herunter und erstarrte, als es den Mann erblickte. Ängstlich drückte es seine Puppe an die Brust.

»Wer sind Sie, Sir?« fragte die Kleine, doch er gab keine Antwort. Das Mädchen hatte er nie zuvor gesehen.

»Sie sind doch Eric Rickman, nicht wahr?«

Unwillkürlich nickte er. Mit der Rechten öffnete er die Aufzugtür und trat ein.

»Sind Sie wirklich ein Mörder, Sir?« fragte das Mädchen.

Rickman spürte, daß ihm der Schweiß ausbrach. »Was hast du da gesagt?«

Kichernd lief das Mädchen durch die Halle auf die Eingangstür zu.

»Warte!« schrie Rickman. Er lief aus dem Aufzug und folgte dem Mädchen, das eben die Tür erreicht hatte und die Klinke niederdrückte. »So warte doch!«

Er rannte schneller, stolperte und versuchte verzweifelt das Gleichgewicht zu halten. In diesem Augenblick bekam er einen Stoß in den Rücken und fiel der Länge nach auf den Steinboden. Fluchend stand er auf. Als er endlich die Tür erreicht hatte und den Bürgersteig betrat, war von dem Mädchen nichts mehr zu sehen.

Sie können mir nichts beweisen, dachte er, als er zum Aufzug ging und in den dritten Stock fuhr. Auch eine Obduktion würde nichts erbringen. Aber woher wußten die ihm völlig fremden Leute, daß er seine Frau und seinen Schwager vergiftet hatte? Seit drei Tagen wurde er mit diesen Fragen belästigt. Irgendwann würde die Polizei davon hören und ihn festnehmen.

»Mist, verdammter!« knurrte er, als er die Wohnung betrat.

Schnurstracks ging er ins Wohnzimmer, zog die schweren Brokatvorhänge zur Seite und öffnete die Bar. Er schenkte sich einen Schluck kräftigen Scotchs ein und kippte ihn auf einen Zug hinunter. Seine Hände zitterten leicht, als er sich eine Zigarette ansteckte und gierig den Rauch inhalierte. Angewidert blickte er sich im Zimmer um. Es war groß und im typischen viktorianischen Stil eingerichtet, für den seine verstorbene Frau Agatha eine große Schwäche gehabt hatte. Für ihn wirkte das Zimmer mit den unzähligen Tischchen und Stühlen einfach zu überladen. Auf allen Tischen und Truhen standen unzählige Figuren und Statuen. An den Wänden hingen kostbare Porzellanteller und ein paar langweilige Landschaftsbilder. Er schenkte nach und drückte die Zigarette aus. Als er sich umdrehte und langsam auf die Fenster zuging, sah er aus dem Augenwinkel eine Bewegung. Blitzschnell drehte er sich um. Sein Gesicht verzerrte sich, und seine Augen wurden vor Überraschung und Entsetzen riesengroß. Das Glas entfiel seiner Hand, schlug auf dem Parkettboden auf und zerbrach.

»Nein!« schrie Eric Rickman. »Du bist tot. Du bist seit zwei Monaten tot!«

Im hohen Lehnstuhl vor ihm saß seine Frau Agatha, die er vergiftet hatte. Ihr honigfarbenes Haar fiel glatt auf die schmalen Schultern. Das Gesicht mit den aschgrauen Augen war unnatürlich bleich. Sie trug ein hochgeschlossenes schwarzes Kleid, das ihre gute Figur betonte. Die wachsfarbenen Hände lagen ruhig in ihrem Schoß.

Rickman schloß die Augen.

»Ich habe Halluzinationen«, flüsterte er. Doch als er ein zweites Mal hinsah, hatte sich das Bild nicht verändert. Agatha musterte ihn kühl. Er zitterte am ganzen Leib und wich entsetzt ein paar Schritte zurück.

»Du bist tot! Ich habe dich vergiftet, und ich war dabei, als sie dich in der Familiengruft beigesetzt haben.«

Als sie noch immer kein Wort sagte und ihn nur durchdringend anstarrte, schien ihn das Grauen endgültig zu übermannen.

»Was bist du?« fragte er fast unhörbar. »Ein Geist?«

»Du hast meinen Bruder und mich ermordet«, sagte sie tonlos. »Unser Tod wird gerächt werden.«

Sie stand auf und näherte sich Rickman bedächtig, doch er wich vor ihr zurück. Deutlich war zu sehen, daß Agatha hinkte. Ihr rechtes Bein war ein paar Zentimeter kürzer als das linke. Von Geburt an war sie mit diesem Makel behaftet gewesen und hatte deswegen zeit ihres Lebens unter starken Minderwertigkeitskomplexen gelitten.

»Bleib stehen!« kreischte Rickman voller Angst.

»Meinen Bruder hast du vor einem halben Jahr getötet«, sprach Agatha weiter. Ihr Stimme klang ganz anders, als er sie in Erinnerung hatte. »Peter hatte mich vor dir gewarnt, Eric. Aber ich war wie geblendet. Du warst charmant. Und du sahst so unglaublich gut aus. Du brauchtest mich nur anzusehen, und mir wurde ganz schwach. Für mich warst du ein Gottesgeschenk.«

Agatha verharrte zwei Schritte von ihm entfernt. Und jetzt fiel ihm auf, daß sich ihre Brust nicht hob und senkte. Sie war ein Geist. Aber noch nie hatte er davon gehört, daß Geister am hellichten Tag aktiv sein konnten.

»Ich habe dich geliebt«, sagte Agatha. »Ich erfüllte dir jeden Wunsch. Trotzdem hast du mich ermordet. Weshalb, Eric?«

»Was willst du von mir?«

»Ich will wissen, weshalb du mich getötet hast.«

Langsam gewann Rickman seine Fassung wieder. Er stammte aus Schottland. Schon seit seiner frühesten Jugend hatte er Geschichten über Gespenster gehört, war aber noch nie zuvor einem begegnet.

»Antworte, Eric.«

»Ich hatte mir das Leben an deiner Seite anders vorgestellt«, erwiderte er. »Du warst wie eine Klette. Keine Minute hast du mich allein gelassen. Anfangs war es ja ganz lustig, doch dann ging mir deine Verliebtheit auf die Nerven. Es wurde unerträglich mit dir. Deine Nähe widerte mich an, und vor deiner Berührung und deinen ewigen Zärtlichkeitsbeweisen graute mir.«

Agatha kam noch einen Schritt näher. Langsam hob sie ihre Arme.

»Faß mich nicht an«, kreischte er.

»Du lügst, Eric. Du warst dein ganzes Leben lang ein Nichtsnutz, ein arbeitsscheuer Kerl. Immer waren es Frauen, von denen du gelebt hast. Du hattest schon bei unserer Hochzeit die Absicht gehegt, meinen Bruder und mich zu töten.«

»Das ist nicht wahr«, flüsterte er und wischte sich den Schweiß von der Stirn.

»Ich war ein leichtes Opfer für dich. Trotz der Warnungen meines Bruders habe ich dich geheiratet und damit mein eigenes Todesurteil gefällt.«

»Nein, das stimmt nicht. Du mußt mir glauben, Agatha. Ich habe dich einmal sehr geliebt, aber dann...« Er rang nach Worten. Verzweifelt suchte er nach einer Möglichkeit, Agatha zu überzeugen.

Doch sie lachte verächtlich. »Du bist ein Feigling, Eric. Aber du wirst deine verdiente Strafe bekommen.« Ihre durchscheinenden Hände glitten langsam auf sein Gesicht zu. Er schlug nach ihnen, spürte jedoch keinen Widerstand. Da wurde er plötzlich mutig und sprang auf Agatha zu. Doch seine Hände griffen ins Leere, und der Körper seiner toten Frau löste sich langsam auf.

»Deine Strafe wird fürchterlich sein, Eric«, sagte sie zum Abschied, als nur noch ihr Gesicht zu sehen war. Dann verwischten ihre Züge, und eine Sekunde später war der Platz, an dem sie gestanden hatte, leer. Rickman stand wie angewurzelt unter dem Eindruck des Geschehens. »Es war nur ein Traum«, flüsterte er schweratmend. Schwankend torkelte er auf die Bar zu, holte die Whiskyflasche hervor, schraubte den Verschluß ab und trank einen großen Schluck. Als das Telefon läutete, fuhr er erschrocken zusammen. Nach dem vierten Läuten hob er den Hörer ab.

»Hallo«, grunzte er in die Muschel.

»Bist du es, Eric?«

Rickmans Gesicht wurde bleich, und seine Hand umkrallte den Telefonhörer. Diese spöttische Stimme kannte er nur zu gut. Sie gehörte Peter, Agathas Bruder. Atemlos lauschte er in den Hörer.

»Hat Agatha mit dir gesprochen, Eric?«

Rickman ließ den Hörer fallen. Wie von tausend Teufeln gehetzt raste er ins Vorzimmer, riß die Wohnungstür auf und stürmte die Treppe hinunter. Keuchend blieb er in der Halle stehen und wischte sich mit einem Taschentuch den Schweiß von der Stirn. Eine hochgewachsene Blondine betrat die Halle.

»Hallo, Eric«, sagte sie und blickte ihn verwundert an. »Du siehst aus, als hättest du einen Geist gesehen. Was ist mit dir...?«

Jetzt drehte er endgültig durch. Schreiend rannte an der Blondine vorbei auf die Straße, wo er prompt mit einem Fußgänger zusammenstieß. Flüchtig murmelte er eine Entschuldigung und lief weiter. *Ich halte das nicht mehr aus,* dachte er. Doch nach ein paar Minuten hatte er sich etwas beruhigt. Er betrat eine der rot gestrichenen Telefonzellen und suchte in seiner Tasche nach etwas Kleingeld. Sein einziger Trost in den vergangenen Tagen war ein junges Mädchen gewesen, das er vor einer knappen Woche kennengelernt hatte. In ihrer Gegenwart fühlte er sich angenehm entspannt.

Mit zitternden Fingern wählte er Rebeccas Nummer.

»Aus dir werde ich einfach nicht klug, Rebecca«, sagte Lydia Zamis und schaute ihre Freundin verwundert an.

Rebecca hob die Schultern und blickte weiter interessiert in die magische Kugel, die auf einem kleinen Tischchen in einem halb verdunkelten Zimmer stand, dessen Wände schwarz gestrichen waren. Überall waren seltsame magische Zeichen zu sehen.

»Mir macht es Spaß, Lydia«, sagte die junge Dämonin. »Ich beneide dich um deine magischen Fähigkeiten. Anders als du habe ich Mühe, eine magische Kugel zu bedienen. Du kannst sogar Menschen beeinflussen und ihnen Phantasiegestalten vorgaukeln.«

»Das ist doch alles so einfach, Rebecca.«

»Für dich vielleicht. Ich aber werde es nie lernen.«

»Irgendwie erinnerst du mich an meine Schwester«, entgegnete Lydia. »Ihr beide paßt so gar nicht in die Schwarze Familie.«

»Vielleicht lerne ich sie ja einmal kennen. Allerdings ist es besser für mich, wenn ich nicht zu aktiv werde. Ich bin die letzte meiner Sippe.«

Lydia Zamis lehnte sich zurück und musterte Rebecca, die Coco entfernt ähnelte. Beide hatten pechschwarzes Haar, doch Rebecca trug es in der Mitte gescheitelt. Die dunklen Augen in ihrem bleichen, schmalen Gesicht schienen zu glühen. Rebecca zählte neunzehn Jahre, und ihr Körper war längst voll erblüht. Sie war eine Vampirin, und zwar eine ziemlich ungewöhnliche. Für Lydias Geschmack war sie zu sanft, zu menschlich. So wie Coco.

Rebecca starrte in die magische Kugel, in der Eric Rickman zu sehen war, der eben eine Telefonzelle betrat.

»Er wird dich anrufen«, prophezeite Lydia. Da läutete auch schon das Telefon. Rebecca hob den Hörer ab und meldete sich.

»Hallo, Rebecca. Hier spricht Eric.«

»Nett, daß du anrufst«, sagte Rebecca und blickte Lydia grinsend an. »Deine Stimme klingt so gehetzt. Bist du vielleicht gerannt?«

»Ja«, keuchte Rickman. »Ich muß dich sehen, Rebecca.« Seine Stimme klang drängend.

»Was ist denn mit dir los, Eric? Warum bist du so aufgeregt?«

»Bitte, ich muß mit dir sprechen, Rebecca. Es ist dringend.«

Die Vampirin blickte auf die Uhr. Es war kurz nach sechs. »Wo drückt dich der Schuh? Du kannst es mir ruhig sagen.«

»Nicht am Telefon. Können wir uns irgendwo treffen?«

Rebecca und Lydia wechselten einen Blick. »Willst du zu mir kommen, Eric?«

»Ja, sehr gern«, entgegnete er überrascht.

»Dann treffen wir uns um acht, in Ordnung?«

»Ich werde pünktlich sein«, sagte er erfreut. »Bis später, Rebecca.«

Lachend legte Rebecca den Hörer auf. Das Bild in der magischen Kugel schrumpfte zusammen.

»Er wird eine böse Überraschung erleben«, lachte die Vampirin. »Ich habe alle Vorbereitungen getroffen. Heute ist es soweit. Heute wird er zu meinem Liebhaber werden.«

Kopfschüttelnd stand Lydia auf. Ihr Gesicht war wie aus Wachs geformt. Das weiße Haar fiel glatt auf die schmalen Schultern. Ihr kurviger Körper steckte in einem eng anliegenden Kleid, das offenherzig ausgeschnitten war und mehr als nur die Ansätze ihrer festen Brüste sehen ließ. »Vergiß nicht, daß wir bei den Hennigans eingeladen sind, Rebecca.«

»Ich komme nicht mit. Geh du allein.«

»Da wird Bill aber traurig sein.«

Rebecca zuckte die Schultern. »Ich mache mir nicht viel aus Bill. Ich bin sicher, daß er mich in deinen Armen rasch vergessen wird.«

»Das nehme ich an«, sagte Lydia und lächelte leicht. Ihr war es ganz angenehm, daß Rebecca nicht mitkam. Die Vampirin war auf Parties im allgemeinen sehr zurückhaltend – und entsetzlich prüde. Aber das machte sie für einige Mitglieder der Schwarzen Familie sehr reizvoll.

Eric Rickman atmete erleichtert auf. Vergessen waren die Ereignisse der vergangenen Stunden. Erwartungsvoll sah er dem Zusammentreffen mit Rebecca entgegen.

Vor genau einer Woche hatte er sie kennengelernt. Es hatte geregnet, und er war in einen Pub gegangen. Und da hatte er sie gesehen, wie sie an der Theke stand und gedankenverloren an einem Tonic nippte. Er hatte sich augenblicklich in sie verliebt. Ein paar Minuten später hatte er sie in ein angeregtes Gespräch verwickelt und eine halbe Stunde danach dann in ein teures Restaurant geführt. Schließlich waren sie in einen Nachtclub gegangen. Und seither hatte er sie jeden Tag gesehen. Zu seinem größten Bedauern hatte sie aber seine Annäherungsversuche brüsk abgewehrt, was sein Verlangen nur noch gesteigert hatte. Jede Nacht hatte er sie zu ihrem Haus in der Park Lane gebracht und all seinen Charme spielen lassen – bisher vergeblich. Sie hatte ihn nie mit ins Haus genommen.

Als er nun nach dem Telefonanruf in seine Wohnung zurückkehrte, kroch das Unbehagen für einen winzigen Augenblick erneut seinen Nacken hinauf. Doch nichts geschah. Keine Agatha, die in der Wohnung auf ihn wartete. Er duschte ein paar Minuten lang und rasierte sich gründlich. Dann schlüpfte er in einen eleganten Sommeranzug und trank zwei Tassen Kaffee. In einer nahegelegenen Blumenhandlung kaufte er einen Strauß langstieliger Rosen – dunkelrote. Seine Stimmung hatte sich um hundertachtzig Grad gedreht, als er in seinen Wagen stieg und losfuhr. An das Erscheinen seiner ermordeten Frau und an den Anruf ihres toten Bruders dachte er nicht mehr. Vergnügt pfeifend reihte er sich in den starken Abendverkehr ein. Zehn Minuten vor acht Uhr hatte er Marble Arch erreicht. Er fuhr an Speaker's Corner vorbei und den Hyde Park entlang. Unweit von Rebeccas Haus fand er einen Parkplatz. Punkt zwanzig Uhr stand er vor dem zweistöckigen Haus, von dem aber nicht viel zu sehen war, da es eine hohe Mauer vor neugierigen Blicken schützte. Verwundert starrte er die Eisentür an, die wie von Geisterhänden bewegt aufsprang und den Blick in einen kleinen Vorgarten freigab. Zögernd trat er ein und blickte sich mißtrauisch um. Das Haus war alt, doch es mußte vor kurzer Zeit völlig renoviert worden sein. Die hohen, kunstvoll verzierten Fenster funkelten glutrot im Schein der untergehenden Sonne. Unwillkürlich blieb er stehen. Irgend etwas schien ihn zurückzuhalten. Ein unbestimmbares Grauen ging von dem Gebäude aus... Er zuckte erschrocken zusammen, als die Eisentür hinter ihm ins Schloß fiel. Der Straßenlärm verstummte wie abgeschnitten. Es war, als habe sich eine schalldämmende

Wand um das Haus gelegt.

Rickman atmete tief durch und gab sich einen Ruck. Langsam ging er auf das Gebäude zu. Als er sich bis auf drei Meter genähert hatte, schwang die Haustür plötzlich geräuschlos auf und gab den Blick in ein großes Vorzimmer frei. Der Raum war ganz in Rot gehalten. Neben einer Kleiderablage stand ein kleines Tischchen mit einer Vase darauf, in der ein halbes Dutzend Teufelszungen steckten, die sich leicht zu bewegen schienen.

Rickman blieb neben der Kleiderablage stehen. Er räusperte sich.

»Rebecca?« fragte er unsicher.

Eine rot gestrichene Tür wurde geöffnet, und Rebecca trat in die Diele. Erleichtert ging er auf sie zu. »Hallo, Rebecca«, sagte er und reichte ihr den Strauß Rosen. Die Vampirin nickte ihm flüchtig zu, dann blickte sie die Blumen an. Die Blüren veränderten sich unter ihrem Blick. Langsam wurden sie farblos, und die Blätter schienen sich zusammenzukrümmen. Nach wenigen Sekunden waren die Rosen tiefschwarz geworden.

»Ich liebe schwarze Rosen«, meinte Rebecca.

Rickman starrte die Blumen verblüfft an. Sein Mund öffnete sich vor Erstaunen. Es gab keinen Zweifel, die Rosen waren schwarz.

»Aber...«, sagte er stotternd. »Ich habe rote Rosen ... Das ist unmöglich – sie sind jetzt schwarz!«

Rebecca hob den Kopf und sah ihn durchdringend an. Ihr Gesicht war unnatürlich bleich, die Haut war fast durchsichtig. In den schwarzen Augen schienen rote Flammen zu tanzen. Sie trug ein hochgeschlossenes Kleid, das aus einem Dutzend Schleier zu bestehen schien. »Komm mit, Eric«, sagte sie und trat in ein großes Zimmer, das nur von ein paar dicken Kerzen schwach erhellt wurde. Der Raum war quadratisch. Die Möbel und die Vorhänge waren schwarz, die Wände und die Decke und der Boden rot. Es dauerte ein paar Sekunden, bis sich Eric Rickman an das düstere Licht gewöhnt hatte. Ein süßlicher Geruch hing im Zimmer, der sich schwer auf seine Lungen legte. Wie betäubt folgte er Rebecca, die ihn zu einer riesigen Ledersitzgarnitur führte. Undeutlich nahm er eine junge Frau wahr, die auf einer Couch saß und ihn anstarrte.

»Das ist meine Freundin Lydia«, hörte er Rebecca sagen, dann wurde ihm schwarz vor den Augen. Für ein paar Sekunden mußte er ohnmächtig gewesen sein. Als er die Augen aufschlug, saß er neben Rebecca auf der Couch, und sich gegenüber erblickte er Lydia, die ihn lauernd anblickte. Rickman glaubte zu schweben. Seine Augen tränten leicht.

»Das ist er also«, sagte Lydia und beugte sich vor. Er wollte den Blick von ihr wenden, doch es gelang ihm nicht. Lydias dunkle Augen zwangen ihm ihren Willen auf. Sein Körper war gelähmt. Verzweifelt versuchte er sich aufzurichten, aber seine Muskeln versagten ihm den Dienst.

»Ich habe schon immer eine Schwäche für Mörder gehabt«, sagte Rebecca und rutschte näher. Rickman konnte den Kopf bewegen. Überrascht sah er Rebecca an, die ihm freundlich zulächelte.

»Wie war das?« fragte er.

»Alle meine Opfer waren bis jetzt Mörder«, stellte die Dämonin fest. Ihr Lächeln vertiefte sich.

»Ich bin kein Mörder«, sagte Rickman keuchend.

»Wir wissen alles, Eric«, flüsterte Rebecca und rutschte näher, Sie schlang ihren linken Arm um seine Schultern, und ihr Gesicht näherte sich dem seinen. Ihre Augen änderten sich langsam. Sie wurden glühend rot.

»Du irrst dich«, beharrte er. Nie zuvor hatte er sich unbehaglicher gefühlt. Er fürchtete, daß etwas Schreckliches mit ihm geschehen würde.

»Ich suche mir meine Opfer immer äußerst gewissenhaft aus«, sprach Rebecca weiter.

Er spürte den Druck ihres Körpers, und ihre Hände strichen sanft über sein Haar.

»Wie meinst du das?« fragte er mit zittriger Stimme.

»Du hast zwei Morde begangen, Eric. Und dafür wirst du deine verdiente Strafe bekommen.«

»Was hast du vor?« Seine Stimmte versagte schier.

»Ich könnte dich töten, Eric. Aber das wäre eine zu schnelle Strafe für dich. Ich habe besseres mit dir vor. Ich werde dich zu meinem Sklaven machen.« Ein krächzendes Geräusch war zu hören. Rickman drehte den Kopf nach links und stieß einen Entsetzensschrei aus. Eine riesige Fledermaus schwebte auf ihn zu. Das Biest war schwarz und hatte eine Flügelspannweite von über anderthalb Metern. Es öffnete das häßliche Maul und entblößte ein furchterregendes Vampirgebiß.

»Siehst du diese Fledermaus, Eric?«

Rickman preßte die Lippen zusammen und nickte langsam.

»Vor ein paar Wochen war diese Fledermaus ein Mensch. Ich verhexte ihn – so wie ich es mit dir getan habe – und lockte ihn in mein Haus. Dann verwandelte ich ihn in dieses Monstrum. Dasselbe Schicksal blüht auch dir!«

»Nein!« Rickmans Gesicht verzerrte sich vor Grauen. Mit weit aufgerissenen Augen stierte er die riesige Fledermaus an, die ihn noch immer umkreiste. »Das ist ein Alptraum, nur ein Traum!«

»Du irrst dich, Eric. Das ist kein Traum. Es ist die Wirklichkeit.«

Die Vampirin bewegte die rechte Hand, und die Riesenfledermaus zog sich in eine Ecke des Zimmers zurück. Rickmans Blick wanderte zurück zu Rebecca, die ihren Kopf an seine Schulter legte und sich an ihn schmiegte. Langsam öffnete sie den Mund und entblößte ihre strahlend weißen Zähne. Rickman wußte nicht, ob er wachte oder träumte. Ihre Schneidezähne wurden langsam spitz, immer spitzer. Verlangend krallte sie ihre scharfen Fingernägel in seine Schultern, dann hob sie den Kopf, und ihre dunkelroten Augen glühten ihn an. Das scharfe Gebiß näherte sich langsam seinem Hals.

»Nicht!« schrie Rickman. Die nadelspitzen Zähne der Vampirin bohrten sich in seine Kehle. Sein Mund verzerrte sich. Langsam schloß er die Augen. Ein seltsames Ziehen durchlief seinen Körper, dann wurde er bewußtlos.

Nach ein paar Minuten ließ Rebecca von ihrem Opfer ab. Langsam stand sie auf. Rickman lag auf der Couch und atmete kaum merklich. Sein Blut war vergiftet. In wenigen Minuten würde sich sein Körper verändern.

»Brauchst du mich noch, Rebecca?« fragte Lydia.

»Nein, danke. Mit Eric komme ich nun allein klar.«

»Dann werde ich mich langsam für die Party zurechtmachen«,

meinte Lydia. »Willst du nicht doch mitkommen?«

Rebecca schüttelte entschieden den Kopf. »Nein, ich muß bei Eric bleiben und seine Verwandlung abwarten.«

»Na, dann wünsche ich dir noch viel Spaß damit.«

Lydia winkte Rebecca flüchtig zu und verließ das Zimmer. Rebecca ließ ihr Opfer nicht aus den Augen. Rickman stöhnte leise auf. Seine Hände bewegten sich, dann setzte er sich ruckartig auf und blickte sie verständnislos an.

»Wo bin ich?« fragte er. Seine Augen waren blutunterlaufen, sein Gesicht war eingefallen und die Haut grau geworden.

»Wie fühlst du dich?« fragte Rebecca und setzte sich zu ihm auf die Couch.

»Mir ist übel«, flüsterte er. »Alles dreht sich vor meinen Augen. Ich bin müde. Unendlich müde.«

»Leg dich auf den Rücken«, flüsterte Rebecca, und er gehorchte. Die Kerzen im Zimmer flackerten stärker, dann erloschen sie plötzlich. Undurchdringliche Dunkelheit hüllte sie ein. »Bleib ganz ruhig liegen«, sagte die Vampirin fast unhörbar. Sie schlüpfte aus ihrem Kleid und preßte ihren nackten Körper an den seinen. Er seufzte leicht auf, als ihre Hände über seinen Körper strichen. Irgend etwas explodierte vor seinen Augen, und er wurde wieder bewußtlos.

Als er erwachte, war es hell im Zimmer. Seine Gedanken waren verwirrt. Er wollte etwas sagen, doch nur ein unverständliches Krächzen kam über seine Lippen.

»Es wird einige Zeit dauern, bis du dich an deinen neuen Körper gewöhnt haben wirst«, sagte Rebecca, die vor ihm stand. Verständnislos blickte er sie an. Dann sah er an sich herunter. Und erblickte die lederartigen Flügel und den gedrungenen schwarzen Vampirkörper mit den scharfen Krallen. Er konnte sich an nichts erinnern, wußte nur, daß Rebecca seine Herrin war, deren Befehle er befolgen mußte.

»Du wirst mir ein treuer Diener sein, Eric«, sagte Rebecca lächelnd. Sie beugte sich über ihn, und ihre Hände strichen über seinen Körper. Er stieß ein zufriedenes Krächzen aus und schlug kaum merklich mit den Flügeln.

Ich stand vor dem Fenster in meinem Zimmer und blickte in den Garten. Es war ein warmer Frühlingstag. Ich sah einem Eichhörnchen zu, das eine der hohen Tannen blitzschnell erkletterte und dann hinter einem Ast verschwand.

Der Tod unseres Vetters Boris und meine Auseinandersetzung mit dem verrückten Graubarth lagen schon lange zurück. Auch an Gerhard Pusch konnte ich mich kaum noch entsinnen. Sein Gesicht, seine Hände, die ich so oft auf meinem Körper gespürt hatte – all das verschwamm mit der Zeit in meiner Erinnerung, und ich gewöhnte mich daran, meinen Blick wieder in die Zukunft zu richten. Im Grunde war ich Gerhard ja noch auf recht einfache Art und Weise losgeworden.

Seit gestern aber fühlte ich plötzlich wieder eine tiefe Rastlosigkeit in mir, so als irgendwelche unheimlichen Ereignisse bereits ihre Schatten vorauswerfen würden. Irgend etwas lag in der Luft. Dieses Gefühl hatte ich schon öfters gehabt, und immer hatte sich dann irgend etwas Unangenehmes ereignet. Langsam drehte ich mich um und blickte auf den Schreibtisch, auf dessen Arbeitsfläche einige dicke Bücher lagen, die sich alle mit Magie beschäftigten. Während der letzten Wochen und Monate hatte ich meine magischen Fähigkeiten erweitert und vervollkommnet. Außerdem hatte ich eifrig Sprachen gelernt. Mein Englisch, Italienisch, Spanisch und Französisch war nun perfekt.

Von meiner Familie befanden sich zur Zeit nur meine Eltern und Georg in Wien. Lydia hatte sich nach London abgesetzt, während Volkart und Adalmar sich bei Onkel Ingvar im Castello della Malizia aufhielten.

Unsere Familie hatte eindeutig von den letzten Entwicklungen profitiert. Der Führungsanspruch der Zamis' war im Augenblick in Wien unbestritten. Alle Sippen hatten sich uns unterworfen. Und noch immer ahnten die Dämonen nicht, daß ich es gewesen war, die dank ihrer magischen Fähigkeiten den Clan der Winkler-Forcas' besiegt hatte. Dennoch verlief mein Leben eintöniger, als sich manch anderer vielleicht vorstellen mochte. Unter den Mitgliedern der Schwarzen Familie hatte ich keine Freunde, und die Einladungen anderer Sippen akzeptierte ich nur selten. Doch auch mit normalen Menschen wollte ich nichts mehr zu tun haben. Das Schicksal Rupert Schwingers und das Erlebnis mit Gerhard hatten mich abgeschreckt.

Mißmutig setzte ich mich an den Schreibtisch und blätterte gelangweilt in einem Buch über Experimentalmagie. Es war ein seltenes Manuskript, das nur Mitglieder der Schwarzen Familie lesen konnten. Für normale Menschen schienen die Seiten leer zu sein. Die Schriftzeichen waren erst zu erblicken, sobald man die richtige Beschwörung vorgenommen hatte. Doch ehe ich mich wieder richtig in die Seiten vertiefen konnte, klopfte es an der Tür. Der Hüter des Hauses trat ein.

»Dein Vater will dich sprechen, Coco.« Seine Stimme klang dumpf unter der Holzmaske hervor. Aus den Augenschlitzen drang ein unwirkliches Leuchten. Rasch klappte ich das Buch zu. Mein Vater liebte es nicht, wenn man ihn warten ließ. Der Hüter des Hauses trat einen Schritt zur Seite, und ich ging an ihm vorbei in den Korridor. Hastig stieg ich die Stufen hinunter, durchquerte den Wintergarten und betrat das große Wohnzimmer, in dem bereits meine Eltern und Georg auf mich warteten.

»Du hast mich gerufen, Vater?«

Er nickte und zeigte auf einen Stuhl. Ich setzte mich und blickte ihn fragend an.

»Hier«, sagte er und reichte mir einen Brief. »Lies.«

Ich strich das Papier glatt und warf einen oberflächlichen Blick darauf. Doch bereits die ersten Zeilen alarmierten mich. »An die Sippe der Zamis'«, las ich. »Ich habe Lydia gefangengenommen. Sie muß sterben, wenn ihr nicht auf meine Wünsche eingeht. Ihr müßt mich im Kampf gegen Asmodi unterstützen. Zum Beweis, daß ihr mir helfen wollt, soll Coco nach London kommen. Niemand darf sie begleiten. Wenn ihr nicht gehorcht, wird Lydia sterben. Ich werde euch ihren Kopf schicken.« Eine Unterschrift fehlte.

Ich legte den Brief auf den Tisch und warf Georg und meiner Mutter einen kurzen Blick zu. Sie hatten mit ausdruckslosen Gesichtern gewartet, bis ich zu Ende gelesen hatte.

»Was hältst du von diesem Brief?« erkundigte sich mein Vater.

»Ist Lydia tatsächlich verschwunden?«

»Ja. Ich habe mit Rebecca in London gesprochen. Lydia fuhr

gestern zu einer Party, und seither ist sie nicht mehr gesehen worden. Sie ist nie bei den Hennigans eingetroffen. Ihr Wagen wurde in der Oxford Street gefunden. Wir können daher annehmen, daß der Unbekannte sie tatsächlich entführt hat.«

Ich überlegte einen Augenblick. »Das könnte eine Falle sein«, wandte ich ein.

Mein Vater lächelte. »Das haben wir auch schon vermutet. Asmodi ist uns nicht gut gesinnt, und daran trägst ausschließlich du die Schuld. Aber sprechen wir nicht darüber. Ich habe erfahren, daß er alles andere als erfreut war, als er von unserem Sieg gegen die Winkler-Forcas' hörte. Ihm wäre ein anderer Ausgang lieber gewesen. Gehen wir nun auf die Wünsche des Unbekannten ein, dann hätte Asmodi einen Grund, um offen gegen uns vorzugehen. Das darf auf keinen Fall geschehen.«

»Ich werde nach London fliegen«, sagte ich.

»Nicht so hastig«, schaltete sich Georg ein. »Wir müssen uns absichern.«

»Das geht doch ganz einfach«, meinte ich. »Wir setzen uns mit Skarabäus Toth in Verbindung und erklären, daß wir Asmodi die Treue halten. Wir gehen nur scheinbar auf die Forderungen des Unbekannten ein. Das kann uns niemand verübeln.«

»Ausgezeichnet«, sagte mein Vater zufrieden. »Du denkst mit. Das gefällt mir.«

Dieses Lob sollte mich eigentlich freuen, aber es ließ mich kalt. Die Entführung meiner Schwester ging mir nicht sonderlich nahe. Ich hatte sie nur äußerst selten gesehen und mich nie mit ihr verstanden. Sie verachtete mich, da ich nicht so wie sie an den Vergnügungen der Dämonen Spaß fand. Der Gedanke, nach London zu fliegen, ließ mein Herz jedoch rascher schlagen. Endlich konnte ich der bedrückenden Enge meines Elternhauses entfliehen. Schon oft hatte ich den Wunsch geäußert, mich in der Welt umzusehen, doch mein Vater hatte stets abgelehnt.

Nun setzte er sich mit Skarabäus Toth in Verbindung, wobei er jedoch darauf verzichtete, eine Kristallkugel zu benutzen. Unsichtbare Hände hoben den Telefonapparat auf den Tisch, nahmen den Hörer ab und wählten Toths Nummer. Kurz darauf meldete sich die raschelnde Stimme des Schiedsrichters.

»Hier ist Michael Zamis«, entgegnete mein Vater. »Ich muß dringend mit Ihnen sprechen, Toth. Wann können Sie zu mir kommen?«

»In einer Stunde bin ich bei Ihnen«, sagte Toth knapp. Dann war die Verbindung abgebrochen.

Mein Vater blickte mich an. »Du fliegst noch heute Nacht los, Coco. Geh auf dein Zimmer und pack deine Sachen zusammen.«

Gehorsam stand ich auf. Ich ließ mir nichts von meiner Freude anmerken. Ganz im Gegenteil – ich machte ein kummervolles Gesicht. Doch als ich in meinem Zimmer war, lachte ich vergnügt auf. Zwanzig Minuten später war ich abreisefertig. Mein Vater hatte nichts davon gesagt, daß ich beim Gespräch mit Skarabäus Toth anwesend sein sollte. Das war mir nur recht, da ich den Schiedsrichter der Schwarzen Familie ohnehin nicht besonders leiden konnte. Doch ich hatte mich zu früh gefreut. Der Hüter des Hauses holte mich, als Skarabäus Toth eingetroffen war. Verärgert ging ich ins Wohnzimmer. Toth saß meinem Vater gegenüber. Meinen Gruß erwiderte er nur mit einem knappen Nicken. Ich setzte mich und ließ den unheimlichen Dämon nicht aus den Augen.

»Interessant«, sagte Toth, nachdem mein Vater ihm von dem Brief erzählt hatte. »Lydia scheint tatsächlich verschwunden zu sein. Und weshalb haben Sie mich nun gerufen?«

»Das können Sie sich doch denken, Toth.«

»Erklären Sie es mir.« Er stellte sich absichtlich dumm. Wir alle wußten jedoch, daß er sich recht gut mit Asmodi verstand.

»Der Unbekannte fordert uns auf, daß wir ihm in seinem Kampf gegen Asmodi helfen. Wir denken aber nicht daran. Unser Treueschwur Asmodi gegenüber gilt noch immer. Wir akzeptieren ihn rückhaltlos als Herrn der Finsternis. Da jedoch meine Tochter von dem Unbekannten gefangengenommen wurde und wir ihr Leben nicht gefährden wollen, gehen wir zum Schein auf die Forderungen des Entführers ein. Ich habe Sie als Zeugen gerufen, damit nicht zu einem späteren Zeitpunkt behauptet werden kann, wir hätten uns gegen Asmodi gestellt.«

»Ich nehme Ihre Erklärung zur Kenntnis«, sagte Toth. »Aber Sie werden verstehen, daß ich Asmodi davon unterrichten muß.«

»Das werden Sie hübsch bleiben lassen, Toth!«

»Tut mir leid, Zamis. Es ist meine Pflicht. Asmodi muß darüber informiert werden, daß ihm jemand den Kampf angesagt hat.«

Meinem Vater gelang es nur mühsam, sich zu beherrschen. »Dann sind Sie dafür verantwortlich, wenn meiner Tochter etwas geschieht, Toth. Wird ihr auch nur ein Haar gekrümmt, werde ich fürchterliche Rache nehmen.«

Toth verzog verächtlich den Mund. »In meiner Funktion als Schiedsrichter bin ich für Sie tabu. Ich erfülle nur meine Pflicht. Es war Ihre Idee, mich zu rufen. Das hätten Sie sich früher überlegen müssen. Ich habe meine Befehle von Asmodi erhalten. Sobald ich von einem Komplott gegen ihn erfahre, muß ich ihn augenblicklich verständigen. Ich kann mich über seinen Befehl nicht hinwegsetzen. Haben wir uns damit verstanden?«

Der drohende Unterton seiner Stimme war nicht zu überhören gewesen.

»Natürlich«, entgegnete mein Vater kalt.

»Dann darf ich mich verabschieden«, sagte Toth und stand blitzschnell auf. Er nickte uns kurz zu. Mein Vater begleitete ihn aus dem Zimmer.

»Ich kann den Kerl nicht leiden«, brummte Georg. »Er ist mir zu undurchsichtig.«

Damit sprach er mir aus der Seele. Obwohl in meiner Gegenwart nicht offen über die Pläne unserer Sippe gesprochen, wußte ich, daß wir Asmodi alles andere als freundlich gegenüberstanden. Aber man hütete sich, dies anderen Dämonen zu Ohren kommen zu lassen. Deshalb machte mich die Entführung Lydias um so nachdenklicher. Es war ziemlich sicher, daß sich unser Clan einem mächtigen Dämon, der sich gegen Asmodi stellte, sofort angeschlossen hätte. War die Gefangennahme meiner Schwester vielleicht nur vorgetäuscht, um die Verstrickung unserer Familie in die Verschwörung zu vertuschen? Ich wäre jedenfalls die letzte gewesen, die davon erfahren hätte. In diesem Zusammenhang war es ohne Zweifel interessant, daß sich niemand ernsthafte Sorgen um Lydia zu machen schien.

Mein Vater sagte kein Wort, als er ins Zimmer zurückkehrte. Auch während des Abendessens herrschte eisiges Schweigen, aber das war bei uns so üblich, da mein Vater belangloses Geschwätz haßte.

»Nun zu dir, Coco«, wandte er sich an mich. »Du wirst bei Rebecca wohnen. Sobald du in London bist, wirst du eine magische Kugel so präparieren, daß du jederzeit mit uns in Verbindung treten kannst. Wenn sich etwas Wichtiges ereignet, wirst du uns verständigen und die nötigen Instruktionen entgegennehmen. Und du wirst meine Befehle widerspruchslos erfüllen, auch wenn sie dir möglicherweise sinnlos erscheinen sollten. Verstanden?«

»Verstanden«, erwiderte ich.

»Georg wird dich zum Flughafen fahren. Hast du deinen Koffer gepackt?«

Ich nickte. Vater griff nach dem Erpresserbrief und las ihn noch einmal durch, dann legte er ihn zur Seite und lehnte sich zurück. »Eigentlich wäre zu erwarten gewesen, daß der Unbekannte von uns gefordert hätte, auf keinen Fall Asmodi zu verständigen. Warum hat er das unterlassen? Er scheint sich seiner Sache sehr sicher zu sein.«

»Hm, du hast recht, Vater«, stimmte Georg zu. »Mich würde interessieren, ob der Unbekannte auch Mitglieder anderer Sippen entführt hat?«

»Das werden wir hoffentlich bald erfahren.« Vater blickte mich an. »Es ist Zeit, daß du dich fertig machst, Coco.«

Ich verstand die Aufforderung. Vater wollte mit Georg etwas besprechen, das ich nicht hören sollte. Ich hatte noch genügend Zeit, da das Flugzeug erst in drei Stunden abfliegen würde.

London empfing mich mit Regen und Nebel. Das Flugzeug landete im Morgengrauen. Ein unausgeschlafener Zollbeamter studierte mürrisch meinen Paß, verzichtete aber darauf, den Koffer zu untersuchen. Ich ging durch die Sperre und blickte mich um. Von Georg hatte ich eine genaue Beschreibung Rebeccas, die mich abholen sollte, erhalten. Und ich spürte auch bereits die charakteristische Ausstrahlung, die nur von Dämonen ausging. Ein junges Mädchen blickte mir neugierig entgegen. Nach der Beschreibung, die ich erhalten hatte, gab es keinen Zweifel, daß es sich um Rebecca handelte. Sie schien in meinem Alter zu sein, etwa achtzehn Jahre. Das pechschwarze Haar fiel glatt über ihre Schultern, und sie trug einen modischen, aufgeknöpften Ledermantel, unter dem ein enganliegendes schwarzes Kostüm hervorlugte. Ich blieb vor ihr stehen und stellte den Koffer auf den Boden.

»Hallo«, sagte sie knapp. »Du siehst genauso aus, wie ich mir dich vorgestellt habe.«

Zu meiner größten Überraschung hatte sie deutsch gesprochen. Verwirrt schaute ich sie an. Bereits auf den ersten Blick schien sie sich sehr von den anderen Dämonen, die ich bis jetzt kennengelernt hatte, zu unterscheiden. Ihr fehlte die typische Aura der Grausamkeit, die üblicherweise von den Mitgliedern der Schwarzen Familie ausging.

»Du bist so ganz anders, als ich erwartet habe«, sagte ich stokkend.

Rebecca lächelte. »Ich weiß, was du meinst. Deine Schwester hat oft zu mir gesagt, daß wir uns ähnlich sind. Ihrer Meinung nach passen wir beide nicht so richtig in die Familie. Aber darüber sprechen wir später. Komm mit.«

Ich folgte ihr. Als wir ins Freie traten, legte ich einen schwachen magischen Schutzschirm um uns, der den Regen abhielt. Rebecca warf mir einen raschen Blick zu, sagte aber nichts. Mein Bruder hatte mir nur wenig über sie erzählt. Ich wußte, daß sie eine Vampirin war – mehr nicht. Und wie ich sofort festgestellt hatte, verfügte sie über keine starken magischen Kräfte. Vor einem goldfarbenen Porsche blieb sie stehen, sperrte die Wagentür auf, griff nach meinem Koffer und verstaute ihn auf den Notsitzen. Dann rutschte sie hinter das Steuer und öffnete mir die Tür.

»Du bist das Schwarze Schaf deiner Sippe«, stellte Rebecca fest, nachdem sie losgefahren war und die Scheibenwischer eingestellt hatte.

»So ist es«, antwortete ich und blickte neugierig durch die Windschutzscheibe.

»Lydia hat keine besonders hohe Meinung von dir.«

»Das kann ich mir denken. Um ehrlich zu sein, ich habe sie auch nicht gerade ins Herz geschlossen. Bist du eng mit ihr befreundet?«

Ich blickte Rebecca fragend an, doch sie schüttelte leicht den

Kopf. »Das kann man nicht unbedingt sagen«, meinte sie. »Aber ich verstehe mich ganz gut mit ihr. Wir gehen jede unseren eigenen Weg und respektieren die Wünsche der anderen. Ich habe Lydia vor ein paar Jahren kennengelernt und mich mit ihr angefreundet. Da ich allein in einem großen Haus wohne, habe ich ihr dann angeboten, bei mir zu bleiben, wenn sie in London ist.«

»Sicherlich hat sie aber versucht, dich auf den richtigen Weg zu führen?«

Rebecca lachte. »Allerdings, doch sie hat nicht viel Erfolg damit gehabt. Irgendwann hat sie es aufgegeben, mich bekehren zu wollen. Ich habe mir nie etwas aus den Vergnügungen der Schwarzen Familie gemacht.«

»Ich hoffe, daß wir Freundinnen werden«, platzte es aus mir heraus.

»Das hoffe ich auch«, sagte Rebecca leise.

Ich konnte es noch immer nicht ganz fassen. Bis vor wenigen Minuten hatte ich geglaubt, daß ich das einzige Mitglied der Schwarzen Familie sei, das sich nicht anpassen konnte. Endlich hatte ich eine Dämonin gefunden, die so wie ich dachte. Ich lehnte mich bequem zurück und starrte durch die Fensterscheiben auf die Straßen. Der Regen wurde stärker, und ich genoß es, im Warmen zu sitzen. London faszinierte mich vom ersten Augenblick an. Der Regen ließ alle Häuser grau erscheinen. Neugierig starrte ich den ersten roten doppelstöckigen Bus an, den ich sah. Als wir die breite Bayswater Road erreichten, ließ der Niederschlag wieder etwas nach. Doch jetzt wurde der Verkehr so dicht, daß wir nur noch im Schrittempo vorwärtskamen.

»Das ist der Hyde Park«, meinte Rebecca, und ich blickte nach rechts.« In zehn Minuten sind wir bei mir.«

Ich nickte beeindruckt. London war ganz anders, als ich es mir immer vorgestellt hatte. Die Straßen waren breiter, alles war viel großzügiger angelegt als in meiner Heimatstadt. Wien kam mir im Verhältnis zu London wie eine schäbige Provinzstadt vor.

»Was ist das für ein Bogen?« fragte ich, als wir in die Park Lane einbogen.

»Marble Arch«, erklärte mir Rebecca. »Wurde 1828 im Stil des Konstantinbogens erbaut. Und das ist Speaker's Corner.«

Trotz der frühen Stunde stand ein Farbiger auf einer Kiste, gestikulierte wild mit den Händen und sprach erregt auf drei junge Burschen ein, die ihm sichtlich gelangweilt zuhörten. Ein paar Meter weiter bog Rebecca links in eine Tiefgarage ein, in der wir den Wagen abstellten. Fünf Minuten später hatten wir ihr Haus erreicht. Als wir die Diele betraten, flog uns eine riesige schwarze Fledermaus entgegen, die mich böse anfunkelte. Sie landete auf Rebeccas rechter Schulter und krächzte. Das Biest ließ mich nicht aus den Augen.

»Beruhige dich, Ted«, sagte Rebecca. »Coco ist eine Freundin.«

Damit war alles gesagt, und die Fledermaus beachtete mich nicht mehr. Genüßlich rieb sie ihren häßlichen Kopf an Rebeccas Wange, die sich diese Liebkosung ein paar Sekunden gefallen ließ. Dann verscheuchte sie das Biest, das enttäuscht davonflog. »Du brauchst keine Angst vor den Fledermäusen zu haben, Coco«, sagte sie. »Sie sind meine Diener und werden dir nichts tun.«

»Du hast mehrere solcher Riesenfledermäuse im Haus?« fragte ich überrascht.

»Ja, es sind meine Opfer.«

Ich stellte den Koffer ab und blickte sie gespannt an. »Deine Opfer?«

»Ich bin eine Vampirin«, erklärte Rebecca und schlüpfte aus ihrem Mantel. »Ich habe lange gegen meine Begierden angekämpft, aber es war vergebens. Unsere Familie hatte sich ziemlich den Menschen angepaßt, doch alle paar Wochen benötige ich Menschenblut. Wenn ich keins bekomme, dann verfällt mein Körper, und ich muß sterben. Also bin ich gezwungen, mir etwa alle drei Monate ein Opfer zu holen.«

Ich wußte über Vampire genügend Bescheid. »Du brauchst dich nicht zu entschuldigen, Rebecca.«

»Das tue ich auch nicht«, meinte sie. »Ich will es dir nur erklären. Meine Opfer suche ich mir gewissenhaft aus. Ich nehme nicht den erstbesten. Sobald ich spüre, daß ich wieder Blut benötige, sehe ich mich genau um und wähle mir einen Mann aus, der irgend etwas Grauenhaftes getan hat. Alle meine Opfer waren Verbrecher – Mörder, Kinderschänder...«

»Weshalb greifst du gerade auf Verbrecher zurück?« fragte ich überrascht.

Rebecca hob die Schultern. »Deine Schwester hält es für Schwäche. Aber mir widerstrebt es einfach, einen unschuldigen Menschen als Opfer zu wählen. Doch ich brauche nun einmal Blut. Deshalb bin ich dazu übergegangen, mir meine Opfer unter Mördern zu suchen, die sonst ohne Strafe davongekommen wären.«

Etwas Ähnliches hatte ich nie zuvor gehört. Üblicherweise handelten Vampire ganz anders. Sie kümmerten sich überhaupt nicht darum, wen sie zur Ader ließen, sondern schlugen wahllos zu. Damit war also auch Rebecca eine Außenseiterin in der Schwarzen Familie.

»Und wie findest du deine Opfer? Ein Mörder wird doch kaum herumlaufen und überall erzählen, daß er irgend jemanden umgebracht hat.«

»Natürlich nicht«, sagte Rebecca lächelnd. »Ich bin zwar magisch nicht begabt, aber ich habe die Fähigkeit zu spüren, ob ein Mensch etwas Böses getan hat. Mörder haben für mich eine unverkennbare Ausstrahlung. So wie ich sofort weiß, ob jemand ein Dämon ist, kann ich auch augenblicklich feststellen, ob er ein Mörder ist.«

»Von so einer Fähigkeit habe ich nie zuvor etwas gehört«, meinte ich.

»Ich auch nicht«, sagte Rebecca. »Oft schon habe ich mir darüber Gedanken gemacht und auch eine Erklärung dafür gefunden.«

»Und die ist?«

»Sobald jemand ganz bewußt plant, einen Menschen zu töten, geht mit ihm eine Veränderung vor. In dem Augenblick, in dem er seine Tat vollbracht hat, wechselt etwas von seinem Opfer auf den Mörder über. Und diese Ausstrahlung spüre ich.«

»Das hört sich ganz plausibel, aber ziemlich ungewöhnlich an«, sagte ich. »Und wie gehst du dann vor, wenn du einen Mörder gefunden hast?«

»Ich habe eine ganze Liste solcher Mörder. Es ist für mich ziemlich leicht, ihre Aufmerksamkeit zu wecken. Sobald ich ihren Namen erfahren habe, können sie mir nicht mehr entkommen. Wenn Lydia in London ist, habe ich es überhaupt ganz einfach. Mit ihren magischen Fähigkeiten treibt sie mir mein Opfer in die Arme.«

»Aber was haben die Fledermäuse damit zu tun?«

»Das sind die Opfer. Nachdem ich ihnen das Blut ausgesaugt habe, geht eine Metamorphose mit ihnen vor. Ihr Körper zersetzt sich und verwandelt sich nach ein paar Stunden in Fledermäuse. Sobald der Prozeß abgeschlossen ist, haben sie ihr Gedächtnis verloren und akzeptieren mich als Herrin. Mehr will ich darüber nicht sagen. Komm, ich zeige dir dein Zimmer.«

Dieses Thema war Rebecca sichtlich unangenehm, was ich auch verstehen konnte. Ich wunderte mich, daß sie mir überhaupt so viel darüber erzählt hatte. In diesem Punkt waren alle Dämonen ziemlich zurückhaltend. Solche intimen Geheimnisse verriet man nicht gern. Nur zu leicht konnte ein anderer Dämon irgendwann daraus Nutzen ziehen. Rebecca mußte tatsächlich Zutrauen zu mir gefaßt haben, andernfalls hätte sie mir das alles nicht so ausführlich berichtet. Wir stiegen eine breite Treppe hinauf und gelangten in einen Gang. Eine Fledermaus begrüßte Rebecca mit einem heiseren Krächzen und schlug begeistert mit den riesigen Flügeln. Rebecca strich dem Monster zärtlich über den Kopf und ging dann weiter. Ich folgte ihr. Mein Zimmer war klein und gemütlich eingerichtet. Ein Fenster erlaubte einen Blick in den Garten, doch ich konnte die Straße nicht sehen, da mir die hohe Steinmauer die Sicht verstellte.

»Bist du hungrig?« erkundigte sich Rebecca.

»Nicht sehr«, antwortete ich.

»Ich mache uns ein Frühstück. Du kannst in der Zwischenzeit deinen Koffer auspacken.«

»Das hat Zeit«, sagte ich. »Zuerst muß ich mich mit meinem Vater in Verbindung setzen. Zeig mir bitte Lydias Zimmer. Ich benötige eine magische Kugel.«

»Du kannst eine von mir haben.«

Ich schüttelte den Kopf. »Nein, ich brauche eine ganz spezielle. Lydia hat sicherlich eine unter ihren magischen Utensilien.«

Wir traten in den Gang, und Rebecca führte mich ein paar Türen weiter. In Lydias Zimmer sah ich mich kurz um. Hier herrschte ein unglaubliches Durcheinander. Meine Schwester war nie besonders ordentlich gewesen.

»Gibt es im Haus irgendeinen Raum, der schon lange leer steht?«

»Ja, im zweiten Stockwerk sind ein paar Zimmer, die schon jahrelang von niemandem betreten worden sind.«

»Das ist gut«, freute ich mich. »Darf ich eines benutzen?«

»Natürlich. In einer Viertelstunde ist das Essen fertig. Ist dir das recht?«

Ich nickte. »Ich brauche nur ein paar Minuten.«

Rebecca ließ mich allein. Ich öffnete einen Kasten und hatte nach kurzem Suchen Lydias magische Gegenstände gefunden. Kopfschüttelnd sah ich mir die Unordnung an. Lydia war äußerst unvorsichtig, wie ich mit einem Blick feststellte. Da lagen einige Gegenstände nebeneinander, die üblicherweise gesondert aufbewahrt gehörten. Seufzend untersuchte ich die vier magischen Kugeln, die im obersten Regal standen. Ich wählte eine faustgroße Kugel aus, die von allen Mitgliedern unserer Sippe irgendwann einmal berührt worden war. In einer Lade entdeckte ich drei Rollen schwarzen Samtes. Eine davon nahm ich an mich und stieg mit den beiden Gegenständen in das zweite Stockwerk hinauf. Dort warf ich einen kurzen Blick in jedes Zimmer und wählte jenes, das am ehesten meinen Vorstellungen entsprach. Es war fensterlos, und der Boden war mit einer dicken Staubschicht bedeckt. Ein alter, leerer Kasten, zwei wacklige Holzstühle und ein kreisrunder Tisch waren die einzigen Einrichtungsgegenstände. Ich breitete den schwarzen Samt auf dem Tisch aus und stellte die magische Kugel in die Mitte. Aus meiner Handtasche zog ich ein Stück Kreide, das mein Vater und Georg speziell präpariert hatten. Damit zog ich einen Kreis um die Kugel. Außerhalb des Kreises schrieb ich das Zeichen unserer Familie nieder, danach ließ ich die Kreide auf den Tisch fallen und trat einen Schritt zurück. Die magische Kristallkugel begann ein pulsierendes Leuchten zu zeigen. Ich löschte das Licht im Zimmer und schloß die Tür, dann ging ich auf den Tisch zu und bewegte die Hände langsam. Meine Handbewegungen wurden immer schneller, während ich mich stärker auf die Kugel konzentrierte, die nun bläulich aufglomm.

»Ich rufe dich, Michael Zamis!« sagte ich laut.

Ein starker Druck lastete mir plötzlich auf Stirn und Schläfen, dann flammte es grellweiß in der Kugel auf. Geblendet schloß ich die Augen.

»Ich höre dich, Coco.«

Rasch öffnete ich die Augen. In der Kugel war das Gesicht meines Vaters zu sehen.

»Es hat geklappt«, sagte ich zufrieden.

»Bist du in Rebeccas Haus?« fragte er mich.

»Ja, ich bin vor wenigen Minuten eingetroffen. Gibt es etwas Neues, Vater?«

»Nichts. Ich habe Adalmar verständigt. Er kommt nach Wien. Vielleicht kann er uns weiterhelfen. Sobald du etwas von dem Unbekannten hörst, meldest du dich bei mir.«

Das Gesicht meines Vaters wurde durchscheinend, dann löste es sich auf. Schließlich fiel auch das Licht in der Kugel in sich zusammen. Ich nahm die magische Kreide an mich, verließ das Zimmer und malte einen Bannspruch auf die Tür und die Türschwelle. Niemand konnte den Raum nun unbemerkt betreten. Zufrieden stieg ich die Stufen hinunter. Rebecca fand ich in der Küche. Ich war überrascht, daß sie keinen Diener hatte. Statt dessen bereitete sie das Frühstück selber zu. Auf meine Hilfe legte sie keinen Wert. Ich sah mich derweil im Erdgeschoß um. Es gab drei Wohnzimmer, von denen eines riesengroß war, einen kleinen und einen großen Speiseraum sowie eine Bibliothek, die voll mit Büchern über Okkultismus und Magie war, und ein Spielzimmer, in dem zwei Kartentische und ein Billardtisch standen. Im kleinen Speisezimmer nahm ich Platz. Der Tisch war hübsch gedeckt. Rebecca schob einen großen Servierwagen herein und setzte sich mir gegenüber nieder. So wie die meisten anderen Dämonen hatte sich auch Rebecca den Menschen angepaßt. Das Frühstück war durchaus normal. Typisch englisch mit Cornflakes, gegrillten Würstchen, Bohnen in Tomatensauce, Grapefruits, frischen Brötchen, viel Marmelade und einer riesigen Kanne Tee, der ausgezeichnet schmeckte.

»Habt ihr irgendwelche Vermutungen, wer Lydia entführt haben könnte?« fragte Rebecca.

»Nein«, antwortete ich. Dabei dachte ich an die Warnung meines Vaters, der mir verboten hatte, irgendwelche Vermutungen zu äußern.

»Was hat der Unbekannte eigentlich von euch gefordert?«

Ich zögerte mit einer Antwort. »Wir sollen ihm in seinem Kampf gegen Asmodi helfen.«

Überrascht beugte sich Rebecca vor. »Seid ihr auf diese Erpressung eingegangen?«

»Tut mir leid, Rebecca«, sagte ich, »darüber darf ich nicht sprechen.«

»Das kann ich verstehen. Wie ich hörte, hast du Asmodi schon einmal persönlich gegenübergestanden?«

Ich nickte. »Zweimal sogar.«

»Erzähl«, bat Rebecca. »Ich habe ihn noch nie gesehen.«

Da hatte sie ein Thema berührt, über das ich nur höchst ungern sprach. Aber sie wahr ehrlich zu mir gewesen, also stand ich auch umgekehrt in der Pflicht. Was ich ihr bei meiner Erzählung jedoch verschwieg, war die Art und Weise, auf die ich Asmodi beim Hexensabbat hereinzulegen versucht hatte.

»Lydia hat mir darüber einiges erzählt«, sagte Rebecca schließlich. »Es war sehr unklug von dir, daß du dich gegen Asmodi gestellt hast, Coco. Du hast Glück gehabt, daß er dich nicht in einen Freak verwandelte.«

»Ich würde heute auch nicht anders handeln«, sagte ich fest.

Da plötzlich war lautes Lachen zu hören. Es kam aus einer der hinteren Ecken des Zimmers. Rebecca und ich blickten uns überrascht an. Ich schob den Stuhl zurück und stand auf.

»Setz dich ruhig wieder, Coco!« sagte eine tiefe Männerstimme auf englisch, und ich gehorchte unwillkürlich. Die Stimme kam langsam näher. »Eure Unterhaltung war äußerst interessant für mich.«

»Wer sind Sie?« fragte ich.

»Das kannst du dir doch denken, Coco. Ich habe deiner Familie gestern den Brief gesandt. Ich freue mich, daß du nach London gekommen bist.«

»Wie geht es meiner Schwester?«

»Gut, sehr gut. Wie hat sich deine Familie entschlossen, Coco? Du kannst unbesorgt sprechen«, fügte die Stimme hinzu, nachdem ich einen kurzen Blick auf Rebecca geworfen hatte. »Deine neue Freundin kann dich nicht hören.« Die Vampirin schloß plötzlich die Augen, und ihr Gesicht schien in Nebel gehüllt zu sein.

»Wir helfen Ihnen«, sagte ich.

»Das ist gut, sehr gut«, freute sich der Unbekannte. »Komm heute um zwanzig Uhr zum Bodiam Castle. Es liegt in der Nähe von Rye. Rebecca kennt die Burg. Sie soll dich hinbringen.«

»Darf sie bei unserem Treffen dabeisein?«

»Meinetwegen. Ich erwarte dich um acht Uhr.«

Der Nebel, der Rebeccas Gesicht eingehüllt hatte, löste sich blitzschnell auf. Die Vampirin schlug die Augen auf und starrte mich an. »Was hat der Unbekannte von dir gewollt?« fragte sie neugierig. Ich erzählte es ihr.

»Ich bringe dich zur Burg«, sagte sie. »Wir fahren so gegen sechs Uhr los. Bodiam Castle ist in der Nähe von Folkestone.«

»Ich bin ziemlich gespannt, was uns dort erwarten wird«, meinte ich und trank einen Schluck Tee. Rebecca erwiderte nichts. Eine Unterhaltung war zu gefährlich. Der Unbekannte konnte noch immer zuhören. Ich mußte vorsichtig sein. Es war ein Glücksfall gewesen, daß ich vor ein paar Minuten über meine unerfreulichen Begegnungen mit Asmodi berichtet hatte. Der Unbekannte mußte nun tatsächlich glauben, daß unsere Sippe auf seiner Seite stand.

Ich war müde, nachdem ich die ganze Nacht nicht richtig zur Ruhe gekommen war. Ein paar Stunden Schlaf konnten nichts schaden. Außerdem mußte ich noch meinen Vater verständigen, doch damit wollte ich noch etwas warten.

Ich hatte ein paar Stunden tief und traumlos geschlafen. Nun lag ich seit einer halben Stunde in der Badewanne und dachte nach. Was wollte der Unbekannte von mir? Ich glaubte nicht, daß er mit mir etwas Böses vorhatte. Aber ich konnte mich natürlich auch täuschen. Sollte Asmodi dahinterstecken, dann war ich in Gefahr. Vielleicht hatte er Lydia nur entführt, um mich nach England zu locken. Asmodi und Skarabäus Toth wußten über meine starken magischen Fähigkeiten Bescheid. Möglicherweise hegte Asmodi die Befürchtung, daß ich eines Tages meine Kräfte gegen ihn einsetzen könnte, und wollte bereits jetzt Vorkehrungen dagegen treffen. Was, wenn er mich tötete und die Sache so drehte, daß ein ihm feindlich gesinnter Dämon als Täter dastand? Ich mußte mit allem rechnen. Dennoch war ich mir eigentlich sicher, daß der Unbekannte Asmodi tatsächlich herausfordern wollte. In diesem Fall hatte ich wenig zu befürchten und es war zu erwarten, daß er auch noch andere Dämonen als Geiseln gefangengenommen hatte.

Ich bemerkte, daß sich meine Gedanken im Kreis zu drehen begannen.

Nachdem ich aus der Wanne geklettert war und mich abgetrocknet hatte, betrachtete ich mein Gesicht im Spiegel. Nichts verriet die Gedanken, die sich hinter meiner Stirn überschlugen. Ich warf das Badetuch über einen Haken, bürstete mein hüftlanges, pechschwarzes Haar gründlich durch und steckte es auf. Dann ging ich in mein Zimmer und überlegte mir, was ich anziehen sollte. Vor dem Fenster blieb ich stehen. Es regnete noch immer und war ziemlich kühl. Schließlich entschied ich mich für schwarze Hosen, einen weißen Pulli und eine Rauhlederjacke. Ich kleidete mich rasch an. Auf eine Tasche verzichtete ich, denn sie wäre mir ohnehin nur hinderlich gewesen. Zuletzt stellte ich mein Schmuckkästchen, das ich mitgenommen hatte, auf den Tisch und öffnete es. Die meisten Schmuckstücke und Amulette, die ich besaß, waren aus Silber, ein Metall, das Vampire und Werwölfe nur wenig schätzten. Da ich nicht wußte, wie Rebecca darauf reagieren würde, verzichtete ich auf eine Halskette und steckte mir nur einen breiten Silberring an, der mit magischen Symbolen bedeckt war und auch das Zeichen der Zamis-Sippe trug. Für alle Fälle nahm ich noch ein Stück magische Kreide mit. Alles andere, was ich an Waffen benötigte, trug ich immer bei mir – meine magischen Fähigkeiten, von denen nur ganz wenige Dämonen wußten. Nicht einmal meine Familie war vollständig über sie informiert.

Rebecca erwartete mich bereits im großen Wohnzimmer.

»Ausgeschlafen?« fragte sie lächelnd.

»Ja«, sagte ich und setzte mich nieder.

»In einer halben Stunde brechen wir auf. Willst du etwas essen?«

»Nein, danke. Ich habe keinen Hunger.«

»Bist du aufgeregt, Coco?«

Ich lächelte. »Nein. Überhaupt nicht.«

»Ich bin nervös«, sagte die Vampirin.

»Du mußt nicht mit in die Burg gehen, Rebecca«, meinte ich. »Ich komme schon allein zurecht.«

»Hast du keine Angst, daß dir der Unbekannte etwas Böses antun könnte?«

»Nein«, sagte ich überzeugt. Ich war davon überzeugt, mich auf meine Fähigkeiten verlassen zu können. Diese Selbstsicherheit schien Rebecca zu imponieren. Sie blickte mich lauernd an.

»Deine Schwester hat mir gegenüber behauptet, daß du eine Versagerin bist«, sagte sie nachdenklich. »Doch ich glaube es nicht. Das Gegenteil ist der Fall.«

Verwundert blickte ich sie an. »Wie kommst du darauf?«

»Das ist sehr einfach«, meinte sie. »Asmodi hat sich für dich interessiert. Er hat deine magischen Fähigkeiten getestet und sie für so gut befunden, daß er mit dir einen Dämon zeugen wollte. Asmodi verschwendet seine Zeit nicht mit unwürdigen Hexen. Er muß davon überzeugt sein, daß du über gewaltige magische Fähigkeiten verfügst. Stimmt das?«

Ich preßte die Lippen zusammen. Es war äußerst unklug von mir gewesen, über meine Begegnung mit Asmodi zu sprechen. Der Unbekannte hatte unsere Unterhaltung vor ein paar Stunden mit angehört, und ich konnte nur hoffen, daß er nicht die gleichen Schlüsse wie Rebecca zog.

»Dein Schweigen ist Antwort genug«, sagte Rebecca. »Außerdem verstehe ich jetzt einige Andeutungen, die Lydia mir gegenüber gemacht hat. Sie erzählte mir einige Dinge von eurem Kampf mit der Sippe der Winkler-Forcas'. Damals verstand ich diese Hinweise nicht, aber jetzt bin ich sicher, daß du in diesem Kampf die entscheidende Rolle eingenommen hast. Keine Angst, Coco, ich werde davon nichts erzählen. Es ist mir durchaus verständlich, daß deine Familie kein Interesse daran hat, daß deine Fähigkeiten bekannt werden. Aber auch andere Dämonen werden sich ihre Gedanken machen.«

Wieder schwieg ich. Was sollte ich auch viel dazu sagen? Mir war es äußerst unangenehm, daß Rebecca mir auf die Schliche gekommen war. Und ihre Vermutung, daß auch andere Schwarzblütige mich nicht als Versagerin sahen, konnte durchaus zutreffen. Zumindest alle Wiener Sippen hatten gewußt, daß Asmodi während meiner Hexenweihe einen Dämon mit mir hatte zeugen wollen.

Lächelnd stand Rebecca auf. »Komm, Coco. Wir fahren nach Bodiam Castle.«

11. Kapitel

Der große Unbekannte

Rebecca war die E 5 bis Folkestone gefahren und dann in die Straße 259 Richtung Westen eingebogen. Das Wetter hatte sich etwas gebessert. Nur gelegentlich fielen ein paar Regentropfen. Wir fuhren durch Hythe hindurch.

»Sieh nach rechts, Coco«, sagte Rebecca. Ich gehorchte und sah eine mittelalterliche Burg, die von prachtvollen Terrassengärten umgeben war.

»Das ist Lympne Castle«, erklärte die Vampirin. »Von dieser Burg aus hat man einen prächtigen Überblick über die Romney Marshes. Und an klaren Tagen kann man sogar die französische Küste sehen.« Sie erhöhte das Tempo, während sie sprach. Nur selten kam uns ein Auto entgegen. Es dunkelte bereits. Die Landschaft war flach wie ein Pfannkuchen. Gelegentlich waren seitab ein paar Schafherden zu sehen. Wir rasten durch New Romney hindurch und erreichten zehn Minuten später Rye.

»Im Mittelalter war Rye eine Hafenstadt, aber das Meer ist schon lange nach Osten zurückgewichen.« Sie fuhr jetzt wieder etwas langsamer. »Sieh dir dieses Haus an.« Sie deutete auf ein georgianisches Gebäude mit einem kleinen Garten. »Hier hat der berühmte Schriftsteller Henry James bis zu seinem Tod gewohnt.«

Die Straßen Ryes waren gewunden und unglaublich eng. Rebecca konnte nur im Schrittempo fahren. Nach ein paar Minuten erreichten wir die Straße 268, und Rebecca schaltete die Scheinwerfer ein.

»Ist es noch weit nach Bodiam Castle?« erkundigte ich mich.

»Etwa acht Meilen«, antwortete Rebecca.

Die Straße führte schnurgerade nach Norden. Links tauchte nach ein paar Minuten ein riesiges Herrenhaus auf.

»Das ist Great Dixter«, sagte Rebecca. »Jetzt müssen wir aufpassen, daß wir die Abzweigung nach Bodiam Castle nicht übersehen.«

Die Straße war menschenleer. Endlich entdeckten wir ein Hinweisschild. Rebecca bog nach links in einen schmalen Feldweg ein. Deutlich waren im weichen Lehmboden Autospuren zu sehen. Zehn Minuten vor acht erreichten wir die Burg. Sie lag inmitten eines großen Teichs, der voller Wasserlilien war. Von der Burg konnte ich nur undeutlich einige Umrisse erkennen. Es schien aber ein gewaltiger Bau zu sein.

»Wie kommen wir zur Burg?« erkundigte ich mich.

»Vor ein paar Jahren wurde eine kleine Brücke erbaut«, antwortete Rebecca und bog in einen Parkplatz ein, auf dem bereits ein Dutzend teurer Autos standen. Soweit ich es erkennen konnte, hatten alle englische Nummernschilder. Rebecca löschte die Scheinwerfer und stellte den Motor ab.

»Kommst du nun mit?« fragte ich sie.

Die Vampirin zögerte einen Augenblick und nickte schließlich. Ich stieg aus dem Wagen und warf die Tür zu. Rasch blickte ich mich um. Der Parkplatz war dunkel, doch aus dem offenen Burgtor fiel ein breiter Lichtstrahl auf die schmale Holzbrücke. Es regnete nicht mehr. Nur das Zirpen von unzähligen Grillen war zu hören. Ich betrat die schwankende Brücke und hielt mich am Geländer fest. Langsam ging ich auf das bogenförmige Burgtor zu. Das Fallgatter war hochgezogen. Zwei Meter über dem Tor sah ich eine Pechnase, und es war mir, als hätte ich für einen kurzen Augenblick ein leuchtendes Augenpaar gesehen. Rebecca ging dicht hinter mir. Sie atmete heftig. Sicherlich fühlte sie sich ziemlich unbehaglich. Endlich hatten wir das Tor erreicht. Interessiert starrte ich das Fallgatter an und betrat den taghell erleuchteten Burghof. Dem Tor gegenüber lag der Bergfried, an den sich der Palas anschloß.

»Was nun?« fragte Rebecca.

Ein Mann trat aus dem Palas und kam auf uns zu. Er war mit einem blauen Anzug bekleidet. Dazu trug er ein weißes Rüschenhemd. Auf seinem Kopf saß eine ebenfalls weiße Perücke. Zwei Meter vor uns blieb er stehen und verbeugte sich tief.

»Guten Abend, meine Damen«, sagte er mit wohlklingender Stimme. »Bitte, folgen Sie mir.«

Ich blickte dem Mann rasch in die Augen und versuchte, ihn

zu hypnotisieren, doch es gelang mir nicht. Es war ein normaler Mensch, der aber sicherlich von einem Dämon beeinflußt worden war. Schweigend folgten wir ihm. Er führte uns in den Palas, durch einen dunklen Raum, der leer war und nur von einigen Fackeln erhellt wurde. Dann ging es einen breiten Gang entlang. Die Wände waren rauchgeschwärzt. Ein paar kunstvoll geschnitzte Türen waren zu sehen. Der Mann mit der Perücke blieb vor einer Tür stehen und öffnete sie. Dann verbeugte er sich wieder tief, und wir gingen an ihm vorbei. Wir betraten eine riesige Halle, in der sich bereits ein Dutzend Dämonen aufhielten. Auch ein paar normale Menschen waren zu sehen. In einem riesigen Kamin brannte ein Feuer. In der Mitte des Raumes stand ein großer Tisch, auf dem allerlei leckere Dinge aufgetürmt waren. An den Wänden hingen Gobelins und mittelalterliche Waffen. Die normalen Menschen ignorierten unsere Ankunft, und die Dämonen warfen uns nur flüchtige Blicke zu. Sie waren mir mit einer Ausnahme alle völlig unbekannt. Lediglich Hein Jong hatte ich schon einmal gesehen. Er war vor ein paar Wochen zusammen mit seinem Vater bei meinen Eltern zu Besuch gewesen. Sein Vater, Red Jong, galt als einer der besten Hexer Mitteleuropas. Angeblich sollte er sich sogar längere Zeit unsichtbar machen können. Hein Jong war mir nicht sonderlich sympathisch gewesen. Er hatte voller Verachtung auf mich herabgeblickt.

Ich blieb vor dem Tisch stehen und griff nach einem Glas Orangensaft. Jong kam langsam auf mich zu.

»Hallo, Coco«, begrüßte er mich. Ich nickte ihm flüchtig zu und trank einen Schluck. Er besaß in etwa meine Größe. Sein Gesicht war voll, sein rotblondes Haar extrem kurz geschnitten.

»Scheint eine recht langweilige Party zu sein«, meinte ich.

Er runzelte die Stirn. »Das ist keine Party. Wir sind hier zusammengekommen, da...« Er brach ab und blickte mich forschend an.

»Sprich ruhig weiter«, bat ich und lächelte leicht.

»Weißt du, wer unser Gastgeber ist?« fragte er leise.

»Keine Ahnung«, antwortete ich. »Aber ich bin sicher, daß er bald auftauchen wird.«

»Stellst du dich nur so ahnungslos, oder bist du es tatsächlich?«

»Wovon sprichst du?« fragte ich ungeduldig.

Verärgert wandte er sich ab. Als er fort war, fragte ich Rebecca: »Kennst du ein paar der Mitglieder unserer lieben Familie?«

Meine Freundin nickte. »Die Rothaarige im grünen Kleid ist Betty Danet. Der lange Blonde mit dem Geiergesicht ist Cyrill McCall. Das Mädchen im roten Hosenanzug mit dem kurzgeschnittenen Haar ist May Manning. Roger Shattuk ist der Bursche, der wie ein Indianer aussieht. Er steht neben dem Kamin.«

»Woher kennst du die vier?«

»Ich habe sie auf Parties getroffen, zu denen mich deine Schwester mitgenommen hat.«

»Bist du mit ihnen befreundet?«

»Ich kenne sie nur ganz flüchtig.«

Die Namen der vier Sippen waren mir bekannt. Es waren keine bedeutenden Clans. Eher Mitläufer in der Schwarzen Familie, die nie besonders hervorgetreten waren. Die Dämonen sahen alle ziemlich bedrückt drein, nur gelegentlich sprachen sie ein paar Worte miteinander. Ich drehte mich um, als die Tür geöffnet wurde. Meine Augen weiteten sich vor Überraschung. Der Dämon, der eben eintrat, den kannte ich. Es war Pietro Salvatori, der zusammen mit meiner Schwester und mir von meinem Onkel unterrichtet worden war. Drei Jahre lang hatte ich ihn nicht gesehen, doch er hatte sich kaum verändert. Er war noch immer ziemlich schmächtig, und sein Haar war lang und glänzte ölig. Das hagere Gesicht mit der hervorspringenden Geiernase war bleich, fast durchscheinend. Pietro blickte sich rasch um, und sein Mund öffnete sich leicht, als er mich erblickte. Sofort ging er auf mich zu.

»Das ist aber eine Überraschung«, sagte er und verzog seine Lippen zu einem Lächeln. »Wir haben uns lange nicht gesehen, Coco.«

»Allerdings«, stimmte ich zu und wunderte mich, daß er so freundlich zu mir war.

»Das häßliche Entlein ist zu einem stolzen Schwan geworden«, sagte er und ließ seinen Blick über meinen Körper wandern. »Du hast dich ja in eine richtige Schönheit verwandelt.« Er trat einen Schritt näher. Seine Nähe und der faulige Geruch, der von ihm ausging, war mir unangenehm.

»Ich habe gehört, daß Vera tot ist. Schade um sie. Ich habe mich immer prächtig mit ihr verstanden. Sie wäre die ideale Gefährtin für mich gewesen. Über dich habe ich aber nur Schlechtes gehört. Stimmt es, daß du dich Asmodi verweigert hast?«

»Das hat dich nicht zu interessieren«, sagte ich scharf und wandte mich ab. Doch er griff nach meinem rechten Arm.

»Glaube nicht, daß ich vergessen habe, was du vor ein paar Jahren mit mir vorgehabt hast. Ich habe mir damals geschworen, daß ich mich rächen werde. Und das werde ich auch tun.«

»Du kannst es ja versuchen«, sagte ich gleichgültig. Ich schüttelte seine Hand ab und ignorierte ihn. Weitere Dämonen trafen ein. Einer fiel mir besonders auf. Er war fast zwei Meter groß, breitschultrig und schlank. Er bewegte sich geschmeidig und federnd wie ein Boxer. Sein Kopf erinnerte mich an den David von Michelangelo. Sein anziehendes Gesicht war tiefbraun. Rebecca hatte mein Interesse an dem Hünen bemerkt.

»Der Riese heißt Ben Elkin«, flüsterte Rebecca. »Vor ein paar Monaten hat er Lydia bei mir abgeholt. Deine Schwester war sehr enttäuscht von ihm. Sie schimpfte ihn einen Schwächling, der unwürdig sei, in der Schwarzen Familie zu bleiben.«

Lydias Meinung über Ben Elkin machte ihn interessant für mich. Ich ließ ihn nicht aus den Augen. Sichtlich gelangweilt griff er nach einem Glas Wein und setzte sich neben dem Kamin auf einen Stuhl. Ich blickte auf die Uhr. Es war zehn Minuten nach acht Uhr. Unser Gastgeber ließ sich Zeit. Ein paar Dämonen standen nun in kleinen Gruppen beisammen und unterhielten sich leise. Die Menschen wirkten wie Marionetten. Sie waren alle hypnotisiert worden. Die Männer trugen Rüschenhemden und weiße Perücken, die jungen und allesamt recht hübschen Frauen offenherzig ausgeschnittene Abendkleider. Rebecca ging gemächlich auf den Kamin zu. Ich folgte ihr. Ben Elkin hob den Kopf und lächelte der Vampirin zu. Er stand langsam auf.

»Nett, dich zu sehen, Rebecca«, sagte er. Seine Stimme war tief und wohlklingend. »Wie geht es Lydia?«

»Da fragst du besser ihre Schwester«, meinte Rebecca und blickte mich an. »Darf ich vorstellen: Coco Zamis.«

Ben Elkin stellte sich ebenfalls vor und sah mich interessiert an.

»Ich habe Lydia schon lange nicht gesehen«, sagte ich. »Ich weiß nicht, wie es ihr geht.«

»Mit deiner Schwester habe ich mich nicht besonders gut verstanden«, meinte Ben. »Wir beide sind doch zu verschieden.«

»Das kann ich mir denken«, sagte ich. »Ich habe...«

Mehr konnte ich nicht sagen. Ein ohrenbetäubendes Heulen, das immer lauter wurde, lag plötzlich in der Luft. Dann mischte sich ein unmenschliches Lachen hinein und übertönte es schließlich sogar. Nach ein paar Sekunden brach der Lärm ab, und die nun folgende Stille schmerzte mir fast ebenso in den Ohren.

»Herzlich willkommen, meine Herrschaften«, ließ sich die Stimme des Unbekannten vernehmen. »Ich danke Ihnen, daß Sie alle meine Einladung angenommen haben. Bitte folgen Sie meinen Dienern, die Sie zu mir führen werden.«

Meine Vermutung schien sich zu bewahrheiten. Der Unbekannte hatte mit ziemlicher Sicherheit Geiseln von fast allen hier versammelten Sippen genommen. Zwei Diener öffneten eine hohe Tür, die in einen breiten Korridor führte. Ein paar Dämonen und Menschen betraten den Gang, und Rebecca, Ben und ich schlossen uns ihnen an. Nach ein paar Schritten endete der Gang. Eine schmale Wendeltreppe führte steil in die Tiefe. Ein paar Fackeln verbreiteten ein unwirkliches Licht. Mit jeder Stufe, die wir in hinabstiegen, wurde die Luft stickiger. Ein seltsamer Modergeruch machte sich bemerkbar. Ich zählte die Stufen mit. Es waren genau zweihundertundvier. Die Treppe endete in einem riesigen Kellergewölbe, das mindestens hundert Meter lang war. Die Decke mochte wohl dreißig Meter hoch sein. Es war mir, als würden wir uns in einer überdimensionalen Röhre befinden. Das Gewölbe wurde nur von wenigen Fackeln erhellt. Am Ende des gigantischen Raumes waren weiß gedeckte Tische zu sehen, die hufeisenförmig angeordnet waren. Auf den Tischen standen Flaschen, Gläser und unzählige Kerzenleuchter. Die Frauen und Männer gingen vor. Sie zündeten die Kerzen an und zogen sich dann in den Hintergrund des Gewölbes zurück. Die Wände und die Decke des Raumes waren pechschwarz und feucht, so daß sich der Schein der Fackeln und Kerzen darin spiegelte. Das Unbehagen unter den Mitgliedern der Schwarzen Familie war sichtlich gewachsen. Auch ich fühlte mich nicht sonderlich wohl hier. Von diesem Gewölbe ging ein unbestimmbares Grauen aus. Langsam schritten wir auf die Tische zu. Einen Augenblick flimmerte die Luft, und ein eisiger Windstoß raste durch die Halle. Für eine Sekunde war das Gewölbe in grelles Licht getaucht. Geblendet schloß ich die Augen. Als ich sie wieder öffnete, sah ich auf den Tischen kleine rote Tafeln stehen, auf denen Namen geschrieben waren. Nach kurzem Suchen hatte ich die Tafel gefunden, auf der mein Name stand. Dabei hatte ich Gelegenheit gehabt, auch die anderen Tafeln zu lesen. Die meisten hier vertretenen Clans waren nicht besonders bedeutend innerhalb der Familie, aber es gab auch Ausnahmen. Henri d'Arcy hatte ich gesehen. Er gehörte zu einer der mächtigsten französischen Sippen. Ich setzte mich nieder. Rebecca hatte den Platz zu meiner Linken, während rechts Jan Jensen saß. Jensen war ein Werwolf, daran gab es keinen Zweifel. Die über der Nasenwurzel zusammengewachsenen Brauen sprachen eine deutliche Sprache. Er warf mir einen flüchtigen Blick zu, knurrte etwas Unverständliches und griff nach einer Weinflasche. Ben saß mir gegenüber. Ich beobachtete ihn unauffällig. Er interessierte mich. Rasch senkte ich den Blick, als er zu mir herübersah. Doch ich konnte nicht anders, immer wieder blickte ich ihn an. Einmal trafen sich unsere Blicke, und er lächelte mir leicht zu. Seine Ruhe und Gelassenheit gefielen mir. Eine starke magische Ausstrahlung war plötzlich zu spüren, die rasch näherkam. Unter den Dämonen entstand eine leichte Unruhe, die von Sekunde zu Sekunde stärker wurde. Ich hörte ein paar Menschen stöhnen und blickte sie an. Zwei Frauen preßten sich die Hände an die Ohren. Ihre Gesichter waren schmerzverzerrt. Die dämonische Ausstrahlung erinnerte mich an eine ganz spezielle Aura, die üblicherweise nur von Wahnsinnigen ausgeht und den Mitgliedern der Schwarzen Familie äußerst unangenehm ist. Jan Jensen wimmerte leise. »Das ist nicht zum Aushalten«, sagte er keuchend. Einer der menschlichen Diener drehte durch. Er riß die Arme hoch und lief auf die Treppe zu, doch er kam nicht weit. Plötzlich schien er gegen eine unsichtbare Wand zu laufen. Über seine Lippen kam ein unmenschlicher Schrei. Er drehte sich einmal im Kreis, dann stürzte er bewußtlos zu Boden. Eine Frau lief auf den Tisch zu. Ihr Gesicht war maskenhaft starr und die Augen glasig. Sie trug ein tiefausgeschnittenes, gelbes Abendkleid. Mit zitternden Fingern griff sie nach einem Kerzenleuchter und stieß dabei ein Weinglas um, doch sie achtete nicht darauf. Statt dessen faßte sie nach einem zweiten Leuchter, trat zwei Schritte zurück und drehte sich dann ein paarmal im Kreis. Auch die anderen Menschen führten sich sehr ungewöhnlich auf. Ein paar krochen auf dem Boden herum und stießen klagende Laute aus. Die Kerzen und Fackeln flackerten stärker. Ein lauter Knall war zu hören, und der Boden bebte leicht. Einige Dämonen brüllten entsetzt auf, als die Luft im Gewölbe zu flimmern begann und eine unheimliche Gestalt aus dem Nichts materialisierte. Für ein paar Sekunden war ich gelähmt. Die Ausstrahlung, die von dem grauenvollen Monster ausging, war überwältigend. Fast glaubte ich, daß mein Kopf in tausend Stücke gerissen würde. Die Menschen brachen ohnmächtig zusammen. Das Stöhnen und Wimmern der Dämonen wurde immer lauter. Ich kämpfte nicht gegen die Lähmung an, sondern betrachtete ruhig das Monster, das langsam auf die Tische zuschritt. Es war mindestens zwanzig Meter groß. Der riesige Körper war mit einem blauschwarzen Umhang bedeckt, der bis zum Boden fiel. Nur der Kopf, die Arme und die Füße des Geschöpfes, die mit unzähligen Beulen bedeckt waren, waren zu sehen. Die Haut des Ungeheuers war weinrot, der riesige Schädel dreieckig und schlangenartig. Die rotglühenden Augen waren so groß wie Wagenräder. Das Monstrum blieb vor den Tischen stehen. Ich konnte nur die Füße sehen, die menschliche Finger hatten. Ich versuchte, mich zu entspannen, was mir auch nach ein paar Sekunden gelang. Deutlich spürte ich, wie die Lähmung schwächer wurde. Wenn ich es gewollt hätte, wäre es mir ein leichtes gewesen, auf das Monster loszugehen. Aber noch wollte ich nicht zuviel über meine Fähigkeiten verraten. So beschloß ich einfach abzuwarten. Das Ungeheuer lachte dröhnend auf. Dann flimmerte wieder die Luft, und es löste sich langsam auf. Für einen Augenblick war ein schemenhaftes Gebilde zu sehen, und schließlich stand ein kleines Männchen vor uns. Sein Haar war schneeweiß, und das Gesicht blieb hinter einem konturenlosen, verwaschenen weißen Fleck verborgen.

Der Dämon war mit einem einfachen Umhang bekleidet, der seine Gestalt und die Arme einhüllte.

»Ihr seid alle Schwächlinge«, sagte der Unbekannte mit dröhnender Stimme. »Hier sitzen mehr als zwanzig Vertreter der verschiedensten Sippen, und keiner von euch ist stark genug, um mir etwas anzuhaben.« Der Gesichtslose drehte sich um. Er wandte uns den Rücken zu. Das wäre eigentlich eine gute Gelegenheit gewesen, ihn anzuspringen, doch noch immer zögerte ich, meine Fähigkeiten anzuwenden. Ich wollte mir vorerst einmal anhören, was der Dämon von uns wollte. Nach ein paar Schritten blieb er stehen, bückte sich und zog um sich einen magischen Kreis, den er mit einigen mir unbekannten Symbolen sicherte. Die starke magische Ausstrahlung, die von ihm ausging, wurde immer schwächer, je mehr Symbole und Zeichen er auf den Boden malte. Rebecca und Jan Jensen bewegten sich endlich wieder.

»Bleibt alle auf euren Plätzen«, sagte der gesichtslose Dämon. »Wer sich erhebt, wird sterben.«

Wir gehorchten. Für meinen Geschmack war der Auftritt des Unbekannten zu kindisch gewesen. Aber eines stand zweifellos fest: Der Dämon verfügte über gewaltige Kräfte.

»Begrüßt habe ich euch schon«, sagte er. »Und einen Beweis meiner Stärke habe ich auch geliefert. Ihr alle wart gelähmt. Ich hätte euch alle töten können – mit einer Ausnahme.«

Ich erschrak. Hatte er vielleicht gemerkt, daß ich die magische Lähmung jederzeit hätte abschütteln können? Der gesichtslose Kopf irritierte mich. Asmodi wandte auch gern diesen Trick an, doch bei ihm waren wenigstens die Augen zu sehen.

»Ich habe Geiseln von zwanzig Familien genommen«, sprach der Gesichtslose weiter. »Ein weiterer Beweis für meine Macht. Und ich weiß, daß einige Sippen sich eifrigst bemüht haben, den Aufenthaltsort der Gefangenen zu entdecken, doch es ist ihnen nicht gelungen.«

»Was willst du von uns?« fragte Cyrill McCall. Der Blonde mit dem Geiergesicht beugte sich vor und blickte den Unbekannten grimmig an. »Und wer bist du?«

»Du erwartest doch nicht ernsthaft, daß ich euch meinen Namen verrate?«

Cyrill schwieg.

»Was ich von euch will, sage ich jedoch gern: eure Hilfe. Wer sich auf meine Seite schlägt, der wird reich belohnt werden. Denn ich werde Asmodi stürzen!«

Ich blickte mich rasch im Kreis um. Die meisten Dämonen ließen sich nicht anmerken, was sie von dem Vorschlag hielten. Ihre Gesichter waren ernst und verschlossen. Nur Roger Shattuck und May Manning blickten etwas skeptisch.

»Deine Vorstellung war ja nicht übel, Gesichtsloser«, ließ sich Hein Jong vernehmen, »aber ich bin sicher, daß viele Dämonen das ebenfalls vollbringen können.«

»Vereint eure Kräfte und versucht mich gefangenzunehmen. Ihr werdet sehen, daß es euch nicht gelingen wird.«

»Das ist auch kein Wunder, Unbekannter«, schaltete sich nun Sandy Abey ein. Ihr Haar war feuerrot. Sie strich sich eine Strähne aus der Stirn. »Du hast nämlich von jeder Sippe die magisch schwächsten Mitglieder eingeladen!«

Soweit ich es beurteilen konnte, hatte sie tatsächlich recht.

»Da stellst du dir aber selbst ein Armutszeugnis aus, Sandy Abey. Und zumindest einer unter euch ist überdurchschnittlicher Magier.«

Wieder diese Andeutung. Meinte er vielleicht mich?

»Und wer soll das sein?« erkundigte sich José Villar, ein kleingewachsener Spanier, der einen gewaltigen Schnauzbart trug,

Der Gesichtslose hob den rechten Arm und zeigte auf Henri d'Arcy.

»Ich bin der Schwächste meiner Sippe«, sagte der Angesprochene. Er war groß und schlank. Sein Haar war lang und ein wild wuchernder Vollbart fiel auf seine Brust herab.

»Du lügst, der du dich Henri d'Arcy nennst«, sagte der Gesichtslose mit eisiger Stimme.

»Wie soll ich das verstehen?« fragte der Franzose.

»Du bist nicht Henri d'Arcy! Ich habe dich sofort durchschaut. Denn du bist René, der Bruder des Oberhauptes eurer Sippe! Und niemand kann behaupten, daß du ein schwacher Magier bist.«

Der Gesichtslose bewegte rasch die rechte Hand. Ein grüner Blitz löste sich von seinen Fingerspitzen und raste auf René d'Arcy zu, der sogleich einen magischen Abwehrschild um sich errichtete. Der Blitz schlug gegen den Schirm und raste wirkungslos in den Boden. Neugierig blickte ich den Franzosen an, der langsam aufstand. Deutlich war der bläulich schillernde Schutzschirm zu sehen, der seinen Körper einhüllte.

»Nachdem du mich erkannt hast, ist die Maskerade unnötig«, sagte er. Der Bart löste sich auf. Darunter kam ein männlich schönes Gesicht zum Vorschein. Die Augen standen weit auseinander und funkelten wie Diamanten. Gelassen ging der Magier um den Tisch herum und blieb etwa zehn Schritte vor dem Gesichtslosen stehen.

»Du bist mutig, René d'Arcy«, höhnte der unbekannte Dämon. »Sehr mutig. Aber allein wirst du mit mir nicht fertig. Du solltest dich der Hilfe der anderen versichern.«

»Ein d'Arcy braucht keine Hilfe«, sagte der Franzose stolz.

»Ich warne dich. Es wäre besser für dich, wenn du mich in meinem Kampf gegen Asmodi unterstützen würdest. Und denk an deine gefangene Schwester.«

»Meine Schwester werde ich befreien, sobald ich dich getötet habe, Gesichtsloser.«

»Worte, nichts als Worte.«

»Zeig uns dein Gesicht, Unbekannter. Jeder der Anwesenden soll wissen, wie du aussiehst.«

Der Gesichtslose stieß ein durchdringendes Lachen aus. »Wenn du mich besiegen solltest, dann wirst du mein Gesicht sehen, aber nicht früher, d'Arcy.«

Keiner der anderen Dämonen traf irgendwelche Anstalten, für einen der beiden Partei zu ergreifen. Auch ich hielt mich zurück. Ich wollte den Kampf abwarten. Sollte d'Arcy tatsächlich gewinnen, dann war ja alles in Ordnung. Würde aber der Unbekannte als Sieger aus dem Kampf hervorgehen, dann konnte ich mir noch immer etwas einfallen lassen. Über die Sippe der d'Arcys war mir nur wenig bekannt. Sie waren innerhalb der Familie sehr einflußreich und Asmodi treu ergeben.

Der unbekannte Dämon stand in einem magischen Schutzkreis,

der ihn vor Angriffen schützen sollte. Gleichzeitig sammelte dieser Kreis aber auch die Ausstrahlung seines Körpers auf, und verhinderte, daß sie uns erreichte. Aufmerksam betrachtete ich René d'Arcy. Ich versuchte, mich in seine Lage zu versetzen. Wie hätte ich mich an seiner Stelle gegen Angriffe abgesichert? Mit leichter Verwunderung bemerkte ich, daß er keinerlei Anstalten machte, irgendwelche Schutzmaßnahmen zu treffen. Er mußte sich seiner Sache ziemlich sicher sein. Gleichzeitig jedoch wirkte sein Gesicht sehr angespannt. Der unbekannte Dämon im Schutzkreis bewegte sich nicht.

»Nun, was ist, d'Arcy, hat dich dein Mut verlassen?« fragte er spöttisch.

Der französische Magier stellte den rechten Fuß vor und drehte den Oberkörper nach rechts. Seine Hände bewegte er in schlangenförmigen Linien. Noch immer stand sein Gegner wie eine Statue da. Weiße, nebelartige Gebilde krochen aus d'Arcys Nase, seinen Ohren und seinem Mund und hüllten ihn innerhalb weniger Augenblicken völlig ein. Dann formten sie einen Kegel, der sich rasend schnell um die eigene Achse drehte. Blitzschnell löste er sich von d'Arcys Körper, raste auf den Unbekannten zu und brachte dessen magischen Schutzschirm zum Leuchten. D'Arcy bewegte sich nun so rasch, daß meine Blicke ihm kaum folgen konnten. In seiner rechten Hand blitzte es silbern auf. Es war eine magische Spirale, die leicht vibrierte und deren Spitze nun rot glühte. Der Magier schleuderte die Spirale auf den Unbekannten zu. Ich kannte die Wirkung solch einer Spirale, hatte aber noch nie ihre Anwendung gesehen. Es war eine fürchterliche Waffe, die auch den stärksten magischen Schirm zu durchdringen vermochte. Es gab dagegen eigentlich nur eine Gegenwehr – man mußte den magischen Schutzschirm zusammenfallen lassen und dadurch die Wirkung der Spirale aufheben. Doch in der kurzen Zeit, in der der Schirm nicht existierte, konnte der Gegner einen wirkungsvollen Angriff starten. Ich war äußerst gespannt, wie sich der Gesichtslose verhalten würde. Die Spirale prallte gegen den Schutzschirm, und das nebelartige Gebilde verstärkte die Wirkung der magischen Waffe. Rasend schnell fraß sie sich durch den Schild. Zu meiner größten Überraschung bewegte sich der

Gesichtslose noch immer nicht. Unterdessen wanderte mein Blick hinüber zu d'Arcy. Ein bösartiges Lächeln lag um seine Lippen. Er sah ziemlich siegessicher aus. Als ich mich wieder dem unbekannten Dämon zuwandte, hatte sich unvermittelt eine absolute Stille über das Gewölbe gelegt. Alle Dämonen starrten fasziniert die Spirale an. Neben mir schrie Jensen überrascht auf, als sie den magischen Schutzschirm durchbrach und sich einfach auflöste. Nun sah ich den Unbekannten in einem neuen Licht. Ich war froh, daß ich mich zurückgehalten hatte. Der Gesichtslose war viel stärker, als ich vermutet hatte. D'Arcy war sichtlich verblüfft. Aber er gab den Kampf noch nicht verloren. Für einen Augenblick wurde die Gestalt des Hexers durchscheinend. Er sprang zwei Schritte zur Seite und riß einen pyramidenförmigen Gegenstand aus der Tasche.

»Ein magischer Spiegel«, flüsterte Jensen.

Auch diese Waffe hatte ich noch nie gesehen. Aber ich hatte darüber gelesen und wußte, daß sie nur von magisch hochbegabten Dämonen benutzt werden konnte. Die Seiten der faustgroßen Pyramide leuchteten in verschiedenen Farben. Wahrscheinlich war dieses Werkzeug in langjähriger Arbeit entstanden und beinhaltete fürchterliche Kräfte.

Die Pyramide schwebte über d'Arcys Kopf. »Du bist verloren, Gesichtsloser«, sagte er mit grimmiger Stimme. »Gib dich mir gefangen!«

»Deine Waffe kann mir nichts anhaben, d'Arcy.«

Der Hexer lachte. »Niemand kann den Angriff der Pyramide abwehren. Auch du nicht. Nicht einmal Asmodi könnte es. Gib dich geschlagen, Unbekannter.«

»Ich bin mächtiger als Asmodi. Ich werde es euch allen beweisen.«

»Gut. Wer nicht hören will, muß fühlen. Stirb, Verfluchter!«

D'Arcy hob die Hände und näherte sie der Pyramide, die sich langsam in Bewegung setzte und auf den Unbekannten zuschwebte.

»Der Gesichtslose ist verloren«, sagte Jensen leise.

Die Flächen der Pyramide leuchteten nun intensiver, und die Farben schienen ineinander zu fließen. Ein scharlachroter Strahl schoß aus der Pyramide hervor und hüllte den Unbekannten ein. Deutlich war der Schutzschirm zu sehen, der sich verformte und jetzt wie ein zusammengedrückter Fußball aussah. Ein lautes Zischen war zu hören, das klang, als würde flüssiges Eisen in Wasser tropfen. Dampfwolken stiegen auf, und es roch nach verbranntem Gummi. Zu meiner größten Überraschung hielt der Schutzschirm des Unbekannten. Er verformte sich zwar immer wieder, doch der rote Strahl konnte ihn nicht zerstören. D'Arcys Gesicht verkrampfte sich. Er stand in geistiger Verbindung mit der Pyramide und konzentrierte sich mit aller Kraft darauf. Der Strahl wurde stärker. Schweißtropfen rannen über das Gesicht des Magiers. Ein Raunen ging durch die Dämonen.

»Du kannst meinen Schutzschirm nicht durchbrechen«, sagte der Gesichtslose zufrieden.

»Du mußt sterben!« brülle d'Arcy. Er mußte komplett verrückt sein, da er nun alles auf eine Karte setzte. Es war abzusehen, daß er gegen den gesichtslosen Dämon nicht bestehen konnte. Die Pyramide raste auf den magischen Schutzschirm zu, prallte auf, und ein ohrenbetäubender Krach zerriß die Stille. Eine Spitze der Pyramide hatte den magischen Schirm durchbrochen. Der unbekannte Dämon verdrehte die rechte Hand, und ein grüner Strahl floß von seinen Fingerspitzen auf die Pyramide zu, traf sie und verschmolz mit ihr. D'Arcy stieß ein unmenschliches Brüllen aus. Sein Kopf schien in Flammen zu stehen. Die Farbe der Pyramide änderte sich, sie wurde schwarz. Ein Sekundenbruchteil später war ein knirschendes Geräusch zu hören. Die Pyramide zersprang in tausend Stücke, und René d'Arcy fiel wie ein gefällter Baumstamm zu Boden und bewegte sich nicht mehr. Atemlose Stille herrschte. Ich sah, daß alle Dämonen ihre Blicke fassungslos auf den französischen Hexer gerichtet hatten. Die meisten schauten ziemlich beeindruckt drein, und in nicht wenigen Gesichtern stand deutlich die Angst vor dem gesichtslosen Dämon geschrieben.

»D'Arcy hat seine verdiente Strafe erhalten«, sagte der Unbekannte.

»Ist er tot?« erkundigte sich Betty Danet.

»Nein. Ich hätte ihn leicht töten können, aber das wollte ich nicht. In ein paar Stunden wird er erwachen, und dann kann er überall von meiner Stärke berichten. Bringt ihn zu seiner Familie, wenn ich mit euch fertig bin.« Plötzlich erschienen seine Augen in dem verwaschenen Fleck, der sein Gesicht verbarg. Sie waren groß, leicht schräg gestellt, und ihr Blick war durchdringend. »Ihr habt meine Macht gesehen. Niemand kann es mit mir aufnehmen. Wer sich mir widersetzt, den werde ich töten. Ich will kein Blutvergießen. Alle Clans, die sich auf meine Seite stellen, werde ich belohnen. Sippen, die sich mir entgegenstellen, werde ich töten. An euch und euren Sippen liegt es, Asmodi davon zu überzeugen, daß er keine Chance gegen mich hat. Er soll freiwillig zurücktreten. Und ich werde der Führer der Familie. Sagt ihm, daß er drei Tage Zeit hat. Drei Tage Zeit, um zurückzutreten. Sollte er das nicht tun, dann werde ich ihn töten!«

»Und was ist mit den Geiseln?« fragte Cyrill McCall.

»Ich gebe sie frei, sobald ich Herrscher der Schwarzen Familie bin.«

»Asmodi wird niemals freiwillig zurücktreten«, stellte José Villar fest.

»Sprecht mit ihm«, entgegnete der Gesichtslose kalt. »Mehr habe ich nicht zu sagen.« Er bewegte beide Hände, und die magischen Zeichen, die er innerhalb seines Schutzschirmes gezogen hatte, verschwanden eines nach dem anderen. Unvermittelt war wieder die grausame Ausstrahlung zu spüren, die von ihm ausging. Die meisten Dämonen stöhnten vor Schmerzen. Auch ich begann zu wimmern, obgleich es mir noch verhältnismäßig gut ging. Aber ich wollte den Unbekannten täuschen. Ich verzerrte mein Gesicht und schrie laut, so als würde ich vor Pein fast wahnsinnig. Doch dabei ließ ich den magischen Kreis nicht aus den Augen. Nun waren alle magischen Zeichen gelöscht. Fast alle Dämonen saßen gelähmt da. Ich spürte, wie die magische Lähmung auch auf mich übergriff, doch diesmal kämpfte ich dagegen an. Ich konzentrierte mich mit aller Kraft. Einen Angriff auf den Dämon wagte ich jedoch nicht: Ich hatte etwas ganz anderes vor. Als sich der magische Kreis schließlich auflöste, wurde die grauenvolle Ausstrahlung übermächtig stark. Es erforderte meine ganze Kraft, mich ihr entgegenzustemmen. Gleichzeitig schloß ich die Augen und wandte die Spezialität meiner Familie an.

Ich versetzte mich in den rascheren Zeitablauf! Für den Rest der Welt schien die Zeit in meinen Augen plötzlich unendlich langsam abzulaufen. Die Dämonen und der Unbekannte waren zu Statuen erstarrt, und nur ich konnte mich noch bewegen. Blitzschnell schob ich den Stuhl zurück und rannte auf den Gesichtslosen zu. Hinter ihm blieb ich stehen. Dann streckte ich die rechte Hand aus und riß ihm ein paar Haare aus, die ich in meiner Brusttasche verstaute. Kaum hatte ich das getan, als ich auch schon zurück zu meinem Sessel lief. Ich setzte mich ermattet nieder und ließ das Zeitfeld in sich zusammenfallen. Der Gesichtslose drehte sich kurz um, und mein Herz schlug schneller. Ich konnte nur hoffen, daß er nichts bemerkt hatte. Erleichtert atmete ich auf, als seine Gestalt durchscheinend wurde und sich dann einfach auflöste. Die Lähmung fiel von den Dämonen ab. Jetzt schrien alle erregt durcheinander. Ein paar kümmerten sich um den bewußtlosen René d'Arcy. Ich blieb außen vor, da ich mich ein wenig müde fühlte. Doch der Aufenthalt in der anderen Zeitebene war zu kurz gewesen, um mich vollends zu erschöpfen.

»Ruhe. Seid endlich still!«

Es war Hein Jong gewesen, der sich zu Wort gemeldet hatte. Er stand neben dem bewußtlosen René d'Arcy. Langsam wurde es still. Ich blickte mich um. Die Menschen waren noch immer ohnmächtig, und niemand kümmerte sich um sie.

»Wer bringt René zu seiner Sippe?« fragte Jong.

»Sein Bruder Alex ist in London«, sagte May Manning. »Wir brauchen René nur zu ihm bringen.«

»Dann werde ich ihn mitnehmen«, sagte Jong. »Ich schlage vor, daß wir die Burg verlassen und unsere Familien verständigen. Sie müssen wissen, was hier geschehen ist.«

»Wir sollten die Burg durchsuchen«, schaltete sich Pietro Salvatori ein. »Vielleicht finden wir einen Hinweis auf den Unbekannten.«

»Das ist Zeitverschwendung«, brummte Roger Shattuck. »Gegen den Gesichtlosen hat keine unserer Familien eine Chance.«

»Deine Sippe stellt sich also gegen Asmodi?« fragte Jong lauernd.

»Das habe ich nicht gesagt. Ich bin nicht befugt, für meinen

Clan zu sprechen.« Shattuck stand auf.

»Setz dich«, sagte Jong scharf.

»Du hast mir nichts zu befehlen, Hein. Ich fahre nach Hause. Das solltet ihr alle tun.«

»Es wäre besser, wenn du bleiben würdest, Roger. Wir sollten darüber beraten, was wir tun können.«

»Das haben nicht wir zu bestimmen«, entgegnete Shattuck. »Das ist Sache der Clanführer. Auf Wiedersehen.« Er ging auf die Wendeltreppe zu. Niemand hielt ihn auf.

»Wir gehen auch«, flüsterte ich Rebecca ins Ohr.

»Willst du nicht hören, was sie beschließen?«

»Das ist für mich belanglos«, antwortete ich, schob den Stuhl zurück und stand auf. Jong blickte mich böse an. Rebecca erhob sich zögernd und sah mich unsicher an.

»Eine Diskussion ist derzeit sinnlos«, sagte ich. »Keiner von uns ist bevollmächtigt, für seine Sippe zu sprechen. Ich würde aber vorschlagen, daß wir in Verbindung bleiben.«

»Das ist eine gute Idee«, stimmte die rothaarige Betty Danet zu.

Mein Vorschlag wurde angenommen. Es wurde vereinbart, daß wir uns alle täglich bei Cyrill McCall melden sollten. Bei ihm sollten alle Meldungen zusammenlaufen. In der Zwischenzeit waren einige Menschen erwacht. Soweit ich es beurteilen konnte, waren alle unverletzt geblieben. Aber sie hatten die Erinnerung an die vergangenen Stunden verloren und wußten weder, wo sie sich befanden, noch wie sie in die Burg gekommen waren. Ben Elkin schloß sich Rebecca und mir an. Wir stiegen die Treppe hoch, durchquerten den Burghof und gingen über die schwankende Brücke zum Parkplatz. Ich hatte keine Zeit zu verlieren. Es galt, so rasch wie möglich nach London zurückzukehren. Die Haare, die ich dem Dämon ausgerissen hatte, mußten auf dem schnellsten Weg zu meiner Familie nach Wien gelangen.

»Kommst du in nächster Zeit mal nach London, Ben?« erkundigte sich Rebecca.

»Das ist durchaus möglich«, meinte er und blickte mich forschend an.

Ich lächelte. »Dann besuche uns doch«, sagte ich.

»Das werde ich tun«, sagte er. »Aber jetzt muß ich zu meiner Familie.«

»Wo wohnst du?« fragte ich neugierig.

»In Cardiff. Es hat mich sehr gefreut, daß ich dich kennengelernt habe, Coco. Ich hoffe, daß wir uns öfters sehen werden.«

»Das hoffe ich auch.«

Er deutete eine Verbeugung an, drehte sich um und ging zu seinem Auto. Rebecca sperrte ihre Wagentür auf, und wir stiegen in den Porsche. Ben Elkin winkte uns zu, dann fuhr er los. Rebecca folgte ihm. »Du scheinst ihm zu gefallen«, sagte sie. »Und er gefällt dir. Ihr wärt ein hübsches Paar.«

Ich lächelte still. Er gefiel mir tatsächlich. Aber ein wenig hatte ich auch Angst vor ihm, denn ich fühlte, daß ich auf dem besten Weg war, mich in ihn zu verlieben. Bis jetzt hatte ich mein Herz ja nur einmal richtig verloren, und dieses Abenteuer war sowohl mir als auch Rupert Schwinger schlecht bekommen. Ich versuchte den Gedanken an Ben Elkin zu verdrängen, doch es gelang mir einfach nicht. Immer wieder sah ich sein Gesicht vor mir und glaubte seine Stimme zu hören. Rebecca drehte das Radio an. Lauter Pop dröhnte aus den Boxen.

»Glaubst du, daß der Unbekannte stärker als Asmodi ist?« fragte Rebecca und riß mich aus meinen Gedanken.

»Das ist durchaus möglich.«

»Mir ist einiges unklar. Weshalb hat er eigentlich Geiseln genommen?«

»Dafür gibt es eine recht einfache Erklärung«, antwortete ich. »Der Gesichtslose nahm sichtlich ziemlich wahllos ein paar Mitglieder von verschiedenen Sippen gefangen. Er wollte die Aufmerksamkeit der Schwarzen Familie und Asmodis erwecken. Deshalb die Entführungen. Er wollte uns alle zusammen haben, um seine Macht zu demonstrieren. Und das ist ihm ja gelungen. Mehr hat er nicht gewollt. Die Geiseln sind für ihn völlig unwichtig, und es wird ihm wahrscheinlich auch ziemlich egal sein, welche Familien auf seiner Seite sind. Er will, daß Asmodi zurücktritt. Doch diesen Gefallen wird der Herr der Schwarzen Familie ihm nicht tun. Es wird zu einem Kampf zwischen den beiden kommen. Sollte der Unbekannte gewinnen, dann bin ich sicher, daß sich alle

Familien seiner Herrschaft unterwerfen werden.«

»Was geschieht aber, wenn Asmodi die Clans auffordert, ihm ihre Hilfe zu gewähren?«

»Das könnte unangenehm werden«, sagte ich nachdenklich. »Dann müßten sich die Sippen offen erklären. Der Großteil wird sich sicherlich hinter Asmodi stellen.«

»Wie wird sich deine Familie verhalten, Coco?«

»Das würde ich selbst gern wissen«, sagte ich leise.

»Diese Auseinandersetzung könnte schlimme Folgen für die Familie haben«, meinte Rebecca.

Da hatte sie nur zu recht. Bis jetzt wußte niemand, wer der Unbekannte war. Doch die Haare, die ich ihm ausgerissen hatte, boten meiner Familie vielleicht eine Chance, seine Identität herauszufinden. Mein Bruder Adalmar hatte in dieser Richtung schon seit vielen Jahren Experimente durchgeführt, und er hatte einige verblüffende Ergebnisse erzielt. Ich hoffte nur, daß der Dämon keine Perücke getragen hatte. Dann würde es schwieriger werden, ihn zu entlarven. In diesem Fall müßte mein Bruder die Haare innerhalb der nächsten drei Stunden in den Händen haben.

»Fahr rascher, Rebecca«, bat ich. »Ich muß ganz dringend mit meinem Vater sprechen.«

Die Vampirin warf mir einen mißtrauischen Blick zu. Ihr war meine Eile sichtlich unverständlich. Trotzdem gehorchte sie.

»Erzähle mir etwas über Ben Elkin«, bat ich, um sie abzulenken.

»Ich kann dir nicht viel über ihn sagen, Coco«, meinte Rebecca. »Seine Familie hält sich ziemlich im Hintergrund. Sie hat kaum Kontakt mit anderen Sippen. Vor ein paar Jahren habe ich mal Bens Schwester Rachel bei einer Zusammenkunft getroffen, aber nur ein paar Worte mit ihr gesprochen. Sie war ein scheues, zurückhaltendes Mädchen, das sich in der Gegenwart der anderen Dämonen sichtlich unbehaglich gefühlt hatte. Der Elkin-Clan lebt schon seit vielen hundert Jahren in Wales. Innerhalb der Familie sind sie niemals aufgefallen.«

»Kommt Ben öfters nach London?«

»Das weiß ich nicht. Ich hab ihn erst einmal gesehen – damals, als er deine Schwester abgeholt hatte. Lydia schimpfte über ihn, sagte mir aber nicht, weshalb sie eine so schlechte Meinung über ihn hatte. Und ich fragte sie auch nicht danach, da es mich herzlich wenig interessierte.«

Rebeccas Informationen über Ben waren allerdings dürftig, doch ich war sicher, daß wir uns wiedersehen würden. Ich kuschelte mich im Sitz zusammen und war Sekunden später eingeschlafen.

»Aufwachen«, sagte Rebecca.

Ich riß die Augen auf. Es mußte einige Zeit vergangen sein. Soeben hatte die Vampirin den Wagen in die Tiefgarage gefahren. Wir stiegen aus und gingen zu ihrem Haus. Ein paar der Fledermausmonster kamen angeflogen und begrüßten ihre Herrin. Ich lief die Stufen hoch und betrat das Zimmer, in dem noch immer die magische Kugel stand, über die ich sofort Verbindung mit meinem Vater aufnahm. Es dauerte nur wenige Sekunden, bis sein Gesicht darin erschien.

»Nun?« meinte er und zog fragend die Brauen hoch.

»Ich gebe dir meinen Bericht später durch, Vater«, erwiderte ich. »Es gelang mir, dem unbekannten Dämon ein paar Haare auszureißen. Ist Adalmar bei dir?«

»Ja, er ist vor einer Stunde gekommen.«

»Das ist gut«, sagte ich erfreut. »Er soll sich die Haare ansehen.«

»Leg sie auf die Kugel, Coco«, befahl er mir.

Ich griff in die Brusttasche und zog die sechs Haare hervor. Sie waren etwa zehn Zentimeter lang. Gehorsam legte ich sie auf die magische Kugel und trat einen Schritt zurück.

»Konzentriere dich auf sie, Coco«, sagte mein Vater.

Das Gesicht meines Vaters verschwand. In der Mitte der Kugel erschien nun ein erbsengroßes Licht, das leicht pulsierte. Ich starrte die Haare angespannt an. Langsam versank die Welt um mich herum. Nur die Kugel und die Haare existierten. Ich fiel in einen tranceartigen Zustand. Ich wußte, daß sich mein Vater, Georg und Adalmar ebenfalls auf die magische Kugel konzentrierten. Für kurze Zeit spürte ich eine Art telepathischen Kontakt zu ihnen.

»Geschafft«, sagte Vater zufrieden. Nun war wieder sein Gesicht zu sehen, und die Haare waren verschwunden. Ich erzählte ihm sehr genau alles, was sich auf Bodiam Castle ereignet hatte. Er hörte zu, ohne mich zu unterbrechen.

»Du hast deine Sache gut gemacht, Coco«, sagte er zufrieden, als ich meine Erzählung beendet hatte. »Adalmar hat die Haare an sich genommen. Er wird sie genau untersuchen. Du bleibst im Haus. Sobald wir etwas erfahren haben, werde ich mich melden.«

Bevor ich noch etwas sagen konnte, verblaßte sein Gesicht, und die Kugel leuchtete giftgrün.

Asmodi liebte die Dunkelheit. Nur das hochlodernde Feuer im Kamin spendete etwas Licht, das aber nicht ausreichte, um den Prunksaal in der Burg der Gräfin Anastasia von Lethian auszuleuchten. Der Herr der Finsternis saß bequem zurückgelehnt in einem kostbar geschnitzten Stuhl. Seine Fähigkeiten erlaubten es ihm, jede beliebige Gestalt anzunehmen. Wie er tatsächlich aussah, das wußten nur ganz wenige Dämonen. Meist trat er gesichtslos auf. Nur seine rotglühenden Augen waren zu sehen. Ihm gegenüber saß die Gräfin, die ein pechschwarzes Kleid trug, das ihre aufreizenden Formen betonte und die Blässe ihres Gesichtes unterstrich. Er kannte sie seit vielen Jahrhunderten. Sie war ihm immer eine treue Dienerin gewesen, die ihm oft geholfen hatte. Vor ein paar Jahren hatte sie eingewilligt, mit ihm neun Söhne zu zeugen, die er für ein Experiment verwenden wollte. Diese neun Kinder waren von normalen Frauen ausgetragen worden. Jetzt waren sie bereits erwachsen, wußten aber über ihre Herkunft noch nicht Bescheid.

»Wann wirst du ihnen die Wahrheit sagen, Asmodi?« fragte die Gräfin.

»Das hat noch Zeit«, antwortete Asmodi. »Wie entwickeln sie sich?«

»Ich bin zufrieden«, sagte sie stolz. »Sie werden zu prächtigen Dämonen heranreifen. Nur einer gefällt mir nicht.«

»Das kann nur Dorian Hunter sein«, stellte das Oberhaupt der Schwarzen Familie fest.

»Richtig. Bei ihm überwiegt das Gute. Das Böse kommt nicht zum Durchbruch. Das macht mir Sorgen.«

»Er wird sich noch entwickeln, da bin ich sicher.«

Asmodi versank in ein dumpfes Brüten. Die Gräfin hatte keine Ahnung, wer Dorian Hunter wirklich war, genauso wenig wie Hunter selbst. Er ahnte nicht, daß er früher schon einmal gelebt hatte. Und Asmodi war um jeden Tag froh, den das so blieb. Er hatte schon zu viele Kämpfe gegen die Reinkarnationen des Baron Nicholas de Conde durchstehen müssen. So hoffte er insgeheim, daß Hunter sich doch noch auf die Seite der Schwarzen Familie schlagen würde.

Die Luft flimmerte leicht, und Asmodi hob den Kopf. Skarabäus Toth materialisierte im großen Saal. Er verbeugte sich vor seinem Herrn, dann nickte er der Gräfin zu.

»Setz dich, Skarabäus«, sagte Asmodi.

Toth gehorchte. Die beiden kannten sich noch aus der Zeit, als sich Skarabäus Toth Baphomet genannt hatte, das war im Mittelalter gewesen. Toth hatte im Jahre 1713 eine entscheidende Rolle im Kampf um die Führung innerhalb der Schwarzen Familie gespielt. Ohne Toths Hilfe wäre es Asmodi wahrscheinlich nicht gelungen, die Herrschaft an sich zu reißen und seinen Vorgänger zu vernichten.

»Ich habe dir keine guten Nachrichten zu überbringen, Asmodi«, sagte Toth mit seiner seltsam raschelnden Stimme.

»Erzähl«, bat das Oberhaupt der Schwarzen Familie.

»Der Unbekannte hat Geiseln von etwa zwanzig Sippen genommen. Wie vereinbart, trat René d'Arcy als sein Bruder Henri auf. Doch der Feind durchschaute ihn. D'Arcy stellte sich zum Kampf, aber der unbekannte Dämon siegte.«

Asmodi beugte sich überrascht vor. »Das mußt du mir genau erzählen.«

»René ging so vor, wie wir es mit Alex vereinbart hatten. Er schleuderte eine Spirale gegen den Unbekannten, der sie zum Verschwinden brachte. Dann setzte René seine gefährlichste Waffe ein, die alles vernichtende magische Pyramide, mit der er mehr als fünf Jahre lang experimentiert hatte. Doch auch diesen Angriff konnte der Unbekannte abwehren – ja, es gelang ihm sogar, einen Teil der Kräfte der Pyramide gegen René zu schleudern, der bewußtlos zusammenbrach. Bis jetzt ist er nicht aus seiner Ohnmacht erwacht.«

»Dann ist der Unbekannte wesentlich stärker, als wir vermutet haben«, meinte Asmodi, der sich nichts von seiner Bestürzung anmerken ließ.

»Der Unbekannte hat einige Forderungen gestellt«, sprach Skarabäus Toth weiter. »Er will, daß du freiwillig abdankst. Er gibt dir drei Tage Zeit. Solltest du nicht zurücktreten, dann wird er dich töten!«

»Er muß sich seiner Sache ziemlich sicher sein«, stellte Asmodi fest. »Hat man etwas über ihn erfahren können?«

Toth schüttelte bedauernd den Kopf. Dann erzählte er Asmodi alles, was er von Hein Jong erfahren hatte. Der Fürst der Finsternis schwieg ein paar Minuten, als Toth seinen Bericht abgeschlossen hatte. Eines stand mit ziemlicher Sicherheit fest: Der Dämon hatte eine Art Magie angewandt, die den Mitgliedern der Schwarzen Familie fremd war. Die Zeichen, die er in den Schutzschirm gemalt hatte, waren allen unbekannt gewesen.

»Ich kann mir einfach nicht vorstellen, wer er sein sollte«, sagte Asmodi. »Alle bedeutenden Magier sind mir bekannt, und es ist keiner unter ihnen, der über solche Kräfte verfügt. Hast du vielleicht eine Vermutung, was seine Identität angeht?«

»Vielleicht ein Adept, der sich vor vielen hundert Jahren zurückgezogen hat. Oder es ist Olivaro.«

»An ihn habe ich auch schon gedacht«, sagte Asmodi. »Über seine Fähigkeiten wissen nur ganz wenige Bescheid. Aber ich kann mir einfach nicht vorstellen, daß er mein Gegner sein soll. Er hätte in den vergangenen Jahrhunderten oft genug Gelegenheit gehabt, Herr der Familie zu werden, doch er war daran nicht interessiert. Weshalb sollte er gerade jetzt derartige Gelüste entwickeln?«

»Da bin ich überfragt. Auf jeden Fall werde ich nachforschen lassen, wo er heute gewesen ist. Alex d'Arcy und Red Jong sind im Augenblick dabei, Bodiam Castle zu durchsuchen. Vielleicht finden sie irgendwelche Hinweise, die uns auf die Spur des Unbekannten führen.«

»Das glaube ich nicht. Der Dämon ist zu klug. So leicht werden wir nicht seine Spur aufnehmen können. Welche Dämonen haben an der Versammlung in der Burg teilgenommen?«

Toth zählte die Namen auf.

»Coco Zamis«, sagte Asmodi grimmig. »Sie hat auch nichts unternommen?«

»Niemand hat etwas davon bemerkt – doch das besagt nicht viel, wenn man an ihre Zeitmagie denkt.«

»Das kommt mir unwahrscheinlich vor. Du und ich und noch ein paar andere, wir wissen über Coco Bescheid. Sie ist die talentierteste Hexe, die mir seit vielen hundert Jahren begegnet ist. Die Zamis-Sippe hat verständlicherweise kein Interesse daran, daß Cocos gewaltige Kräfte allgemein bekannt werden. Der Unbekannte weiß nicht über sie Bescheid, sonst hätte er sie kaum nach England geholt.«

»Die Zamis' werden uns aber kaum etwas verraten, wenn sie etwas über den Unbekannten erfahren haben. Du weißt, daß ihnen nicht zu trauen ist, und ihr überzeugender Sieg gegen die Winkler-Forcas' hat ihr Selbstvertrauen gestärkt. Vielleicht haben sie Blut geleckt und versuchen ihren Machtbereich auszudehnen, indem sie sich mit dem unbekannten Dämon verbünden.«

»Das kann ich mir nicht vorstellen. Coco hat ihre Sippe in Verruf gebracht. Sie werden alles daransetzen, um den anderen Clans zu beweisen, daß sie tüchtig sind. Außerdem ist Michael Zamis ein kluger Dämon, der seine Grenzen kennt. Dennoch werde ich vorsichtig sein. Wäre ich das nicht immer gewesen, hätte ich mich kaum zweihundertfünfzig Jahre lang als Oberhaupt der Familie halten können. Ich beobachte die Zamis' ganz genau.«

»Was hast du vor, Asmodi?«

»Ich werde vorerst einmal ruhig abwarten. Das Ultimatum des Unbekannten läuft in drei Tagen ab. Und in drei Tagen kann sich viel ereignen. Vermutlich aber werde ich nach London gehen.«

»Ist das nicht zu gefährlich?«

Asmodi schüttelte langsam den Kopf. »Nein, ich glaube nicht. Es muß gelingen festzustellen, um wen es sich bei meinem Feind handelt. Wahrscheinlich gehe ich noch diese Nacht. Ich werde bei Irene Reuchlin wohnen. Du darfst jetzt gehen, Skarabäus.«

Der Schiedsrichter stand auf und verbeugte sich leicht. Die Luft flimmerte, und er verschwand. Asmodi blickte die Gräfin an, die seinen Blick ruhig erwiderte. Sie war eine der wenigen, die ahnten, daß er nicht mehr so mächtig wie früher war. Bis jetzt hatte er geschickt verbergen können, daß seine Schwäche bekannt wurde. Seit vielen Jahren hatte es keine Bedrohung mehr gegeben. Niemand hatte sich ihm entgegengestellt. Er war faul und träge geworden. Liebend gern wäre er dem Kampf mit dem Unbekannten ausgewichen, doch er wußte, daß er sich stellen mußte. Wenn nicht, würden die Sippen das als Feigheit deuten und sich geschlossen gegen ihn stellen.

»Du solltest alle Clans auffordern, daß sie ihren Treueschwur dir gegenüber erneuern und bekräftigen, Asmodi.«

»Das ist eine gute Idee, Anastasia.«

»Und vielleicht solltest du eine Belohnung aussetzen, die derjenige Clan erhält, der die Identität des Unbekannten feststellt.«

»Das wäre zu überlegen. Aber es wäre ein Eingeständnis meiner Schwäche, und das will ich vermeiden.«

»Dieser Ansicht bin ich nicht. Außerdem finde ich es nicht gut, daß du jetzt schon nach London gehen willst.«

»Mein Entschluß steht fest«, sagte Asmodi hart. »Ich werde in England gebraucht.«

»Wie du meinst, Asmodi«, sagte sie demütig. »Um nochmals auf unsere Kinder zurückzukommen. Wann wirst du ihnen gestatten, zu mir zu kommen?«

»Ich kann verstehen, daß du deine Kinder sehen willst, Anastasia, aber es ist noch zu früh. Wir müssen abwarten.«

»Weshalb, Asmodi?« Ihre Enttäuschung war deutlich zu spüren.

»Darüber will ich nicht sprechen. Du wirst es noch rechtzeitig erfahren.«

»Aber sie sind jetzt schon fünfundzwanzig Jahre alt. Ich sehne mich nach ihnen. Sie sind alle unsicher, da sie nicht wissen, wer sie wirklich sind. Und mit jedem Tag, den sie älter werden, verschlimmert sich ihre Situation.«

»Ich will nichts mehr davon hören, Anastasia. Im Augenblick habe ich andere Sorgen. Laß mich allein.«

Widerspruchslos verließ die Gräfin den großen Saal. Asmodi blickte ihr mißmutig nach.

»Coco ist tüchtig«, sagte Michael Zamis.

Adalmar stieß ein zustimmendes Brummen aus. Aber seine Aufmerksamkeit galt den sechs weißen Haaren, die vor ihm auf einem schwarzen Tuch lagen. Adalmar war ein finster blickender Dämon, dessen Gesicht von einem gewaltigen Vollbart eingerahmt wurde, der ihm ein unheimliches Aussehen verlieh. Mit seinem Vater hatte er sich nie verstanden. Er war wortkarg und von einer penetranten Überheblichkeit. Die Angelegenheiten seiner Familie interessierten ihn normalerweise überhaupt nicht. Die meiste Zeit lebte er in den Abruzzen. Dort ging er seinen Experimenten nach, die ihn völlig ausfüllten.

»Der unbekannte Dämon war äußerst unklug«, stellte Adalmar fest, der die Haare durch eine Lupe betrachtete. »Es dürften tatsächlich seine richtigen Haare sein. Entschuldigt einen Augenblick. Ich werde sie konservieren.«

Adalmar sprang auf, nahm die Haare an sich und lief aus dem Zimmer. Im zweiten Stock der Villa hatte er sein Labor, das außer ihm niemand betreten durfte.

»Wie sollen wir uns verhalten, wenn es Adalmar tatsächlich gelingen sollte, den Unbekannten zu entlarven?« fragte Georg.

»Darüber habe ich auch schon nachgedacht. Wir könnten uns mit ihm in Verbindung setzen und ihm unsere Hilfe im Kampf gegen Asmodi anbieten. Diese Möglichkeit erscheint mir allerdings als äußerst gefährlich. Sollte der Dämon Asmodi unterliegen, dann wäre das unser sicherer Tod. Dieses Risiko will ich nicht eingehen.«

»Aber es wäre doch die Chance, auf die wir so lange gewartet haben, Vater.«

»Richtig. Doch im Moment sind alle führenden Clans auf Asmodis Seite. Die Zeit ist einfach noch nicht reif. In der jetzigen Situation ist es sicherlich besser, wenn wir uns auf Asmodis Seite schlagen und ihm helfen. Dabei dürfen wir aber unseren Vorteil nicht aus den Augen verlieren. Unser Clan hat in Rußland eine bedeutende Rolle gespielt. Damals waren wir mächtig. Die ganze Familie sprach nur mit großem Respekt von unserer Sippe. Durch Cocos Verhalten hat unser Ansehen sehr gelitten. Wir müssen der Familie beweisen, daß wir etwas Besonderes sind. Und dieser Fall gibt uns die Möglichkeit dazu. Aber warten wir einmal ab, ob Adalmar Erfolg hat.«

Georg wußte, daß sein Vater recht hatte. Aber er konnte die Schmach nicht vergessen, die ihnen Asmodi bereitet hatte. Sein Ehrgeiz war grenzenlos. Er war es auch gewesen, der seinen Vater aufgestachelt hatte. Eine halbe Stunde später trat Adalmar ins Zimmer. Michael und Georg blickten ihn erwartungsvoll an.

»Nun, hast du Erfolg gehabt, Adalmar?« fragte Georg gespannt.

Ein unwilliges Brummen war die Antwort. »Eines der Haare löste sich sofort bei meinem ersten Versuch auf«, berichtete Adalmar. »Mit dem zweiten Haar ging ich vorsichtiger um. Für einen Augenblick sah ich eine undeutliche Gestalt in der magischen Kugel, doch auch dieses Haar zerfiel. Ich muß ein paar Stunden warten, bis ich meine Experimente fortführen kann. Aber ein Haar will ich noch opfern.«

»Was hast du damit vor?«

Adalmar setzte sich nieder und legte eine kirschengroße, durchsichtige Kugel auf den Tisch, in der sich eines der weißen Haare befand.

»Ich will versuchen, Kontakt mit Lydia zu bekommen«, sagte Adalmar.

»Das haben wir bereits versucht«, sagte Georg.« Aber es ist uns nicht gelungen. Ich bin sicher, daß Lydia von dem Unbekannten in einen magischen Tiefschlaf versetzt worden ist, der verhindert, daß wir mit ihr Verbindung aufnehmen.«

»Das vermute ich auch«, stimmte Adalmar zu. »Aber trotzdem sollte es uns gelingen. Das Haar des Unbekannten wird uns dabei helfen.«

»Ich ahne, was du vorhast, Adalmar«, sagte sein Vater. »Es ist äußerst gefährlich.«

»Wir müssen dieses Risiko eingehen, Vater. Ich werde alles zur Beschwörung vorbereiten. Dazu brauche ich aber deine Hilfe. Du hast von allen Familienmitgliedern Haare, Finger- und Zehennagelstücke und Blut. Ich benötige die von Lydia.«

Michael Zamis zögerte einen Augenblick. »Du sollst sie bekommen«, sagte er dann. »Triff alle Vorbereitungen für die Beschwörung.«

Adalmar ging langsam aus dem Zimmer.

»Er will unseren Schutzgeist beschwören?« fragte Georg.

Michael Zamis nickte bedächtig.

»Das ist aber äußerst riskant. Wann hast du ihn zuletzt angerufen, Vater?«

»Es ist unendlich lange her. Da war unsere Sippe noch in Rußland. Wir fragten ihn um Rat, und er sagte uns, daß wir Rußland sofort verlassen und uns nach Wien begeben sollten. Ein guter Rat, das muß man im Nachhinein sagen.«

So wie fast jede Sippe hatte auch die Zamis-Familie einen Schutzgeist, der nur den Familienmitgliedern bekannt war. Dieser Geist wurde nur ganz selten angerufen, und sein Name wurde nur während der Beschwörung genannt. Michael und Georg stiegen in den Keller hinunter und betraten den Beschwörungsraum, der mit schwarzem Samt ausgeschlagen war. Georg entzündete zwei Fackeln und schlüpfte dann aus seinen Kleidern. Sein Vater folgte seinem Beispiel. Michael entnahm einem Schrank eine bauchige Flasche, die er Georg reichte. Georg schüttete etwas von dem Inhalt auf seine linke Handfläche und verrieb dann die farblose Flüssigkeit auf seiner Stirn, den Schläfen und der Brust. Ein paar Sekunden später wurde die Haut dunkelblau. Michael Zamis trat in den Nebenraum und kam ein kurz darauf mit einem kleinen Porzellangefäß zurück, das er auf den in der Mitte des Raumes stehenden Tisch stellte. Auch er beschmierte seinen Körper mit der nach Salmiak riechenden Flüssigkeit. Dann betrat Adalmar den Beschwörungsraum. So wie sein Bruder und sein Vater war er völlig nackt. In der rechten Hand trug er ein Tablett, auf dem einige Gegenstände lagen. Er stellte eine etwa zehn Zentimeter große Wachsfigur auf den Tisch. Sie war weiblich und wirkte reichlich unproportioniert. Kopf und Brüste waren zu groß geraten, Beine und Arme gleichzeitig nur angedeutet. Neben die Figur legte er die Kugel, in der sich das Haar des unbekannten Dämons befand. Nachdem er sein Gesicht und die Brust mit der stinkenden Flüssigkeit bestrichen hatte, öffnete er das Porzellangefäß und entnahm ihm Lydias Haare, die er in den Kopf der Wachsfigur preßte, dann holte er die Finger- und Zehennagelstücke heraus und drückte sie langsam in die Arme und Beine der Figur. Schließlich fischte er ein kleines weißes Tuch hervor, das einige Blutstropfen aufwies. Dieses Tüchlein stülpte er über die Figur, die nun nicht mehr zu sehen war. Abschließend stellte er eine fußballgroße Kristallkugel auf den Tisch. Michael Zamis griff nach einem Stück präparierter Kreide, bückte sich und zog langsam einen Kreis auf den schwarzen Boden, wobei er einige magische Worte murmelte.

»Jafadhafi nikande kichwa«, sagte er fast unhörbar. »Tafadhali ongeza maji katika friwilli.«

Kurz bevor er den magischen Kreis schloß, fielen Georg und Adalmar in seine Worte ein. »Jino hili laweza kuzibwa tundu. Nisamehe! Miaka! Ahsante! Pasaka! Pentekote! Nataka kudai!«

Der Kreis war geschlossen. Die drei Dämonen knieten vor dem Tisch nieder und verbeugten sich so tief, daß ihre Köpfe den Boden berührten.

»Nataka kula kidogo«, sagte Michael Zamis und richtete sich auf.

»Napenda chakula kingi«, flüsterte Georg. Sein Gesicht war angespannt, als er den Kopf hob.

»Nina manivu ya tumbo!« rief Adalmar und kam langsam auf die Beine.

Nun war der magische Kreis endgültig geschlossen. Der erste Teil der Beschwörung war abgeschlossen. Der Kreis sollte die unheimlichen Kräfte, die entstehen würden, halten und sie nicht entweichen lassen. Auch Michael und Georg erhoben sich nun. Alle drei streckten ihre rechte Hand über der Wachsfigur aus, berührten sie jedoch nicht.

»Wir rufen dich, Bathin!« rief Adalmar mit dröhnender Stimme. »Erhöre uns, Bathin!«

Michael und Georg murmelten währenddessen weiter magische Formeln, die ihren Schutzgeist dazu bewegen sollten, sich zu melden.

»Nataka dawa funza. Nataka dawa ugonjwa wa baharini. Nataka dawa sugu.«

»Wir rufen dich, Bathin!« schrie Adalmar. »Erhöre unser Flehen, Bathin, der du unser Schutzgeist bist. Erhöre uns, die wir dir immer Opfer dargebracht haben. Bathin, höre unser Flehen!«

Michael malte nun mit der Kreide Bathins Siegel auf den Tisch. Daneben schrieb er das Zeichen der Zamis-Sippe. Ein lauter Knall erschallte. Dann ein durchdringendes Zischen, so als würde Gas aus einer Leitung entströmen.

»Was wollt ihr von mir?« Die Stimme war tief und deutlich zu verstehen.

»Wir danken dir, daß du unser Rufen erhört hast, edler Bathin«, entgegnete Adalmar. »Wir benötigen deine Hilfe.«

Für einen kurzen Augenblick war eine unheimliche Gestalt zu sehen, die wie der Leibhaftige aussah.

»Sprich«, sagte der Geist ungeduldig.

»Unsere Schwester Lydia wurde von einem Dämon entführt, dessen Haar du in der Kugel vor dir siehst. Wir möchten wissen, wo sie sich befindet und wie der Fremde heißt, der sie gefangenhält.«

Die Wachsfigur und die Kugel waren plötzlich in grelles Licht getaucht. »Ich sehe Lydia«, sagte der Geist.

»Zeige sie uns bitte, edler Bathin!«

Die Kristallkugel flammte auf. Wenige Sekunden lang war Lydia zu sehen, die auf einem Feldbett lag. Die Hände hatte sie über der Brust gekreuzt, die sich langsam, aber regelmäßig hob und senkte. Sie hielt die Augen geschlossen, und ihr Gesicht war lokker und entspannt. Das Bild verwischte. Jetzt war ein altes, baufälliges Haus zu sehen, und an der linken Seite der Fassade war ein Straßenschild abgebracht. Sidney Street 78, E 1. Dann wurde die Kugel dunkel. Die drei Beschwörer spürten plötzlich einen starken Druck auf der Stirn, doch damit hatten sie gerechnet. Ihr Schutzgeist versuchte Gewalt über ihre Körper zu bekommen. Aber sie hatten die notwendigen Abwehrmaßnahmen getroffen. Der Druck verstärkte sich, griff auf die Schläfen und die Brust über. Ein enttäuschtes Knurren war zu hören, dann ein paar Wörter in einer Sprache, die keiner verstand.

»Bathin, edler Geist«, sagte Adalmar, »wir danken dir, daß du uns gezeigt hast, wo sich unsere Schwester befindet. Nun sage uns noch, wer der unbekannte Dämon ist.«

Ein paar Minuten war es still. »Ich sehe den Dämon«, meldete sich der Geist, »doch ich kann ihn nicht erkennen. Sein Gesicht ist ein weißer Fleck. Ich komme nicht näher an ihn heran. Weiße Magie schützt ihn. Nein, es ist nicht Weiße Magie, es ist eine Art Magie, die ich vor vielen Jahren kennengelernt habe. Nur ein Magier hat sich ihrer bedient: der große Merlin.«

»Merlin?« fragte Adalmar überrascht. »Also ist er der unbekannte Dämon?«

»Das kann ich nicht feststellen.«

»Wo befindet sich der Fremde im Augenblick?«

»Ich werde ... O nein, er hat mich entdeckt. Rasch, handelt. Unterbrecht die Verbindung, sonst bin ich verloren. Ich muß...«

Adalmar handelte augenblicklich. »Jrudishe!« schrie er. »Sina kitu cha kutolea ushuru!«

Ein wildes Heulen war zu hören, in das sich ein tierischer Schrei mischte, der aber nach ein paar Sekunden abrupt abbrach. Bathins Siegel leuchtete dunkelrot auf. Michael Zamis unterbrach den magischen Kreis, und das glühende Siegel erlosch. Georg zog das Tuch zur Seite, das die Wachsfigur bedeckt hatte. Die Figur hatte sich verformt und war zu einem unförmigen Klumpen verschmolzen.

»Unsere Beschwörung war recht erfolgreich«, sagte Adalmar zufrieden. »Wir wissen nun, daß sich Lydia in London befindet. Und wir werden sie befreien.«

»Aber wer ist der Unbekannte?«

»Der Hinweis, den mir Bathin gegeben hat, ist äußerst hilfreich.« Adalmar griff nach der durchsichtigen Kugel. Das Haar des Dämons war verschwunden. »Ich habe noch drei Haare. Da ich nun weiß, daß sich der Unbekannte einer geheimnisvollen Magie bedient, werde ich diese Haare ganz anders verwenden.«

»Merlin«, flüsterte Michael Zamis. »Merlinus Britannicus, der sagenhafte Magier, der um 480 gelebt haben soll. Die Legenden, die sich um seine Person ranken, sind zahllos. Er hat gelebt, das steht fest, aber er war nie ein Mitglied unserer Familie. Unzählige Magier haben nach seinen Schriften gesucht, doch niemand hat sie gefunden.«

»Hm«, brummte Georg. »Es wäre aber durchaus möglich, daß ein Dämon an seine Aufzeichnungen gelangt ist und sich das uralte Wissen angeeignet hat.«

Michael nickte zustimmend. »Wenn es sich bei dem Unbekannten nicht gar um Merlin selbst handelt.«

»Das alles erklärt jedenfalls auch die geheimnisvollen Zeichen, die der Fremde verwendet hat.«

»Ich fliege nach London«, sagte Georg. »Kommst du mit, Adalmar?«

»Nein, ich bleibe hier. Ich experimentiere weiter.«

»Du mußt dich beeilen, Georg, Das Flugzeug geht in einer halben Stunde.«

Georg grinste. »Die Maschine wird erst starten, wenn ich an Bord bin. Ich habe eine kleine Verzögerung arrangiert: Die Sicherheitskräfte werden das Flugzeug nach Bomben durchsuchen.«

Sie wuschen sich die Farbe von Gesicht und Körper, dann kleideten sie sich an. »Sobald du in London bist, fährst du zu Coco, Georg. Ihr beobachtet einmal unauffällig das Haus in der Sydney Street. Dann setzt ihr euch mit mir in Verbindung. Wir vereinbaren den Zeitpunkt, zu dem ihr in das Haus eindringen werdet. Gleichzeitig werde ich Asmodi verständigen, daß ihr die Gefangenen entdeckt habt.«

Ich schreckte hoch, als es an der Tür klopfte. Im Zimmer war es noch dunkel. Verschlafen knipste ich das Nachttischlämpchen an und blickte auf die Uhr. Es war ein paar Minuten nach fünf.

»Was ist los?« fragte ich und gähnte.

»Mach auf, Coco.«

Diese Stimme kannte ich. Es war mein Bruder Georg. Überrascht sprang ich aus dem Bett, schlüpfte in einen Morgenrock und sperrte die Tür auf. Breit grinsend trat mein Bruder ins Zimmer.

»Mit meinem Auftauchen hast du wohl nicht gerechnet, was?« fragte er.

Ich gab ihm keine Antwort. Sein plötzliches Erscheinen konnte nur bedeuten, daß meine Familie etwas Wichtiges entdeckt hatte. Nun kam auch Rebecca herein, und vorsichtshalber unterdrückte ich die Fragen, die mir auf der Zunge lagen. Es war besser, wenn Rebecca nicht über unsere Pläne und Nachforschungsergebnisse

Bescheid wußte. Nicht daß ich ihr nicht traute, doch ich habe gelernt, daß es besser ist, Geheimnisse auch wirklich für sich zu behalten. Georg ging zum Fenster und zog die schweren Vorhänge zurück, so daß die ersten zarten Sonnenstrahlen hereinfielen. Dann setzte er sich auf einen Stuhl und steckte sich eine Zigarette an.

»Wir wissen, wo Lydia gefangen gehalten wird«, sagte er.

»Das ist ja eine erfreuliche Nachricht«, entgegnete Rebecca. »Wie habt ihr das erfahren?«

Georg achtete nicht auf sie, sondern blickte mich lächelnd an. »Lydia befindet sich in einem Haus in der Sidney Street – und wir werden sie befreien.«

Mich hätte es brennend interessiert zu erfahren, wie es meiner Familie möglich gewesen war, so rasch herauszufinden, wo sich Lydia befand, aber Georg hatte sicherlich gute Gründe, die Frage nicht in Rebeccas Anwesenheit zu beantworten.

»Und wie stellst du dir das vor, Georg?« erkundigte ich mich.

»Ich werde das Haus beobachten, und danach werden wir hinfahren und es untersuchen. Das weitere wird sich finden.«

»Sollten wir nicht die anderen betroffenen Sippen verständigen?« fragte Rebecca.

»Später«, sagte Georg abweisend. »Zieh dich an, Schwester.«

Ich ging ins Badezimmer, schlüpfte aus dem Morgenmantel und stellte mich unter die Dusche, nachdem ich über mein langes Haar eine Badehaube gestülpt hatte. Zehn Minuten später drehte ich das Wasser wieder ab, stieg aus der Kabine und griff nach einem Badetuch. Mein Bruder stand in der Tür und schaute mir beim Abtrocknen zu. Vor ihm kannte ich keine Scheu, denn bei den meisten Zeremonien der Schwarzen Familie waren wir völlig nackt. Ein Schamgefühl, wie es vielleicht normale Menschen kennen, war mir völlig unbekannt.

»Jetzt können wir ungestört sprechen«, sagte Georg.

Ich nickte und drehte gleichzeitig den Wasserhahn auf, damit Rebecca, falls sie sich im Nebenraum befand, nichts verstehen konnte. Das Wasser plätscherte in das Abflußbecken, und Georg blieb dicht neben mir stehen. Ich frisierte mein Haar, während er mir leise alles erzählte, was meine Familie erfahren hatte. Auf die

Idee, daß sie unseren Schutzgeist anrufen könnten, wäre ich nie gekommen. Mein Bruder Adalmar war schon ein recht heller Kopf.

»Ich brauche einen Raum, in dem ich ein paar magische Kugeln aufstellen kann«, sagte Georg abschließend.

Ich beschrieb ihm den Raum, von dem aus ich mit meinem Vater Kontakt aufgenommen hatte. Dann verließen wir das Badezimmer, und Georg griff nach seinem Koffer.

»Sobald ich angezogen bin, komme ich nach«, sagte ich.

Rasch warf ich einen Blick aus dem Fenster. Es versprach ein schöner Tag zu werden. Ich schlüpfte in Jeans und eine langärmelige Bluse und hängte mir ein Amulett um den Hals. Dann trat ich in den Gang. Eines der fast mannsgroßen Fledermausgeschöpfe flog auf mich zu. Die schräggestellten hellgelben Augen glühten mich an. Das Ungeheuer stieß ein sanftes Krächzen aus, das wohl eine Art Begrüßung darstellen sollte. Es landete auf meiner rechten Schulter, und die scharfen Krallen packten zu, aber so sanft, daß sie kaum zu spüren waren. Sacht rieb das unheimliche Geschöpf seinen Kopf an meine rechte Wange. Sein Körper war so leicht, daß ich ihn kaum spürte.

»Laß mich in Frieden, Eric«, sagte ich.

Er antwortete mit einem erneuten Krächzen. Alle Fledermausgeschöpfe hatten Namen. Für mich sahen diese verwandelten Menschen ziemlich gleich aus, nur Eric erkannte ich, da er der einzige war, der gelbe Augen hatte. Gestern hatte Rebecca ihren Geschöpfen befohlen, daß sie mir so wie ihr gehorchen sollten, und sie folgten ihr. Seitdem konnte ich mich der Biester kaum mehr erwehren. Sie waren äußerst zärtlichkeitsbedürftig.

»Ich habe keine Zeit, Eric«, sagte ich und stieß ihn von meiner Schulter.

Er kreischte empört auf und schlug wild mit den Flügeln. Ich achtete nicht auf seine Proteste, sondern stieg die Stufen hoch. Doch die Fledermaus folgte mir. Rebecca konnte sich mit ihren Geschöpfen verständigen, doch für mich waren die Laute, die sie von sich gaben, völlig unverständlich. Und ihre plötzliche Zuneigung ging mir ziemlich auf die Nerven. Besonders Eric schien einen Narren an mir gefressen zu haben. Als ich das Zimmer betrat, hatte Georg bereits drei Kristallkugeln aufgestellt. Blitzschnell schloß ich die Tür hinter mir. Ich hörte, wie Eric dagegenflog und wütend krächzte. Mein Bruder achtete nicht auf mich. Er saß vor dem Tisch und starrte in eine kürbisgroße Kugel. Neben sich hatte er einen Stadtplan liegen. Ich näherte mich ihm und sah mir die rasch wechselnden Bilder in der Glaskugel an. Hyde Park Corner war zu sehen, dann der Buckingham Palace, danach das Royal Hospital Chelsea. Meine Fertigkeit im Umgang mit magischen Kugeln war nicht schlecht, aber Georg war auf diesem Gebiet ein wahrer Meister. Deutlich war nun die King's Road zu sehen, und schließlich die Sidney Street. Es war, als würde eine Fernsehkamera die Bilder liefern, die gestochen scharf und fast dreidimensional waren. Jetzt erblickte ich ein völlig heruntergekommenes, zweistöckiges Haus in der Kugel. Überall an der Fassade bröckelte der Putz. Die meisten Glasscheiben waren zerbrochen, ein paar Fenster waren mit Holzbrettern vernagelt. An der Eingangstür befand sich das Schild einer Baufirma. Wahrscheinlich sollte das Haus demnächst niedergerissen werden.

»In dieser Ruine befindet sich Lydia«, ließ sich Georg vernehmen. Er beugte sich tiefer über die Kugel und berührte sie mit beiden Händen. Sein Gesicht spannte sich an. In der Kugel war nun das Haustor zu sehen. Dann verschwamm das Bild.

»Das war zu erwarten«, brummte Georg. »Um das Haus liegt ein magischer Schirm, der verhindert, daß ich in das Innere blikken kann. Aber das ist der Beweis, daß sich die Gefangenen noch im Haus befinden.«

»Das sehe ich anders«, erklärte ich. »Mir kommt es unsinnig vor, daß der Unbekannte das Haus mit einem Schutzschirm versehen hat.«

»Weshalb?« fragte Georg ungeduldig.

»Weil es zu offensichtlich ist. Jeder zufällig vorübergehende Dämon würde den Schutzschirm bemerken und neugierig werden. Warum sollte der Unbekannte unnötig auf sich aufmerksam machen?«

»Hm«, sagte Georg nachdenklich. »Diese Überlegung hat etwas für sich, Coco. Wir werden vorsichtig sein.«

»Ich würde vorschlagen, daß wir uns das Haus einmal genauer ansehen. Dann können wir immer noch Asmodi verständigen.«

»Nein, es bleibt bei unserem Plan. Wir dringen zu einem genau festgesetzten Zeitpunkt in das Haus ein. Und in dem Augenblick, in dem wir eintreten, wird sich Vater mit Asmodi in Verbindung setzen.«

Sein Plan gefiel mir überhaupt nicht. Aber ich wußte, daß es sinnlos war, ihm zu widersprechen. Er war der Ältere, und ich hatte ihm zu gehorchen.

»Es ist kurz nach halb sechs. In einer Stunde betreten wir das Haus. Ich werde jetzt mit Vater sprechen. Laß mich allein, Coco. Du kannst dich ja noch ein wenig mit Rebecca unterhalten.«

Folgsam verließ ich das Zimmer und wurde von Eric stürmisch begrüßt, der sich zufrieden auf meinem Kopf niederließ und seine Krallen in meinem Haar vergrub. Rebecca fand ich in der Küche. Sie war eben dabei, ein Frühstück zuzubereiten, und so wie gestern verbat sie sich dabei jede Hilfe. Die verdammte Fledermaus folgte mir weiter ins Eßzimmer. Es bereitete mir einige Mühe, den anhänglichen Kerl zu vertreiben. Der Plan, den mein Vater und Georg entworfen hatten, schien mir recht gewagt zu sein. Ich wäre anders und wesentlich vorsichtiger vorgegangen. Meine Familie wollte Asmodi und den anderen Sippen imponieren, aber das konnte leicht ins Auge gehen. Einige Zeit später betraten Georg und Rebecca gemeinsam das Zimmer.

»Es bleibt dabei«, sagte Georg, »um halb sieben dringen wir in das Haus ein.«

»Bist du sicher, daß wir die magische Sperre durchbrechen können, Georg?«

»Ganz sicher.« Er setzte sich und schaufelte eine gewaltige Portion Bohnen und gegrillte Würstchen auf seinen Teller.

»Darf ich mitkommen?« fragte Rebecca.

Mein Bruder schluckte einen Bissen hinunter und schüttelte den Kopf. »Das kommt nicht in Frage, Rebecca. Es ist zu gefährlich.«

»Ich fahre euch hin«, sagte Rebecca bestimmt.

»Dagegen habe ich nichts«, meinte Georg. »Aber das Haus betrittst du auf keinen Fall.«

Ich aß nur ein Brötchen mit Butter und Marmelade und trank zwei Tassen Tee, während mein Bruder so gierig aß, als hätte er wochenlang hungern müssen. Als Rebecca fertig war, ging sie den Wagen holen. Georg griff nach den Zigaretten.

»Gib mir bitte eine«, sagte ich.

»Seit wann rauchst du?« fragte er überrascht.

»Schon lange«, antwortete ich, obgleich es nicht stimmte.

»Du lügst«, sagte er, hielt mir aber die Packung hin. Ich zog eine Zigarette heraus, und er gab mir Feuer.

»Wie willst du in das Haus gelangen?« fragte ich, ohne auf seine Feststellung zu reagieren.

»Ganz einfach. Wir versetzen uns in den rascheren Zeitablauf. Die magische Sperre ist äußerst schwach. Wir werden sie mühelos durchbrechen. Sobald wir im Haus sind, suchen wir nach den Gefangenen, dann...«

»Und wenn sich der Unbekannte im Haus aufhält?« unterbrach ich ihn.

»Das ist eher unwahrscheinlich.«

»Er könnte aber verschiedene Fallen aufgestellt haben. Du vergißt anscheinend, daß er ziemlich mächtig ist. So leicht, wie du es dir vorstellst, wird es nicht werden. Ich habe ihn in Aktion gesehen.«

»Hast du vielleicht Angst, Coco?«

»Nein«, entgegnete ich heftig. »Aber ich finde deinen Plan verwegen und wenig durchdacht. Wir begeben uns möglicherweise unnötig in Gefahr.«

»Wenn du nicht willst, dann mußt du ja nicht mitkommen«, meinte er breit grinsend.

»Natürlich komme ich mit. Aber so versteh mich doch endlich, Georg. Wir haben es mit einem gefährlichen Gegner zu tun.«

»Der sich aber nicht in London befindet!«

»Woher weißt du das?«

»Adalmar hat es mir gesagt.«

»Dann weiß er also, wer der Unbekannte ist?«

»Nein, das weiß er nicht. Aber er hat festgestellt, daß er sich etwa dreihundert Kilometer von London entfernt aufhält.«

»Das ist für einen so starken Dämon keine Entfernung. Er kann in wenigen Sekunden wieder in London sein.«

Georg winkte ungeduldig ab, stand auf, und ich folgte ihm.

Rebecca wartete bereits auf uns. Ich kletterte in den Wagen und setzte mich auf den Notsitz, während Georg es sich neben der Vampirin gemütlich machte. Wir fuhren die Park Lane in Richtung Süden entlang, dann bog Rebecca in die Knightsbridge Road ein, überquerte die Sloane Street und fuhr durch die Brompton Road. Zehn Minuten vor halb sieben erreichten wir die Sidney Road. Die Vampirin fuhr langsam am Haus Nr. 78 vorbei und parkte den Wagen fünf Häuser weiter. Deutlich hatte ich die magische Sperre gespürt, als wir an dem Gebäude vorübergekommen waren.

»Du wartest hier auf uns, Rebecca«, sagte Georg. »Sobald wir Lydia befreit haben, kommen wir auf dem schnellsten Weg zurück.«

»Und was geschieht mit den anderen Gefangenen?«

»Das ist nicht unsere Angelegenheit. Asmodi soll sich um sie kümmern.«

»Asmodi?« fragte Rebecca überrascht. »Kommt er vielleicht her?«

Georg nickte.

»Dann kann ich ja ruhig mit euch mitkommen. Ich möchte zu gern einmal das Oberhaupt der Familie sehen. Nehmt mich mit.«

»Nein, du bleibst hier.«

»Wann kommt Asmodi denn?«

»Sobald wir das Haus betreten haben, wird er verständigt. Vermutlich trifft er ein paar Minuten später ein.«

»Dann besteht doch keine Gefahr für mich. Laß mich bitte mitgehen, Georg.«

Rebecca blickte Georg bittend an.

»Okay«, seufzte er. »Du darfst mitkommen.«

Die Vampirin strahlte, doch ich schüttelte verwundert den Kopf. Das Verhalten meines Bruders war mir völlig unverständlich. In meinen Augen war es der reinste Wahnsinn, Rebecca mitzunehmen. Georg nahm das alles zu sehr auf die leichte Schulter. Er tat geradeso, als würden wir einer befreundeten Familie einen Besuch abstatten. Einen Augenblick dachte ich daran, meine Bedenken vorzubringen, unterdrückte aber diesen Wunsch, als sich Georg kurz umblickte und mich durchdringend ansah. Dieser

Blick bedeutete, daß ich den Mund halten sollte. Zwei Minuten vor halb sieben stiegen wir aus dem Wagen und überquerten die Straße. Eine gute Minute später standen wir vor dem Haustor. Georg hatte recht gehabt: die magische Glocke, die um das verfallene Haus hing, war äußerst schwach. Er starrte einen Augenblick das Schloß an, und ein knirschendes Geräusch war zu hören. Georg legte einen Arm um Rebeccas Schultern und zog sie eng an sich. Sofort versetzte er sich in den rascheren Zeitablauf und bezog mich in sein Zeitfeld mit ein. Mühelos drückte er die Tür auf und stieß Rebecca in den Hausflur, der mit einer dicken Staubschicht bedeckt war. Keine Fußspuren waren zu sehen. Hier war schon wochenlang kein Mensch mehr gewesen. Georg verblieb weiterhin im rascheren Zeitablauf. Rebecca hatte er sich einfach über die rechte Schulter geworfen. Die Vampirin war leblos wie eine Schaufensterpuppe. Er lief den Hausflur entlang, bis er das Treppenhaus erreicht hatte. Rebecca, die ihm nur hinderlich war, legte er auf den Boden.

»Weshalb hast du sie mitgenommen?« fragte ich entrüstet.

»Das wirst du später erfahren. Lauf in den ersten Stock hinauf und sieh in alle Wohnungen. Ich werde den Keller und das Erdgeschoß durchsuchen.«

»Willst du die ganze Zeit im rascheren Zeitablauf bleiben, Georg?«

»Wir bleiben solange in der anderen Dimension, bis wir die Gefangenen gefunden haben.«

Mir sollte es nur recht sein. Ich mußte meine Kräfte ja nicht anstrengen, da Georg den Zeitraffereffekt für uns beide aufrecht hielt. Er hatte diese Fähigkeit ganz besonders geschult. Ihm bereitete es keinerlei Schwierigkeiten, diesen kräfteschwächenden Zustand über eine Stunde auszuhalten. Ich lief die Stufen hoch. Zehn Türen waren zu sehen, die alle unversperrt waren. Die meisten Wohnungen waren völlig leer, in den anderen fand ich alte Möbel, aber von den Gefangenen entdeckte ich keine Spur. Georg hatte zwar gesagt, daß ich die Wohnungen im ersten Stock durchsuchen sollte, aber ich nahm mir auch den zweiten Stock und den Dachboden vor. Dann kehrte ich in das Erdgeschoß zurück. Georg erwartete mich bereits.

»Ich habe niemanden gefunden«, sagte ich. »Du vielleicht?«

»Nein«, antwortete Georg.

Zu meiner größten Verwunderung sah er gar nicht enttäuscht aus. Mir schien es, als hätte er damit gerechnet, daß wir mit leeren Händen dastehen würden.

»Bist du ganz sicher, daß die Gefangenen in diesem Haus waren?«

»Ja«, sagte er knapp.

»Das ist vielleicht eine Pleite«, sagte ich. »Wir müssen mit Vater sprechen, daß er Asmodi nicht verständigt. Noch können wir es verhindern, daß er...«

»Es bleibt alles, wie wir es vereinbart haben.«

»Das verstehe ich nicht. Ich denke, daß...«

»Komm mit, Coco. Wir gehen in den Keller.«

»Und was ist mit Rebecca?«

»Sie bleibt hier.«

»Aber sie wird sich...«

»Komm«, unterbrach er mich wieder.

Er packte meine rechte Hand und riß mich mit sich.

»Sobald die Zeit wieder normal abläuft, sei vorsichtig. Wir werden angegriffen werden. Asmodi wird bald eintreffen. Du hältst den Mund. Du läßt mich sprechen, verstanden?«

Ich nickte. Nun verstand ich überhaupt nichts mehr. Wir betraten die Treppe, die in den Keller führte. Und nun ließ Georg die Zeit wieder normal ablaufen. Die Stufen und die Wände waren feucht. Ein ekelerregender Gestank schlug uns entgegen. Ich hielt den Atem an und folgte meinem Bruder. In diesem Augenblick mußte mein Vater mit Asmodi sprechen. Was würde geschehen, wenn er Asmodi nicht erreichen konnte? Mir lief es eiskalt über den Rücken, als ich einen lauten Schrei hörte, der vom Hausflur kam.

»Das war Rebecca!«, stellte ich fest. »Wir müssen ihr zu Hilfe kommen.« Ich drehte mich um, da packte Georg meine rechte Hand und riß mich an sich.

»Wir gehen weiter!« zischte er mir zu.

Langsam dämmerte mir, was Georg beabsichtigte. Er hatte damit gerechnet, daß der Unbekannte das Haus beobachten würde.

Und er hatte absichtlich Rebecca mitgenommen. Aber wozu das alles gut sein sollte, wurde mir nicht ganz klar. Georg knipste seine Taschenlampe an. Vor uns lag eine halbverfaulte Holztür. Ich zuckte zusammen, als ich Rebecca erneut schreien hörte.

»Coco!« brüllte sie. »Hilfe. Ich werde...« Ein gurgelndes Geräusch war zu hören, das aber abrupt abbrach.

»Ich will...«

»Mund halten«, knurrte mein Bruder. Ich blickte ihn böse an. Rebecca betrachtete ich bereits als meine Freundin, und es gefiel mir überhaupt nicht, daß ich ihr nicht zu Hilfe kommen durfte. Außerdem störte es mich gewaltig, daß er mich keinen Satz vollenden ließ. Die morsche Holztür wurde aufgerissen, und ein schattenhaftes Geschöpf stürzte sich auf uns. Es war riesengroß und bewegte sich so rasch, daß ich ihm kaum folgen konnte. Ich bekam einen Schlag an die Stirn und taumelte. Eine durchsichtige Hand griff nach mir und umklammerte meine Kehle. Panik stieg in mir auf. Verzweifelt versuchte ich mich aus der tödlichen Umklammerung zu befreien, doch die nur schemenhaft erkennbare Hand packte nur noch stärker zu. Ich röchelte, und vor meinen Augen drehte sich alles.

»Kiini cha mfupa!« schrie mein Bruder einen Bannspruch. Der eiserne Griff der Hand lockerte sich etwas. Ich bekam wieder Luft.

»Kuku na mehuzi na bizari«, sprach Georg weiter. Das Schattengeschöpf wimmerte leise. Seine Gestalt wurde noch durchscheinender. Blitzschnell sprang ich einen Schritt zurück, schüttelte die Krallenhand ab und griff an die Kehle.

»Je njia ina matope«, flüsterte ich mit krächzender Stimme. Das unheimliche Geschöpf heulte wütend auf. Mehr als zehn Arme wuchsen nun aus seinem Körper, die sich wie Tentakeln bewegten. Die Arme griffen nach Georg und mir.

»Mvua ya ngurmo!« Die Stimme Georgs klang wie Donnergrollen.

Das Schattenwesen krümmte sich zusammen, die Arme schrumpften, und für einen Augenblick war das raubvogelartige Gesicht mit den drei roten Augen zu sehen. In diesem Moment hörten wir einen lauten Knall, und es roch intensiv nach Schwefel.

»Asmodi ist gekommen«, sagte Georg.

Die Wände zitterten leicht. Das Schattenmonster stieß ein entsetztes Heulen aus und raste auf die Stufen zu.

»Nyumba ya mehezo wa bahatinasibu«, schrie Georg dem Monster nach. Dann war es verschwunden. »Rasch die Stufen hoch.« Er rannte an mir vorbei, und ich folgte ihm.

Immer wenn sich Asmodi in England aufhielt, quartierte er sich bei Irene Reuchlin, einer berückend schönen Hexe, ein. Seit ein paar Jahren wohnte sie im *Kollegium Isacaaron*, einem ganz besonderen Internat, das sich etwa vierzig Meilen außerhalb von London befindet. Dort war sie für die Erziehung der Kinder und Jugendlichen verantwortlich, die fast alle aus einflußreichen Sippen der Schwarzen Familie stammten. Hier bekamen sie die notwendige Ausbildung, die ihre Fähigkeiten richtig zur Geltung bringen sollten. Das *Kollegium Isacaaron* war in einer alten Burg untergebracht, die inmitten eines verwilderten Gartens lag, der von einer halb zerfallenen Mauer umgeben war. Asmodi hatte es sich im großen Schlafzimmer der Hexe bequem gemacht. Der Herr der Schwarzen Familie war, so wie die meisten anderen männlichen Dämonen, für weibliche Reize durchaus empfänglich. Es war auch nicht unter seiner Würde, sich mit normalen Frauen einzulassen, doch unvergleichlich schöner fand er es, die Freuden zu genießen, die der Leib einer vollerblühten Hexe bot. Zwei volle Stunden währte das intime Zusammensein mit Irene, die jetzt eng an ihn geschmiegt im breiten Himmelbett lag, nun schon. Sanft strich seine rechte Hand über ihr langes Haar und den nackten Rücken. Irene seufzte glücklich.

»In deinen Armen vergesse ich meine Sorgen«, sagte Asmodi. Irene küßte den Herrn der Finsternis zärtlich auf die Schulter. Für sie war es immer ein besonderes Ereignis, wenn Asmodi zu Besuch kam. Sie war im siebten Himmel, denn seine Gunstbeweise waren überwältigend. Er war der beste Liebhaber, den die Welt kannte. Seine Leidenschaft war überwältigend. Seit vielen Jahren war die Hexe Wachs in seinen Händen. Das hatte er auch weidlich ausgenützt und ihr die schwierigsten Aufträge erteilt. Irene hatte sich für ihn in der Familie umgehört und als seine Spionin fungiert. Seine Besuche bei ihr erfolgten immer heimlich, nur seine engsten Vertrauten wußten von seiner engen Verbindung mit der Hexe. Ein paar Minuten blieben sie schweigend liegen, dann schob Asmodi die Hexe zur Seite und sprang aus dem Bett. Im Zimmer war es dunkel, doch Asmodis Augen blieb nichts verborgen. Ihn störte die Finsternis nicht – im Gegenteil, er liebte sie. Sein Blick wanderte über den üppigen Körper Irenes. Ihre grünen Katzenaugen leuchteten in der Schwärze.

»Ich bin glücklich, daß du trotz deiner Sorgen zu mir gekommen bist, Asmodi«, sagte sie leise.

»Du weißt von dem Ultimatum, das mir der Unbekannte gestellt hat?«

»Ja, ich habe davon erfahren. Ich hörte mich ein wenig um, aber es war leider erfolglos. Niemand weiß, wer dein Gegner ist.«

Asmodi bewegte den linken Arm, sein pechschwarzer Umhang glitt auf ihn zu, und er schlüpfte hinein. Die winzigen magischen Kugeln, die er auf einen Tisch gelegt hatte, glühten plötzlich ziegelrot auf. Augenblicklich nahm Asmodi eine von ihnen in die Hand.

»Ich rufe dich, Asmodi. Ich, Michael Zamis, rufe dich. Es ist dringend, edler Herr«, erklang es aus dem Kristall.

Asmodi drückte die Kugel kurz zusammen. »Ich höre dich, Michael Zamis.«

Zamis' Gesicht war nun in der Kugel zu sehen. »Es ist dringend, Asmodi. Es ist uns gelungen, zu erfahren, wo sich die Gefangenen befinden.«

»Sprich.«

»Sie sind in London. In der Sydney Street 78. Georg und Coco sind in diesem Augenblick dabei, in das Haus einzudringen.«

»Ich komme hin«, sagte Asmodi und unterbrach die Verbindung. »Rufe sofort Alex d'Arcy und Red Jong. Sie sollen ebenfalls kommen.«

Mit diesen Worten zog sich der Herr der Finsternis aus dem Zimmer zurück. Noch bevor Irene ihm folgen konnte, hatte er bereits das Haus verlassen und befand sich auf dem Weg in die Sydney Street. Dank seiner besonderen Fähigkeiten war es ihm ein leichtes, große Entfernungen innerhalb weniger Minuten zu bewältigen, und für kürzere benötigte er gar nur einige Sekunden. Es war genau drei Minuten nach halb sieben, als er die magische Glocke durchbrach, die über dem Haus Nr. 78 hing. Er landete im Hausflur und blickte sich um. Seine scharfen Sinne sagten ihm, daß sich kein Mensch im Haus aufhielt, doch deutlich spürte er die charakteristische Ausstrahlung zweier Dämonen, die auf ihn zukamen. Asmodi trat in den Gang und ging in Richtung Keller. Er blieb stehen, als er Georg und Coco Zamis erkannte, die aus dem Keller gestürzt kamen und ihre Schritte verlangsamten, als sie ihn sahen. An Georg verschwendete er nur einen kurzen Blick – Coco dagegen betrachtete er eingehender. Sie war noch schöner geworden. Ihr Gesicht mit den hohen Wangenknochen, dem leicht geöffneten Mund und den schräg gestellten dunkelgrünen, ja fast schwarzen Augen wirkte leicht exotisch und überaus sinnlich. In dieser jungen Hexe vereinigte sich Schönheit und Intelligenz, vermischt mit unglaublichen magischen Fähigkeiten. Eine Mischung, die man nur selten fand.

»Wo sind die Gefangenen?« fragte Asmodi barsch. »Ich spüre keinerlei Ausstrahlung.«

»Der Unbekannte muß sie fortgeschafft haben, Herr«, sagte Georg demutsvoll.

»Bist du sicher, daß sie hier im Haus waren?«

»Ganz sicher, Herr. Sie wurden im Keller gefangengehalten.«

»Wie habt ihr erfahren, daß sie hier gewesen sind?«

»Darüber darf ich nicht sprechen, Herr.« Bei diesen Worten drehte Georg sich demonstrativ im Kreise, als ob er irgend wonach suche.

»Was ist?« wollte Asmodi ungeduldig wissen.

»Wir sind zusammen mit Rebecca ins Haus gegangen. Sie ist verschwunden. Ich fürchte, daß sie der Unbekannte geraubt hat.«

»Erzähle!«

In kurzen Worten erzählte Georg von ihrem Eintreffen und der vergeblichen Suche nach den Gefangenen. Außerdem berichtete er von dem Angriff des Schattenwesens und von Rebeccas Hilferufen. Die Luft flimmerte zweimal hintereinander. Alex d'Arcy und Red Jong waren eingetroffen. Bevor die beiden noch etwas sagen konnten, ergriff Asmodi das Wort. »Hier sollen angeblich die Geiseln gefangengehalten worden sein. Wir haben keine Zeit zu verlieren. Kommt her, und laßt uns versuchen, einen Blick in die Vergangenheit zu werfen. Coco und Georg, ihr bewegt euch nicht und sprecht kein Wort.«

Die beiden nickten. Asmodi zog mit seinem Finger einen Kreis auf dem Boden, dann malte er ein paar magische Zeichen in den Staub. Anschließend schlug er die Hände zusammen, und die Luft begann innerhalb des Kreises zu flirren. Die Dämonen kreuzten die Hände und schlossen die Augen. Eine Dampfwolke bildete sich im magischen Kreis, die langsam zur Decke schwebte. Asmodi ergriff Jongs und d'Arcys Hände und konzentrierte sich mit aller Kraft. Plötzlich erlosch jegliches Licht in dem Raum. Fünf Sekunden später erschienen Abbilder Coco und Georgs, die sich in der Zeit zurückbewegten. Sie gingen rückwärts zur Kellertür und verschwanden dahinter. Danach war Rebecca zu sehen, die sich auflöste. Jetzt war sie ganz genau zu sehen. Ihr Mund war zu einem Schrei geöffnet, und sie kämpfte gegen eine unsichtbare Macht an. Dann sah man sie auf dem Boden liegen. Wieder waren Coco und Georg zu sehen. Dann vergingen fast drei Minuten, bis wieder etwas zu sehen war. Man erblickte die Geiseln, die von Geisterhänden bewegt durch die Luft schwebten. Die Bilder wurden immer schwächer, schließlich erloschen sie. Asmodi klatschte in die Hände, und es wurde wieder hell. Er unterbrach den magischen Kreis, und die Dampfwolken fielen in sich zusammen.

»Rebecca wurde entführt«, sagte Asmodi, »die Geiseln wurden vor etwa vier Stunden fortgebracht. Mich würde nun interessieren, wie es euch möglich war zu erfahren, daß hier die Geiseln gefangengehalten wurden?«

Asmodi blickte Georg durchdringend an. Der jedoch gab keine Antwort.

»Hättet ihr mich früher verständigt, dann hätten wir die Geiseln befreien können. So sind wir zu spät gekommen. Ich kann mir eure Motive durchaus vorstellen. Ihr wolltet den Ruhm ernten, daß es euch gelungen ist, das Versteck der Geiseln zu entdekken. Und um dieses Ruhmes willen habt ihr leichtsinnig das Leben der Dämonen in Gefahr gebracht. Dafür solltet ihr eigentlich bestraft werden. Ich habe gute Lust, euch in Freaks zu verwandeln.«

»Dagegen muß ich Einspruch erheben, Asmodi«, schaltete sich Red Jong ein. Das rotblonde Haar des holländischen Magiers war stark gelichtet. Sein Gesicht war aufgedunsen.

»Und weshalb?«

»Coco und Georg handelten sicher im Auftrag ihres Vaters. Und nach den Gesetzen der Sippen müssen sie dem Oberhaupt ihres Clans bedingungslos folgen. Wenn du jemanden bestrafen willst, dann wende dich an Michael Zamis.«

»Habt ihr wirklich die Befehle eures Vaters befolgt?« fragte der Herr der Finsternis.

»Ja, das haben wir getan.«

»Da hast du es«, meinte Jong. »Du darfst sie nicht bestrafen.«

»Dann geht mir aus den Augen«, knurrte Asmodi an Coco und Georg gewandt. »Ich werde mit eurem Vater sprechen.«

Sie gehorchten, gingen an den Dämonen vorbei und verließen grußlos das Haus. Alex d'Arcy blickte ihnen nachdenklich nach. Er sah seinem Bruder René überraschend ähnlich. Unauffällig ging er zur Treppe und warf einen Blick darauf, dann wandte er sich Asmodi und Jong zu. Er hatte die Fußspuren auf der Treppe gesehen, die hinauf- und hinuntergeführt hatten. Für d'Arcy stand fest, daß es Coco gewesen war, die sich in den rascheren Zeitablauf versetzt hatte. Aber das hatten sie nicht sehen können, als sie die vergangenen Stunden durchforscht hatten.

»Wir sollten den Keller durchsuchen«, meinte d'Arcy. »Vielleicht finden wir dort irgendwelche Hinweise.«

Doch die Suche erwies sich als vergebens.

»Für mich bleibt es ein Rätsel, wie es den Zamis' gelungen ist, dieses Haus zu finden«, sagte Asmodi, als sie den Keller verließen.

»Ich fürchte, daß dir Michael Zamis auf diese Frage keine Antwort geben wird, Asmodi«, entgegnete Jong.

»Es wird ihm gar nichts anderes übrigbleiben!« zischte Asmodi wütend.

»Du kannst ihn nicht dazu zwingen«, meinte d'Arcy kopfschüttelnd. »Er hat nichts Unrechtes getan und kein Gesetz der Familie verletzt.«

»Er hätte mich informieren müssen.«

»Dazu war er nicht verpflichtet.«

»Ich traue der Zamis-Sippe nicht. Ich vermute, daß sie mit dem Unbekannten verbündet sind. Anders kann ich es mir nicht erklären, daß sie dieses Haus entdeckt haben.«

»Das ist eine furchtbare Anschuldigung, Asmodi«, sagte Red Jong mit schneidender Stimme. »Du wirst sie beweisen müssen. Was hast du denn gegen die Zamis-Sippe in der Hand?«

»Es war nur eine Vermutung«, lenkte der Herr der Finsternis ein. Er ärgerte sich, daß er diese Bemerkung gemacht hatte, noch dazu in Gegenwart Jongs, der mit der Zamis-Sippe gut bekannt war.

»Sollte sich deine Vermutung als falsch erweisen, Asmodi, werde ich darauf bestehen, daß du dich entschuldigst.« Mit diesen Worten verschwand der niederländische Magier.

»Du solltest deine Zunge besser im Zaum halten, Asmodi.«

Ein anderer Dämon, der dies zu ihm gesagt hätte, wäre von ihm fürchterlich bestraft worden. Doch Alex war einer seiner engsten Vertrauten – ja, sogar noch etwas mehr: Er war einer seiner engsten Freunde, wenn man diesen Begriff auf Beziehungen zwischen Dämonen überhaupt anwenden konnte.

»Ich war wütend«, knurrte Asmodi. »Es war ein Fehler, das weiß ich.«

»Du bist nervös, Asmodi. Das solltest du dir als Oberhaupt der Schwarzen Familie jedoch nicht anmerken lassen. Ich fürchte, daß du alt und schwach geworden bist, mein Freund.«

»Jetzt reicht es mir aber bald, Alex. So darfst nicht einmal du mit mir sprechen.«

»Ich meine es nur gut mit dir, Asmodi. Einige Dämonen munkeln bereits, daß du nicht mehr der alte bist. Deine Position ist im Augenblick nicht besonders fest. Und dem Kampf mit dem Unbekannten sehe ich mit wenig Hoffnung entgegen. Die Zamis haben dieses Haus entdeckt. Vielleicht haben sie auch schon eine Spur des Widersachers gefunden. Laß sie suchen. Das schadet dir nicht.«

»Sie sind gegen mich. Das steht eindeutig fest. Daß sich Coco mir damals verweigert hat, werde ich nie vergessen. Und das wissen sie.«

»Sie werden sich irgendwann einmal gegen dich stellen, aber im Augenblick sind sie auf deiner Seite. Sie können nur gewinnen, wenn sie dir helfen.«

»Davon bin ich keineswegs überzeugt«, sagte Asmodi unsicher. »Aber genug der sinnlosen Schwätzerei. Ich gehe zu Irene.«

»Sei freundlich zu Michael Zamis. Versuche ihn nicht einzuschüchtern, das kann dir nur schaden.«

»Ich werde daran denken.«

Einige Zeit zuvor

Rebecca spürte, wie Georg einen Arm um sie legte. Und dann fand sie sich in einem staubbedeckten Hausflur wieder. Überrascht stand sie auf und klopfte sich den Staub von den Kleidern. Coco und Georg waren nicht zu sehen. Sie bemerkte die Fußspuren im Staub und folgte ihnen zur Treppe. Dann drehte sie sich langsam um. Eine eisige Hand legte sich auf ihre rechte Schulter, so daß sie entsetzt aufschrie und herumwirbelte. Doch es war niemand zu sehen. Wieder griff die Hand zu und packte Rebecca im Nakken.

»Coco!« schrie die Vampirin, so laut sie konnte. »Hilfe. Ich werde...«

Dann drückte ihr der unsichtbare Gegner die Kehle zu, und kurze Zeit später sackte sie bewußtlos in sich zusammen. Noch bevor sie auf dem Boden aufschlagen konnte, griff der Fremde nach ihr und riß sie hoch. Wie in Zeitlupe begann sich ihr Körper aufzulösen.

Sie erwachte in einem kleinen Raum, der giftgrün erleuchtet war. Stöhnend setzte sie sich auf. Die Decke war niedrig, kaum zwei Meter hoch, und der einzige Einrichtungsgegenstand war eine einfache Holzpritsche, auf der eine alte Armeedecke lag. In eine der Felswände war eine Holztür eingelassen, auf die die Vampirin nun schwankend zuging. Wie erwartet, hatte man sie eingesperrt. Mutlos setzte sich Rebecca auf die Pritsche. Nach ihrer Uhr war es zehn Minuten nach sieben. Demnach war sie über eine halbe Stunde bewußtlos gewesen. Und sie hatte keinerlei Ahnung, wo sie sich befand. Wer sie überfallen hatte, konnte sie sich allerdings denken. Es mußte der unbekannte Dämon gewesen sein. Als das grüne Licht in der Zelle erlosch, hob sie den Kopf. Trotz der herrschenden Dunkelheit konnte sie sehen. Der Riegel schnappte zurück, und knarrend öffnete sich die Tür. Rebecca erhob sich automatisch, als der gesichtslose Unbekannte in die Zelle trat. Seine starke dämonische Ausstrahlung war überwältigend, so daß die Vampirin vor Schmerzen zu wimmern begann.

»Du weißt, wer ich bin«, sagte der Gesichtslose, »aber du kennst meinen Namen nicht. Sobald ich Herr der Schwarzen Familie bin, werde ich mich Atma nennen. Du darfst mich aber jetzt schon mit diesem Namen ansprechen, Rebecca.«

Die Vampirin antwortete nicht. Vor Schmerzen glaubte sie ohnmächtig zu werden.

»Sieh mich an«, sagte Atma befehlend. »Sieh mich an!« Plötzlich waren dunkle Augen im Gesicht des Dämons zu sehen, deren Blick die Vampirin willenlos machte. »Du wirst alle meine Fragen wahrheitsgemäß beantworten, Rebecca.«

»Ich werde alle deine Fragen beantworten«, echote sie flüsternd.

»Wie gelang es den Zamis', das Versteck meiner Gefangenen zu entdecken?«

»Ich weiß es nicht, Atma.«

»Kannte Coco das Versteck?«

»Ja, sie kannte es. Aber erst, nachdem es ihr Georg verraten hatte.«

»Wann kam Georg zu dir?«

»Ungefähr kurz vor fünf.«

»Berichte mir ganz genau, was sich nach seinem Eintreffen alles zugetragen hat.«

Rebecca gehorchte. Gespannt hörte der Gesichtslose zu.

»Interessant«, murmelte er, als sie ihre Erzählung beendet hatte. »Äußerst interessant. Demnach muß es den Zamis' in Wien irgendwie gelungen sein, eine wirkungsvolle Beschwörung durchzuführen. Der Schutzgeist, den ich gestern vertrieben habe, war zweifellos der Clan-Geist der Zamis'. Er hat ihnen sicherlich Lydias

Versteck verraten. Es war sehr klug von mir, daß ich die Gefangenen fortgeschafft habe.«

Der Dämon starrte Rebecca eine kurze Zeit an, dabei dachte er scharf nach. Die Wahrscheinlichkeit, daß die Zamis' seine Identität erfahren hatten, war äußerst gering. Glücklicherweise war er nicht in seinem Versteck gewesen, als ihn der Schutzgeist beobachtet hatte. Trotzdem wollte er kein unnötiges Risiko eingehen. Die Zamis-Sippe stellte eine Gefahr dar. Ihm blieb keine andere Wahl, als sie alle zu töten. Atma bewegte rasch die Hände, und Rebecca fiel in einen magischen Tiefschlaf, aus dem sie aus eigener Kraft nicht erwachen konnte.

»Das schwächste Glied der Kette ist in diesem Fall Coco Zamis«, flüsterte Atma. »Bei ihr werde ich ansetzen.«

Ich hatte kein Wort gesprochen, obwohl es mir sehr schwergefallen war, mich zu beherrschen. Am liebsten wäre ich auf Asmodi zugestürzt und hätte ihn getötet. Mein Haß gegen ihn war nur stärker geworden. Über meinen Bruder hatte ich mich ebenfalls geärgert, seine demütige Haltung entsprach so überhaupt nicht seinem Wesen. Spätestens als Asmodi die Drohung ausgesprochen hatte, hätte ich von Georg irgendeine Reaktion erwartet. Wütend folgte ich ihm, als er sich sofort in eine andere Zeitdimension versetzte, nachdem wir den Bürgersteig betreten hatten.

»Das hast du alles ganz prächtig inszeniert!« fauchte ich ihn an. »Dümmer hättest du dich wohl nicht mehr verhalten können.«

Er grinste mich aufreizend an. »Es hat doch alles ganz prächtig geklappt, Coco. Ich weiß wirklich nicht, warum du jetzt so aus der Haut fährst.«

Verblüfft blickte ich ihn an. »Du bist übergeschnappt«, keuchte ich. »Dein Geist ist verwirrt, du weißt nicht mehr, was du sprichst.«

»Das weiß ich sehr wohl, kleine Schwester.« Er überquerte die Straße, und ich bemühte mich, ihm auf den Fersen zu bleiben. Der Anblick, den die Umgebung bot, war äußerst befremdlich. Alle Autos standen still, und die Gesichter der Fahrer sahen merkwürdig verzerrt aus. Fußgänger um uns herum waren zu Statuen erstarrt oder gingen so langsam, daß ihre Bewegungen mit bloßem Auge nicht zu verfolgen waren. Vor Rebeccas Auto blieb Georg stehen. Das Türschloß zu öffnen, bereitete ihm mit seiner Magie keine Schwierigkeiten. Als wäre er die Ruhe selbst, glitt er hinters Lenkrad. Doch meine Wut hatte sich nur noch gesteigert. Ich setzte mich auf den Beifahrersitz und blickte meinen Bruder durchdringend an. Es war nicht zu fassen, aber mein Zorn schien ihn zu erheitern.

»Vater wird toben, wenn du ihm erzählst, was geschehen ist«, bemerkte ich, in der Hoffnung ihn endlich zum Sprechen zu bringen.

»Das bezweifle ich«, meinte Georg, startete den Wagen und fuhr los. Dabei schloß er den Wagen in unsere Zeitebene mit ein. Das war eine gewaltige Leistung, wie ich neidlos zugeben mußte. Ich hätte es nicht geschafft. Geschickt lenkte er den Wagen an den stillstehenden Autos vorbei. Gelegentlich fuhr er auch ein Stück über den Bürgersteig.

»Weshalb verbleibst du in der anderen Zeitdimension?« fragte ich.

»Ich fürchte, daß uns der Unbekannte beobachtet. Und ich will kein Risiko eingehen. Wir fahren zu Rebeccas Haus, dort sind wir vor seinen Angriffen sicher.«

»Aber gerade da wird er nach uns suchen«, wandte ich ein. »Wir sollten uns irgendwo anders verstecken.«

»Jetzt hör mir mal gut zu, Schwester«, sagte Georg grimmig. »Ich habe mir deine ungerechtfertigten Angriffe ruhig angehört. Verschone mich aber jetzt mit Vorschlägen. Ich weiß ganz genau, was ich tue. In Rebeccas Haus sind wir sicher.«

»Wieso sollen wir dort sicher sein?« fragte ich angriffslustig.

»Dein Ton gefällt mir gar nicht«, sagte er, wobei er jedoch leicht vergnügt lächelte. »Du solltest respektvoller mit mir sprechen, Schwester.«

»Willst du mir nun nicht endlich sagen, was das alles soll, Georg?«

»Das hört sich schon besser an. Du mußt noch viel lernen, Coco. Sehr viel. Ich kenne deine Fähigkeiten. Du bist sehr begabt, aber noch ziemlich unreif. Dir fehlt die Erfahrung, du kommst dir unwahrscheinlich klug vor, dabei ist das Gegenteil der Fall. Du bist naiv und leichtgläubig.«

»Ende der Predigt?« fragte ich spöttisch.

Er lachte. »Ich war in deinem Alter auch nicht anders«, meinte er. »Mit achtzehn fühlt man sich schrecklich erwachsen und gescheit. Später merkt man erst, wie dumm man gewesen ist. Dir wird es auch nicht anders gehen.«

Er bog in die Park Lane ein und beschleunigte das Tempo.

»Du hast Rebecca ganz bewußt mitgenommen«, sagte ich, um meinen Scharfsinn unter Beweis zu stellen.

»Richtig«, stimmte er zu. »Und weshalb wohl?«

Ich überlegte kurz. Nach seinem Verhalten zu schließen, hatte er damit gerechnet, daß der Unbekannte das Haus beobachten würde. Und er hatte sicherlich vermutet, daß er Rebecca entführen wollte. Warum also hatte Georg es nicht verhindert?

»Du wolltest, daß der Unbekannte Rebecca entführt«, sagte ich. »Stimmt das?«

»Ja und nein«, antwortete Georg. »Hätten wir die Geiseln gefunden, dann hätte ich wahrscheinlich Rebecca beschützt. Da sie aber fort waren, entschloß ich mich, die Vampirin zu opfern.«

»Das finde ich abscheulich«, sagte ich verächtlich.

»Es gehörte zu meinem Plan. Der Unbekannte wird alles von Rebecca erfahren.«

»Sie weiß nicht viel. Sie kann ihm nur wenig verraten. Aber er weiß nun, daß wir den Aufenthaltsort der Gefangenen entdeckt haben und wird uns beobachten. Wir stellen eine Gefahr für ihn dar.«

»Damit habe ich gerechnet. Das hat sich leider nicht vermeiden lassen. Dennoch bin ich sehr froh darüber, daß er Rebecca geraubt hat. Du solltest eigentlich allein darauf kommen, weshalb das für uns günstig ist. Aber vielleicht überfordere ich dich tatsächlich, weil du nicht über alle Umstände Bescheid weißt. Was also weißt du über Rebeccas Opfer? Hat dir Rebecca nicht gesagt, daß sie auf untrennbare Weise mit ihren Geschöpfen verbunden ist?«

»Ich kann mich nicht daran erinnern«, sagte ich unsicher.

»Die Fledermausmenschen finden Rebecca, wo immer sie sich

auch verstecken mag. Ihr Instinkt wird sie führen.«

»Jetzt verstehe ich langsam«, sagte ich. »Wir brauchen nur eine Fledermaus auszuschicken, und sie wird uns zu Rebecca geleiten.«

»Du hast den Nagel auf den Kopf getroffen, Coco.«

Unweit von Rebeccas Haus entfernt fand er einen Parkplatz. Wir stiegen aus, und ich blickte meinen Bruder nachdenklich an. »Ich sehe aber einen Haken an der ganzen Sache. Die Fledermausgeschöpfe gehorchen nur Rebecca.«

»Falsch. Sie gehorchen auch dir, Coco!«

»Woher weißt du das?«

»Von Rebecca. Sie erzählte es mir, als ich heute morgen mit ihr sprach. Ich kenne Rebecca schon seit zwei Jahren, und ihre Fledermausgeschöpfe sind mir vertraut. Ich erkundigte mich, wie du dich mit ihnen verstehst, und dabei erwähnte sie beiläufig, daß sie dir auch gehorchen. Und darauf baute ich meinen Plan auf.«

»Jetzt verstehe ich alles«, sagte ich, als wir auf Rebeccas Haus zugingen. »Du willst, daß ich einer Fledermaus befehle, nach ihrer Herrin zu suchen. Wir werden ihr folgen und dann Rebecca und die anderen befreien.«

»So ähnlich habe ich es mir vorgestellt. Aber vielleicht ist das alles gar nicht notwendig. Es kommt nur darauf an, ob Adalmar mit seinen Experimenten Erfolg hat. Doch wir wollen uns nicht nur auf ihn verlassen.«

»Und warum sollen wir in Rebeccas Haus sicher sein?«

»Ich habe ein paar magische Kristalle darin angebracht, die ich nur zu aktivieren brauche, um eine starke magische Glocke zu errichten, die kein Dämon durchbrechen kann.«

»Und wenn es ihm doch gelingen sollte?«

»Das wäre allerdings böse. Dann wären wir verloren.«

»Noch eines, Georg. Der Unbekannte weiß nun, daß wir seine Gegner sind. Wenn er Lydia nun einfach tötet?«

Wir erreichten das Haus und traten ein. »Das ist nicht auszuschließen, aber eher unwahrscheinlich.«

»Wir haben unser Versprechen gebrochen, Georg. Ich habe dem Unbekannten gesagt, daß wir ihn in seinem Kampf gegen Asmodi unterstützen. Wir sind wortbrüchig geworden.«

»Genauso wie die anderen Sippen. Alex d'Arcy und Red Jong

unterstützen Asmodi. Demnach müßte er mehrere der Geiseln umbringen, doch der Unbekannte wird sich hüten, das zu tun. Er will Asmodi, nichts anderes. Würde er ein Blutbad anrichten, dann hätte er einen Großteil der Clans sofort gegen sich.«

»Er könnte aber ein Exempel statuieren und Lydia töten. Quasi als Warnung für alle Sippen.«

Georgs Gesicht verfinsterte sich. »Hoffen wir, daß er es nicht tun wird.«

Er lief die Treppe hoch, und ich blickte ihm mißtrauisch nach. Ich konnte mir richtig vorstellen, daß er Lydia im Falle eines Falles opfern würde. Mein Bruder war rücksichtslos und egoistisch. Und er war machtbesessen. Das war mir schon vor langer Zeit aufgefallen. Mich wunderte nur, daß mein Vater dieses Spiel mitmachte. Ich spürte, daß Georg in den normalen Zeitablauf verfiel und paßte mich ihm an. Augenblicklich fühlte ich die starke magische Glocke, die um das Haus hing und die Angriffe des Unbekannten abwehren sollte. Ein halbes Dutzend der Fledermausgeschöpfe flogen auf mich zu. Sie kreischten und krächzten ängstlich. Wahrscheinlich spürten sie, daß Rebecca in Gefahr war. Meine Gegenwart und meine besänftigenden Worte beruhigten sie etwas. Aber sie waren weiterhin ziemlich aufgebracht. Ich bedauerte, daß ich mich mit ihnen nicht unterhalten konnte. Meine Worte verstanden sie zwar, doch umgekehrt klappte die Verständigung leider nicht. Ich zog mich ins große Wohnzimmer zurück. Mein Bruder ließ ziemlich lange auf sich warten. Nach etwa zwei Stunden kam er zu mir. Die Fledermausmenschen wollten ihm ins Zimmer folgen, doch er wehrte sie ab.

»Asmodi hat mit Vater gesprochen«, sagte er, nachdem er sich gesetzt hatte.

»Und? Hat er ihm Vorwürfe gemacht?«

»Überraschenderweise kaum. Asmodi war recht freundlich und hat Vater auszuhorchen versucht. Doch es ist ihm nicht gelungen, irgend etwas zu erfahren. Abschließend hat er Vater gebeten, daß er ihn rechtzeitig verständigen solle, falls sich etwas Neues ergeben sollte. Vater hat es ihm versprochen.«

»Hat Adalmar etwas herausgefunden?«

Georg schüttelte bedauernd den Kopf. »Es gelingt ihm gelegentlich, den Unbekannten zu sehen, aber das hält nur ganz wenige Sekunden an. Die starke Ausstrahlung, die von dem Dämon ausgeht, verhindert, daß Adalmar seine Identität feststellen kann. Aber er versucht es weiterhin.«

»Unsere ganze Hoffnung sind demnach die Fledermausgeschöpfe?«

»Du sagst es. Wir werden bis zum Einbruch der Dunkelheit warten. Früher können wir nichts unternehmen. Irgend jemand hat schon zweimal versucht, die magische Glocke zu durchbrechen.«

»Der Unbekannte?«

»Vermutlich. Ich habe keine Beweise dafür, doch es ist beruhigend zu wissen, daß die Glocke hält.«

Die Türglocke schlug an, und die Fledermausgeschöpfe stießen ein wütendes Fauchen aus.

»Wer kann das sein?« fragte Georg und stand auf. Ich folgte ihm in die Diele. Neben der Tür blieb er stehen und legte seine rechte Hand auf den magischen Schirm, der sofort aufflammte.

»Das ist Ben Elkin«, sagte ich voller Freude, als ich das tiefbraune Gesicht im magischen Schirm erblickte.

»Was will dieser Schwächling hier?« fragte Georg ungehalten und versetzte sich in die andere Zeitdimension.

»Du kennst ihn?«

»Lydia hat mir von ihm erzählt. Seine Sippe ist völlig unbedeutend, und er soll ein Hasenfuß sein. Was hat er hier verloren?«

»Ich habe ihm gesagt, daß er mich besuchen soll, sobald er in London ist.«

»Sieh mal einer an«, brummte mein Bruder. »Gefällt dir dieser Kerl?«

»Ja«, sagte ich trotzig.

Kopfschüttelnd musterte er mich. »Da soll doch gleich der Satan hineinfahren. Du hast eine seltsame Gabe, dich in die unmöglichsten Geschöpfe zu verlieben. Aber wenigstens ist es diesmal einer, in dessen Adern schwarzes Blut fließt – ziemlich schwaches zwar, aber immerhin. Wimmle den Burschen schleunigst ab.«

»Ich denke nicht daran«, sagte ich verärgert.

»Für Turteleien ist jetzt nicht der richtige Zeitpunkt, Coco.«

»Das ist meine Angelegenheit. Niemand hat das Recht, sich hier als mein Befehlsherr aufzuspielen. Auch du nicht, Bruder.«

»Du wirst nie eine richtige Hexe werden, Schwester«, sagte er verächtlich.

Ich ging nicht auf seine Antwort ein. »Wenn ich ihn hereinlasse, mußt du die magische Glocke für ein paar Sekunden ausschalten.«

»Er kann auch so hereinkommen. Die Glocke wird ihm nicht schaden. Er kann im Bannkreis der Kristalle nur keinerlei Magie anwenden.«

Nachdem wir wieder im normalen Zeitablauf waren, drückte ich auf den Türöffner.

»Du darfst kein Wort von unseren Plänen erwähnen, Coco«, sagte Georg drängend. »Stelle dich unwissend.«

Ich nickte. Ben Elkin betrat den Garten und ging auf das Haustor zu. Ich verjagte die Fledermausgeschöpfe, die sich wie verrückt aufführten, und Georg öffnete die Tür. Als Ben Elkin eintrat, zuckte er zusammen. Sein Gesicht verzerrte sich schmerzhaft. Daran war die Glocke schuld. Doch sofort hatte sich der hünenhafte Dämon wieder gefangen.

»Ich bin Georg Zamis«, stellte sich mein Bruder vor. »und du mußt Ben Elkin sein.«

Ben nickte. Mein Bruder reichte ihm nicht die Hand. Er musterte ihn kurz, drehte sich um und stieg die Treppe hoch.

»Hallo, Ben«, sagte ich.

Er lächelte mir freundlich zu und ging langsam auf mich zu. Mein Herz schlug schneller. Sein einnehmendes Lächeln bezauberte mich. Ich stammelte unsinniges Zeug und führte ihn ins Wohnzimmer, wo wir uns zusammen auf die Couch setzten.

»Dein Bruder hat mich nicht gerade ins Herz geschlossen«, meinte Ben.

»Kümmere dich nicht um ihn«, erwiderte ich mit einer wegwerfenden Handbewegung.

»Wahrscheinlich hat ihm deine Schwester etwas über mich erzählt. Weshalb habt ihr einen so starken magischen Schutzschirm um das Haus gelegt?«

»Eine reine Vorsichtsmaßnahme«, antwortete ich.

»So eine starke Glocke habe ich noch nie gespürt. Dein Bruder muß sehr große Kräfte haben.«

»Die hat er auch, aber die Glocke wird...« Ich brach ab, rechtzeitig hatte ich mich erinnert, daß ich nichts verraten durfte.

»Was ist mit der Glocke?« erkundigte sich Ben.

»Das kann ich nicht erklären, ich weiß über solche Dinge nur recht wenig Bescheid.«

»Wo ist Rebecca?«

»Sie ist eine Freundin besuchen gegangen«, log ich. »Ich freue mich, daß du gekommen bist, Ben.«

»Ich habe es dir ja versprochen«, meinte er und legte einen Arm um meine Schultern. Er blickte mich an, und ich spürte, wie ich schwach wurde. Sein Blick war voller Zärtlichkeit. Mit der rechten Hand koste er sanft mein Haar. Ich rückte näher und schmiegte mich an ihn. Die Beziehungen zwischen Dämonen waren grundlegend anders als zwischen Menschen. Innerhalb der Schwarzen Familie gab es keine Heuchelei. Ben gefiel mir, und ich ließ es ihn ganz offen merken. Nachdem er mich schon heute besucht hatte, war es ganz offenkundig, daß er an mir interessiert war. Für mich war das wie ein Wunder. Ich hatte mir einfach nicht vorstellen können, daß ich für einen Dämon einmal ein Gefühl entwickeln könnte, das die Menschen als Liebe bezeichnen. Doch es war geschehen, und ich stand unfaßbar davor. Ben beugte sich vor, und seine linke Hand strich unendlich liebevoll über mein Gesicht. Er hob meinen Kopf hoch, und seine Lippen berührten die meinen. Der Druck seines Mundes verstärkte sich, und ich erwiderte seinen immer verlangender werdenden Kuß. Ich schloß die Augen und klammerte mich an ihn. Seine Hände strichen über meinen Rücken und die Hüften. Der Kuß dauerte endlos lange. Schwer atmend löste ich mich aus seiner Umarmung und lehnte mich glücklich an ihn. Worte waren nicht notwendig. Ich war überglücklich, daß ich ihn kennengelernt hatte. Unsere Begegnung würde mein Leben ändern, das stand für mich fest.

»Ich habe mich immer nach einer Dämonin, wie du eine bist, gesehnt«, sagte Ben leise. »Und jetzt habe ich dich gefunden.«

Ich küßte ihn auf die Wange. »Mir geht es nicht anders«, flüsterte ich und klammerte mich an ihm fest.

»Was wird deine Familie dazu sagen?« fragte er nach ein paar

Minuten.

»Das ist mir gleichgültig. Nichts soll uns trennen, Ben.«

Er nickte langsam. Wieder küßte er mich, und die Welt um mich herum versank.

»Ich bin eine schlechte Gastgeberin«, sagte ich. »Willst du etwas trinken, Ben?«

»Später«, sagte er, zog eine Packung Zigaretten hervor und bot mir eine an. Ich rauchte langsam, schmiegte mich an ihn und genoß seine Nähe. Vergessen waren Rebecca, der Unbekannte und die Gefahr, in der wir alle schwebten. Nur Ben existierte. Nachdem ich den Zigarettenstummel ausgedrückt hatte stand ich auf. Ich schob mir die Bluse in die Hose und lächelte ihm zu.

»Ich hole mir eine Cola. Was möchtest du trinken?«

»Einen Tonic.«

Ich holte zwei Flaschen aus dem Kühlschrank, entnahm der Bar zwei Gläser und schenkte ein. Wir tranken einen Schluck, dann zog mich Ben aufs neue in seine Arme. Seine Hände strichen immer fordernder über meinen Körper, und mein Verlangen nach ihm wurde immer größer. Als er meine Bluse öffnete und meine nackten Brüste berührte, war es um meine Beherrschung geschehen. Wütend hob ich den Kopf, als sich Ben plötzlich nicht mehr bewegte. Mein lieber Bruder hatte sich in die andere Zeitdimension versetzt und mich dabei mitgerissen. Zornbebend stand ich auf. Wahrscheinlich hatte Georg mich beobachtet, und es paßte ihm nicht, daß ich im Begriff war, mit Ben intim zu werden. Na warte, dachte ich voller Wut, jetzt werde ich dir mal gehörig meine Meinung sagen. Die Tür wurde aufgerissen, und Georg stürmte ins Zimmer. Sein Gesichtsausdruck verhieß nichts gutes.

»Du verdammte Närrin!« brüllte er mich an, bevor ich noch etwas sagen konnte.

Ich spürte, daß ich bleich wurde. Er war zwar mein Bruder, aber er hatte kein Recht, so mit mir zu sprechen.

»Das wirst du mir büßen, Georg«, zischte ich.

»Nichts werde ich«, schrie er mich an. »Hast du nicht gemerkt, was dein feiner Freund vorhatte?«

»Er wollte nur ein wenig zärtlich sein. Und ich hatte nichts dagegen. Willst du dich vielleicht als meine Gouvernante aufspielen?«

»Normalerweise wäre es mir völlig egal, von wem du dich verführen läßt, aber in diesem Fall ist die Situation ganz anders. Deine Liebe zu diesem nichtsnutzigen Kerl hat dich blind gemacht.«

Jetzt hatte ich endgültig genug. »Verschwinde, Georg«, rief ich. »Laß mich endlich in Ruhe.«

»Ich werde dir beweisen, daß ich recht habe, du verblendetes Geschöpf.«

»Ich will nichts mehr davon hören. Du läßt mich...«

»Greife in seine rechte Rocktasche, Coco«, sagte er scharf. »Ich befehle es dir!«

»Weshalb sollte ich das tun?«

»Ich habe euch beobachtet, und...«

»Das habe ich mir gedacht«, unterbracht ich ihn. »Pfui, du bist ein...«

»Halt den Mund!« schnauzte er mich an, lief an mir vorüber und blieb neben Ben stehen. Meine Augen weiteten sich, als er einen Zigarettenstummel, einen kleinen Elfenbeinknopf und ein paar lange schwarze Haare aus seiner Rocktasche zog und auf den Tisch warf. In mir brach eine Welt zusammen. Meine Hände zitterten.

»Dein feiner Freund hat dich zärtlich umarmt und verlangend geküßt«, sagte Georg mit harter Stimme. Jedes Wort traf mich wie ein Hammerschlag. »Dabei hat er dir ein paar Haare ausgerissen und sie in die Tasche gesteckt. Als du die Getränke geholt hast, nahm er den Zigarettenstummel an sich, den du ausgedrückt hast. Sieh mal deinen rechten Ärmel an.«

Ich tat es. Einer der Knöpfe fehlte. Er lag auf dem Tisch.

»Den Knopf hat dir Elkin vor ein paar Sekunden abgerissen. Auch davon hast du nichts bemerkt. Und jetzt warst du im Begriff, mit ihm intim zu werden. Weißt du, was das bedeutet hätte?«

Ich preßte die Zähne zusammen. Wütend ballte ich die Hände.

»Er hätte dich besessen«, sprach Georg weiter. »Und sobald er dich verlassen hätte, hatte er wohl eine nette Beschwörung durchführen wollen. Du wärst zu seiner Sklavin geworden und hättest willenlos seine Befehle ausgeführt.«

Georg hatte recht. Jeder Zweifel war ausgeschlossen. Die Beweise sprachen eindeutig gegen Ben Elkin. Meine Enttäuschung war grenzenlos. Ich hatte geglaubt, daß Ben mich lieben würde, dabei war alles nur aus Berechnung geschehen. Wäre ich ein Mensch gewesen, hätte ich jetzt vielleicht geweint.

»Reiß dich zusammen, Coco. Wir werden Ben die Suppe versalzen. Ich brauche zehn Minuten Zeit.«

Er schob die Haare, den Knopf und den Zigarettenstummel in Bens Tasche.

»Was hast du vor?«

»Das sage ich dir später, Coco. Halte ihn zehn Minuten lang hin, dann komme ich zurück.«

Ich setzte mich auf die Couch und blickte den bewegungslosen Ben haßerfüllt an.

»Er darf nichts davon bemerken, daß du über seine Absichten Bescheid weißt«, sagte Georg und verließ das Zimmer. Wenig später lief die Zeit lief wieder normal ab. Ben hatte nichts bemerkt. Seine Lippen küßten sanft meine Schultern, und seine Hände strichen verlangend über meine Brüste. So angenehm mir vor wenigen Minuten noch seine Zärtlichkeiten gewesen waren, so sehr stießen sie mich jetzt ab. Doch ich ließ mir davon nichts anmerken. Ich seufzte und stöhnte, so als würde ich seine Liebkosungen genießen. Als er weitergehen wollte, wehrte ich seine Hand sanft ab. Es war mir, als würde die Zeit stillstehen. Die Minuten krochen wie Schnecken dahin. Ben zog mir die Bluse über die Schultern, und ich ließ es willig geschehen. Er weidete sich an meinen Brüsten und küßte sie. Meine Hände wühlten durch sein Haar, dabei blickte ich zur Tür. Schließlich konnte ich seine Liebkosungen nicht mehr ertragen. Ich schob ihn sanft zur Seite, und er blickte mich verwundert an. Mühsam rang ich mir ein Lächeln ab, das glückstrahlend sein sollte.

»Gehen wir lieber auf mein Zimmer«, sagte ich.

»Ich finde es hier ganz gemütlich«, meinte Ben und griff wieder nach mir.

»Mein Bruder könnte uns überraschen«, sagte ich und schlüpfte in meine Bluse. Wieder stand die Zeit still. Georg und ein junges, schwarzhaariges Mädchen traten ins Zimmer. Es war von Georg hypnotisiert worden.

»Diese Kleine hier eignet sich bestens für unsere Zwecke«, sagte Georg und warf einen kurzen Blick auf die Zigarettenpackung, die vor uns auf dem Tisch lag. Eine Zigarette wurde von unsichtbaren Händen herausgezogen und angezündet. Dann schwebte sie auf das Mädchen zu und berührte ihre Lippen.

»Rauche, Betty«, sagte Georg, und die junge Frau gehorchte. Währenddessen zauberte er aus Bens Tasche die Haare, den Knopf und den Zigarettenstummel hervor. Dann riß die unsichtbare Hand Betty ein paar Haare aus und trennte einen Knopf von ihrer Bluse ab. Georg wartete, bis das Mädchen ausgeraucht hatte, drückte die Zigarette aus und schob sie zusammen mit Bettys Haaren und ihrem Blusenknopf in Elkins rechte Rocktasche.

»Setz dich wieder, Coco«, befahl Georg. »In zwei Minuten störe ich euch. Ben Elkin muß das Haus verlassen.«

Als er mit Betty das Zimmer verlassen hatte und die Zeit wieder normal ablief, knöpfte ich mir langsam die Bluse zu. Als ich damit fertig war, stand ich auf.

»Komm mit, Ben«, sagte ich. Ohne zu zögern, schloß er sich mir an. Noch bevor ich die Tür erreicht hatte, wurde sie aufgerissen, und Georg trat ins Zimmer.

»Es tut mir leid, daß ich euch stören muß«, sagte er. »Aber es ist wichtig. Ich brauche deine Hilfe, Coco. Ich muß dich bitten, daß du das Haus verläßt, Ben.«

»Ist es wirklich so wichtig, Georg?« fragte ich.

»Wir haben keine Zeit zu verlieren.«

Ich blickte Ben an. Deutlich war zu sehen, wie wenig ihn Georgs Auftauchen freute. Aber er mußte sich fügen.

»Ich begleite dich noch schnell hinaus«, sagte ich. Wir traten in die Diele und gingen zur Tür.

»Schade«, flüsterte ich. »Ich habe mich so darauf gefreut. Vielleicht kannst du morgen wiederkommen, Liebling.« Ich warf mich in seine Arme und ertrug seinen verlangenden Kuß. Dann ging er. Erleichtert atmete ich auf. Lange hätte ich es in seiner Gegenwart nicht mehr ausgehalten.

»Irgendwie tust du mir leid, Coco«, sagte Georg, der aus dem Wohnzimmer getreten war. »Mit deinen Liebhabern hast du wenig Glück, wie mir scheint.«

»Laß mich in Ruhe, Georg«, antwortete ich.

»Du wirst darüber hinwegkommen, Schwester. Und eines Tages wirst du dem Richtigen begegnen.«

Ich stieg die Stufen hinauf und ging in mein Zimmer. Ruhelos wanderte ich auf und ab. Nach zwei Stunden hatte ich mich halbwegs gefangen. Mein Zorn war verraucht, geblieben war nur eine grenzenlose Enttäuschung. Meinen Bruder fand ich im Wohnzimmer. Ich war ihm dankbar, daß er keine anzügliche Bemerkung losließ. Ihm gegenüber saß das hypnotisierte Mädchen, das er nicht aus den Augen ließ. Auf einem Tisch stand eine magische Kugel. Ich steckte mir eine Zigarette an und warf einen Blick auf den Kristall. Ein knallroter Jaguar war zu sehen, der eine schmale Straße hinunterraste.

»Das ist doch Bens Wagen«, stellte ich fest.

»Ich habe ihm ein magisches Auge nachgeschickt«, sagte Georg fröhlich. »Dieser Narr hat bis jetzt nicht gemerkt, daß er von mir beobachtet wird.«

Georg strich die Straßenkarte glatt, die auf seinen Knien lag.

»In ein paar Minuten muß er Cardiff erreicht haben. Dort wohnt seine Familie.«

»Was hast du mit dem Mädchen vor, Georg?«

»Ben Elkin ist mit dem Unbekannten verbündet. Ich bin überzeugt, daß er ihm die Haare, den Knopf und den Zigarettenstummel bringen wird. Elkin glaubt ja noch immer, daß diese Gegenstände von dir stammen. Zweifelsohne wird der Unbekannte diese Gegenstände zu einer Beschwörung benützen. Da diese Gegenstände aber von Betty stammen, wird er dem Mädchen seinen Willen aufzwingen. Ich habe ihr suggeriert, daß sie Coco sei. Sie wird dann die Befehle des Unbekannten ausführen wollen. Ich bin gespannt, was sie tun wird.«

Ben Elkin hatte Cardiff erreicht, doch er setzte seinen Weg fort. Fünf Minuten später fuhr er eine staubige Landstraße entlang, die direkt zu einem mittelalterlichen Schloß führte. Unweit der Burg blieb der Wagen stehen, und Ben stieg aus.

»Hm, das Schloß dürfte Llandaff Castle sein«, sagte Georg. Das Bild in der Kugel wurde undeutlicher und schließlich verschwand es ganz.

»Vermutlich haben wir den Schlupfwinkel des Dämons entdeckt. Ich will kein Risiko eingehen, deshalb habe ich das magische Auge zurückgezogen. Jetzt müssen wir warten.«

Über eine Stunde verging, in der nichts geschah. Doch plötzlich bewegte sich das hypnotisierte Mädchen. Es stöhnte leise auf. Ruckartig hob sie die Hände. Ihr Blick wurde noch glasiger. Georg und ich standen auf. Betty schloß langsam die Augen, dann nickte sie.

»Duck dich hinter die Couch«, flüsterte mir Georg zu. »Das Mädchen soll dich nicht sehen.«

Ich gehorchte und beobachtete Betty aus meinem Versteck. Es dauerte kaum eine Minute, da öffnete sie wieder die Augen und stand rasch auf. Ihr Blick fiel auf Georg, und sie lächelte leicht. Der Unbekannte hatte eine Beschwörung durchgeführt und dabei nicht gemerkt, daß die Gegenstände, die Ben an sich genommen hatte, nicht von mir stammten. Durch die magische Glocke bedingt, konnte er den Schwindel nicht durchschauen. Nach Georgs Ansicht war es schon ein Wunder an sich, daß die Beeinflussung des Mädchens durch die Glocke nicht aufgehoben worden war. Der Dämon mußte wirklich sehr stark sein. Aber auch ihm würde es kaum möglich sein festzustellen, ob Betty seinen Befehlen gehorchte.

Georg setzte sich langsam nieder. Er ignorierte die junge Frau einfach. Sie blickte sich unsicher im Zimmer um und ging mit kleinen Schritten auf die Bar zu. Auf einem Beistelltischchen stand eine hohe, schwere Kristallvase, in der schwarze Rosen steckten. Betty sah sich rasch um. Mein Bruder wandte ihr den Rücken zu. Blitzschnell zog sie die Rosen aus der Vase und legte sie auf den Boden. Das Wasser schüttete sie geräuschlos in eine leere Obstschüssel. Ihre Hand krampfte sich um die Vase. Geduckt schlich sie auf meinen Bruder zu. Als sie nur noch zwei Schritte von ihm entfernt war, richtete sie sich auf und schwang die Vase über dem Kopf.

»Vorsicht, Georg!« rief ich.

Mein Bruder sprang auf, und der Hieb traf ihn nicht. Das Mädchen hatte so heftig zugeschlagen, daß sie das Gleichgewicht verlor und über die Couch fiel. Die Vase entfiel ihrer Hand und rollte über den Boden.

»Sie hat dich erschlagen wollen«, sagte ich.

»So etwas Ähnliches habe ich mir vorgestellt«, meinte Georg, der auf Betty zutrat und sie hochriß.

»Ich muß dich töten«, keuchte Betty. Ihr Gesicht war zu einer abstoßend häßlichen Fratze verzerrt.

»Der Unbekannte trachtet uns tatsächlich nach dem Leben«, stellte Georg fest und blickte das Mädchen durchdringend an. Durch die Unterstützung des Kristallschirms gelang es ihm, die Beeinflussung des Mädchens zu durchbrechen, ohne Betty selbst dabei Schaden zuzufügen. Unter seinem zwingenden Blick entspannte sich ihr Körper. Ihre Augen wurden groß, dann sackte sie besinnungslos zusammen. Georg hob sie hoch und legte sie auf die Couch.

»Jetzt dürfte die Verbindung zwischen dem Unbekannten und ihr unterbrochen sein. Ich bin neugierig, was sie uns erzählen wird.«

Das Mädchen war zehn Minuten bewußtlos, dann begann sie sich zu bewegen. Sie setzte sich auf, und ihr Blick war glasig. Jetzt war es Georg, der sie beeinflußt hatte.

»Hörst du mich, Betty?« fragte Georg, und das Mädchen blickte ihn an.

»Ich bin nicht Betty«, entgegnete sie.

»Ach ja, du bist Coco Zamis. Kannst du dich erinnern, was mit dir geschehen ist?«

Das Mädchen zögerte einen Augenblick. »Ich kann es nicht erklären«, sagte sie stockend. »Es war so eigenartig. Eine Stimme flüsterte mir etwas zu.«

»Versuche dich zu erinnern, was die Stimme gesagt hat.«

»Atma«, stieß Betty hervor. »Die Stimme nannte sich Atma. Und sie sagte, daß ich ihm gehorchen müsse. Ich dürfe mir nicht anmerken lassen, daß ich Atma gehorche.«

»Und was hat dir Atma befohlen?«

»Ich sollte dich töten«, sagte Betty tonlos. »Und sobald du tot bist, sollte ich Selbstmord begehen.«

»Hat Atma sonst noch etwas gewollt?«

»Nein, das war alles.«

Georg bewegte die Hände auf und ab, und Betty schloß die Augen und war augenblicklich eingeschlafen.

»Atma nennt sich unser Gegner also«, sagte Georg und sah mich an. »Ben Elkin ist mit ihm verbündet. Dein feiner Freund hatte nichts dagegen, daß du und ich sterben sollten.«

Ich war noch immer erschüttert. Es war für mich unfaßbar, daß ich mich so in Ben Elkin getäuscht hatte. Ich bewegte mich, als wäre ich in Trance. Völlig benommen setzte ich mich nieder und verkrallte die Hände ineinander.

»Nimm es nicht so schwer«, sagte Georg tröstend und legte eine Hand auf meine Schulter.

Ich preßte die Lippen zusammen und hob den Kopf. »Es geht schon wieder«, flüsterte ich und lächelte schwach.

Georg ging langsam im Zimmer auf und ab. »Atma«, sagte er überlegend. »Der Unbekannte hat sich einen hochtrabenden Namen zugelegt. Weißt du, was Atma bedeutet, Coco?«

»Der Name hat verschiedene Bedeutungen«, antwortete ich. »Angeblich soll er aus dem Sanskrit stammen. Nach der einen Definition ist Atma der universale Geist, das höhere Selbst, der göttliche Wille. Atma wird nach Meinung vieler Magier völlig fälschlich zu den menschlichen Prinzipien gerechnet. Atma ist in Wirklichkeit der absolute Geist.«

»Wäre das eine Prüfung gewesen, hättest du dir damit ein ›sehr gut‹ verdient. Der Dämon muß von seiner Macht vollkommen überzeugt sein, sonst hätte er sich wohl einen anderen Namen zugelegt. Ich werde mich mit Adalmar unterhalten. Vielleicht hilft es ihm weiter.«

Ich blieb sitzen, als Georg das Zimmer verließ.

12. Kapitel

Die Herausforderung

Der fensterlose Raum wurde nur von zwei armdicken Kerzen erhellt. Die Wände waren mit Bücherregalen bedeckt, die bis zur Decke reichten. Auf einem Schreibtisch lagen alte Manuskripte und kostbare Handschriften. Vor dem Schreibtisch stand der Gesichtslose, der sich Atma nannte. Er war mit einem schwarzen Umhang bekleidet, der bis zum Boden reichte. Die Hände waren in den Ärmeln verborgen. Fünf Schritte von ihm entfernt, annähernd in der Mitte des Zimmers, stand ein kleines, kreisrundes Tischchen, das mit einem roten Tuch bedeckt war. Darauf lagen die Haare, der Zigarettenstummel und der Blusenknopf. In das Tuch waren seltsame Zeichen eingestickt, die für jeden Dämon unverständlich gewesen wären.

»Ich bin sehr zufrieden mit dir, mein Sohn«, sagte der Gesichtslose.

Ben Elkin saß auf einem Schemel und fühlte sich miserabel. »Tu es nicht, Vater«, sagte er mit zittriger Stimme. »Ich bitte dich darum, laß Coco am Leben!«

»Sie und ihr Bruder müssen sterben«, sagte Atma. »Die Zamis' sind gefährlich. Sie könnten meinen Plan gefährden.«

»Coco ist harmlos!«

»Du irrst dich, mein Sohn. Ich habe mit Lydia Zamis gesprochen. Sie hat mir alles über ihre Familie berichtet. Coco ist eine äußerst talentierte Hexe. Sie und ihr Bruder Georg sind die gefährlichsten des ganzen Clans. Ich kann auf deine Gefühle keine Rücksicht nehmen, so leid es mir tut.«

»Du hast mir versprochen, daß du Coco nichts tun wirst, Vater. Hätte ich gewußt, daß du sie töten willst, hätte ich deinen Auftrag niemals ausgeführt.«

»Vergiß dieses Mädchen. Sobald ich der Herr der Schwarzen Familie bin, werden sich alle Dämoninnen glücklich schätzen, wenn du sie beachtest. Keine von ihnen wird sich dir verwehren.«

»Ich will nur Coco!« schrie Ben und sprang auf.

»Setz dich, Ben!«

»Du hast dich verändert, Vater«, sagte Ben verbittert. »Seit du Merlins Aufzeichnungen gefunden hast, bist du ein anderer geworden. Das Streben nach Macht hat dich verblendet.«

»Fang nicht schon wieder damit an, Ben. Es war ein unwahrscheinlicher Glücksfall, daß meine jahrzehntelange Suche nach Merlins Aufzeichnungen erfolgreich war. Es kostete mich viele Jahre Zeit, mir das Wissen des Zauberers wenigstens teilweise anzueignen. Nun bin ich mächtiger als Asmodi. Gegen Merlins Magie kommt er nicht an. Niemand kann mich zurückhalten. Ich werde über die Schwarze Familie herrschen. Du wirst an meiner Macht teilhaben, mein Sohn.«

»Ich verzichte darauf, Vater.«

»Verschwinde, Ben.«

»Ich gehe erst, wenn du mir versprochen hast, daß du Coco in Ruhe lassen wirst.«

»Das kann ich dir nicht versprechen. Sie wird sterben.«

»Ist das dein letztes Wort?«

Atma nickte heftig. Ben stieß einen durchdringenden Schrei aus und sprang auf den kreisrunden Tisch zu und streckte seinen Arm nach den Gegenständen aus, die er mitgebracht hatte. Sein Vater hob die rechte Hand, und ein giftgrüner Strahl schoß auf Ben zu, der sich plötzlich nicht mehr bewegen konnte. Unsichtbare Hände griffen nach ihm, rissen ihn hoch und drückten ihn auf den Schemel.

»Ich werde dich bestrafen, Ben«, sagte Atma zornig. »Aber zuerst werde ich die Beschwörung vornehmen.«

Der Gesichtslose ging einmal um den kreisrunden Tisch herum, dabei murmelte er unverständliche Worte und bewegte die Hände rasend schnell. Plötzlich schwebten die Haare, der Zigarettenstummel und der Knopf in der Luft. Ben sah zu, ohne sich bewegen zu können. Verzweifelt versuchte er die Lähmung abzuschütteln, die ihn gepackt hatte. Atma setzte die Beschwörung fort. Er malte Zeichen in die Luft, die sich zu bewegen begannen. Er griff nach Cocos Haaren und wickelte sie sich um den rechten Zeigefinger, den er daraufhin in die Höhe reckte.

»Ich rufe dich, Coco Zamis«, flüsterte er. »Ich rufe dich, deren Haar ich besitze. Folge mir, Coco Zamis.« Ein zischendes Geräusch war zu hören. »Du bist in meinem Bann. Ich bin Atma, und du mußt mir gehorchen. Laß dir nichts anmerken, daß du meine Dienerin bist. Hier sind meine Befehle. Töte deinen Bruder Georg. Nachdem du deinen Auftrag erfüllt hast, wirst du Selbstmord begehen.«

Atma wiederholte seine Worte, dann blieb er neben dem Tisch stehen und wandte sich seinem Sohn zu. »In ein paar Minuten sind die beiden tot. Mit dir werde ich mich später beschäftigen. Dein Körper bleibt gelähmt. Du hast nun genügend Zeit, über deine eigene Unbeherrschtheit nachzudenken. Ich bin sehr enttäuscht von dir, mein Sohn.« Der Gesichtslose warf die Haare auf das Tischchen. Nach ein paar Minuten wurden sie grau und zerfielen zu Staub. »Das ist der Beweis. Coco ist tot«, stellte Atma zufrieden fest. Er setzte sich an den Schreibtisch und blätterte in Merlins Aufzeichnungen. Seinen Sohn beachtete er nicht weiter.

Die Fledermäuse benahmen sich immer verrückter. Ich hatte Mühe, sie zu bändigen. Schließlich gingen sie aufeinander los, so daß mir nichts übrigblieb, als sie in getrennte Zimmer zu sperren. Auch nachdem ich ihnen versprach, ihre Herrin noch diese Nacht zu befreien, beruhigten sie sich nicht.

Georg hatte sich zurückgezogen und wollte nicht gestört werden. Ich richtete ein paar Sandwiches her und aß sie mit wenig Appetit. Am späten Nachmittag setzte ich mich wie vereinbart mit Cyrill McCall in Verbindung. Doch er hatte keine Neuigkeiten parat. Als er statt dessen begann, mir Fragen zu stellen, unterbrach ich einfach die Verbindung. Draußen dämmerte es langsam. Ich saß im Wohnzimmer und rauchte eine Zigarette nach der anderen. Betty lag noch immer im magischen Tiefschlaf.

»In einer halben Stunde ist es dunkel«, sagte Georg, als er ins Zimmer trat. Er ging zur Bar und mixte sich einen Martini. »Adalmar hat uns sehr weitergeholfen. Auch Onkel Ingvar verstand es, uns ein paar recht nützliche Hinweise zu geben.«

»Erzähle«, bat ich.

»Mit ziemlicher Sicherheit können wir annehmen, daß Atma Kilian Elkin ist – Bens Vater.«

»Wie habt ihr das herausbekommen?« fragte ich überrascht.

»Ben war ja schon ein deutlicher Hinweis auf die Elkin-Sippe. Onkel Ingvar ist vor mehr als hundert Jahren einmal mit Kilian Elkin zusammengetroffen. Und dabei hatte Kilian erwähnt, daß er schon seit vielen Jahren nach Merlins Aufzeichnungen suche. Onkel Ingvar hat sich damals darüber lustig gemacht. Nun, da wir einen ziemlich konkreten Anhaltspunkt hatten, experimentierte Adalmar weiter. Er hatte Erfolg. Er kann den Dämon jetzt jederzeit in seiner magischen Kugel sehen und genau feststellen, wo er sich befindet. Bedauerlicherweise aber werden keine Geräusche übertragen. Man kann nicht verstehen, was er sagt.«

»Das ist ja allerhand«, sagte ich beeindruckt. »Wo hält sich Atma im Augenblick auf?«

»In einem kleinen Raum im Llandaff Castle. Dort befinden sich auch Merlins Aufzeichnungen.«

»Merkt der Dämon denn nicht, daß ihn Adalmar beobachtet?«

»Nein. Adalmar ist auch ziemlich sicher, daß er Atma für einige Zeit ausschalten kann. Das gelingt ihm aber nur, wenn Atma tatsächlich Kilian Elkin ist. Doch dafür spricht einiges. Adalmar hat mir etwas Seltsames berichtet. Es wird dich interessieren.«

Neugierig sah ich Georg an.

»In Atmas Zimmer befindet sich ein junger Dämon, der nach Adalmars Beschreibung Ben Elkin sein dürfte.«

»Der ist für mich gestorben«, sagte ich heftig.

»Nicht so hastig, Coco. Er ist augenscheinlich gelähmt und kann sich keinen Zentimeter weit mehr bewegen.«

»Was hat das zu bedeuten?« fragte ich überrascht.

»Tja, das ist schwer zu beantworten, doch wir vermuten, daß es zwischen Ben und Atma zu einer Auseinandersetzung gekommen ist.«

»Aber ich denke, der Unbekannte ist Bens Vater? Weshalb sollte er so etwas tun?«

»Da bin ich überfragt, Coco. Aber wir werden es feststellen, sobald wir in der Burg sind.«

»Was hast du für einen Plan, Georg?«

»Vorerst einmal schicken wir eine Fledermaus los. Adalmar hat leider nicht feststellen können, ob die Geiseln auf der Burg gefangengehalten werden. Doch es ist anzunehmen. Sobald wir wissen, wo genau sie sich befinden, fahren wir hin und befreien sie. Diesmal muß es klappen. Komm, Coco. Du mußt jetzt einem Fledermausmenschen die notwendigen Befehle erteilen.«

Wir gingen in das Zimmer, in dem ich Eric eingesperrt hatte.

»Hör mir gut zu, Eric«, sagte ich. »Ich lasse dich jetzt frei. Du fliegst los und suchst Rebecca. Wenn du ihren Aufenthaltsort entdeckt hast, kreist du dreimal darüber. Wenn du mich verstanden hast, dann schlage mit den Flügeln.«

Die Riesenfledermaus bewegte heftig die Flügel und kreischte durchdringend. Georg reichte mir ein magisches Auge, das an einer dünnen Schnur befestigt war. Ich legte es um Erics Hals. »Noch etwas, Eric«, setzte ich hinzu. »Sobald du über eine Ortschaft fliegst, gehst du tiefer und versuchst das Ortsschild zu erkennen, verstanden?«

Er bejahte erneut. Dann flog er auf meine Schulter, und ich trat in den Gang um ein Fenster zu öffnen. »Los, Eric, zeig uns den Weg!«

Der Fledermausmensch rieb noch einmal kurz seinen häßlichen Kopf an meiner Wange, dann stieß er sich ab und flog laut krächzend davon. Das magische Auge war mit einer Kristallkugel gekoppelt, die im Wohnzimmer stand. Eric hielt sich gewissenhaft an meinen Befehl. Er entwickelte ein unglaubliches Tempo, während er sich in westlicher Richtung entfernte. Nach fünf Minuten hatte er bereits Marlborough erreicht.

»Unfaßbar, mit welcher Geschwindigkeit er sich bewegt«, sagte ich.

Georg nickte. Die Bilder in der Kugel wechselten rasend schnell. Schon hatte Eric Bristol erreicht, dann war Newport zu sehen und schließlich erblickten wir Cardiff. Nun bremste Eric den Flug. Er jagte hoch über der Landstraße entlang, die Ben Elkin vor ein paar Stunden benutzt hatte. Für einen Augenblick war der rote Jaguar zu sehen, dann Llandaff Castle. Eric kreiste dreimal über der Burg, dann flog er zurück.

»Das ist der endgültige Beweis«, sagte Georg zufrieden. »Die

Geiseln befinden sich in der Burg.«

»Wie kommen wir nach Llandaff Castle?« erkundigte ich mich.

»Mit dem Auto brauchen wir mindestens vier Stunden«, entgegnete er. »Ich werde einen Hubschrauber organisieren.«

»Ich habe eine bessere Idee«, meinte ich.

»Und?«

Ich lächelte. »Wir nehmen Rebeccas Fledermausgeschöpfe!«

»Das ist ein ausgezeichneter Vorschlag. Wir brauchen uns nur schwerelos zu machen, dann kann uns eine Fledermaus leicht tragen.«

Der Flug mit den Riesenfledermäusen war höchst beeindruckend gewesen. Nie zuvor hatte ich etwas Ähnliches erlebt. Kurz nach Mitternacht setzten uns die Fledermausgeschöpfe unweit von Llandaff Castle ab. Ich befahl ihnen, auf uns zu warten. Wir versteckten uns hinter einigen hohen Eichen und beobachteten die Burg, die sich scharf gegen den wolkenlosen Himmel abzeichnete. Es war ein mächtiger Bau, der sich auf der Spitze eines Hügels über uns auftürmte.

Atma hatte vor etwa einer Stunde die Burg verlassen. Bei unserem Abflug aus London hatte er sich im Kreis seiner Familie in Cardiff befunden. Nicht einmal dort legte er seine Maske ab. Georg zog eine winzige magische Kugel aus der Tasche, die er so präpariert hatte, daß er jederzeit mit Vater und Adalmar Verbindung aufnehmen konnte. Die Kugel flammte auf, und das Gesicht Adalmars erschien darin.

»Ist Atma noch immer in Cardiff?« fragte Georg.

Adalmar nickte.

»Wo steckt Ben Elkin?«

»Atma hat ihn in der Burg gelassen. Er dürfte noch immer gelähmt sein.«

»Wir gehen jetzt hinauf. Ich halte die Verbindung aufrecht. Sobald wir eingedrungen sind, handelst du.«

»Verstanden«, erwiderte Adalmar.

Unser Plan war bis in die letzten Einzelheiten festgelegt. Wir konnten nur hoffen, daß alles so klappen würde, wie wir es uns vorstellten. Georg ging kein Risiko ein. Im rascheren Zeitablauf liefen wir auf die Burg zu. Der Burggraben war schon vor langer Zeit zugeschüttet worden. Vor dem Tor blieben wir stehen. Meiner Meinung nach war Atma ziemlich unvorsichtig, denn er hatte keinen Schutzschirm um das Gelände gelegt. Doch sicherlich gab es irgendeine andere Warnvorrichtung, die ihn alarmieren würde, falls jemand die Burg betrat. Das allerdings hatten wir in unsere Rechnung mit einbezogen. Sobald wir in den normalen Zeitablauf verfielen, mußte die Warnung erfolgen.

Das schwere Burgtor widerstand Georgs Bemühungen. Es ließ sich nicht öffnen. Doch ein paar Schritte weiter entdeckten wir eine schmale Tür, die Georg nach ein paar Minuten aufbekam. Wir erreichten den Hof. Ich rannte auf eines der Wirtschaftsgebäude zu, während sich mein Bruder dem Zwerchhaus näherte. Wir mußten feststellen, wo sich die Gefangenen befanden – und wo Ben Elkin steckte. Nach unserem Plan sollte sich Georg um die Geiseln kümmern, während ich Merlins Aufzeichnungen an mich brachte. In der Zeitdimension, in der wir uns jetzt befanden, war es mir unmöglich, die Ausstrahlung eines Dämons zu spüren. Es blieb uns keine andere Wahl, wir mußten für ein paar Sekunden in den normalen Zeitablauf verfallen. Das war riskant, doch wir gingen dieses Wagnis bewußt ein.

»Wir sind drin, Adalmar. Handle!«

Ich kümmerte mich nicht um Georg, sondern konzentrierte mich ganz auf die Gebäude, die in meiner Nähe lagen. Ich spürte eine schwache magische Ausstrahlung, die vom Wartturm ausging. So schnell ich konnte, lief ich darauf zu. Keuchend blieb ich stehen. Ich hatte mich nicht getäuscht. Die Gefangenen und auch Ben Elkin mußten sich darin befinden.

»Ich habe sie gefunden, Georg!«

Sofort versetzte er uns beide wieder in den rascheren Zeitablauf und näherte sich mir. »Adalmar scheint Erfolg gehabt zu haben«, meinte er. »Er hat Atma aufhalten können.«

Ich hastete das Dutzend Stufen hinauf, das zur Eingangstür führte. Sie ließ sich ohne weiteres öffnen, und ich atmete erleichtert auf. Georg folgte mir. Ich zog eine Taschenlampe hervor und knipste sie an. Wir befanden uns in einem kleinen Raum, dessen Steinwände unverputzt waren. Eine breite Steintreppe führte in die Tiefe. Ich öffnete eine Holztür und erblickte eine schmale Wendeltreppe.

»Ich steige ins Verlies«, sagte Georg.

Ich nickte und stieg die Wendeltreppe hoch, immer drei Stufen auf einmal nehmend. Da spürte ich, daß die Verbindung mit meinem Bruder schwächer wurde. Nun mußte ich selbst die Fähigkeit der Zeitverschiebung anwenden, was ich nur ungern tat, da mich dieser Zustand immer sehr schwächte. Wie ein Wirbelwind raste ich die Stufen hoch. Vor einer Eisentür blieb ich stehen. Auch sie war unversperrt. Ich trat ein und schaute mich um. Neben der Tür hockte Ben Elkin auf einem Schemel. Am liebsten hätte ich ihn mir gleich vorgenommen, doch zuerst mußte ich mich um Merlins Manuskripte kümmern. Ich vermutete, daß Atma die Schriften sorgfältig versteckt hatte, doch ich täuschte mich. Die Schriften lagen offen auf dem Schreibtisch! Große Pergamentblätter, die mit unverständlichen Zeichen bedeckt waren. Die Manuskripte waren in einer Sprache abgefaßt, die ich nicht kannte. Ich setzte mich und sah die großen Blätter durch. Und dann machte ich eine unerwartete Entdeckung. Ich fand die Übersetzung von Merlins Aufzeichnungen! Es war unfaßbar, wie leichtfertig Atma damit umging. Mein Atem stockte, als ich die Überschriften einiger Blätter las. *Die Evokationsmagie der sieben Planeten. Die Evokation der Edelsteinwesen. Transaturnische Rituale. Alraune – und Ginsengrituale. Symbolmagie.*

Ich bedauerte es, daß ich nicht die Zeit hatte, die Blätter genau zu studieren. Hier tat sich eine völlig neue Welt auf. Nun verstand ich auch, weshalb Atma so siegessicher gewesen war. Er hätte Asmodi tatsächlich nicht zu fürchten brauchen. Mit dem größten Entsetzen wurde mir plötzlich bewußt, daß wir alle verloren waren. Adalmar konnte Atma wahrscheinlich nur ein paar Minuten lang hinhalten. Diese Zeitspanne sollte Asmodi zum Eintreffen genügen. Dann aber würde Atma in die Burg stürmen und sich auf Asmodi stürzen. Und wer in diesem Kampf Sieger bleiben würde, stand für mich fest. Georg und mir blieb nur die Flucht. Die Geiseln konnten wir zwar befreien, doch sie würden sich nicht lange ihrer Freiheit erfreuen dürfen.

Mein Blick fiel wieder auf Merlins Aufzeichnungen. Vielleicht fand ich in dem Manuskript eine Möglichkeit, Atma zu bekämpfen. Doch mir fehlte einfach die Zeit, sie durchzusehen! Meine Kräfte wurden zusehends schwächer. Ich stand auf, näherte mich Ben und schloß ihn in den rascheren Zeitablauf ein. Es war kein sonderliches Problem, einen Dämon aus einem magischen Tiefschlaf zu erwecken, wenn man die notwendige Beschwörung kannte. Mit einer blauen Kreide malte ich das Siegel Malpas auf Ben Elkins Stirn. Als ich den letzten Strich getan hatte, durchlief ein Zittern seinen Körper. Das bewies, daß ich die richtige Beschwörung gewählt hatte. Auf die rechte Wange zeichnete ich nun das Morax-Pentagramm. Diesmal aber blieb die Reaktion aus. Ich wischte das Zeichen fort und setzte das Siegel des Zagangs darauf. Schon besser. Ich ging zweimal um den Gelähmten herum und murmelte einen uralten Zauberspruch.

»Nataka dawa ukosaji wa usingizi!«

Nach jedem Wort klatschte ich in die Hände. Mit einem Tuch wischte ich die Zeichen von Bens Wange und Stirn, und er bewegte sich.

»Du bist nicht tot?« fragte er völlig verblüfft, als er mich erkannte.

»Es tut mir leid, daß ich dich enttäuschen muß«, sagte ich mit spöttischer Stimme.

Er sprang auf und strahlte mich an. »Ich bin so glücklich, daß du am Leben bist. Ich kann dir gar nicht sagen, wie...«

»Schenk dir deine Lügen!« sagte ich kalt. »Mein Bruder hat gemerkt, was du vorhattest. Es gelang uns, dich zu täuschen. Das Haar, der Zigarettenstummel und der Knopf stammten von einem Menschen. Der Versuch deines Vaters, Georg und mich zu töten, mißlang.«

»Darüber bin ich sehr froh. Du mußt mir glauben, Coco. Mein Vater zwang mich dazu. Ich wollte deinen Tod nicht. Ich lehnte mich gegen seinen Befehl auf, deshalb lähmte er mich. Ich werde dir alles erklären.«

Ich blickte ihn prüfend an. Nein, ich durfte ihm nicht trauen, obgleich ich nichts lieber getan hätte.

»Ich werde dir beweisen, daß ich die Wahrheit gesprochen habe,

Coco. Ich helfe dir.«

»Niemand kann uns helfen«, sagte ich. »Ich habe mir Merlins Aufzeichnungen angesehen. Gegen deinen Vater haben wir keine Chance. Er wird uns alle töten.«

»Woher weißt du, daß mein Vater der Unbekannte ist?«

»Das ist eine lange Geschichte, und wir haben keine Zeit zu verlieren. Wir wissen alles.«

»Ich war immer ein gehorsamer Sohn«, sagte Ben leise. »Bis heute. Mein Vater hat mir gesagt, daß er dich nur in einen magischen Tiefschlaf versetzen wolle. Er zwang mich dazu, dich aufzusuchen. Aber als ich zurückkehrte, sagte er, daß er dich und deinen Bruder töten wolle. Meine Bitte, dir das Leben zu schenken, ignorierte er. Ich stellte mich gegen meinen Vater. Er ist vom Wunsch besessen, der Herr der Schwarzen Familie zu werden. Das wäre für die ganze Welt fürchterlich. Er will alle Menschen versklaven und mit ihnen die verrücktesten und grausamsten Dinge anstellen. Niemals darf er diese wahnwitzigen Pläne in die Tat umsetzen – niemals!«

»Und wie willst du das verhindern, Ben?« fragte ich. Allmählich war ich davon überzeugt, daß er die Wahrheit sprach. Denn wenn er sich tatsächlich gegen seinen Vater stellen würde, wäre das ein eindeutiger Beweis, daß er es ehrlich meinte.

»Es gibt eine Möglichkeit«, sagte er leise. »Aber sie ist äußerst gefährlich.«

»Rede! Ich kann mich nicht mehr lange im rascheren Zeitablauf halten.«

»Ich muß Merlins Aufzeichnungen durchsehen«, sagte er.

Ich folgte ihm zum Schreibtisch. Er griff nach den Pergamentblättern und sah sie rasch durch. Dann zog er ein Blatt hervor und runzelte die Stirn.

»Hier«, sagte er und reichte es mir. »Mit diesen Zauberformeln kann man Merlin rufen«, flüsterte er weiter. »Mein Vater hat es nicht gewagt. Er hat Angst vor Merlin, zu Recht! Du mußt den Zauberer anrufen, Coco!«

Ich las die Beschwörungsformeln durch. Alles, was ich dazu benötigte, war magische Tinte und einen Pinsel, der aus den Haaren einer schwarzen Katze fertigt war. Ben schien meine Gedanken erraten zu haben. Er zog eine Schreibtischschublade auf.

»Mein Vater war für alle Fälle gerüstet«, sagte er, stellte ein bauchiges Gefäß auf den Tisch und legte einen Pinsel dazu.

In der Zwischenzeit hatte ich mir die Anleitung durchgelesen. Sie war mit einer unmißverständlichen Warnung verbunden. Jeder Unwürdige, der sich anmaßte, Merlin zu rufen, war verloren. Woher aber sollte ich wissen, ob ich würdig war oder nicht? Im nachhinein konnte ich Atmas Zögern verstehen. Mir jedoch blieb keine andere Möglichkeit, als das Risiko einzugehen.

»Die Beschwörung muß im Freien durchgeführt werden«, sagte ich. »Der Burghof eignet sich dazu ausgezeichnet.«

»Die Anrufung könnte dein Tod sein, Coco«, sagte Ben ernst.

Ich nickte schwach. Das war mir durchaus klar. »Komm, rasch.«

Ben nahm die magische Tinte und den Pinsel. Vor meinen Augen flimmerte es. Lange konnte ich mich nicht mehr im rascheren Zeitablauf halten. Erschöpft torkelte ich die Treppe hinunter. Als ich meinen Bruder erblickte, atmete ich vor Erleichterung auf. Automatisch schloß er uns in seine Zeitebene ein.

»Die Gefangenen sind frei«, sagte er. »Sobald ich mich in den normalen Zeitablauf versetze, stehen sie auf und kommen in den Burghof.«

»Ben ist auf unserer Seite«, sagte ich rasch, als Georgs mißtrauischer Blick auf den Dämon fiel.

»Du bist zu leichtgläubig, Coco. Er ist...«

»Er stellt sich gegen seinen Vater, Georg!«

Während wir die Wendeltreppe hinunterstiegen, berichtete ich Georg alles. Er hegte größte Bedenken gegen meinen Plan, aber schließlich ließ er sich überzeugen, daß es unsere einzige Chance war. Wir betraten den Hof, und ich näherte mich dem Scharwachtturm bis auf wenige Schritte. Ben reichte mir die Utensilien. Mein Herz schlug schneller, als ich den Pinsel in die Tinte eintauchte und niederkniete. Ich zog einen scharlachroten Kreis um mich, der jedoch innerhalb weniger Sekunden unsichtbar wurde. Der hochstehende Mond spendete genügend Licht. Ich legte das Pergamentblatt vor mir auf den Boden. Die Beschwörung war recht simpel: Ich malte die vier nötigen Runenzeichen in den Kreis: Die Tyr-Rune, die Man-Rune, die Odal-Rune und die Hag-al-Rune. Auch sie wurden unsichtbar. Dann stand ich auf und malte mir vorsichtig das Zeichen des Silbers auf die Stirn. Die rechte Hand legte ich auf mein Herz, das ziemlich ungestüm schlug. In der linken Hand hielt ich das Papier.

»Spiritus dei ferebatur super aquas«, begann ich die Zauberformel zu sprechen. »Fiat verbum halitus meus, et imperabo spiritus aeris hujus et refraeraboequos solis voluntate cordis mei, et cogitiantone...«

Endlich hatte ich alles heruntergelesen. »Ich bin fertig«, sagte ich. »Ich brauche nur noch einen Satz zu sagen, dann sollte Merlin erscheinen. Vorausgesetzt, daß ich keinen Fehler gemacht habe.«

»Gut, ich versetze uns in wenigen Augenblicken in den normalen Zeitablauf. Ben und ich werden zum Brunnen laufen. Du bleibst, wo du bist. Ich bin sicher, daß Asmodi und Atma sehr bald erscheinen werden. Zu diesem Zeitpunkt befinden sich aber auch die befreiten Gefangenen im Hof. Wir warten vorerst einmal ab, wie der Kampf zwischen Atma und Asmodi endet. Sollte Asmodi unterliegen, dann sprich den einen Satz. Ich hoffe aber, daß es nicht notwendig sein wird.«

»Das hoffe ich auch«, sagte ich leise.

»Wie es auch immer ausgehen mag, Coco« sagte Ben, »ich habe dich nicht belogen. Meine Gefühle dir gegenüber...«

»Genug«, wurde er von Georg unterbrochen. »Wir haben keine Zeit für Liebesschwüre.« Er ließ das Zeitfeld zusammenbrechen. Jetzt waren vom Artturm her laute Schreie zu vernehmen. Georg hatte die magische Kugel in der Hand.

»Ich habe Asmodi verständigt«, hörte ich die Stimme meines Vaters. »Er wird in wenigen Minuten eintreffen. Adalmar versucht Atma aufzuhalten. Noch hat er Erfolg damit.«

Ein paar Dämonen verließen den Turm. Dann waren auch Lydia und Rebecca zu sehen. Die Vampirin lief auf mich zu.

»Bleib stehen, Rebecca!« schrie ich. »Komm nicht näher!«

Sie gehorchte. Plötzlich war ein lautes Krächzen zu hören. Die Fledermausmenschen hatten gespürt, daß ihre Herrin frei war, und kamen, um sie zu begrüßen. Rebecca konnte sich kaum ihrer stürmischen Liebkosungen erwehren.

Ein Donnerschlag ließ die Burg erbeben. Asmodi erschien!

»Atma hat sich befreit«, schrie mein Vater.

Georg sprang ein paar Schritte zur Seite.

»Wer ist Atma?« fragte Asmodi.

»Er ist der unbekannte Dämon«, sagte Georg. »Es ist Kilian Elkin!«

Die Luft flimmerte über dem Hof. Atma materialisierte fünf Schritte vor Asmodi. Die dämonische Ausstrahlung, die von ihm ausging, war grauenhaft. Einige Dämonen fielen zu Boden und brüllten vor Schmerzen. Auch ich spürte die Aura, die mich für einige Sekunden zu lähmen drohte. Sogar Asmodi zeigte Wirkung. Er taumelte ein paar Schritte zurück, und ich merkte, daß er sich bemühte, einen wirkungsvollen magischen Schutzschirm zu errichten. Doch Atma verhinderte es.

»Sieh mal einer an«, sagte Atma mit Donnerstimme. »Coco und Georg Zamis leben noch! Aber nicht mehr lange. Ich werde sie töten – genauso wie dich, Asmodi, wenn du mir nicht gehorchst.«

Dem Herrn der Schwarzen Familie war es endlich gelungen, den Schutzschirm aufzubauen. Er schien jedoch äußerst instabil zu sein. »Zeig dein wahres Gesicht, Kilian Elkin!«

»Du kennst meine Identität, Asmodi«, schrie Atma. »Aber selbst hast du es bestimmt nicht herausbekommen. Dazu bist du zu dumm. Die Zamis' sind um einiges klüger als du. Sie haben sogar mein Versteck gefunden. Aber mit ihnen werde ich mich später beschäftigen. Deine Stunden als Herr der Familie sind gezählt. Ich frage dich nun vor Zeugen, ob du freiwillig zurücktreten wirst. Antworte!«

»Ich habe noch zwei Tage Zeit, mich zu entscheiden, Elkin. Dann erst läuft dein Ultimatum ab.«

»Du hast mich Atma zu nennen, Asmodi. Du bist ein elender Feigling. Jetzt, nachdem du weißt, wer ich bin, gilt dieses Ultimatum nicht mehr. Ich gebe dir fünf Minuten, dich zu entscheiden.«

»Deine Drohungen beeindrucken mich nicht, Elkin.«

»Du wirst noch rechtzeitig um Gnade winseln, Hasenfuß! Du bist feige wie ein Erdgeist und schwach wie ein Kobold. Stell dich zum Kampf, du Drückeberger!«

Ultimatum hin und her, dachte ich. Diese Beleidigungen durfte Asmodi nicht auf sich sitzen lassen, sonst hätte er für alle Zeiten das Gesicht verloren. Die Dämonen wichen ängstlich zurück. Ich durfte den Kreis nicht verlassen, sonst hätte ich mit der Beschwörung neu beginnen müssen. Asmodi schlug ohne Warnung zu. Ein Feuerstrahl löste sich aus seinem Körper und attackierte Atma. Elkin riß beide Arme hoch. Die Flammen hüllten ihn kurzzeitig ein, flossen über seine Arme und verpufften schließlich wirkungslos. »Mit diesen billigen Taschenspielertricks kannst du mir nichts anhaben, Asmodi.«

Der Herr der Schwarzen Familie griff ein zweites Mal an. Diesmal schickte er einen magischen Kegel aus, dem ein paar gewaltige Blitze folgten. Weder der Kegel, der sich einfach auflöste, noch die Blitze konnten Atma das geringste anhaben.

»Wann beginnst du endlich zu kämpfen, Asmodi?« höhnte er.

Die Luft war nun glühend heiß geworden. Mir brach der Schweiß aus, und ich bekam unerträgliche Kopfschmerzen. Meine Augen tränten. Ich sah alles wie durch einen Schleier hindurch.

Atma hatte bis jetzt nur Asmodis Angriffe abgewehrt. Und das war so spielerisch leicht geschehen, daß am Ausgang des Kampfes kein Zweifel bestehen konnte. Nun ging Atma zum Gegenangriff über. Er stapfte einfach auf Asmodi zu, der langsam zurückwich.

»Bleib stehen, du Memme!« schrie Elkin. Asmodis Schutzschirm glühte plötzlich smaragdgrün, dann fiel er in sich zusammen, und der Herr der Schwarzen Familie stand mehr oder weniger schutzlos vor seinem Gegner, der ansatzlos seine gewaltigen magischen Kräfte einsetzte. Unsichtbare Hände hoben Asmodi hoch und wirbelten ihn durch die Luft.

»Ich zerreiße dich in Stücke, Asmodi!« brüllte Atma.

»Coco!« rief mein Bruder. »Du darfst nicht länger warten!«

Halb betäubt starrte ich Asmodi an, der kein Mittel fand, um die Angriffe abzuwehren. Ein einfacher Satz nur, und das Blatt hätte sich augenblicklich gewendet. Doch noch immer zögerte ich.

»Coco!« schrie Georg drängend.

Endlich reagierte ich. »Merlin, ich rufe dich«, sagte ich fast unhörbar.

Die Luft schien zu explodieren. Ein orkanartiger Windstoß traf mich und schleuderte mich zu Boden. Ein durchdringendes Heulen ließ mir fast die Trommelfelle zerplatzen. Wimmernd blieb ich liegen. Plötzlich war es still, unnatürlich still. Kein Laut war zu hören. Sogar die Zeit war stehengeblieben, wie es mir schien.

»Steh auf!«

Die Stimme war in meinem Kopf. Ich gehorchte, und meine Augen weiteten sich. Neben mir stand ein schmächtiger Mann. Er reichte mir nicht einmal bis zu den Schultern. Sein Haupthaar war ebenso weiß wie sein Bart, der ihm bis zu den Hüften reichte. Bekleidet war er mit einer einfachen Kutte. Er blickte mich an, wie mich nie zuvor jemand angesehen hatte. Ich spürte einen kurzen Druck gegen die Stirn.

»Keine Angst, mein Kind, ich tue dir nichts.« Ich konnte es noch immer nicht glauben. Die Beschwörung war erfolgreich gewesen. Ich hatte Merlin gerufen. Der sagenhafte walisische Magier trat einfach aus dem magischen Kreis und ging auf Atma zu. Asmodi war zu Boden gefallen. Er stand rasch auf. Merlin blieb zehn Schritte vor Atma stehen und hob den rechten Arm.

»Du bist es, der meine Aufzeichnungen gefunden hat. Du hast dir Teile meines Wissens angeeignet, ohne daß du vorher deine Eignung unter Beweis gestellt hättest. Ich werde meine Formeln vernichten. Kein Dämon und kein Mensch soll sich fortan mehr ihrer bedienen können.«

»Das darfst du nicht tun«, knurrte Atma.

»Wer bist du?« fragte Asmodi.

»Merlinus Britannicus«, sagte der uralte Magier. »Besser bekannt unter dem Namen Merlin.«

»Merlin?« echote Asmodi verblüfft.

Der Magier beachtete den Herrn der Schwarzen Familie nicht. Er wandte sich wieder Atma zu. In diesem Augenblick fing das Blatt, das ich noch immer in der linken Hand hielt, Feuer. Ich warf es zu Boden und nach ein paar Sekunden zerfiel es zu Staub.

»Damit sind all meine Aufzeichnungen verbrannt. Nur du, Kilian Elkin, kennst Bruchstücke meines Wissens. Ich kann deine Gedanken lesen, der du dich Atma rufen läßt. Deine Gedanken sind abscheulich, furchteinflößend und bestialisch. Ich werde dir die Erinnerung nehmen.«

»Das wird dir nicht gelingen, Merlin.«

»Du bist ein Verblendeter, Atma. Du bist der Schüler, und ich bin der Meister. Dein armseliges Wissen wird sich gegen dich wenden. Wage es nicht, mich anzugreifen, denn das wäre dein Tod.«

Doch Atma hörte nicht auf ihn. Dunkelblaue magische Strahlen rasten auf Merlin zu, der ruhig und gelassen den Angriff ertrug. Aber plötzlich berührten die Strahlen den Boden und krochen langsam zu Atma zurück. Der Dämon heulte entsetzt auf, als die Flammen seine Füße erreichten.

»Ich verbrenne!« brüllte Atma.

»Ich habe dich gewarnt«, sagte Merlin hart. »Niemand kann dir helfen – nicht einmal ich. Du bist verloren.«

Die blauen Flammen loderten stärker. Sie hüllten Atma ein, der verzweifelt herumtanzte und durchdringend brüllte. Sein Körper zerschmolz. Entsetzt wandte ich den Kopf ab. Ich konnte den Anblick des schrumpfenden Dämons nicht länger ertragen. Als das Schreien verstummt war, wandte ich mich wieder um. Nur noch ein paar kleine blaue Flammen waren zu sehen, die ein letztes Mal aufloderten und schließlich erloschen.

»Kilian Elkin ist tot«, sagte Merlin mit dröhnender Stimme. »Und mit seinem Tod ist mein Wissen für die Welt verschwunden. Nun zu dir, Asmodi, der du dich als Herr der Schwarzen Familie bezeichnest. Hör mir gut zu. Ich könnte dich mit einer Handbewegung auslöschen, aber das werde ich nicht tun. Deine Tage werden schon bald gezählt sein. Merke dir, das Böse mag die eine oder andere Schlacht gewinnen, niemals aber den ganzen Krieg. Du bist um nichts besser als Atma und hast unendliches Leid über die Welt gebracht. Aber es ist mir nicht gestattet, über dich und die Schwarze Familie zu richten. Das wird ein anderer besorgen.«

Merlin drehte sich bedächtig um und schritt auf mich zu. Er betrat den Kreis und blickte mich an. Wieder vernahm ich seine Stimme in meinem Kopf. »Unter diesen Ausgeburten der Hölle bist du die einzige, die etwas wert ist. Du bist jung und unerfahren, leichtgläubig und verspielt. Ich sehe viele Schrecken, die auf dich warten. Aber ich bin überzeugt, daß du auf dem rechten Weg bleiben wirst. Unheimliches wird mit dir geschehen, doch du wirst es überwinden und dadurch nur stärker werden. Ich bin tot und doch lebe ich. Vielleicht werden sich unsere Wege noch einmal kreuzen. Ich wünsche dir viel Glück, Coco Zamis.« Noch einmal wandte sich der Magier um. Sein Blick blieb ein paar Sekunden an Ben Elkin und meinem Bruder haften. Dann wurde seine Gestalt durchscheinend. Er schenkte mir ein letztes Lächeln – und verschwand!

Ein paar Sekunden lang blieb es still, dann brüllten alle durcheinander, bis Asmodi sie endlich zur Ruhe brachte. Er war immer noch der Herr der Schwarzen Familie, aber sein Ansehen hatte auf jeden Fall stark gelitten. »Coco und Georg Zamis sowie Ben Elkin – kommt zu mir!«

Wir gehorchten. Direkt vor Asmodi blieben wir stehen. Bens Gesicht war bleich und seine Augen glanzlos. Der Tod seines Vaters war ihm doch nahegegangen.

»Du hast Merlin gerufen, Coco?«

»Ja«, sagte ich. »Es war unsere Rettung. Denn du wärst nicht in der Lage gewesen, Atma zu besiegen.«

»Das ist eine unverschämte Behauptung, die durch nichts bewiesen ist«, fauchte Asmodi.

»Wir alle waren Zeugen, welch glanzvollen Gegner du abgegeben hast«, sagte ich höhnisch.

Seine roten Augen loderten wütend auf. Doch ich ließ mich davon nicht beeindrucken.

»Dafür sollte ich dich...«

»Denk daran, daß du der Zamis-Sippe und Ben Elkin dein Leben verdankst«, unterbrach ich ihn.

»Was hat Ben Elkin damit zu tun?«

»Sehr viel«, sagte ich. »Er wurde – so wie die anderen Mitglieder des Elkin-Clans – gezwungen, seinem Vater zu helfen. Kilian Elkin hat zufällig Merlins magische Formeln gefunden und sich einen Teil davon angeeignet. Nach den Gesetzen unserer Familie müssen alle Sippenmitglieder widerspruchslos dem Clan-Führer gehorchen. Doch Ben Elkin schlug sich auf deine Seite, Asmodi. Sein Vater lähmte ihn, aber es gelang Georg, ihn zu befreien. Ben gab uns die Blätter mit den Beschwörungsformeln, um Merlin zu rufen. Ich führte die Beschwörung durch, wartete aber, wie der Kampf zwischen dir und Atma enden würde. Als ich merkte, daß du unterliegen würdest, rief ich Merlin zu Hilfe.«

»Das war nicht notwendig«, sagte Asmodi stolz. »Ich hätte Atma besiegt.«

Das war den anwesenden Dämonen denn doch zuviel. Ein wütendes Zischen und Tuscheln war zu hören. »Ruhe!« brüllte Asmodi. Diesmal dauerte es ein paar Sekunden, bis alle schwiegen.

»Ihr alle«, sagte ich an die Dämonen gewandt, »habt eure Rettung meinen Brüdern Adalmar und Georg zu verdanken.« Ganz bewußt spielte ich meine eigene Rolle herunter. »Adalmar gelang es, Atma zu entlarven und sein Versteck zu finden. Und Georg rettete euch.«

Zustimmendes Gemurmel war zu hören. Asmodi war es sichtlich unangenehm, daß ich die Rolle meiner Brüder herausgestrichen hatte. Aber ich gönnte ihm die Blamage aus vollem Herzen. Aus der Gruppe der Dämonen löste sich eine Gestalt. Es war Jen Jong, einer von Red Jongs Söhnen. »Ich spreche im Namen aller hier versammelten Dämonensippen«, sagte er. »Wir alle danken dem Zamis-Clan für seinen beispiellosen Einsatz. Auch Ben Elkin gilt unser Dank, da er im Interesse der ganzen Familie gehandelt hat.« Er schüttelte Georg und Ben die Hand, dann kam er auf mich zu und umarmte mich. Ich bedauerte, daß ich Asmodis Gesicht gerade nicht sehen konnte, denn für ihn waren das peinliche Sekunden.

Nachdem Jong zu den anderen zurückgegangen war, ruhten alle Blicke auf dem Herrn der Schwarzen Familie. Ich sah, daß Georg die kleine Kugel in der Hand hielt, über die er direkt mit Adalmar verbunden war. Mein Bruder konnte alles mithören, was gesprochen wurde. Asmodi blickte mich an, und ich kann nicht behaupten, daß sein Blick freundlich war, dann wandte er sich an Georg und Ben. Jetzt fehlte nur noch, daß er sich räuspert, dachte ich.

»So sei es«, sagte er und legte anschließend eine kleine Pause ein. »Ich schließe mich den anderen an. Mein Dank gilt dem Zamis-Clan und Ben Elkin.« Diese Worte waren ihm unendlich schwergefallen. Er deutete eine Verbeugung an – und zog sich mürrisch zurück.

Rebecca stürmte auf mich zu und warf sich in meine Arme. Die

Fledermausgeschöpfe umflatterten uns und krächzten begeistert. Die Vampirin wurde zur Seite gerissen, und mir völlig unbekannte Dämonen umarmten mich voller Freude. Endlich konnte ich mich freimachen. Die Schwarzblütigen bestürmten Georg mit Fragen, und er genoß es sichtlich, im Mittelpunkt zu stehen. Für ihn war es ein großer Tag.

Mir hingegen war es gleichgültig, ob unsere Familie an Ansehen gewonnen hatte oder nicht. Ich steckte mir eine Zigarette an und ging gemächlich zum Burgtor hinüber. Als ich hinter mir rasche Schritte hörte, blieb ich stehen und drehte mich langsam um. Es war Ben Elkin.

»Ich muß mit dir sprechen, Coco«, sagte er.

Ich warf die Zigarette zu Boden und trat sie mit dem Schuhabsatz aus. Bens Gesicht war ernst; er sah müde aus.

»Es tut mir leid, daß dein Vater sterben mußte«, sagte ich.

»Sprechen wir nicht darüber«, entgegnete er tonlos. »Reden wir lieber über uns. Ich brauche dich, Coco.«

Hm, er hatte mir geholfen, und ohne ihn wäre ich jetzt wahrscheinlich tot. Dafür war ich ihm natürlich dankbar. Aber nichtsdestotrotz hatten sich meine Gefühle für ihn gewandelt. Zuviel war zerstört worden. Zwar wußte ich, daß er von seinem Vater gezwungen worden war, mir die Haare auszureißen und einen Knopf und einen Zigarettenstummel einzustecken. Aber dieses Wissen machte alles nur noch schlimmer. Irgend etwas war in mir gestorben.

»Gedulde dich, Ben«, sagte ich leise. »Dränge mich nicht. Gib mir Zeit, alles zu verarbeiten.«

Er nickte langsam. Ich stellte mich auf die Zehenspitzen und drückte ihm einen sanften Kuß auf die Lippen. Dann drehte ich mich um und verließ die Burg. Ich wollte allein sein – allein mit meinen Gedanken...